KB118424

두번 사는 사람들

두번 사는 사람들

황현진 장편소설

문학동네

내가 살아 있고, 내가 나쁘다는 걸
모두들 압니다. 그렇지만
그 시작이나 끝은 모르지요.
어쨌든, 나는 신이
아픈 날 태어났습니다.

—세사르 바예호, 「같은 이야기」 중에서

차례

1부
—
9

2부
—
93

3부
—
197

4부
—
295

작가의 말
345

1부

1

1979년, 많은 설명이 필요한, 한 해였다. 그해는 격동의 70년대의 마지막 나날들이었고, 긴급조치 제9호 시대의 막바지였으며, 1917년생 남자 박정희가 당시 대한민국 중앙정보부장이었던 1926년생 남자 김재규에게 암살당한 해였다. 그해 10월 26일 저녁, 1960년생 여자 박정희가 훗날 구구로 불리는 조구를 낳았다. 그날의 날씨는 맑았다. 1979년의 맑은 날에는 어김없이 주목할 만한 사건들이 일어났다. 6월 20일 서울 종로구 부암동에 사는 골동품상 '금당'의 주인 부부가 살해되었다. 몇 달 후 어느 좋은 날엔 가발공장의 여공이 농성중 당한 폭행으로 숨졌다. 죽은 여공의 머리카락은 한 움큼이나 빠졌지만 그녀의 꼭 쥔 주먹은 비어 있었다. 충남 홍성에서는 연이은 지진으로 땅이 갈라지고 천여 동의 건물에 금이 갔다. 그보다 두세 달 뒤인 여름에는 부산에 해일이 들이닥쳤다. 다가올 1994년 10월에 무너질 예정이었던 성수대교 역시 1979년에 준공된 다리였다. 이런저런 사건들이 이어지면서 1979년의 사망자 수는 급증했고, 시체를 묻기 위해 곳곳의 땅이 파헤쳐졌다.

부당한 죽음일수록 파헤쳐진 땅은 더욱 깊었다. 비석 없는 무덤들이 하룻밤 사이에 수백 개씩 생겨나곤 했으나 아무도 그 사실을 알지 못했다. 신고된 실종자 수는 나날이 급증했으며 거리 곳곳에 급하게 만든 전단지들이 흩뿌려졌다.

사람을 찾습니다. 체육복 차림으로 외출한 뒤, 아직까지 집으로 돌아오지 않고 있습니다. 식구들이 애타게 기다리고 있으니 이 사람을 보시거나 거처를 아시는 분은 꼭 연락 바랍니다.

그 문구 뒤엔 이런 말이 굵은 글씨로 덧쓰여 있곤 했다.

반드시 살아서 돌아오라.

간첩의 침투 소식이 뉴스를 점령하던 시절이었다. 정부의 고위직 관료들이 눈 깜짝할 사이에 실종되었다. 다들 의심할 바 없는 북한의 소행이라고 여겼다. 이승에선 찾을 수 없는 사람이라고 생각했다. 실종은 곧 죽음이던 1979년이었다. 사람들은 누가 실종되었건, 누가 비명횡사했건 그 모든 원인과 책임을 그해의 세상 탓으로 돌렸다. 세상이 미쳤어. 그 한마디 말로 모든 불가사의한 일들이, 납득하기 어려운 의미심장한 일들이 아무 의심이나 저항 없이 사람들에게 이해되고 수긍되어졌다. 1979년의 세상은 잠시 미쳐 있었다. 그건 분명한 사실이었다. 누구도 또다른 죽음을 애도해서는 안 되는 해였다. 그해 가을과 겨울, 대한민국의 많은 사람들은 단 한 사람의 죽음을 애도하느라 터무니없이 바빴다.

2

1979년의 10월이 점점 가까워질수록 1960년생 여자 박정희의 배도 커다랗게 부풀어올랐다. 1960년생 여자 박정희의 출산 예정일은 11월 20일이었다. 예정일을 한 달여 앞둔 10월 26일, 1960년생 여자 박정희는 배추된장국에 밥을 두 그릇이나 말아먹고 텔레비전을 켰다.

저녁 일곱시 삼십분. 텔레비전은 여느 때와 비슷한 소식들을 전하는 중이었다. 1945년생 남자 조금성은 아내의 옆에서 무를 깎았다. 정희가 손을 내밀면 그 손에 뽀얀 무 조각을 쥐여주었다. 그럴 때마다 정희는 하루종일 똥만 쌌더니 배가 부르질 않네, 수줍게 말했다. 의심할 것 없이 여느 날과 다를 바가 없는 하루였다.

1960년생 여자 박정희가 에구구, 비명을 지르며 갑자기 쓰러진 것은 저녁 여덟시 십분 즈음 조금성이 막 삶은 달걀의 껍데기를 벗겨내던 때였다.

오늘따라 찾는 게 많네.

금성이 아내의 어깨를 툭 건드렸다. 정희는 그런 남편을 흘겨보며 너 때문이야. 투정을 부렸다. 금성은 정희의 둥그렇게 부풀어오른 가슴을 손가락으로 콕콕 찌르며 키득거렸다. 정희가 가슴을 추어올리며 남편을 놀리기 시작했다.

조금성의 고추는 조그맣지, 아무리 배가 고파도 그건 안 먹지.

금성은 이불을 끌어당겨 허리 아래를 가렸다. 삶은 달걀을 우적거리며 한입에 삼켰다.

내가 뭐 틀린 말 했나.

아주 틀린 말은 아니라서 금성의 기분이 더 나빠진 것을 정희는 몰랐다. 정희는 삶은 달걀이 들어 있는 그릇을 뺏었다. 남은 달걀을 허겁지겁 입속으로 집어넣었다. 미처 달걀을 다 씹기도 전에 마감 뉴스가 시작되었다. 아나운서의 안색이 아주 시커멨다. 순간 정희의 허리가 앞으로 홱 고꾸라졌다. 두 손으로 배를 움켜쥐곤 짧은 비명을 연거푸 내지르며 방바닥을 데굴데굴 굴렀다.

놀란 금성이 쓰러진 아내를 끌어안았다. 텔레비전 화면에 '박정희 대통령 서거'라는 자막이 떴다. 뒤따라 이제 고인이 된 박정희 대통령에 대한 묵념이 이어졌다. 오늘 우리는 믿을 수 없는 죽음을 어쩌고저쩌고. 정희는 금성의 품에 안겨 까무룩 정신을 잃는 와중에 박정희 대통령의 서거 소식을 들었다. 그것은 1917년생 남자 박정희 대통령의 죽음이 아니라 바로 그녀 자신의 죽음처럼 들렸다. 총알에 가슴을 꿰뚫린 것처럼 그녀는 뒤로 자빠졌으나 딱히 배가 아픈 것도 아니었으며 가랑이가 찢어지는 것도 몰랐다. 오로지 누군가 온몸을 걸레처럼 비틀어 짜는 것 같기만 해서 자신이 지금 출산에 임박했다는 것을 전혀 알아챌 수 없었다.

숨쉬는 게 점점 괴로워졌다. 막 씹어 삼킨 달걀이 그녀의 목구멍까지 꽉 틀어막고 있었다. 너부러진 그녀의 몸뚱이는 이미 죽은 거나 마찬가지였다.

'저 텔레비전이, 저 속에 있는 것들이 내가 죽길 바라는구나. 날 죽이려 드는구나. 이럴 줄 알았으면 무나 처먹는 게 아니었는데.'

텔레비전은 쉴새없이 박정희의 죽음을 떠들었다. 마치 그녀의 생각이 맞는다는 듯이. 전혀 틀린 바가 없다는 듯이.

그래, 정희. 지금 세상이 당신을 암살했어.

까무룩 정신을 잃는 와중에 정희는 분명 그런 말을 들었다. 구급차는 제시간에 당도하지 못했다. 응급실의 의사 역시 홀로 묵념의 시간을 가져야 했기에 환자에게 곧바로 달려갈 수 없었다. 구급차에 실려 병원에 도착하는 동안 정희는 계속 자신의 귓가에 속삭이는 목소리를 들어야만 했다. '박정희가 죽었다.' 그 때문인지 그녀의 구겨진 인상은 혼절 상태에서도 아주 펴지지가 않았다.

끝내 정희는 깨어나지 않았다. 구구를 낳고 그 모든 육체의 고통이 끝났음에도 불구하고 그녀는 눈뜨지 않았다. 심장이 아예 멈추어버린 것도 아니었다. 다만 그녀의 영혼이 죽어버렸다. 그녀는 자신이 이미 다른 세상으로 건너가버렸다고, 벌써 죽어버린 거라고 쉽사리 믿었기에 다시 눈을 뜨고, 몸을 일으키고, 막 태어난 딸을 확인하려는 시도를 할 수가 없었다. 그럴 만한 기력이 남아 있지 않았다. 원래부터 그녀는 자신의 임신과 출산을 못 미더워했으며, 결국 그 일이 자신을 죽일지도 모른다는 의심을 영영 내버리지 못했다. 의심은 다가올 불행에 대한 예감이 되었지만, 정희는 닥쳐온 불행에 저항할 새도 없이 쓰러졌다.

  정리하자면 이렇다. 1979년 10월 26일, 두 명의 박정희가 죽었다. 1917년생 남자 박정희의 육신, 그리고 1960년생 여자 박정희의 영혼. 1917년생 남자 박정희의 육신을 죽인 것은 김재규의 총알이었다. 김재규는 박정희에게 두 발의 총알을 쐈다. 첫 발은 가슴을 관통했다. 대통령 박정희의 숨통은 그때까지 붙어 있었다. 두번째는 뒤통수를 향해 날아갔다. 확인 사살을 위한 발사였다. 그것이 치명타가 되었다.
  1960년생 여자 박정희를 죽인 것 또한 두 개의 총알이었다. 세상의 모든 입들이 하나의 입이 되어 동시에 뱉어냈던 말, 박정희가 죽었다, 그것이 첫번째 총알이었다. 그것은 가슴을 관통했으나 치명상은 아니었다. 두번째 총알은 때맞춰 어머니의 자궁을 찢었던 아기, 구구였다. 그것이 1960년생 여자 박정희를 죽게 만든 결정타이자 확인 사살을 위한 두번째 총알이었다.

3

  해가 바뀌자 죽음은 더욱 흔한 것이 되어 의사와 간호사를 비롯한 의료업계 종사자들은 모두 맥이 빠져 있었다. 그들은 의사와 장의사의 역할 차이에 대해서 심각하게 토론했다. 누구도 그럴싸한 결론을 내리지는 못했다. 정희는 병실에서 스무번째 생일을 맞았다. 그녀의 얼굴은 1979년 10월 26일, 그날 밤의 고통을 간직한 채 여전히 구겨진 상태였다. 핏기 없는 입술은 온종일 헤벌쭉 벌어져 있었고 힘없는 두 팔은 침대 아래로 길게 늘어져 있었다. 뽀얗고 통통했던 두 다리는 바짝 여위어 욕창으로 뒤덮였다. 간호사들이 매일 알코올 솜으로 닦아냈지만, 그녀의 몸이 썩어들어가는 속도를 늦추지는 못했다. 그녀는 다만 조금 청결하게 썩어가고 있을 따름이었다.

금성은 아내의 입원 기간을 일종의 회복기라고 오해했다. 오로지 자신의 힘으로 아내의 몸뚱이를 잠식하고 있는 죽음의 기운을 깡그리 몰아낼 수 있을 거라고 믿었다. 믿음은 확고했다. 금성은 매일 아내의 얼굴을 물수건으로 닦았다. 감긴 눈을 억지로 벌려 갓난 구구를 그 눈 안으로 밀어넣으려 했다. 때때로 이미 고약한 맛이 도는 젖꼭지를 빨며 그녀를 흥분케 하려 해보았으나 그녀의 표정은 바뀌지 않았다. 좀더 세게 빨아야지, 나무라는 듯한 표정으로 그녀는 반듯하게 누워만 있었다.

정희는 더이상 금성의 사랑스러운 아내가 아니었다. 그녀는 이미 죽음의 것이었으며 사신의 아내였다. 금성이 정희의 썩은 몸뚱이를 바짝 끌어안을수록 사신 역시 그녀의 뻣뻣한 영혼을 세게 끌어당겼다. 금성의 뜨거운 사랑은 정희의 육신을 더욱 빠른 속도로 썩게 만들 뿐이었다. 간호사들의 끈질긴 노력이 무용해진 데에는 금성의 탓 또한 적지 않았을 것이다.

구구는 태어난 이후 대부분의 날들을 엄마의 병실에서 지냈다. 아무것도 보지 않고, 아무 말도 하지 않고, 무엇도 먹지 않고, 사람이 그렇게도 살 수 있음을 구구는 돌이 되기 전에 알아버렸다. 당연히 되고 싶은 게, 장래희망이라는 게 있을 리 만무했다. 종일 죽은 엄마의 젖을 물고, 죽은 엄마의 겨드랑이께에서 낮잠을 자고, 죽은 엄마의 기저귀를 가지고 놀았다. 엄마의 기저귀는 신생아의 그것보다 훨씬 크고 부드럽고 푹신했다. 딱히 아쉬울 게 없었다.

텔레비전은 계엄포고 제10호가 선포되었다는 뉴스를 내보냈다. 거리 곳곳에 대학생들이 떼를 지어 나타났다가 전경들이 휘두르는 몽둥이에 등과 정수리를 맞아가며 뿔뿔이 흩어졌다. 최루탄 가스가 수시로 대로변을 덮었다. 공기는 나날이 매캐해졌다. 병실 창문은 내내 닫혀 있었다. 제대로 환기하지 못한 병실 안에는 시큼하면서도 구린 냄새가 짙게 깔려 있었다. 시취였다. 끈끈한 시취의 포위망에 매캐한 최루탄 연기가 섞여들어 누구라도 숨쉬는 게 수월치 않았다.

가끔 금성의 지인들이 병문안을 왔다. 그들은 정희의 곁에 오래 머무르지 못했다. 병실 안과 밖의 세상은 크게 다르지 않았다. 사람들은 코를 막고 병실에 들어섰다가 코를 쥐어뜯으며 병실을 나섰다. 문병객들은 정희의 벌어진 입속을 들여다보다가 뒷걸음질쳤다. 그러곤 이미 시체나 다를 바 없는 여자의 남편을 병실 밖으로 불러냈다. 그들의 관심은 아기에게 집중되었다. 컴컴한 복도에 놓여 있는 긴 의자에 앉아 손부채질을 하는 문병객들의 첫번째 질문은, 대개 아기의 이름은 지었느냐는 거였다.

조구.
조금성과 박정희의 외동딸. 딸자식 이름이 그게 뭐냐고 사람들이 물어오면 금성은 반문했다. 댁의 딸 이름은 왜 영숙이냐고, 왜 경자냐고, 왜 정순이냐고. 그런 이름으로는 큰사람 되기 힘들지. 금성은 혀를 끌끌 차며 고개를 내저었다.

박정희가 어떻게 대통령까지 되었는지 모르나?

그는 엄청난 비밀을 알려주기라도 하는 것처럼 속삭였다.

그건 여자 이름을 가져서야. 모르긴 몰라도 박정희 대통령이 박정식이나 박정태만 되었어도 대통령이 되지 못했을 거야. 그러니 딸 이름은 사내 이름으로 지어야 옳지. 육영수 여사도 영자나 영숙이었다면 영부인이 되었을 것 같아? 어림도 없지. 우리 딸은 대통령보다 훨씬 훌륭한 사람이 될 거야. 두고보라고. 우리 구구가 대통령이라고 못할 것 같나.

사람들은 고개를 끄덕이며 저마다의 생각에 잠겼다.

듣고 보니 자네 말에 일리가 있네. 자네는 앞날을 훤히 내다볼 줄 아는 자였어.

금성에게 박정희라는 이름은 전무후무한 대통령이자 유일무이한 아내였다. 사랑을 다른 단어로 바꿀 수 있다면 박정희라는 이름, 그것 하나뿐이었다. 금성만의 조국이자 고향, 박정희. 비록 금성이 누릴 수 있는 영토는 좁은 병실의 일인용 침대를 넘어서지 못했지만 말이다.

4

1960년생 여자 박정희의 자가 호흡이 완전히 멈추었다. 더위가 기

승을 부리던 8월 말이었다. 의사가 박정희의 사망 소식을 금성에게
알렸다. 달려온 병원 직원들이 그녀를 침대에서 들어올렸다. 싯누런
체액이 뚝뚝 떨어졌다. 그들은 그녀를 떨어뜨리듯 침대 위에 다시 내
려놓았다. 식겁한 얼굴로 잠시 머리를 맞대고 쑥덕거리더니 개중 젊
어 보이는 남자가 부리나케 달려나가 검정 비닐을 구해왔다. 병원 구
내식당에서 사용하는 김장용 비닐이었다. 직원들은 그것으로 그녀를
둘둘 말아 영안실로 옮겼다. 그 와중에도 금성은 포대기에 싸인 구구
를 자꾸 제 엄마에게 들이밀었다.

엄마를 기억해. 넌 반드시 엄마를 기억해야만 한다!

구구는 아버지의 품에 안긴 채 발버둥치며 울었다. 지독한 냄새 때
문이었다. 보이지 않는 냄새의 실체는 기다랗고 날카로운 갈고리인
양 구구의 콧속과 식도와 머릿속을 박박 긁어댔다. 냄새는 구리고 역
하다기보다 참을 수 없이 아프고 따가웠다. 악취에 숨통이 틀어막혀
이대로 죽진 않을까, 두려울 지경이었다. 엄마의 시신이 영안실의 냉
동고로 사라진 뒤에도 구구의 울음은 쉬이 그치지 않았다.

장례식 내내 구구의 울음이 이어졌다. 보다못한 정희의 어머니가
금성의 등에서 구구를 빼앗아 둘러업었다. 발인하던 날, 그녀는 딸의
관을 붙들고 체념하듯 혼잣말을 중얼거렸다.

네 이름이 박정희가 아니었다면, 그래도 이렇게 허망하게 죽었을
까. 네가 내 자식으로 태어나지 않았다면, 그래도 이 어린것을 두고
목숨줄을 놓아버렸을까…… 억울할 것 없어. 먼저 가는 게 얼마나 큰
복이냐.

관이 장례식장을 빠져나가기 직전, 그녀는 사위와 손녀에게 의절을

선언했다. 남은 생을 살아가는 동안 굳이 딸의 죽음을 되새기며 살고 싶지 않다는 게 이유였다. 구구에게도 그게 이로울 거라고 했다. 금성은 돌아서는 장모를 향해 아무 말도 하지 못했다. 의절이라고 해봤자 딱히 실감나는 변화랄 게 없었다. 장모는 정희와 금성이 한살림을 시작했다는 소식을 전했을 때도 깜깜무소식이었고, 정희의 임신 소식을 알렸을 때는 아예 전보를 되돌려보냈다. 정희의 사망을 알리는 전보를 보냈을 때, 그녀는 늦지 않게 장례식장에 당도했지만 그녀의 얼굴은 차라리 편안해 보였다. 금성은 멀어지는 장모를 멀뚱멀뚱 바라보았다. 자꾸만 등에서 미끄러지는 구구를 추어올리고선 포대기의 기다란 끈을 세게 잡아당기면서, 울지 마라 아가야, 내처 중얼거리면서.

울지 마라, 아가야. 울지 마라, 아가야.

삼일장을 끝내자마자 금성은 드러누웠다. 식은땀을 흘리며 끙끙 앓았다. 일 년 가까이 이어진 병상생활을 지켜보고도 도통 정희의 죽음이 믿기지 않았다. 무엇보다 장모가 했던 여러 말들 중 한마디가 마음에 걸렸다. '네 이름이 박정희가 아니었다면.' 죽은 아내는 자신의 이름을 자랑스러워했다. 그 이름이 자신을 세상의 가장 높은 자리로 이끌어줄 거라고 입버릇처럼 말했다. 물론 그것이 대통령 자리를 염두에 두고 한 말은 아니었겠지만 그녀가 큰 포부를 가지고 미래를 꿈꿀 수 있었던 데에는 이름의 영향이 가장 컸다.

처음에 금성은 아내의 말을 귀담아듣지 않았다. 하지만 매일 아침 사무실에서 아내와 똑같은 이름을 가진 대통령의 사진을 향해 거수경례를 하는 날이 이어지자 아내의 말이 꽤 그럴듯하다고 인정하지 않을 수 없었다. 김구처럼 훌륭한 사람 되라고 고심해서 지은 이름인데 박정희도, 육영수도, 김구도 모두 총에 맞아 죽었으니 큰일났다고, 아비 자격도 없다고 금성은 방바닥을 내리쳤다. 그 이름의 주인들이 왜 죽었는지에 대해선 애당초 고민한 바가 없었다. 그들이 얼마나 위대하고 어떻게 누구도 따라잡을 수 없는 성공가도를 달릴 수 있었는가에만 천착했다. 죽은 뒤에도 유명세를 누리는 사람들의 숨은 면면에 대해선 무지했다. 그런 부류의 삶이 그저 행복하기밖에 더했겠느냐고 막연히 추측하고 판단했을 뿐, 그들 생애의 고독하고 처참한 일상사나 잔혹하고 이기적인 이면에 대해선 의심한 바가 없었다.

이미 출생신고도 해버린 마당에 어떻게 해야 하나, 금성은 눈앞이 캄캄했다. 얼마 후 금성은 기력을 되찾았지만, 하나뿐인 딸이 느닷없이 암살당할지도 모른다는 염려까진 떨쳐내지 못했다. 시도 때도 없이 구구를 와락 끌어안고 주위를 두리번거리는 날이 잦아졌다.

구구는 아버지가 무얼 걱정하는지 잘 알고 있었다. 요동치는 엄마의 뱃속을 점령하고 있던 것은 죽음의 그늘이었다. 양수는 차갑게 식어갔고 탯줄은 딱딱하게 굳어갔다. 의사의 메스에 단박에 갈라진 뱃가죽 사이로 형광등 불빛이 쏟아져들어왔을 때, 구구 역시 총상의 여파로 숨을 헐떡거리던 중이었다. 엄마는 들리지 않는 목소리로 뱃속의 구구에게 외쳤다. 엄마는 죽는다. 단호하고 결의에 찬 목소리로 엄마는 뱃속의 구구에게 수십 번 그 말을 전했다.

아가야, 엄마는 죽는다.

구구의 심장이 일순간 따라 멈추었다.

아가야, 엄마는 벌써 죽었단다.

의사가 구구를 거꾸로 들어올렸을 때, 뒤집힌 구구가 처음 대면한 세상은 처참하게 헤집어진 상처였다. 커다란 총알이 뚫고 지나간 자리, 그것은 구구가 세상 밖으로 빠져나온 통로였다. 기다랗게 양분되어 검은 속을 드러내고 있던 어머니의 배. 의사는 구구의 엉덩이를 세차게 때렸다. 구구의 입에서 시커먼 물이 쏟아져나왔다. 구구는 자지러지게 울었다.

살렸어.

의사가 지친 목소리로 간호사에게 말했다. 구구는 오랫동안 의사의 말을 기억했다. 살렸어. 구구는 잠시나마 자신이 죽었음을 알았다. 그들이 피투성이 상처 속에서 꺼낸 것은 산 사람이 아니라 푸르뎅뎅한 익사체에 불과했던 것이다.

5

충북 영동과 경북 김천 사이, 어린 시절 조금성은 그 어디쯤에 살았다. 식구는 단출했다. 조금성의 어머니 김말녀는 김천 봉산 출신으로 영동 추풍령이 고향인 남자와 스물세 살에 결혼했다. 늦은 결혼이었다. 신랑 조복남의 나이는 스물다섯 살이었다. 원래 김말녀의 정혼 상대는 조복남이 아니었다. 말녀에게 복남과의 혼인은 두번째 결혼이나 마찬가지였다.

말녀가 스무 살 되던 1926년 봄, 그녀의 첫번째 혼례 날짜가 코앞으로 다가왔다. 신랑은 이웃 마을에 사는 젊은이였다. 말녀는 정혼자의 얼굴을 한 번도 본 적 없었다. 키가 작더라도 얼굴이 미남이면 좋겠다고 바랐다. 얼굴이 못나면 키라도 크겠지 무턱대고 믿었다. 정작 말녀는 작은 키에 통통한 몸집을 지닌 여자였다. 얼굴도 아주 예쁘다고는 할 수 없었다. 그런데도 자신감이랄까, 자존심이랄까 신여성들에게만 있을 법한 무엇이 김천군 봉산면에서 농사일만 익히고 살던 말녀에게 아주 단단하게 뿌리박혀 있었다. 발단은 바로 그 단단한 무엇 때문이었다.

혼롓날 아침이었다. 말녀는 붉은색 활옷을 꺼내 입었다. 소매와 치마 끝자락에 초록색 실로 수놓은 '福' 자가 촘촘히 박혀 있었다. 이마에 곤지를 찍고, 양쪽 볼에 꽃물을 들였다. 동백 문양을 수놓은 댕기를 비녀의 양옆으로 늘어뜨리고 금빛 족두리를 썼다. 고개를 움직일 때마다 족두리에 달린 구슬들이 부딪쳤다. 말녀는 그 소리가 듣기 좋아서 연신 고개를 아래위로 까닥까닥 흔들었다.

신랑이 거의 다 왔다는 전갈이 도착했다. 말녀의 어머니가 버선을 내밀었다. 버선과 비단신만 신으면 얼추 단장은 끝난 셈이었다. 말녀는 버선을 보자마자 고개를 내저었다. 어릴 적부터 말녀는 맨발로 다녔다. 발에 뭘 씌우면 거추장스러워 걷지를 못했다. 온몸을 배배 꼬다가 버선이건 덧신이건 아무데나 벗어던졌다. 말녀의 어머니가 더욱 세차게 버선을 흔들어 보였다. 말녀는 버선을 신을 바엔 발목을 잘라내겠다는 말로 어머니의 입을 틀어막았다. 그러곤 어머니의 손에 들린 하얀 버선을 낚아채 방바닥에 집어던졌다. 버선은 방문 바로 앞에 떨어졌다.

정신 빠진 년! 오라질 년!

말녀의 어머니가 고래고래 욕을 내지르기 시작했으나 오래가지는 않았다. 어차피 시집가면 다시 만나기 힘든 딸이었다. 괜히 힘 빼가면서 두들겨 팰 필요는 없었다. 말녀는 맨발로 방문을 나섰다.

유난히 치마가 길었다. 비단신 안에 숨겨진 맨발은 보이지도 않았다. 혼례를 축하하러 모인 동네 사람들이 연신 신부의 아래위를 훑으며 곱다. 고와 감탄했다. 말녀가 걸을 때마다 누런 흙먼지가 치맛자락 언저리를 맴돌았다. 동네 아이들이 우르르 마당 안으로 뛰어들어오며 숨찬 목소리로 소리를 질렀다. 왔어요, 왔어! 신랑이 왔어요! 말녀의 귓불이 삽시간에 벌게졌다. 말녀의 발가락 사이에 뜨거운 땀이 차올랐다.

신랑이 도착했다. 그는 소를 타고 마당으로 들어섰다. 사람들의 감탄이 쏟아졌다. 아이고, 참 잘났다. 이야, 일 잘하게 생겼네. 눈에 총기가 반질반질하다. 다리가 굵고 튼실하구나. 말녀는 궁금증을 참지 못해 눈썹 높이까지 치켜든 한삼을 살짝 내렸다. 푸른 사모관대를 입은 모양새와 소 등에 올라앉은 자세를 봐서는 키가 큰지 작은지, 얼굴이 잘생겼는지 못생겼는지 한눈에 알아보기 힘들었다.

신랑이 소의 높은 등에서 펄쩍 뛰어내렸다. 그때 누군가의 목소리가 말녀의 귓속으로 날아들었다. 째보다, 째보. 약속이라도 한 듯 사람들이 일제히 신부 쪽으로 얼굴을 돌렸다. 말녀는 뚫어져라 신랑을 쳐다보았다. 갑자기 시력이 좋아졌다. 흐릿하게 보이던 신랑의 얼굴이 한눈에 들어왔다. 미간에 난 터럭까지 보일 정도였다. 신랑의 두꺼운 입술 한가운데가 움푹 패어 있었다. 윗입술이 뒤집혀 커다란 앞니가 두드러졌다.

소는 느릿느릿 말녀네 마당 깊숙이 걸어들어오고 있었다. 차라리 소랑 결혼하는 게 낫지. 외양간에 살더라도 그게 낫지. 말녀의 부모는 그리 놀라는 눈치가 아니었다. 아주 모르는 일이 아니었던 게다. 말녀는 고개를 빳빳이 쳐들고 제 부모의 얼굴을 쏘아보았다.

신랑이 신부의 맞은편에 섰다. 신랑의 얼굴을 가까이에서 보자 말녀는 머리끝까지 화가 솟구쳐올랐다. 지체 없이 뒤돌아섰다. 양옆에 서 있던 아낙네 둘이 말녀의 팔을 붙잡았지만 소용없었다. 말녀가 한삼을 걷어붙였다. 씩씩거리며 족두리를 벗었다. 당장 누구라도 물어뜯을 태세였다. 놀란 사람들이 소리를 질렀다. 신부가 미쳤군. 큰일났네. 쟤가 어릴 적부터 당돌했잖아요. 언젠가 큰일 저지를 줄 나는 진즉부터 알았어요. 어떤 넉살 좋은 이가 멍하니 선 신랑에게 다가가서 위로랍시고 능글맞게 속삭였다. 괜찮아, 이따가 밤에 허리를 요래 잡고 돌리면 다시는 저따위로 건방지게 굴진 않을 거여. 신랑은 그저 입을 가린 채 멍하니 서 있었다. 말녀의 어머니가 서둘러 신부를 뒤따라갔다.

키가 크면 얼굴쯤은 못나도 된다 하지 않았냐.

말녀가 마당에 모인 사람들의 귀에 다 들릴 만큼 크게 대꾸했다.

그 말은 취소야! 차라리 저 소한테 시집갈 거야!

누군가는 그 말에 웃고, 누군가는 혀를 차고, 누군가는 화를 냈다. 혼례상은 슬그머니 치워졌다. 닭은 다시 닭장으로 들어가고 사람들은 각자 집으로 되돌아갔다. 소는 마당의 대추나무에 묶였다.

6

신랑은 혼자 빈방에 남겨졌다. 신부의 부모가 수시로 문을 열어보며 걱정 말라고 신랑을 달랬다. 해가 기울고 밤이 되어도 신부는 신랑의 방으로 들어가지 않았다. 신부의 어머니가 늦은 저녁상을 들고 들어가서 오늘밤만 참아달라고 했다. 신랑은 참았다. 아침이 되었으나 신부는 여전히 오리무중이었다. 하는 수 없이 신랑은 온종일 이불 속에 드러누워 잠든 체했다. 그렇게 삼 일을 보냈다. 밥상은 매 끼니때마다 방문 앞에 놓였고 반찬은 매번 크게 다르지 않았다. 삼 일 내내 소가 길게 울었다. 아무도 소에게 여물을 가져다주지 않았다. 소의 새카만 콧방울이 허옇게 말라갔다.

나흘째 되는 날 아침, 신랑은 아침상이 놓이기 전에 방을 나섰다. 그는 곧장 우는 소의 곁으로 갔다. 그의 두꺼운 손이 소의 등을 여러 차례 쓸어내렸다. 소가 울었다. 여러 번, 길게 울었다. 소의 검고 둥근 눈 밑에 싯누런 눈곱이 덕지덕지 붙어 있었다. 신랑은 커다란 엄지로 소의 눈 밑을 닦아냈다. 축축해진 엄지를 바짓자락에 비볐다. 곧장 신부의 방 쪽으로 성큼성큼 향했다. 닫힌 방문에 대고 신랑이 말했다.

이보시오. 이제 그만 나랑 우리집으로 갑시다. 입만 째보지 다른 데는 멀쩡하오.

어떤 소리도 새어나오지 않았다. 신랑은 한번 더 같은 말을 꺼냈다.

잠시 후, 방문이 빼꼼히 열렸다. 방문 앞으로 한 발짝 다가서니 열린 문틈으로 뭔가가 삐죽 나왔다. 새하얀 버선이었다. 엉겁결에 버선을 받아들자 말녀의 목소리가 들렸다.

돌아가세요.

신랑은 우두커니 서서 다른 말이 들려오기를 기다렸다. 신부의 말을 곧이곧대로 알아들을 수가 없었다. 소가 꼬리를 치켜들더니 고개를 세우며 우우 울었다. 소는 신부의 말을 알아들은 모양이었다. 신랑은 우는 소를 향해 돌아섰다. 등뒤로 맞잡은 손에 새하얀 버선을 쥐고 있었다. 그는 올 때처럼 소 등에 올라타지 않고, 우는 소를 앞세워 신부의 집을 나섰다. 말녀의 부모는 차마 문밖으로 나오지 못하고 방안에서 이불을 뒤집어쓰고 숨죽였다. 신랑이 마을 밖으로 아주 가버렸을 즈음, 말녀의 어머니가 악을 쓰며 울었다.

부끄러워 살 수가 없어! 얼굴을 들고 살 수가 없어!

소문은 금세 퍼졌다. 김천군 봉산면을 벗어나 신랑의 동네로, 추풍령 고개 너머로, 금강 상류에까지 날개 돋친 듯 퍼져나가더니 이윽고는 경성 너머 북쪽에까지 알려졌다. 말녀의 혼인 거부 사건은 신문에도 실렸는데, 기사의 제목은 '요즘 녀성들의 자기주장이 도를 지나쳐'였다. 졸지에 말녀는 유명인사가 되었다.

먼 도시에서 서신이 날아왔다. 말녀의 행동이 여성의 권리를 드높였다는 찬사와 여성해방운동협회의 회원으로 가입해달라는 부탁과 앞으로 새 시대를 일구어나가는 선구자적 행동을 기대한다는 당부와 당신의 행보를 주시하겠다는 협박과 여성의 사타구니를 자세하게 그린 그림과 화냥년이라는 욕설까지, 갖은 내용의 편지들이 말녀 앞으로 속속 도착했다.

동네 사람들은 주구장창 입방아를 찧었다. 소박맞은 여자는 봤어도 신랑을 내쫓은 여자는 들어본 적도 없는 망조라며 말녀를 사람 취급조차 하지 않았다. 말녀를 위로하는 것은 먼 곳에서 날아오는 편지들뿐이었다. 부모의 매서운 눈초리와 형제자매들의 질타와 동네 사람들의 비아냥거림에 시달리는 날이 이어졌다. 분통이 터졌다. 내가 째보가 아닌데 어찌 째보랑 살 수 있어? 말녀는 도저히 두 손과 두 다리를 가만히 내버려둘 수가 없었다. 차가운 방바닥을 속옷 차림으로 데굴데굴 구르며 화를 삭였다. 방바닥을 내리치며 신문에 뚜렷하게 적혀 있던 '자기주장'이라는 말을 되새겼다.

하루에도 몇 번씩 반짇고리의 뚜껑을 열고 닫기를 반복했다. 편지들을 일일이 다시 읽었다. 내용은 판에 박힌 듯 비슷해서 자기주장 따위 찾아볼 수 없었다. 우라질, 자기주장 같은 소리 하고 자빠졌네. 말녀는 편지를 아무데나 내팽개쳤다. 말녀 앞으로 오던 편지는 서서히 줄다가 뚝 끊겼다.

달리 시간을 보낼 만한 일거리가 없어지자 말녀는 흥얼흥얼 노래를 부르기 시작했다. 노래라도 불러야 숨통이 트이는 것 같았다. 노랫소리가 방문을 넘을 때마다 성난 아버지의 목소리가 울려퍼졌다.

네가 어디 노래 부를 팔자여? 죽었다고 생각하고 살아, 이것아!

그 소리에 멈칫하다가도 말녀는 다시 노랫가락을 뽑아냈다. 노랫소리가 점점 매끄러워지는 사이 계절이 바뀌었다. 여름이 가고, 가을이

지났다. 바람이 차가워지고 논바닥에 얼음장이 깔릴 무렵, 식구들의 구박도 서서히 사그라졌다. 조용한 집안에 간간이 말녀의 노랫소리가 퍼져도 아무도 나무라지 않았다. 말녀는 슬슬 제 방을 나와 툇마루 끝에 서서 노래를 부르기 시작했다.

"이 풍진 세상을 만났으니 너의 희망이 무엇인가. 부귀와 영화를 누렸으면 희망이 족할까. 푸른 하늘 밝은 달 아래 곰곰이 생각하면 세상만사가 춘몽 중에 또다시 꿈같구나."

7

첫서리가 내렸다. 말녀의 노래가 시린 겨울바람을 타고 마을 곳곳으로 퍼져나갔다. 마을 사람들 모두가 말녀의 노래를 들었다. 사람들은 자기도 모르게 말녀의 노래를 따라 불렀다. 어느새 말녀는 동네의 유일한 가수가 되었다. 말녀의 외출이 잦아졌다. 한겨울 동안 수시로 동네 사랑방에 불려가 모두의 박수갈채를 받으며 노래를 불렀다. 얼마간의 돈을 받기도 했다. 말녀는 어르신들이 입안에 넣어주는 떡을 받아먹으면서, 삶은 고구마를 살살 녹여 먹으면서, 손안에 쥐여주는 푼돈을 챙기면서 확신했다.

아, 내가 지금 제대로 자기주장을 하며 살고 있구나!

신정을 코앞에 둔 어느 날이었다. 말녀는 작심을 하고 저잣거리로 무대를 옮겼다. 장터에는 일본 사람들이 많이 돌아다녔다. 일본 순사들도 종종 눈에 띄었다. 사람들은 순사를 무서워했지만 기모노를 입은 일본 사람들을 보면 그들의 뒤를 졸졸 따라가며 드러내놓고 신기해했다. 말녀는 일본 사람들 앞에서 노래를 부르고 그들에게서 박수를 받아내고 싶었다. 그들을 둥글게 세워두고 〈아리랑〉이나 〈어랑타령〉을 목청껏 불러젖히고 싶었다.

저자는 장을 보러 나온 사람들로 바글바글했다. 말녀는 포목점 근처에 자리를 잡았다. 다비가 훤히 보이는 게다를 신은 일본 사람들이 바삐 오갔다. 말녀는 치맛자락을 홱 잡아당겨 허리춤에 묶었다.

"신고산이 우루루루 함흥차 가는 소리에 구고산 큰애기 반봇짐만 싼다."

옷감을 구경하던 사람들이 뜨악한 표정을 지으며 말녀 곁에서 물러섰다. 잠시 기가 죽긴 했지만 말녀는 얼른 수치심을 떨쳐냈다. 노랫소리가 아주 커졌다.

"삼수갑산 머루 다래는 얼크러설크러졌는데 나는 언제 임을 만나 얼크러설크러지느냐."

말녀는 흐느끼듯 노래를 이어갔다. 덩실거리며 〈아리랑〉을 부르기도 했다. 장터의 거지들이 말녀 주위로 모여들었다. 얼씨구! 추임새를 넣었다. 어깨춤을 추며 말녀의 흥을 돋웠다. 절씨구! 노래가 끝나기도 전에 누더기를 입은 거지들이 포목점 앞 공터를 가득 메웠다. 포목점의 입구를 찾을 수가 없을 정도였다. 장을 보러 나온 사람들이 눈살을 찌푸리며 잰걸음으로 뒤돌아갔다. 포목점 주인이 뛰쳐나와 말녀를 거칠게 밀쳤다. 말녀가 뒤로 맥없이 넘어졌다. 주인이 자빠진 말녀를 향해 갖은 욕을 퍼부어댔다.

썩 꺼져, 이 미친년아. 대목에 이게 무슨 봉변이래.

주인은 말녀의 목덜미를 잡아 질질 끌고 갔다.

순 거지들만 불러들여서는 나까지 거지로 만들 셈이야?

그사이 거지 무리는 춤을 추며 장터 밖으로 우르르 몰려가는 중이었다. 말녀를 둘러싼 구경꾼들은 헤벌쭉 웃으며 주인의 매질을 부추겼다. 주인은 쉴새없이 욕을 쏟아냈다. 그러고도 분이 풀리지 않는지 허겁지겁 가게 안으로 뛰어갔다 와서는 말녀의 얼굴에 굵은소금을 뿌렸다. 소금이 말녀의 뺨을 따갑게 때렸다. 매서운 소금 세례에도 불구하고 말녀는 〈쾌지나 칭칭 나네〉밖에 생각나지 않았다. 하늘에는 별도 총총, 쾌지나 칭칭 나네. 망할 노래가 입에 들러붙어버린 게 분명했다. 말녀는 눈물이 그렁그렁한 채로 포목점 주인을 올려다보았다. 그는 손을 탈탈 털더니, 침을 퉤 뱉으며 돌아섰다.

말녀는 잠시 엉거주춤하다 일어났다. 손등으로 젖은 눈가를 비비며 침을 꿀꺽 삼켰다. 치마를 잡고 숨을 크게 들이쉬었다. 찬 공기가 폐속 깊숙이 빨려들어왔다. 카악, 퉤! 말녀는 포목점 주인이 그랬던 것처럼, 자신을 에워싼 사람들의 발치를 향해 침을 뱉었다. 그들의 게다 사이로 새하얀 다비가 빛났다.

아, 속시원하네. 이런 게 빌어먹을 자기주장이지!

집을 향해 부리나케 뛰어갔다. 고무신 속 맨발이 유난히 미끄러웠다. 용케 넘어지진 않았다. 아무도 말녀를 뒤쫓아오지 않았으나 도중에 멈춰 설 수가 없었다. 숨이 턱밑까지 차올랐다. 입을 꽉 다물고 콧김을 내뿜으며 쉼없이 달렸다. 마을 어귀에 다다랐을 때에야 말녀는 후들거리는 두 다리를 붙잡아 세웠다. 주저앉아 가빠진 숨을 골랐다. 좁다란 내리막길 끝에 자리한 마을이 한눈에 들어왔다. 밥 짓는 연기가 집집마다 피어올랐다.

앉은 채로 신을 벗었다. 젖은 발을 찬바람에 말렸다. 발끝이 금세 시려왔다. 말녀는 물끄러미 마을의 전경을 바라보았다. 한시바삐 그 속으로 뛰어들어가고 싶었지만 좀처럼 몸을 일으킬 수가 없었다. 부끄러웠다. 마을 사람들이 자신을 용서하고 이해했다는 티를 내기 위해서 일부러 변변치 않은 자신의 노래에 환호해주었다는 것을 막 깨달아서였다. 말녀는 소리내어 울고 싶었지만 어금니를 악물고 참았다. 쾌지나 칭칭 나네, 가자 가자 어서 가자. 잇새로 새나오는 소리는 노랫가락뿐이었다.

8

정희의 장례식이 끝나고 얼마 후, 군복을 벗은 전두환이 최규하의 뒤를 이어 대통령 자리에 올랐다. 그해 화장터의 굴뚝은 온종일 연기를 뿜어댔고, 사람들은 마당에 널어놓은 빨래 위에 내려앉은 잿가루의 정체를 알지 못해 불안했다. 금성은 서울을 떠나기로 결심했다. 서울에서는 먹고살 길이 막막했다. 다른 직업이 필요했다. 원래 그의 직업은 한국전력주식회사 소속의 전기기사였다. 높게 솟아오른 전봇대 위에 올라가 고압 전류의 흐름을 확인하고, 참새나 까치 떼의 부주의한 움직임 때문에 망가진 전선을 교체하고, 바람을 타고 날아와 전깃

줄에 걸려버린 신문지나 비닐봉지들을 수거하는 게 주된 일이었다.

월급은 적지 않았다. 누런 월급봉투의 겉에는 '위험수당'이라는 네 글자가 붉은 잉크로 진하게 인쇄되어 있었다. 아내와 함께 살 때만 해도 금성에게 위험수당은 일종의 보너스나 마찬가지였다.

별로 하는 일도 없는데.

금성은 상사가 직접 건네주는 월급봉투를 두 손으로 받아들 때마다 지나치리만큼 겸손하게 굴었다.

썩 위험한 일도 아닌데 번번이 위험수당까지 챙겨주시니 부끄럽네요.

매번 허리를 깊게 숙여 인사했다. 상사는 제 주머닛돈도 아니면서 어깨를 으쓱거리며 생색을 냈다.

앞으로 일을 잘하라는 뜻에서 주는 것이지, 자네가 잘해서 주는 게 아니라는 걸 명심하게.

금성은 상사의 말을 선의로 받아들였다. 오로지 더 열심히 일해야겠다는 다짐뿐이었다. 월급봉투를 받을 때마다 찌릿한 전기가 손목을 타고 팔꿈치를 지나 심장에까지 전해졌다. 그 저릿한 맛을 금성은 살맛난다, 라고 표현했다. 아내를 땅속에 묻기 전까지, 그는 위험이라는 말 뒤에 숨어 있는 불운의 기미랄까 징조를 전혀 상상하지 못했다. 죽음을 저당잡히고도 함부로 살맛난다는 말을 남발했다. 아내를 잃고 나니, 위험수당이라는 말이 슬슬 꺼려졌다. 세상만사가 저마다 제 이름에 걸맞게 흘러간다면, 그것이 당연한 이치라면 '위험수당'이 붙은 일의 말미엔 반드시 죽음이 따라붙을 수밖에 없기 때문이었다.

전혀 위험하지 않으면서 재택근무가 가능한 직업. 그것은 하숙집

주인뿐이었다. 몇 가지 곤란한 문제들이 연달아 떠올랐다. 서울의 집 값이 너무 비쌌다. 금성이 가진 돈으로 방이 여러 개 딸린 집을 구하기란 불가능했다. 금성은 고향과 가까운 도시들을 차근차근 떠올렸다. 그중에 구구와 살 만한 데가 있을지도 몰랐다.

　금성은 지도를 꼼꼼히 살펴보았다. 그러던 중 마땅한 도시가 눈에 띄었다. 1917년생 남자 박정희가 태어난 도시로 유명한 곳. 그가 죽기 전해에 시로 승격한 도시는 이런저런 개발 계획들로 빠르게 발전하는 중이었다. 노다지가 따로 없다고 사람들은 지레 떠들어댔다. 많은 젊은이들이 그곳으로 몰렸다. 금성은 그들의 대열에 동참하기로 결심했다. 서둘러 이삿짐을 꾸렸다. 옷 보따리 몇 개가 전부였다. 사진 몇 장과 통장 두 개가 보따리 깊은 곳에 숨겨져 있긴 했지만 한 손으로 들어도 전혀 무겁지 않은, 단출한 짐이었다. 심지어 등에 업힌 구구보다도 가볍기 그지없었다.

9

　동네는 초입의 역을 중심으로 그 뒤를 낮은 집들이 촘촘히 에워싸는 형세였다. 집은 역에서 가장 먼, 동네 끄트머리에 있었다. 푸른 기와를 얹은 디귿 자 모양의 주택이었다. 방은 총 다섯 개, 대문 옆에 재래식 화장실이 따로 있는 집이었다. 금성과 구구가 함께 쓰는 안방 옆에 마루가 있고, 그 옆에 부엌이 딸려 있었다. 부엌 아래 방 두 개가 나란히 붙어 있고, 안방 아래 좁은 방이 두 개 더 딸린 낡은 집이었다.

막상 이삿짐을 풀고 나니 금성에게 새로운 걱정거리가 생겼다. 하숙집 주인이 되기엔 요리 실력이 어처구니없을 정도로 형편없음을 뒤늦게 떠올린 것이다. 금성이 제대로 할 줄 아는 요리라곤 달걀부침과 김치볶음밥 정도가 전부였다. 구구가 자라면서 새로 손에 익힌 요리라고 해봤자 미음밖에 없었다. 그렇다고 하숙생들에게 매일 미음과 김치볶음밥만 먹일 순 없는 노릇이었다. 금성은 매일 밤 텅 빈 집에 드러누워 뒤척였다. 괜히 서둘러 이사를 하고, 가진 돈을 모두 털어 집을 사들인 건 아닌지 스스로가 무모하게 느껴졌다.

구구는 하루종일 잠만 잤다. 깨어 있을 때도 거의 누워만 있었다. 좀처럼 움직이려 들지 않았다. 다른 아이들 같았으면 벌써 기어다니다못해 한창 걸음마 연습을 할 무렵이었다. 구구는 땀을 뻘뻘 흘리며 울기만 했다. 금성은 구구가 우는 이유를 몰랐다. 구구에게 필요한 것은 엄마의 기저귀였다. 커다랗고 두꺼우며, 얼굴을 비비고 싶을 만큼 부드러운 성인용 기저귀. 이전까진 언제나 충분했던 성인용 기저귀가 어느 날 갑자기 사라져버리자 구구의 신경은 날카로워질 대로 날카로워졌다. 잠자지 않는 시간이면 어김없이 울었다. 구구가 짜증 섞인 울음을 내뱉을 때마다 금성은 구구에게 멀건 미음을 억지로 떠먹이거나 아직 갈 필요도 없는 기저귀를 끄집어내렸다.

애가 성격이 이상한가. 왜 자꾸 울기만 하지.

금성의 고민은 갈수록 늘었다. 과연 하숙집을 제대로 꾸릴 수나 있을지, 내일 아침 구구에게 무엇을 먹일지, 잠은 왜 도통 오지 않는 것인지 해결할 수 없는 걱정들이 꼬리를 물고 이어졌다. 잠 못 이뤄 뒤척이는 밤마다 아내를 떠올렸다. 아내의 잠은 늘 짧았다. 자주 몸을 움직였고, 새벽녘에 깨어 집안을 돌아다녔다. 구구의 성장이 더디고 잠이 많은 것이 제 엄마를 닮아서는 아니었다. 따지자면 구구는 아무도 닮지 않았다.

넌 어디서 왔나.

금성이 구구의 젖은 머리카락을 손으로 빗어내리며 물었다.

구구가 잠결에 입을 오물거렸다. 금성이 구구의 입술 가까이에 귀를 댔다. 구구의 젖은 숨결이 감겨왔다. 불현듯 금성의 머릿속에 묘안이 떠올랐다. 잠만 자는 방. 오호라, 이보다 쉬운 일은 세상에 또 없지 싶었다. 금성은 속으로 쾌재를 불렀다. 구구가 깰세라 소리 없이 두 팔을 치켜들며 벙긋벙긋 입모양으로만 만세를 불렀다.

아침이 되자마자 금성은 잠든 구구를 포대기로 감싸 등에 업었다. 구구는 졸음에 겨운 눈을 서너 번 끔벅이다 다시 잠에 빠졌다. 금성은 지난밤에 만들어둔 전단지를 한 손에 쥐고 부리나케 집을 나섰다. 일단 역을 출발점으로 삼았다. 역 앞 전봇대에 가장 먼저 풀칠을 했다. 전봇대의 잿빛 기둥이 축축하게 젖었다.

'잠자는 방 있씀.'

전단지의 글자들을 손바닥으로 꼭꼭 눌렀다. 한때 전봇대를 겁없이 오르락내리락하던 그였다. 문득 전봇대에 빚을 지며 사는 기분이 들었다. 풀칠을 하다 말고 잠시 전봇대에 양손을 갖다 댔다. 전류의 흐름이 미세하게 바뀌는 게 느껴졌다. 전봇대가 우는 소리였다. 전봇대에는 저마다의 울음이 있다. 어떤 전봇대는 너무 크게 울어서 근처에만 가도 귓속이 쟁쟁했다. 금성은 전봇대를 토닥였다. 전단지를 붙일 때마다 같은 일이 반복됐다. 그러느라 전단지를 다 붙이는 데 시간이 오래 걸렸다.

버스 정류장 앞 전봇대에 마지막 전단지를 붙였다. 금성은 빈손을 툭툭 털어냈다. 전봇대를 끌어안고 바짝 귀를 붙였다. 전봇대의 내부를 타고 흐르던 소리가 끊어지는가 싶더니 다시 이어졌다. 한참을 그러고 있다가 마지못해 몸을 떼어냈다. 기다렸다는 듯 등뒤에 업혀 있던 구구가 새된 울음을 터뜨렸다.

넌 울려고 이 세상에 왔나.

금성이 등뒤에 업힌 구구에게 물었다. 구구의 울음소리가 더욱 커졌다. 아니라는 뜻 같기도 하고, 맞는다는 뜻 같기도 해서 금성은 서러웠다. 때마침 전봇대의 윙 하는 소리가 커졌다. 금성은 한 손으로 구구의 엉덩이를 토닥였다. 다른 한 손으로는 제 목덜미를 쓸어내렸다. 그의 목덜미에서도 윙 하는 소리가 번져나왔다.

하숙생을 기다리는 일은 지루하고 외로웠다. 금성과 구구는 온종일 마루끝에 앉아 닫힌 대문을 물끄러미 바라보았다. 가끔씩 기차 지나가는 소리가 들렸다. 기차는 하루에 세 번밖에 서질 않았다. 기차 소리에는 적응하기가 힘들었다. 금성은 별 이유 없이 화들짝 놀라며 주위를 둘러보곤 했다. 전단지를 붙인 지 며칠이나 지났지만, 금성과 구구의 집을 찾는 이는 아무도 없었다.

금성과 구구는 바람결에 무언가 빠르게 지나가는 소리를 들으며 하루를 보냈다. 그들의 텅 빈 집을 아주 커다란 총알이 관통하는 것 같은 소리, 무언가 다가오고 있다. 금성은 생각했다. 딸의 심장을 겨누고 있는 기다란 총구의 그림자. 구구의 검은 눈이 아버지를 올려다볼 때마다 금성은 딸의 우묵한 눈에서 이런 글귀를 읽어냈다.

아버지, 왜 제게 암살당할 운명을 주셨나요?

10

봉우리 봉, 사내 남. 조복남의 원래 이름은 조봉남이었다. 많고 많은 사내 중에서도 으뜸가는 사내가 되라는 아버지의 깊은 뜻은 호적계 서기의 실수로 단숨에 내버려졌다. 호적계 서기는 봉남을 복남으로 알아들었다. 여복이건 식복이건 재복이건, 복이란 복은 모두 달고 살 것 같은 이름이긴 했다. 누구도 호적계의 실수를 정정하려 들지 않았다. 조봉남과 조복남. 결과만 두고 봤을 때 그는 봉남과 복남, 두 개의 이름 중 어느 하나에도 어울리는 삶을 살지 못했다. 그는 평생 자신의 이름에 담긴 뜻을 의심하며 살았다.

1929년 2월의 마지막날이었다. 다음날은 복남의 친구가 일본으로 떠나기로 되어 있었다. 친구는 동경제대 공학부에 진학할 예정이었다. 유학을 선택하기엔 좀 늦은 감이 있었지만 이제라도 떠날 수 있다는 것만으로 충분히 축하할 일이었다. 친구 역시 자신이 축하받아 마땅한 사람이라는 것을 잘 알았다. 유학을 마치고 돌아오면 도지사가 되고자 한다는 욕심을 애써 숨기지 않았다. 평생을 하급관리로 살아갈 순 없지 않겠나? 그는 수시로 고무신 바람으로 동네를 쏘다니는 친구들에게 자신의 포부를 늘어놓았다.

그는 매일 술을 샀다. 동네 친구들과 우르르 몰려다니며 술을 마셨다. 복남도 항상 그 자리에 끼었다. 그들은 주점과 기방을 오가며 서로의 미래를 축복했다. 잔이 깨져라 건배를 하고 또 했다. 몇몇은 조선소년군에 입단할 계획을 세우고, 누군가는 사관학교에 진학하겠다는 야심을 내세우며 오 년 뒤에 다시 뭉치기로 서로에게 약속했다. 복남에게는 딱히 이렇다 할 꿈이 없었다. 친구들이 열에 달뜬 낯빛으로 저마다의 계획을 얘기할 때마다 섭섭한 마음만 들었다.

복남은 조선소년군에도, 사관학교에도, 유학에도 심드렁했다. 그렇다고 농사꾼이 되고 싶지도 않았다. 그저 매일 친구들과 어울려 거리를 쏘다니고 시시껄렁한 농담을 주고받거나 술잔을 부딪치며 실컷 놀고 싶을 뿐이었다. 친구들이 그런 제 마음을 몰라주는 것 같아서 술을 들이켤수록 복남의 말수는 줄어들고 입은 부루퉁해졌다. 그러다 아주 취하면 친구의 허리춤을 붙잡고 떼를 썼다. 나도 데리고 가라! 우리 어디든 같이 가자. 아무리 마셔도 밤이 깊어지지 않으면 기생의 치맛자락과 친구의 가슴팍에 구토를 하며 울었다.

오늘이 마지막 술자리라는 것을 모두가 알고 있었다. 흐리멍덩한 눈으로 다들 빠르게 술잔을 비워나갔다

우린 전쟁터에 끌려가 죽을지도 몰라.

누군가 술잔을 들고 중얼거렸다.

결국 우리 모두는 군인이 될 테니까.

다들 입을 다물었다.

너는 살겠지.

개중 하나가 복남을 향해 술잔을 내밀며 말했다. 갑자기 복남이 울

음을 터뜨렸다. 술상에 둘러앉은 모두가 복남을 멀뚱히 쳐다보았다.

친구야, 친구야!

복남이 목을 놓아 울었다.

네가 보고 싶으면 나는 어쩌지?

다들 모른 체했지만 친구들은 복남의 호적이 진즉 바뀐 상태라는 것을 알았다. 소문은 금세 퍼졌다. 복남의 아버지가 논 세 마지기를 팔았다는 소문이 돌자마자 사람들은 복남의 호적이 바뀌었음을 짐작했던 것이다. 짐작은 틀리지 않았다. 복남의 아버지는 아들의 출생연도를 바꾸었다. 그 와중에 호적에 기재된 아들의 이름이 실제와 다르다는 것도 알았다.

봉남은 복남이었다. 복남과 복남의 가족들은 당황했지만 요즘 같은 시대엔 봉남이 아니라 복남으로 사는 게 더 낫다는 결론을 내렸다. 덕분에 복남은 서류상 제1국민병의 조건에서 제외되었다. 병역기피자를 색출하러 나온 순사들의 번득이는 눈초리에서 조금이나마 비켜날 수 있었다. 복남의 아버지가 논 세 마지기를 팔아 바친 돈은 순사들의 잦은 술판에 보태졌다. 전운이 감돌던 시기였다. 순사들은 젊은 남자들을 불시에 검문해선 이유 없이 연행하기를 반복했고, 때로는 군용 트럭에 태워 군수공장이나 머나먼 탄광으로 보내버렸다.

보고 싶으면 어쩌란 말이냐.

복남의 울음소리가 점점 커졌다. 옆에 앉아 있던 기생이 보란듯이 치마를 털어내며 자리를 떴다. 다른 기생들도 질세라 하나둘씩 일어서서 방을 나갔다. 친구들도 그들의 뒤를 따라 자리를 떠났다. 복남은 혼자 울다가 정신을 잃었다.

잠결에 사람들의 고함소리가 들려왔다. 눈을 떠보니 길 한가운데였다. 복남은 어리둥절한 얼굴로 주위를 둘러보았다. 날이 훤했다. 일어서서 한길가를 걸었다. 아무리 찬바람을 쐬며 걸어도 취기는 가시지 않았다. 복남은 갈지자로 걷다가 주저앉기를 서너 차례 반복했다. 주위는 여전히 시끌벅적했다. 복남이 소리가 들리는 쪽으로 몸을 틀어섰다.

시끄러워. 시끄럽다고, 이 잡것들아.

발을 높이 들어올려 차는 시늉을 했다. 발끝이 돌부리에 걸려 복남은 앞으로 크게 넘어졌다. 고함소리가 점점 더 가까이 다가왔다.

대한 독립 만세! 대한 독립 만세!

군중들이 한목소리로 외쳤다. 골목마다 사람들이 쏟아져나왔다. 교복을 입은 학생들도 많았다. 삼일운동을 기념하는 가두행진이었다. 그들의 발길은 주재소 쪽으로 향하고 있었다. 기미년에 삼일운동이 있고 난 후, 해마다 3월 1일이면 벌어지는 시위였다. 발 빠른 기마부대가 그들의 행진을 막아섰다. 선두에 서 있던 고등학생이 기마병을 향해 돌을 던졌다.

돌은 말의 정수리를 강타했다. 놀란 말이 앞다리를 높이 치켜들면서 길게 울었다. 말에 타고 있던 군인이 바닥으로 굴러떨어졌다. 군중들이 그 모습을 보고 환호성을 질렀다.

총소리가 울렸다. 시위대의 앞 열이 무너졌다. 사람들이 한꺼번에 우르르 흩어졌다. 몇몇은 주저앉은 채로 사람들의 발길에 이리저리 차였다. 다시 총성이 울렸다. 사람들은 뒤통수를 감싸안으며 전속력으로 뛰었다. 몇 번의 총성이 이어졌다. 몇몇이 쓰러졌고 몇몇은 짓밟혔다. 사망자는 세 명이었다. 둘은 고등학생이었다. 복남은 시체 옆에 엎드린 상태로 발견되었다. 온몸이 피범벅이었다. 순사가 복남의 몸을 뒤집었을 때, 복남은 그의 눈을 보고 울먹이며 말했다.

친구야, 내 친구야.

11

삼일절 기념 가두행진의 주동자. 복남에게 씌워진 죄목이었다. 죽은 고등학생의 손에 들려 있던 손수건으로 찢어진 이마를 대충 감싼 복남은, 곧장 순사의 손에 끌려갔다. 그는 곧바로 수감되었다. 수사계장이 복남을 신문했다. 복남의 입에서 술냄새가 진동했다. 복남은 그에게 딱히 할말이 없었다.

친구가 일본으로 유학을 가요. 너무 슬퍼서 술을 마셨어요.

복남은 같은 말을 반복했다. 수사계장은 복남의 뺨을 후려쳤다.

일본으로 유학을 간다는 것은 영광스러운 일이다. 왜 슬픈지를 설명해!

수사계장의 물음에 복남은 제대로 된 대답을 하지 못했다.

보고 싶을까봐요.

울먹거리며 간신히 대답해보아도 수사계장은 알아듣지 못했다. 재판 따위 받을 겨를조차 없이 복남은 불법 시위의 주동자로 몰렸다. 이대로 갇혔다가는 언제라도 총알받이 신세가 되어 끌려갈지도 모를 운명이었다. 복남의 아버지는 남은 논을 모조리 팔았다. 그 돈은 남김없이 수사계장의 주머니로 들어갔다. 복남은 바로 풀려났다. 절뚝이며 주재소를 떠나는 복남의 뒤통수에 대고 수사계장이 말했다.

한 번만 더 붙잡히면 그 자리에서 총살이야. 친구들 낯짝이라도 보면서 살고 싶거들랑 죽은듯이 살아.

수사계장의 그 말은 복남의 뇌리에 총알처럼 박혔다.

장가를 보내야겠다. 복남의 아버지가 내린 결론은 그것이었다. 장성한 아들이 여태 사람 구실을 못하는 것은 제때 혼사시키지 못한 탓이라고 섣불리 판단했다. 동네에선 복남이 만주에서 활동하는 독립투사들의 소식통이라는 소문이 자자했다. 쉽사리 딸을 내주겠다는 혼처를 찾을 수 없었다. 게다가 이제 그들에게 남은 것은 뒷마당에 심어놓은 감나무 몇 그루뿐이었다. 독립운동에 가담했다는 자가 신붓감을 찾는다는 소식은 말녀의 동네에까지 알려졌다. 말녀의 아버지가 시장통에서 그 소식을 전해들었다. 그는 복남의 아버지에게 사람을 보내 혼례 날짜를 정해버렸다. 일사천리였다. 사람들은 독립운동가와 여성운동가의 만남에 흥분했다.

말녀는 다시 혼례복을 꺼내 입었다. 양가의 부모들은 되도록 간소하게 혼례를 올리자는 데 찬성했다. 복남은 혼자 말녀의 집으로 찾아오기로 했다. 그에겐 소가 없었다. 말도 당나귀도 없었다. 하지만 그에게는 남몰래 독립군을 지원했다는, 남다른 이력이 있었다. 그런 사람이라면 신여성의 자기주장을 자신 있게 옹호하고 지지할 수 있을지도 몰랐다. 그는 단연코 위험을 무릅쓸 줄 아는 사람일 터였다. 말녀는 부모 앞에서 마뜩잖은 표정을 지어 보였으나 내심 복남과의 혼인이야말로 제 삶에서 가장 그럴싸한 일이 될 것임을 직감했다. 혼롓날 아침, 혼자 단장을 마쳤다. 경대에 비친 뽀얀 얼굴을 보면서 어느 편지에서 읽었던 '선구자'라는 단어를 떠올렸다. 말녀는 저고리를 움켜쥐고 뻐근해진 가슴을 문질렀다. 심장이 빠르게 뛰었다.

정오를 훨씬 넘겼으나 복남은 코빼기조차 비치질 않았다. 말녀는 방 한가운데 꼿꼿하게 앉아 신랑을 기다렸다. 문밖을 서성거리는 아버지와 어머니의 한숨 소리와 어쩔 줄 몰라하는 친척들의 우왕좌왕하는 발소리에도 꿈쩍하지 않았다. 결국 말녀의 아버지와 친척들이 삼삼오오 흩어져 신랑을 찾으러 나섰다. 집안에 남아 있는 사람들은 그럴 줄 알았다는 듯 혀를 찼다. 째보도 아쉬운 이 판국에 말녀. 말녀는 아랫입술을 깨물었다.

말녀의 아버지가 복남을 발견한 것은 마을 어귀에 서 있는 동네의 유일한 전신주에서였다. 복남은 전신주에 매달려 버둥거리고 있었다. 장인의 얼굴을 내려다보며 오는 길에 깡패를 만났다고 울먹였다.

가진 돈을 모두 뺏겼어요.

꼴이 말이 아니었다. 눈두덩은 검푸르게 멍이 들었고 머리칼은 쥐어뜯겨 봉두난발이었다. 신발은 한 짝밖에 신질 않았다. 밤새 찬바람에 시달린 얼굴은 허옇게 말라붙어 침자국이 두드러졌다. 말녀의 아버지가 그를 끌어내려 등에 업었다.

키가 작고 빼빼 마른 복남은 가벼웠다. 세상이 미쳐서 내가 쌈짓돈 걱정이나 하고 자빠진 이깟 놈에게 딸을 내주는구나. 말녀의 아버지는 당장이라도 복남의 엉덩이를 받치고 있는 두 손을 놓아버리고, 땅바닥에 패대기치고, 찬물을 끼얹고 싶었다. 하다못해 하늘에 대고 오줌이라도 갈기고 싶었다. 요강보다 못한 세상. 흘러내리는 복남을 추어올리며 말녀의 아버지가 멀리멀리 침을 뱉었다.

해가 뉘엿뉘엿 질 때쯤, 복남과 말녀는 마주보고 섰다. 맞절을 하는 둥 마는 둥 혼례는 대충 끝났다. 신랑은 곧장 안방에 드러누웠다. 끙끙 앓는 소리가 멈추지 않았다. 한의사가 도착했다. 전신에 침과 쑥뜸을 놓았다. 복남은 어금니가 딱딱 부딪칠 정도로 온몸을 떨었다. 말녀는 또다시 첫날밤을 혼자 보냈다. 도통 잠을 이룰 수가 없었다. 이틀 내리 군불을 땠는데도 한기가 가시질 않았다. 옷이란 옷은 모두 꺼내 입었다. 급기야 버선도 꺼내 신었다. 슬슬 몸이 데워질 때쯤 날이 밝아왔다.

며칠이 지나서야 복남은 말녀와 처음으로 같은 상 앞에 마주앉았다. 복남은 자신을 전신주에 매단 깡패 이야기를 꺼냈다. 너무 어두워서 그놈 얼굴이 잘 기억나지 않지만 덩치가 매우 크고, 얼굴이 굉장히 넙데데한 것이 꼭 황소 같았다고, 어쩌면 진짜 황소였는지도 모르겠다고 복남은 설익은 밥알을 씹으며 말했다.

그런 짐승을 내가 무슨 수로 이기겠소.

12

구구의 첫번째 생일이었다. 금성은 구구를 등에 업고 장을 보러 나섰다. 시장은 역을 가로질러 잠시 걷다보면 금방 나타났다. 상인들은 커다랗고 붉은 고무 대야 앞에 쭈그려앉아 이런저런 물건들을 팔았다. 시장 초입엔 주로 채소를 파는 사람들이 옹기종기 모여 있고, 그 뒤에 만두와 떡볶이 같은 분식을 만들어 파는 사람들이, 꽁꽁 언 생선들을 파는 장사꾼들이, 양말이나 그릇을 한데 모아 파는 잡화점이, 커다란 도마를 내걸고 생고기를 파는 정육점이 순서대로 줄을 서 있었다. 한일자로 길게 뻗은 시장의 맨 끝에는 떡집과 국숫집이 자리했다.

제일 먼저 들른 곳은 떡집이었다. 잔치엔 떡이 있어야지. 금성은 목이 멘다며 평소엔 남이 거저 줘도 먹지 않는 떡을 샀다. 아내의 장례식 이후 그는 떡처럼 찰진 음식을 먹으면 으레 체했다. 시루떡과 백설기를 한 되씩 사고, 왔던 길을 다시 되돌아가 고기를 샀다. 소고기 반 근을 사면서 금성이 정육점 주인에게 물었다.

이걸로 국을 끓이려면 어떻게 해요?

무를 넣고 팔팔 끓이면 되지요.

금성은 더 묻지 않고 신문지에 싼 고기를 받아들었다. 생선가게에 들러서는 조기와 고등어의 값을 치르면서 또 물었다.

이건 그냥 프라이팬에 굽나요?

벌건 핏물이 묻은 칼을 앞치마에 닦으며 아주머니가 말했다.

당연하지, 소금만 살살 쳐서 구워도 맛이 기가 막히다.

순대를 사고, 시장을 빠져나오는 참에 필요한 채소들을 사서 장바구니에 가지런히 넣었다. 집에 돌아오자마자 금성은 좁은 부엌을 허둥지둥 오가며 시장 사람들이 일러준 대로 고깃국을 끓이고, 생선을 굽고, 나물을 데쳤다. 서서히 생일상의 구색이 갖춰졌다.

마루 한가운데 놓인 상은 생일상이라기보다 제사상 같았다. 높게 쌓아올린 과일과 떡이 상 위에 위태롭게 서 있었다. 뜯지 않은 과자 봉지들이 상 주위를 어지럽혔다. 구구는 앉은 채로 졸았다. 아침에 갈 아입은 새 옷의 무릎 언저리가 벌써 더러웠다. 가슴팍엔 기름 얼룩이 묻어 있었다. 문득문득 잠에서 깨어날 때마다 구구는 새우깡을 녹여 먹다가 바닥에 내뱉었다가 방바닥을 몇 바퀴 기다가 기저귀에 똥을 싸고 칭얼거리며 울다가 다시 잤다.

꿈을 꾸었다. 엄마가 특대형 기저귀에 모로 누워 구름 위를 떠다녔 다. 아이, 간지러워라. 이런저런 말들을 중얼거리면서 종아리 언저리 를 벅벅 긁었다. 욕창이 있던 자리였다. 눈은 여전히 꾹 감겨 있었다. 구구는 엄마의 기저귀를 뺏고 싶었다. 두 손이 엄마를 향해 저절로 뻗 어나갔다.

엄마, 엄마.

그 소리는 엄마를 부르는 것이라기보다 옹알이에 가까웠다. 구구의 잠꼬대를 듣고 금성이 부엌에서 뛰쳐나왔다. 한 손에 뒤집개를 든 채 였다. 기름이 뚝뚝 떨어졌다. 구구가 또 한번 엄마를 부르며 버둥거렸 다. 금성은 뒤집개를 든 손으로 꺼진 눈 밑을 닦았다. 구구를 등에 업 고 다시 부엌으로 돌아갔다. 어쩌다 엄마라는 말을 배웠을까. 가장자 리가 검게 탄 부침개를 뒤집는 금성의 눈시울이 삽시간에 붉어졌다.

구구가 몇 번의 짧은 잠을 자는 사이 해가 저물었다. 금성이 바닥에 구구를 뉘었다. 생일 축하해, 우리 딸. 구구가 오물거리며 조그만 입을 벌렸다. 금성이 구구의 입속에 식은 고깃국을 떠넣어주었다. 고깃국이 아니라 뭇국이나 진배없었다. 생선살을 짓이겨 구구의 입에 넣어주었다. 생선살은 너무 짜서 거의 젓갈 수준이었다. 구구는 입안에 있는 것들을 모조리 뱉어냈다. 금성은 뭔가를 계속 떠먹이고 싶었지만 막상 구구가 먹을 만한 음식은 별로 없었다.

별수없이 구구는 젖병을 물었다. 금성은 냉장고에 넣어둔 오이와 당근을 꺼냈다. 껍질을 벗기지 않은 오이와 당근을 대충 씻어 고추장에 찍어 먹으며 밥그릇을 비웠다. 둘은 흑백텔레비전 앞에 나란히 누웠다. 텔레비전에서는 연속극을 방영하는 중이었다. 서울의 달동네에 사는 사람들의 이야기였다. 연속극이 채 끝나기도 전에 금성이 코를 골았다.

잠든 금성의 품으로 구구가 파고들었다. 가슴팍에서 들려오는 소리에 귀를 기울였다. 구— 구구. 아버지의 심장이 뛰는 소리. 구— 구구. 금성의 심장에서 빠져나온 소리가 구구에겐 제 이름처럼 들렸다. 아버지의 심장이 딸을 부르는 소리. 구구는 으어어, 소리를 질렀다. 아버지의 부름에 대답하려고, 뜻 없는 소리를 내처 질렀다. 그 순간 첫번째 하숙생이 여보세요, 라며 구구와 금성을 불러냈다.

13

그의 이름은 박기욱이었다. 기욱은 때마침 들려온 구구의 목소리가 들어와도 된다는 뜻인 줄 알았다. 고소한 냄새가 집안 전체에 진동했다. 기욱은 마루 위로 올라서서 어지럽혀진 상을 내려다보았다. 숟가락이 담긴 국그릇, 딱딱하게 굳은 밥풀들이 덕지덕지 붙어 있는 밥그릇, 하얀 기름 덩어리가 되어버린 고깃국, 뼈를 드러낸 채 두 동강 난 생선구이. 기욱의 입안에 침이 돌았다. 상 옆에는 반바지 차림을 한 금성이 코를 골며 자고 있었다. 금성의 허리께에 기대어 앉아 있던 구구와 기욱의 눈이 딱 마주쳤다.

너 이름이 뭐니?

기욱이 물었다. 동시에 상 위의 음식들을 주워먹기 시작했다.

몇 살이야? 밥은 먹었니?

입안의 음식을 우물거리며 구구에게 쓸데없는 질문들을 퍼부었다. 어차피 아이가 대답할 수 있을 거라곤 기대하지 않았다. 다만 갓난쟁이에게 말이라도 걸어야만 자신이 지금 음식을 훔쳐먹고 있다는 의심에서 놓여날 것 같았다. 달그락거리는 소리에 금성이 눈을 떴다. 게슴츠레한 눈으로 콧물을 요란하게 들이켜며 일어나 앉았다.

저기…… 하숙생을……

기욱이 더듬거리며 용건을 꺼냈다.

구한다고 해서요.

금성은 대답 없이 상 위를 흘깃 쳐다보았다. 구구를 바짝 끌어당겨 바닥에 눕힌 뒤 기저귀를 벗겨냈다. 노란 똥이 잔뜩 묻어 있었다. 금성의 손길이 바빠졌다. 얼른 기저귀를 풀어냈다. 벌겋게 짓무른 가랑이가 드러났다. 금성이 미안해, 미안해, 빠르게 읊조렸다. 지켜보던 기욱도 괜스레 미안한 마음이 들었다. 미안해, 미안해. 기욱의 입에서도 같은 말이 튀어나왔다. 금성은 뜨거워진 손으로 마른세수를 했다.

벌떡 일어나 부엌으로 갔다. 찬장을 여기저기 뒤져 마시다 남은 술을 꺼내왔다. 소주병과 잔이 상 위에 놓였다. 그 옆에 새 수저가 삐뚜름하게 놓였다.

오늘이 우리 딸 생일이라서.

말이 떨어지기 무섭게 기욱이 고깃국에 밥을 말았다. 숟가락질이 바빴다. 아예 그릇을 들고 국물을 마셨다. 굳은 떡을 씹어 먹고 바닥에 뒹구는 사과를 주워다가 베어물었다. 구구는 반쯤 벌거벗겨진 상태로 아버지의 옆을 지켰다. 금성이 연거푸 술잔을 비웠다. 기욱은 사과를 씹으며 금성이 주는 술을 한입에 털어넣었다. 금성이 실실 웃었다. 기욱이 하는 짓마다 마음에 쏙 들었다. 기욱이 그 낌새를 눈치채고 구구를 무릎에 앉혀 능숙하게 얼렀다. 까꿍. 까꿍.

근데 이름이 뭐요?

금성이 물었다.

욱이라고 합니다.

뭐라고?

박기욱이라고 하는데요, 기욱이라고 불러도 되지만, 그냥 욱이라고 부르세요.

금성이 한 손에 술잔을 든 채로 버럭 소리를 질렀다.

그딴 이름으로 어찌 사나? 이름이 그렇게 별 볼 일 없어서야 밥벌이나 제대로 하겠느냔 말이야!

기욱은 더 먹을 게 없나 상 밑을 살펴보다가 퉁명스레 대꾸했다.

그러는 아저씨 이름은 뭔데요?

금성이 허리를 펴며 대답했다.

조금성이다. 왜?

기욱이 콧방귀를 뀌며 웃었다. 금성의 말이 더욱 빨라졌다.

그래도 내 딸 이름은 조구야, 조구! 김구의 구를 가져왔지!

기욱은 침 범벅인 구구의 얼굴을 빤히 쳐다보았다.

이름이 조구야?

기욱은 조구, 조구, 거듭 중얼거리다 냅다 뒤로 나동그라졌다. 킬킬대는 기욱의 웃음소리가 마룻바닥에 울려퍼졌다.

박기욱이 훨씬 나은 것 같은데요.

이미 금성은 취할 대로 취한 상태였다. 혀가 잔뜩 꼬부라져 무슨 말을 하는지 알아듣기 어려웠다. 금성이 깨끗하게 비워진 접시들을 젓가락으로 두들겼다. 상 주위를 기며 기욱의 품에 안겨 있는 구구를 찾아다녔다. 벽에 발길질을 수차례 하다가 제풀에 지쳐 쓰러졌다. 구구가 울음을 터뜨렸다. 기욱이 구구를 좌우로 조심스럽게 흔들었다. 구자야, 구자야. 엉뚱한 이름을 다정하게 불렀다.

구구는 금세 울음을 거두고 단잠에 빠졌다. 기욱은 금성보다 훨씬키가 작았지만 비교할 수 없을 만큼 뚱뚱했다. 커다란 성인용 기저귀처럼 그의 살은 무르고 푹신했다. 기욱은 잠든 구구를 조심스럽게 바닥에 뉘고선 그 옆에 함께 드러누웠다. 셋은 어질러진 마루 한가운데서 이불도 없이 각자의 꿈속으로 푹 잠겼다.

이튿날 아침, 기욱은 부엌에서 제일 가까운 방을 제 방으로 골랐다. 유일하게 다락이 딸린 방이라는 이유로 금성은 방세를 오만칠천원은 받아야 한다고 우겼다. 기욱은 들은 체도 하지 않았다. 오만삼천원도 비싸다고 화를 냈다. 그나마 밥이 입맛에 맞아서 양심상 오만오천원을 내는 거라고 선수를 쳤다. 뭇국과 고깃국을 분간 못하는 기욱의 입맛에 금성은 혀를 내둘렀지만 속으로는 다행이다 싶었다.

생선은 뭐니뭐니해도 갈치가 제일이지. 고기반찬엔 반드시 상추가 있어야 한다고요. 쌈장보다는 고추장이 낫지 않나.

기욱이 매 끼니마다 구구의 생일날과 같은 상차림을 기대한다면 큰일이었다. 주저리주저리 먹는 얘기만 늘어놓는 기욱의 입을 일찌감치 틀어막고 볼 일이었다.

잠만 자는 방에서 웬 음식 타령이야.

기욱이 주머니에서 꼬깃꼬깃하게 접힌 전단지를 꺼내어 들이밀었다. 두툼한 손가락으로 금성이 쓴 문장을 툭툭 쳤다. '잠자는' 방이라고 했지 '잠만 자는' 방이라고 어디에 쓰여 있느냐고 보란듯이 따져 물었다.

이런, 망할. 잠만 자는 방이라고 썼어야 했는데.

금성이 제 머리통을 사정없이 때렸다.

14

아침부터 쏟아지던 눈발이 서서히 잦아들었다. 금성이 빗자루를 들고 나섰다. 대문을 등지고 서 있는 남자의 뒷모습이 금성을 가로막았다. 남자는 담배를 피우고 있었다. 머리 위에 흰 눈이 소복하게 쌓여 있었으나 털어낼 마음 따위는 없어 보였다. 머리에 쌓였던 눈이 성긴 머리칼 사이로 녹아 흘러내려 점퍼의 등 부분도 젖은 상태였다. 금성의 시선이 점퍼의 젖은 자국에 오래 머물렀다. 남자의 머리 위로 담배 연기가 흩어졌다. 입김 때문에 연기가 유난히 짙었다.

여보세요.

금성이 조심스레 그의 등에 대고 말문을 열었다. 남자가 얼른 뒤돌아섰다. 앞머리가 눈썹 아래로 내려올 만큼 길었다. 곱슬머리인 탓인지 정수리 부분이 불룩했다. 머리카락 사이로 보이는 두 눈은 둥글고 커다랬다. 남자는 금성을 지그시 바라보다 손가락 사이에 끼우고 있던 담배를 힘없이 떨어뜨렸다.

방 있어요?

반색하며 묻는 목소리에는 의외로 활기가 넘쳤다. 금성이 들고 있던 빗자루를 겨드랑이 사이에 끼우고 그의 손을 잡아끌었다. 그는 순순히 금성을 따라 마루끝에 앉았다. 금성이 손끝으로 비어 있는 방을 알려주었다. 그는 앉은 채로 집안을 건성건성 둘러보았다. 집이 좋네요, 그러고는 가만히 제 발끝을 바라보았다. 금성이 금방 끓여낸 보리차를 그에게 건넸다. 그는 양손으로 잔을 감싸쥐고 뜨거운 김을 얼굴에 쐬었다. 거칠한 얼굴에 잠깐이나마 윤기가 돌았다. 그가 대문에서 제일 가까운 끝방을 가리키며 방세를 물었다.

오만오천원.

뜻밖에도 그는 월세를 깎으려 들지 않았다. 다락도 없는 방인데. 금성은 속으로 미안했지만 먼저 월세를 깎아주겠다고 나설 수는 없었다.

이만하면 싸게 주는 거라네.

짐짓 너그러운 주인인 양, 입 밖으로 능청 어린 말이 튀어나왔다. 그제야 남자는 허리를 펴고 일어서서 금성에게 인사를 했다. 두 다리를 붙이고 두 손을 가지런히 모으고 허리를 구십 도로 꺾었다.

고맙습니다.

그의 이름은 나용태. 몇 달 만에 찾아온, 두번째 하숙생이었다. 저녁이 되자 용태는 빳빳한 봉투에 지폐를 넣어 금성에게 건넸다. 봉투 겉면에는 '잘 부탁드립니다'라는 글자가 꾹꾹 눌러 쓰여 있었다. 금성의 눈시울이 붉어졌다. 그 문장에는 삶에 도사린 위험에 대한 경계가 전혀 실려 있지 않아서 금성은 크게 감격했다.

용태와 기욱은 동갑내기였다. 용태는 덩치가 컸다. 키도 금성보다 컸다. 기욱이 제일 작았다. 밥은 제일 많이 먹었다. 용태는 식사 때 집을 비우는 일이 잦았다. 툭하면 외출을 했다. 한번 나가면 집에 잘 들어오질 않았다. 집에 올 때에는 항상 만두나 순대 같은 간식거리를 사들고 돌아왔다. 간식의 대부분은 기욱의 입속으로 들어갔다. 구구의 몫으로 남겨진 음식의 대부분도 기욱의 입속으로 사라졌다.

가끔 용태는 스스로 나서서 밥상을 차리기도 했다. 수제비를 끓이기도 하고 라면을 사와서는 모두와 나눠 먹기도 했다. 조리법이 간단한 음식이었지만 금성보다 요리 솜씨가 좋은 것은 확실했다. 기욱은 용태가 부엌에 들어갈 때면 미리 젓가락을 들고 마루를 돌아다녔다.

네 식구가 텔레비전 앞에 둘러앉은 어느 저녁이었다. 구구가 기욱을 뚫어져라 쳐다보았다. 그의 짧고 통통한 몸뚱이 속에 누군가 들어 있다고 생각했다. 둥글게 솟아오른 배를 두드리며 한쪽 팔로 머리를 받친 채 누워 있는 모습을 볼 때면 더욱 그런 생각이 들었다.

저기 엄마가 들어 있다고, 구구가 금성의 소매를 흔들었다. 엄마. 엄마. 구구의 입에서 나오는 몇 안 되는 말들 중에서 금성이 유일하게 알아들을 수 있는 말이었다.

떼끼!

금성이 손사래를 쳤다.

엄마는 저렇게 뚱뚱하지 않았어. 아주 날씬했지.

듣고 있던 용태가 큭큭 웃었다.

거짓말.

기욱이 거들었다. 금성이 눈을 부라렸다. 머쓱해진 용태가 구구를 끌어안았다.

구님아, 구님아.

용태는 구구를 구님이라고 불렀다.

구님아. 구님아. 오빠라고 불러봐. 오빠.

매일 담배를 한 갑씩 피워대는 용태에겐 늘 퀴퀴한 냄새가 났다. 구구가 얼굴을 찌푸리며 칭얼댔다.

아이고, 홀아비 냄새.

금성이 구구를 뺏어 안았다.

형이 할 소리는 아니지.

용태가 금성의 말을 맞받아쳤다. 금성은 헛기침을 하며 구구의 뺨에 입술을 비볐다. 용태는 누가 시키지 않아도 구구를 자주 돌봤다.

금성이 끼니때마다 부엌에서 용쓸 때면 용태는 눈치껏 구구를 제 방에 데려다놓았다. 아직 아빠라는 말도 제대로 발음하지 못하는 구구에게 한글과 숫자를 가르쳐주었다. 용태는 훌륭한 선생이 아니었다. 훌륭한 선생이 되고 싶어 부단히 노력하는 사람이었다. 그는 구구에게 기역자도 가르쳐주지 않으면서 가지와 가방부터 가르쳤다. 일과 이도 안 가르쳤으면서 원과 투를 먼저 가르쳤다. 그중 제일 열심히 가르친 말은 단연코 오빠라는 단어였다.

우리 착한 구님아, 오빠라고 해봐. 오빠, 오빠.

용태가 구구에게 계속 말을 시켰다. 기욱이 빽 소리를 질렀다.

오빠가 뭐냐, 오빠가. 삼촌이지.

구구의 입장에선 이랬다. 눈을 감고 있을 때엔 기욱이 좋았다. 눈을 뜨고 있을 땐 용태가 좋았다. 기욱은 푹신한 성인용 기저귀 같아서 품에 안겨 자기엔 편했지만 같이 놀기엔 불편했다. 기욱은 구구보다 더 많이 먹고, 구구보다 더 많이 쌌다. 그런 기욱을 보고 있으면 수개월 전 엄마의 죽은 몸뚱이에서 쏟아져나오던 누르스름한 체액의 냄새가 다시 풍기는 듯했다.

아무리 봐도 부녀지간이 전혀 안 닮았단 말이야.

용태가 고개를 갸우뚱하며 금성을 놀렸다. 질세라 기욱 역시 용태 옆에 나란히 붙어앉아 구구와 금성을 자세히 살펴보는 체했다.

다리 밑에서 주워온 거 아니지?

기욱이 물어왔다.

납치?

용태가 한마디를 거들었다. 금성이 구구의 얼굴을 제 가슴팍으로 가렸다. 장난삼아 놀리는 말이라는 걸 알면서도 붉어지는 낯빛은 속수무책이었다. 용태와 기욱은 금성이 한때 젊은 여인과 사랑을 나누었다는 사실을 못 미더워했다. 그 증인인 구구가 분명 둘의 눈앞에서 얼쩡거리고 있는데도 말이다. 물론 진심은 아니었다. 대부분 장난에 불과했다. 다만 그 횟수가 나날이 잦아진다는 게 문제라면 문제였다.

누가 이런 홀아비를 좋아하겠어?

용태가 짓궂게 말하자마자 기욱이 또 거들었다.

구구가 형을 안 닮아서 이렇게 예쁘지?

금성이 구구를 꼭 끌어안고서 쉬어버린 목소리로 외쳤다.

구구는 내 새끼가 맞다고, 이 자식들아!

15

주민들의 대부분은 감나무밭을 가꾸며 살았다. 설익은 감을 따서 홍시로 익을 때까지 아랫목에 모셔두거나 풋내나는 감을 매끄럽게 깎은 뒤 처마밑에 주렁주렁 매달아놓고 곶감이 될 때까지 기다렸다. 그걸 모아 타지에 팔았다. 감 따는 일은 쉽지 않았다. 감나무들은 대부분 수령이 백 년 이상인 것들이 많아서 키가 아주 컸다. 마을의 남자들은 애 어른 할 것 없이 나무 타기의 선수였다. 복남도 그들과 별반 다르지 않았다. 오히려 신부를 맞이한 이후부터 누구보다 감 농사에 공을 들였다. 예년 같으면 까치밥으로 남겨두었을 것들까지 깡그리 따겠다고 소매를 걷어붙였다.

내 요것들을 모조리 다 따다가 남김없이 팔아버려야지.

아침상을 치우자마자 복남이 호기롭게 일어섰다. 기다란 작대기를 들고 휘청휘청 마당을 가로질렀다. 말녀가 복남의 뒤를 쫓았다. 말녀는 복남이 하는 일마다 영 미덥지가 않았다. 시키지도 않은 일을 한답시고 나설 때마다 주저앉히고 싶은 적이 한두 번이 아니었다.

복남이 의기양양하게 장대를 들고 감나무를 후려치기 시작했다. 감을 따다기보다 가지를 부러뜨리려는 사람 같았다. 말녀는 머리 위로 떨어지는 부러진 가지들과 단단하게 여문 감들을 피하느라 종종걸음을 쳤다. 복남은 말녀의 만류에도 불구하고 부득부득 감나무 꼭대기로 올라갔다. 개중 굵은 가지에 걸터앉아 작대기를 크게 휘둘렀다. 감나무가 사정없이 흔들렸다. 말녀가 두 손으로 머리통을 감싼 채 소리를 질렀다.

조심해여, 조심해여! 그러다 떨어져여!

보다못한 말녀가 나무 밑에서 두 팔을 길게 뻗어 그를 잡아끄는 시늉을 했다. 복남은 그런 말녀를 내려다보며 빙긋 웃었다. 붉은 잇몸을 내보이면서 손을 흔들었다.

저러다 큰일나겠네.

말녀가 판판한 돌 위에 올라서서 이제 그만 내려오라고 성화를 부렸다. 때아닌 높은 바람이 나무 꼭대기를 뒤흔들며 빠르게 지나갔다. 질겁한 복남이 가지를 붙든 손에 바짝 힘을 주었다. 가지가 우지끈 부러지며 복남이 한쪽으로 크게 기울었다. 말녀는 비명조차 지르지 못하고 뒤로 나동그라졌다. 그 순간, 말녀의 발치로 복남이 쿵 떨어졌다. 하필 말녀가 발을 딛고 서 있던 돌 위였다.

복남은 그대로 까무러쳤다. 말녀가 부들거리는 손으로 복남을 뒤집어 눕혔다. 아랫도리가 붉게 젖어 있었다. 말녀는 남편의 사타구니를 두 손으로 꽉 누르고 고래고래 소리를 질렀다. 동네 사람들이 놀라 달려왔을 때에도 말녀는 여전히 복남의 사타구니에서 손을 떼지 않았다. 몇몇 아낙들이 두 눈을 가리고 다시 제집으로 도망쳤다. 신여성은 아무데서나 신랑 거시기를 잡는 모양이지. 도리질하며 혀를 찼다. 이웃집의 도라지밭에 일손을 거들어주러 나갔던 복남의 부모가 한달음에 뛰어왔지만 할 수 있는 게 없었다. 오후 늦게 읍내의 한의사가 당도했다. 한의사는 한숨을 푹푹 내쉬었다.

차라리 무당을 부르는 게 더 나을 판일세.

한의사가 말녀를 애처로운 눈으로 바라보며 처방인지 위로인지 뜻을 알 수 없는 말을 건네곤 내빼듯 돌아갔다.

의외로 회복은 빨랐다. 얼마 후 복남은 자리를 털고 일어나 말녀에게 기대어 조금씩 마당을 걷기 시작했다. 첫눈이 내리고 얼마 지나지 않자 복남은 훨씬 나아져서 하루에 수십 바퀴씩 마당을 맴돌았다. 나날이 말녀의 얼굴만 핼쑥해졌다. 팔자가 드세도 너무 드센 여자여. 아낙들의 입방아도 쉬이 멈추지 않았다.

혼자 걸을 수 있을 만큼 제법 몸이 건강해진 뒤에도 복남은 툭하면 말녀를 찾았다. 우리 마누라, 우리 마누라란 말을 입에 달고 살았다. 말녀 없이는 아무것도 하려 들지 않았다. 심지어 오줌이 마려울 때도 말녀가 뒷간에 갈 때까지 참았다가 슬며시 뒤따라가 요의를 해결했다. 복남이 말녀 말고 찾는 것이 하나 더 있다면 그것은 술이었다.

하지만 아무리 술을 퍼마셔도 꺼진 불알은 원래 상태로 돌아오지 않았다. 겨울이 오고 밤이 길어지자 복남이 비우는 술동이도 점점 늘어갔다.

술이 덜 깬 복남이 낮잠을 핑계로 한낮에 하릴없이 누워 있던 말녀의 가슴을 주무르다 말고 벌떡 일어섰다. 돌연 감나무를 베어버리겠다고 으름장을 놓으며 방문을 발로 찼다. 복남은 곧장 마당을 가로질렀다. 놀란 말녀가 뛰쳐나가 복남을 말렸으나 아무 소용이 없었다. 복남은 컴컴한 광에서 도끼를 찾느라 얼이 빠져 있었다. 성난 복남이 지나간 자리마다 쟁기며 곡괭이, 삽 같은 것들이 모로 쓰러졌다.

도끼! 도끼!

복남은 연신 '도끼'를 외치며 어두운 광 안을 헤집었다. 망연자실 쳐다보던 말녀가 정색하며 쏘아붙였다.

그깟 감 따다가 불알이 떨어졌는데, 나무를 베어내겠다 설치면 모가지 잘려나갈 거는 왜 생각 못해?

말이 떨어지자마자 복남이 짧은 모가지를 어루만지며 광에서 비칠비칠 걸어나왔다. 허전한 가랑이를 붙잡고 땅바닥을 치며 울어젖혔다. 말녀는 우는 복남을 말없이 내려다보았다. 복남의 울음소리가 점점 낮아졌다가 다시 높아졌다. 말녀가 복남의 한쪽 어깨를 감싸안아 일으켰다. 복남은 순순히 말녀가 이끄는 대로 몸을 내맡겼다.

몸이 허해서 술에 취하는 거여. 몸이 허해서 헛소리가 나오는 거여.

다음날 아침 말녀는 오래 끓여 걸쭉해진 고깃국을 밥상에 올렸다. 복남은 뜨거운 국에 밥을 말아 단숨에 그릇을 비웠다. 그날 이후 복남의 아침상에는 늘 고깃국이 올라왔다. 덕분에 복남의 얼굴은 누구보다 번지르르했다. 그런데도 몸에는 좀처럼 살이 붙지 않았다. 복남은 아침마다 고깃국을 먹고 밤마다 술 한 동이를 비웠다. 종내에는 부부가 함께 술을 마시고 고깃국을 나눠 먹었다. 아침마다 술잔을 맞부딪치고, 한밤이면 배를 두들겼다. 서로 얼굴을 마주보며 신트림을 하며 배꼽을 잡고 웃음을 터뜨렸다.

16

말녀가 마흔을 바라보던 해, 누구도 믿지 못할 일이 일어났다. 말녀가 임신을 한 것이다. 말녀의 배가 점점 불러오는 열 달 동안 복남은 말라붙은 불알을 수시로 만졌다. 감나무 아래 서서 난데없이 불알을 꺼내 보이기도 했다. 누구도 말해주지 않았지만 복남은 용서받았다고 느꼈다. 작대기로 감나무를 함부로 후려친 어느 날에 대해서. 복남은 말녀의 임신을 조금도 수상쩍게 여기지 않았다. 왜냐하면 그날 이후 복남과 말녀가 그 짓을 아주 하지 않은 것은 아니기 때문이었다. 돌이켜보건대 복남은 말녀를 임신시키고도 남을 짓을 충분히 해왔다.

엄마야, 아버지가 진짜 내 친아버지 맞나?

누가 엿들을세라 목소리를 잔뜩 낮춰 엄마의 귀에 대고 조심스레 묻기 시작했을 때, 금성의 나이는 고작 네 살이었다. 그 나이쯤엔 으레 그런 질문들을 하나보다, 말녀는 대수롭지 않게 여겼다. 단 한 번도 금성의 물음에 제대로 답해준 적이 없었다.

금성의 국민학교 입학식이 있기 하루 전날이었다. 말녀는 금성의 책가방에 챙겨넣을 물건들의 목록을 꼼꼼하게 확인하던 중이었다. 공책, 연필, 지우개, 손수건, 명찰. 가방에 넣을 물건들은 많지 않았다. 가방이라고 해봤자 자투리천을 겹쳐다가 손바느질로 기워 만든 것에 불과했다. 말녀가 막 연필을 깎으려던 참이었다. 금성이 마당에 있던 아버지의 동정을 살피더니 바짝 다가왔다.

엄마야.

금성의 목소리가 의뭉스러웠다. 쉰을 코앞에 둔 나이에 아들의 연필을 깎아주는 제 처지가 신기하고 어색하고 절망적이기도 해서 말녀의 눈가가 촉촉했다.

왜?

말녀가 어린 아들을 지그시 바라보며 물었다.

진짜로 내 친아버지는 누군데?

말녀가 금성의 이마를 탁 소리나게 때렸다.

말 같지도 않은 소리 좀 하지 마라.

나도 이제 학교 가는데 아버지가 누군지는 알아야지.

금성 역시 지지 않고 목청을 키웠다.

네 아버지는 조복남이고 네 엄마는 김말녀다.

사람들이 아니라던데?

말녀가 홧김에 손에 쥐고 있던 연필과 칼을 내던졌다. 칼은 바닥으로 떨어졌지만 날카롭게 깎인 연필은 금성을 향해 날아갔다. 피할 새도 없이 연필심이 금성의 귀밑에 꽂혔다. 금성이 비명을 질렀다. 말녀는 비명조차 지르지 못했다. 금성이 손사래를 치며 버둥거리자 연필은 바닥에 툭 떨어졌다. 말녀가 금성의 머리통을 부여잡고 귀밑을 살펴보았다. 연필이 박혔던 자리에 조그만 회색 점이 돌올하게 생겨났다. 말녀는 짧은 손톱을 세워 흑심이 박힌 자리를 긁어냈다. 흑심은 더욱 깊숙이 살갗 아래로 파고들어갔다. 손톱이 지나간 자리마다 핏물이 배어나왔다.

상처가 다 아문 뒤에도 금성은 툭하면 귀밑을 벅벅 긁었다. 같은 질문을 그만두지도 않았다. 미심쩍은 얼굴로 친아버지가 누구냐고 당돌하게 물을 때마다 손은 여지없이 귀밑을 맴돌았다. 말녀는 부아가 치밀었지만 차마 아들을 모질게 꾸짖지 못했다. 그녀가 휘두르는 회초리에는 힘이 전혀 실려 있지 않았다. 커가면서 금성은 자신의 질문이 어머니의 기분을 나쁘게 한다는 것을 알았다. 더 커서는 그 말 자체가 어머니에게 모욕이라는 것도 알았다. 그런데도 금성의 의구심은 말끔하게 해소되지 않았다. 크면 클수록 금성의 의심은 깊어져갔다. 말녀의 대답도 점점 짧아졌다.

나는 아버지랑 하나도 안 닮았다.

금성이 내심 섭섭해하는 투로 말하면 말녀가 심드렁한 어투로 대답했다.

나도 이미 알고 있다.

아버지와 자신이 닮지 않았음은 거울을 보지 않아도 금방 알 수 있는 사실이었다. 바람결에 금성은 아버지가 고자라는 말을 들었다.

17

열네 살 즈음이었다. 금성은 스스로 친부를 찾아내겠다고 집집마다 문을 두드렸다. 병석에 누워 있는 노인들의 얼굴까지 일일이 들여다보고서야 엉거주춤 돌아섰다. 갓난아이의 흐릿한 이목구비마저 꼼꼼히 살펴보고 난 뒤에야 멋쩍은 듯 자리를 떴다. 얼굴만 보아서는 당최 알 수 없었다. 누가 자신의 형제이고 가족이고 부모인지, 단박에 확신할 만한 생김새를 가진 사람이 아무도 없었다.

복남은 작고 빼빼 말랐다. 낯빛이 검었다. 입술은 늘 부르터서 조금만 크게 웃어도 피가 흘렀다. 눈썹은 두꺼웠으나 숱이 적었다. 이마엔 깊은 주름이 새겨져 있고 미간에도 마찬가지였다. 눈꼬리가 길고 속눈썹은 짧았다. 검은 눈동자가 유독 컸다. 흰자위엔 누런빛이 돌았다. 턱 주위로 검은 수염이 드문드문 났지만 숱이 많진 않았다. 금성은 키가 컸다. 또래보다 발육이 좋은 편이었다. 사내애답지 않게 흰 피부, 도톰하면서도 창백한 입술, 넓고 평평한 이마, 속쌍꺼풀 때문에 커 보이는 눈, 그 아래 가로로 길게 새겨진 주름 때문에 웃어도 우는 듯 보이는 얼굴. 희미한 눈썹 위로 쏟아져내리는 머리카락은 가늘고 숱이 적었다. 복남과 생판 남이라고 해도 믿을 만큼 다른 외모였다.

마을의 모든 집을 샅샅이 헤집고 다닌 저녁, 금성은 밥도 거른 채 잠자리에 누웠다. 결론은 하나였다. 마을의 모든 남자들 중 자신과 닮은 사람은 없었다. 놀랍게도 그들 중 대부분이 복남과는 얼추 닮았다. 금성은 오로지 자신만이 복남과 닮지 않았음을 깨달았다. 세상의 절반은 복남의 자식이자 형제이자 먼 피붙이이건만 오직 자신만이 아버지의 세상에서 제외되어 있었다. 더이상 친부가 누구인지 묻지 않으리라, 금성은 결심했다. 복남이 자신의 친부건 계부건 아무 상관 없었다. 같은 질문을 계속해봤자 불리해지는 건 자신뿐이었다. 견딜 수 없는 소외감에 온몸을 사무치도록 떠는 사람은 세상에 저 혼자뿐이었다.

복남은 금성과 자신이 영 다르게 생겼다고 생각해본 적이 없었다. 그에게 금성은 자신보다 조금 더 잘생겨서 기특한 아들이었다. 가끔 말녀가 한숨 어린 목소리로 금성이 왜 저러는지 모르겠다고, 왜 자꾸 친아버지가 누구냐 묻는지 그 속내를 모르겠다고 푸념하면 복남은 아버지로서의 지난 삶들을 낱낱이 기억해내려 애썼다. 제 기억 속에 답이 있을 것 같았다. 금성이 자신을 계부처럼 느끼는 데에 자신의 과오가 있지 않았나, 곰곰 돌이켜보았다. 뚜렷하게 떠오르는 장면은 딱히 없었다. 의심스런 일들은 더러 있었다.

금성이 다섯 살 되던 해의 늦봄이었다. 복남은 아들에게 지게를 만들어 선물했다. 보통 일곱 살 즈음이 되면 마을의 사내아이들은 지게를 메고 잔가지를 주우러 다녔다. 복남은 제 아들이 얼마나 튼튼하게 자라는지 자랑하고 싶었다. 지게를 메고도 우뚝 서 있는 다섯 살짜리 아들의 모습을 마을 사람들에게 보여주고 싶었다. 상상만 해도 복남의 어깨가 저절로 펴졌다.

복남이 완성된 지게를 한 손에 들고 큰 소리로 금성을 불렀다. 금성은 부엌에서 엄마의 치맛자락을 붙잡고 고구마를 삶아달라고 조르던 중이었다. 엊그제 심은 고구마를 벌써 내놓으라 하는 법이 어디 있냐.

말녀가 나무라는 바람에 금성의 마음은 퍽 상해 있었다. 아버지의 부름에 어기적거리며 몸을 일으켰지만 내켜하지 않는 기색이 역력했다. 복남이 부루퉁하게 선 금성의 한쪽 어깨에 지게를 얹었다. 금성의 팔이 뻣뻣했다. 복남은 금성의 가느다란 팔을 잡아올렸다. 싱글거리며 지게의 남은 한쪽 끈을 금성의 팔에 억지로 끼워넣었다. 복남이 호들갑을 떨며 박수를 쳤다.

복남의 박수 소리를 들은 말녀가 부엌문 밖으로 얼굴을 스윽 내밀었다. 말녀 역시 박수부터 쳐댔다. 금성이 울음을 터뜨렸다. 빈 지게는 터무니없이 무겁게 느껴졌다. 확 쓰러지는 시늉이라도 하고 싶었다. 지게를 땅바닥에 부서져라 내던지고 싶었다. 하지만 무서웠다. 아버지가 자신을 지게에 앉혀 먼산에다가 내다 버릴지도 몰랐다. 금성의 두 다리가 바들바들 떨렸다. 금성은 선 채로 오줌을 지렸다. 복남이 울상을 하며 금성의 어깨에서 지게를 벗겼다.

며칠 지나지 않아 금성은 언제 그랬느냐는 듯 지게를 메고 아버지의 뒤를 따라 산에 오르기도 하고 밭에 따라가기도 했다. 마을 사람들은 작은 지게를 메고 아버지의 뒤를 따라 걷는 어린 금성의 모습에 박장대소했다. 금성은 신이 나서 지게를 메고 동네를 쏘다니기 일쑤였다. 하지만 복남은 금성이 지게를 처음 메던 날 얼마나 서럽게 울었는지 잊지 못했다. 괜한 짓을 한 건 아닐까, 가끔 그런 생각이 들기도 했지만 곧 전쟁이 터졌다. 금성의 작은 지게에도 가볍지 않은 피란 보따리가 실렸다.

18

박기욱은 서울 태생이었다. 군대를 제대하자마자 고향을 떠났다. 곧장 남행 기차를 탔다. 종착역 승강장에 도착하자마자 버스에 몸을 실었다. 버스에서 내리자마자 맨 처음 기욱을 반긴 것은 강이었다. 세로로 길게 흐르는 강을 중심으로 도시는 반으로 나뉘어 있었다. 강의 서편은 갑자기 들어선 공장들과 공장을 중심으로 형성된 동네가 불야성을 이루었다. 강의 동편은 여기저기 공사중이어서 누런 모래언덕이 높았고 한쪽에서는 포클레인과 굴착기, 안전모를 쓴 인부들이 땅을 뒤집어엎었다. 공사가 완료되고 컬러텔레비전 생산이 본격화되면 젊은 사람들이 한꺼번에 이 도시로 이주해올 예정이라고 했다. 기욱은 자신이 그 무리에 동참했다는 사실 하나만으로 주체할 수 없는 만족감을 느꼈다.

강은 계절마다 수량이 일정하지 않았다. 여름엔 나룻배를 띄워야만 건널 수 있었다. 강 건너에 사는 사람들을 만날 기회도 그만큼 적었다. 굳이 오갈 이유가 없었다. 기욱은 이 또한 옛이야기가 될 거라고 장담했다. 벌써 집집마다 하숙집 간판을 내걸고 있다고, 방방마다 사람들이 가득 들어찼다고 허풍을 떨었다. 월급이 십오만원씩이나 된다고 설레발을 쳤다. 오백만원만 모으면 다시 서울로 돌아갈 거라고 호언장담했다.

그 돈으로 뭐 하게?

금성이 물으면 기욱의 대답은 한결같았다.

집 사고 땅 살 거야.

서울에서?

응.

모자랄 거야. 엄청 모자랄 거야.

그럴 리가.

서울에서 태어나고 자랐다는 기욱은 금성보다 서울의 물가를 몰랐다. 그런 기욱을 두고 금성은 서울 촌놈이라고 놀렸다. 기욱은 목표액을 천만원으로 바꿨다. 십 년을 일해야 모을 수 있는 돈이라는 걸 전혀 개의치 않았다. 그의 진짜 자부심은 서울에서 나고 자랐다는 것보다, 월급 십오만원을 받을 수 있다는 것보다 컬러텔레비전을 만든다는 데 있었다. 그것이야말로 누구도 범접하지 못할 진짜 기술이었다.

형, 바로 여기에서 컬러텔레비전을 만든다고요. 형은 선견지명이 있는 사람이야. 이 집도 값이 엄청 오를 거고, 하숙집 운영도 나쁘지 않은 사업이야.

기욱이 입술을 달싹이며 금성을 치켜세웠다.

말은 쉽지.

금성의 반응이 미지근했다. 금성의 관심사는 오로지 구구가 무슨 말을 하는가에 쏠려 있었다. 구구는 조금씩 말문을 트기 시작했는데 할 줄 아는 말이 몇 개 되지 않았다.

엄마, 그리고 아빠. 자라나면서 구구는 저도 모르게 엄마라는 말을 하지 않게 되었다. 아무도 기꺼운 얼굴로 반응하지 않았기 때문이다.

아빠.

구구는 기쁘게 그 말을 하고 또 했다. 아빠, 맘맘. 아빠, 지지. 아빠, 냠냠. 금성은 흥에 겨워 벽마다 온갖 모음과 자음들을 오려붙였다. 아무도 가르쳐주지 않았는데 구구 스스로 깨우친 또다른 말이 있었다.

탕!

누가 구구 앞에서 그 단어를 처음 입에 올렸는지, 아무도 모를 일이었다. 텔레비전의 외화 프로그램에서 보았을지도 몰랐다. 구구는 자주 기욱과 용태를 향해 총 쏘는 흉내를 내면서 소리쳤다. 탕! 탕! 용태와 기욱은 요란한 비명을 지르며 뒤로 넘어지는 척을 했다. 구구의 입에서 까르르 웃음이 터져나왔다. 구구의 웃음소리가 커질수록 용태와 기욱이 내지르는 비명소리도 점점 커졌다. 으악, 억, 헉, 컥. 별의별 소리들이 다 튀어나왔다. 구구는 더욱 신이 나서 이미 죽은듯 엎드려 있는 둘에게 연거푸 총을 쏘았다. 둘은 엎드린 채로 거친 숨을 몰아쉬거나 부들부들 다리를 떨었다. 죽은 체하는 그들의 연기도 나날이 늘어갔다.

금성은 구구가 내는 총소리를 달가워하지 않았다. 금성에게 그 소리는 어느 날의 뉴스를 떠올리게 만들었고, 그날의 뉴스는 갑자기 고꾸라지던 어린 아내의 모습을 상기시켰고, 그때마다 금성은 자기도 모르게 아내의 이름을 중얼거리다가 정희의 죽음이 모두가 한입이 되어 떠들던 '박정희가 죽었다'는 말 때문이었는지, 1917년생 박정희를 죽인 1926년생 김재규 때문이었는지, 삶은 계란 때문이었는지 아니면 원래 타고난 팔자소관이었는지 혼란스러웠다. 누구를 미워해야 하는지 판단하기조차 점점 어려웠다. 그런 줄도 모르고 구구는 툭하면 아빠에게 탕! 탕! 총을 쏘았다. 금성은 꼼짝하지 않았다. 하는 수 없이 용태나 기욱 중 하나가 죽는 척을 해야만 했다. 구구가 아무리 금성에게 총을 쏘아도 단말마의 비명을 내지르며 자빠지는 사람은 늘 용태나 기욱 중 하나였다. 하지만 누구보다 사색이 되는 사람은 금성이었다.

19

봄이 되자 동네 곳곳에 구인광고 전단지가 붙었다. 기욱은 기다렸다는 듯 이력서 용지를 사들고 왔다. 저녁상을 물리고 용태를 뺀 모두가 모여 앉아 기욱의 이력서를 들여다보았다. 채워넣어야 할 칸이 한두 개가 아니었다. 우선 사진을 붙였다. 사진 속 기욱은 날씬했다. 입대하기 전에 찍어둔 사진이었다. 금성은 군대에서 살찐 놈은 처음 본다며 차라리 재입대를 하는 게 어떻겠냐고 권했다. 군인이야말로 출셋길이 제일 빠르다고 진지하게 충고했다. 대통령을 하고 싶어도 군대에 가야 한다고, 오직 군인만이 대통령을 할 수 있다고, 전두환을 보라고 침을 튀겨가며 설파했다. 기욱은 군인 역시 공무원이라고 고개를 저었다. 기욱에게 공무원은 별 볼 일 없는 직업 중 하나였다. 월급이 너무 적다는 게 이유였다.

우리 구구를 군대에 보내야 할 텐데. 그래야 대통령이 되는데.

금성은 애석한 마음을 숨기지 못했다. 구구는 보란듯 아빠에게 손가락 총을 겨눴다.

탕, 탕, 탕!

기욱이 어이쿠, 부러 큰 소리를 내지르며 놀라는 척을 했다. 금성은 얼른 딸의 손을 움켜쥐곤 숨을 골랐다.

누굴 죽인다고 대통령이 되는 건 아니야.

점잔을 떨며 딸을 타일렀다. 기욱이 이력서에 이름을 적었다. 악필이었다. 최종 학력은 중학교 졸업이었다. 군대에서 십 년을 굴러도 대통령이 될 순 없어. 금성이 안타까운 표정으로 기욱을 쳐다보았다. 오랫동안 기욱은 우편배달부가 되고 싶었다. 사람들은 우체국 직원을 우러러보았다. 우편배달부는 모르는 글자가 없었다. 한자도 읽고, 영어도 읽고 쓸 줄 알았다. 그는 한자와 영어를 몰랐다. 어디서 배워야 되는지도 몰랐다.

빽이라도 있었으면.

기욱이 아쉬운 듯 입맛을 다셨다.

빽이 없으면 되는 일이 하나도 없어.

금성도 기욱의 말에 동조했다.

오죽하면 죽을 때도 빽, 하고 죽는다는 말이 돌까.

빽 소리가 나면 누군가 죽는 거구나, 생각하면서 구구는 빽이라는 말도 연습해야겠다고 다짐했다. 더이상 이력서에 쓸 내용이 없자 기욱은 여태까지 썼던 글자를 모두 한자로 바꾸기로 마음먹었다. 집에는 한자사전이 없었다. 금성 역시 알고 있는 한자가 많지 않았다. 기욱은 제 이름 석 자를 한자로 썼다.

朴器旭.

해를 담는 그릇이란 뜻이야.

금성이 기욱의 이름을 뚫어져라 들여다보았다. 속으로 꽤 놀랐지만 애써 내색하지 않았다. 기욱이라는 평범한 이름에 그토록 거창한 뜻이 담겨 있을 거라곤 조금도 예상하지 못한 얼굴이었다.

이력서에 빈칸이 많아서 기욱은 당황했다. 기욱과 금성은 머리를 맞대고 고민했다.

내 이력이라도 빌려줄까?

금성의 말에 기욱의 귀가 솔깃했다.

뭔데?

기욱이 채근하자 금성은 망설였다.

뭐, 특별한 건 없는데.

금성은 슬쩍 발을 빼고 싶어졌다.

일단 말이라도 해봐.

기욱 역시 그냥 물러날 태세는 아니었다.

기술자.

대충 얼버무리고 넘어가려는 기색이 빤한 대답이었다.

무슨 기술자?

기욱은 기술자라는 말에 금세 심드렁해졌다. 거의 모든 직업에 기술자라는 말이 뒤따라 붙었다. 뜨개질을 잘하면 방직기술자, 벽돌을 잘 쌓으면 미장기술자.

전력수리기술자.

금성이 꽤 뿌듯한 얼굴로 말했다. 기욱은 고개를 내저었다. 금성의 기분도 꽉 상했다. 기욱이 다시 이력서의 빈칸으로 시선을 돌리자 금성은 벌떡 일어나 앨범을 가져왔다. 그리고 한 장의 사진을 꺼냈다. 사진 속에는 전봇대의 꼭대기에 매달려 아래를 향해 손을 흔들어 보이는 금성의 모습이 찍혀 있었다. 허리에는 연장주머니가 달려 있고, 머리엔 동그란 안전모를 쓰고 있었다. 한 손으로 전봇대를 끌어안고 서 있는 금성의 모습은 위태롭다기보다 잘 만들어진 동상처럼 늠름했다.

누가 찍었어?

기욱이 물었다. 금성은 대답하지 않고 구구에게 사진을 흔들어 보였다.

아빠야, 아빠.

거기, 아빠가 바라보고 있는 곳에 엄마가 서 있었다는 걸 구구는 알고 있었다. 동그랗게 몸을 말고 엄마의 뱃속에서 귀를 세우고 있던 자신의 모습도 얼핏 떠올랐다. 엄마가 박수를 쳤더랬지, 그 소리가 파도치는 소리처럼 철썩철썩 들렸더랬지. 간간이 다른 소리도 들려오곤 했었지. 철썩, 그리고 멀리서 애달프게 애원하는 목소리, 그러다 떨어져여. 철썩. 그러다 떨어져여. 철썩.

그날 구구는 처음으로 밖의 세상에 대해 알고 싶어졌다. 엄마가 박수를 치며 환호하는 세상이 무엇인지, 어떤 모습인지. 엄마가 환호하는 세상의 뒤에서 들려오는 또다른 소리의 정체도 궁금했다. 뒤늦게 그날의 장면을 한 장의 사진으로 맞닥뜨린 구구가 그날의 엄마처럼 박수를 쳤다. 구구의 손바닥에서 파도 소리 대신 바람 소리 같은 게 났다. 획획. 무언가 빠르게 지나가고 있었는데 무엇인지는 아직 아무도 몰랐다.

20

한전 근무. 전기기술자. 미심쩍어하던 기욱은 결국 금성의 이력을 빌려갔다. 이력서를 채우다 말고 기욱이 물었다. 형, 남의 이력을 빌려가는 게 말이 돼? 뭘 그런 걸 걱정하느냐는 투로 금성이 두 눈을 크게 끔벅였다. 기욱은 금성이 불러주는 대로 빈칸을 마저 채웠다. 한 칸이라도 더 채우고 보니 마음이 놓였다. 이왕 이렇게 된 거 용태의 이력도 빌렸으면 하는 게 솔직한 심정이었다. 기욱이 벽시계를 쳐다보았다.

이 새끼는 맨날 늦어.

신경질을 부렸다. 용태의 이력에 대해서 아는 사람이 하나도 없다는 게 더 짜증났다. 구구도 슬슬 하품을 해댔다. 금성은 구구를 바닥에 눕히고 노래를 불렀다. 그가 끝까지 부를 줄 아는 노래는 많지 않았다. 〈아리랑〉을 부르다가 〈애국가〉를 부르다가 다시 〈아리랑〉을 부르다가 〈학교 종〉을 부르다가 다시 〈애국가〉를 부르는 식이었다. 참다못한 기욱이 이력서 쓰는 데 방해가 된다고 투덜댔다. 금성이 혀를 찼다.

거참, 성질머리 더럽게 더럽네.

구구는 바닥에 누운 채로 사지를 허공 위로 쭉 뻗었다. 그래야 키가 큰다고 금성은 종종 구구의 사지를 쭉쭉 잡아늘였다. 아빠의 도움 없이도 구구는 스스로 팔과 다리를 높이 들어올려 기지개를 펴곤 했다. 아빠의 기분을 푸는 데 그만한 무엇도 없었다. 아니나 다를까, 금성이 몸 둘 바를 몰라하면서 사방팔방 펄쩍 뛰었다.

아이고. 내 새끼. 또 키가 크려나보다.

　신이 난 금성이 벽에 걸린 달력을 떼어와 1월의 뒷면을 펼쳤다. 크
레파스를 가져왔다. 구구를 앉혀서는 손에 검은색 크레파스를 쥐여주
었다. 금성은 구구의 손을 움켜쥐고 천천히 그림을 그려나갔다. 먼저
커다랗고 동그란 해를 그리고 구름과 새를 그렸다. 모로 누운 3을 가
리켜 새라고 했다. 3은 때때로 새가 되기도 하는 모양이라고 구구는
대수롭지 않게 생각했다. 1이 풀이 되고 2가 오리가 되고 4가 돛단배
가 되는 것처럼.
　금성은 삼각형의 지붕을 그리고, 그 밑에 네모난 집을 그리고, 창문
을 그려넣었다. 지붕 위로 조그만 굴뚝을 그리고 굴뚝 위로 기다란 무
지개를 그렸다. 검은색 크레파스를 손에서 놓고 빨간색으로 해를 색
칠하고 하얀색으로 구름을 칠했다. 검은색 테두리가 번졌다. 구름은
금세 회색이 되었다. 새파랗게 칠한 하늘에 회색 비구름이 떠다녔다.
무지개를 칠할 순서가 되었다. 지켜보던 기욱도 크레파스를 쥐었다.
기욱이 빨간색을 칠하고 구구와 금성이 보라색을 칠했다.
　기욱은 이력서의 빈칸을 무지개 색으로 칠하기 시작했다. 남아 있
는 칸은 정확히 일곱 개였다. 지켜보던 금성이 이력서에 장난치면 어
떻게 하냐고 걱정하자 기욱은 무지개가 아니라 텔레비전을 그리는 거
라고, 천진하게 웃었다. 기욱의 이력서에 커다란 텔레비전 하나가 그
려졌다. 빨주노초파남보 일곱 색깔이 이력서의 빈칸을 채웠다. 금성
은 글러먹었다고 혀를 찼지만, 기욱은 이제 취직은 따놓은 당상이라
고 들떠했다. 기욱의 말이 맞았다.

얼마 후, 기욱은 반으로 자른 별 모양의 로고가 가슴팍에 박힌 점퍼를 입고 컬러텔레비전을 만드는 공장에 출근했다. 금성이 첫 출근을 앞둔 기욱에게 덕담이랍시고 힘주어 한마디를 했다.

김일성만 조심하면 돼.

기욱은 금성에게 미쳤냐고 했지만 딱히 기분 나쁜 표정은 아니었다. 누가 뭐래도 기욱은 이제 전도유망한 컬러텔레비전 기술자였다.

21

복남은 곧장 피란을 떠나지 않고 마을에 남았다. 말녀가 금성의 조그만 머리통을 끌어안고 발을 동동거리면서 피란길을 재촉할 때, 복남은 조금만, 조금만 더 기다리자는 말로 버텼다. 복남의 어머니가 아직 돌아오지 않아서였다. 복남의 어머니는 열두 자매 중 맏딸이었다. 어느 날 그녀는 열한 명이나 되는 동생들을 모두 만나고 돌아오겠다는 말을 남기고 집을 떠났다. 대부분의 동생들은 근처에 살았다. 복남은 걱정하지 않았다. 한두 달이면 돌아오리라고 예상했다.

봄이 다 지나도록 어머니는 돌아오지 않았다. 간간이 편지가 왔다. 일곱째 이모는 옹기를 굽는 달인이 되었다거나 여덟째 이모는 대머리가 되었다거나 아홉째 이모는 여전히 몽유병을 고치질 못해 고생이라는 내용의 편지들이 드문드문 복남의 앞으로 날아왔다. 마지막으로 도착한 편지는 서울로 갈 예정이라는 말로 끝을 맺었다. 서울에는 어머니의 막냇동생이 살았다. 복남과 나이 차이가 얼마 나지 않았다. 복남은 그녀의 얼굴이 가물거렸다. 사는 동안 서너 번 보았다. 그마저도 한참 전의 일이었다.

편지가 도착하고 얼마 지나지 않아 전쟁이 터졌다. 서울에 가장 먼저 폭격이 시작되었다. 아무도 복남의 어머니에 대한 소식을 알지 못했다. 서울에 살던 막내는 곧장 피란을 떠났다. 분명하고 또렷하게 전해진 소식은 그뿐이었다. 복남은 기다렸다. 말녀와 금성에게 장독 안에 꽁꽁 숨겨두었던 곶감을 꺼내주며 여러 날들을 견뎠다. 그동안 복남의 집 근처를 기웃거리는 것은 주인 잃은 개들뿐이었다. 온종일 개들이 낑낑댔다. 한밤에는 사납게 짖어댔다. 굶주린 개들에게 아무것도 줄 게 없어서 복남은 그 소리를 묵묵히 참고 견뎠다.

말녀는 매일 짐을 풀었다 싸기를 반복했다. 보따리에서 묵은쌀을 꺼내 밥을 지어 먹었다. 보따리에서 김치를 꺼내 씹어 먹고, 소금을 꺼내 금성의 이를 닦아주었다. 가끔 금성이 개의 울음소리를 흉내내며 밤을 새웠다. 금성은 할머니를 찾지 않았다. 이미 할머니를 잊은 지 오래였다. 하루에도 몇 번씩 묶고 끄르기를 반복하는 바람에 보따리는 시커먼 손때가 탔다.

북한군은 발 빠르게 남하했다. 7월이 되자 포격 소리가 가까워졌다. 하루에도 몇 번씩 미군의 B29기들이 하늘을 가로질렀다. 마을 사람들의 절반이 집을 떠났다. 나머지 절반은 집을 지켰다. 유난히 포격 소리가 요란한 밤이었다. 집집마다 일찌감치 불을 껐다. 사람들은 밥 짓는 연기에도 놀랐다. 숨죽여 생쌀을 씹어 먹었다. 빛은 재앙을 불러왔다. 누군가의 과녁이 될지도 몰랐다. 먼 데서 탱크 지나가는 소리가 들렸다. 놀란 개들은 짖지도 않았다. 뒷다리 사이에 꼬리를 감추고 슬금슬금 동네를 떠났다. 멀리 가지도 못하고 픽픽 쓰러져 네 다리를 뻗고 죽어갔다.

개새끼들도 피란을 가는 마당에.

말녀가 복남에게 들으라는 듯 보자기에 수저를 싸며 이죽거렸다. 복남은 머리 위로 총알이 지나가는 것처럼 정수리가 시렸다.

어머니를 기다려야 해, 어머니를.

복남이 변명하듯 혼잣말을 이어갔다.

어머니는 이미 죽어서 귀신이 되어 돌아왔소.

복남에게 등을 돌린 채로 말녀가 힘주어 말했다. 복남은 차마 아니라고 말하지 못했다. 굉음이 울렸다. 복남이 머리를 감싸안고 방바닥에 납작 엎드렸다. 말녀는 재빨리 이불로 금성을 덮었다. 사지가 뻣뻣해진 금성 위에 엎드려 바들바들 떨었다. 어무이. 어무이. 복남의 입에서 어머니를 찾는 소리가 쏟아졌다. 말녀는 금성의 정수리에 얼굴을 묻고 다물어지지 않는 입을 틀어막았다. 아침이 되자 말녀가 복남을 흔들어 깨웠다.

밖에 잠시 나가봐요.

복남이 비칠거리며 마당으로 나섰다. 담장 밖이 소란했다. 복남은 사립문 밖으로 고개를 내밀어 바깥 동정을 살펴보았다. 백여 명 남짓한 기다란 행렬이 다가오고 있었다. 미군이었다. 키가 컸다. 피부가 하얬다. 뺨에 분홍빛이 돌았다. 어깨에 총을 걸고 미소를 지었다. 복남이 허리를 낮추고 뒤를 돌아보았다. 말녀는 치맛자락을 힘주어 붙잡고 발끝을 세워 서서 담장 너머로 지나가는 행렬을 주시했다. 젊은 군인과 함께 마을의 이장이 뛰어왔다.

　다들 짐 싸들고 피란 갑시다. 미군만 따라가면 된다는구먼.

　이장의 얼굴이 환했다. 이장은 정오까지 동구 앞으로 모이라는 말을 남기고 옆집으로 황급히 뛰어갔다. 복남과 말녀의 눈이 마주쳤다. 둘은 입을 굳게 다물었다.

　짐을 싸는 말녀의 손길이 더뎠다. 금성은 울상이었다. 금성의 어깨에 지게가 얹혔다. 세 식구의 등에 이런저런 보퉁이들이 얹혔다. 복남이 앞장서 집을 나섰다. 때마침 미군들이 집집마다 찾아다니며 어서 나오라고 성화였다. 하나둘씩 마을 사람들이 길 위에 모였다. 사람들은 한 줄로 길게 늘어서서 걸음을 옮겼다. 다들 이제 우린 살았다, 안도했다.

　얼마 후 복남은 대구에서 열한 명의 이모들을 다시 만났다. 약속이라도 한 듯 열두 자매의 식솔들은 대구에 살고 있던 다섯째네 집에 모였다. 복남의 식구들이 나타나자 그들은 행방을 알 수 없는 큰언니를 떠올렸다. 서울에만 가지 않았어도. 다들 한입이 되어 탄식했다. 복남의 식구가 도착하자마자 대구에도 피란 명령이 떨어졌다. 복남과 말녀는 치를 떨었다. 피란길 내내 등뒤를 따라오던 총격 소리가 여전히 귓속에서 쟁쟁하게 울리고 있었다. 금성은 말녀의 품에서 좀처럼 떨어지려 하지 않았다. 자다가도 벌떡 일어나 악을 쓰며 울었다. 금성만이 아니었다. 좁은 집안에 서른 명 남짓한 식구들이 서로의 몸을 베개 삼아 불편한 잠을 잤다. 그들은 번갈아 깨어나 주위를 두리번거리거나 오줌을 지렸다. 잠결에 오랫동안 울었다.

피란 명령이 떨어진 다음날, 대구역 광장에 포탄이 떨어졌다. 더 버티다간 집안에서 떼죽음을 당할지도 모를 상황이었다. 그런데도 좀처럼 발길이 떨어지질 않았다. 다들 긴 한숨만 내쉬며 짐보따리만 망연자실 쳐다볼 따름이었다. 몇몇이 일어나 감자를 삶았다. 구수한 냄새와 열기가 좁은 집안을 가득 메웠다. 삶은 감자를 한 손에 하나씩 쥐고 겹겹이 앉았다. 이야기는 자연스레 피란길에 목격했던 풍경들로 옮겨갔다. 금성이 훌쩍거리며 말녀의 무릎에 얼굴을 묻었다. 험난한 피란길 중에 금성은 지게 벗는 일을 제일 두려워했다. 어린 금성도 부모의 손을 놓치지 않는 것만큼이나 지게에 실린 쌀 주머니가 제 목숨줄이라는 것을 깨우쳤기 때문이었다.

내가 본 대로 말해도 차마 못 믿으실 겁니다.

복남이 긴 한숨을 내쉬며 말문을 열었다. 아직 이야기를 제대로 시작하기도 전에 모두들 고개를 끄덕였다.

22

말녀가 갑자기 걸음을 멈추고 복남의 옷자락을 붙잡았다. 복남이 뜨악한 얼굴로 고개를 돌렸다. 말녀가 눈짓으로 앞산을 가리켰다. 산중턱에서 검은 연기가 피어올랐다. 동굴이 있던 자리였다. 마을 사람들 중 몇몇이 은신하던 데였다. 그들은 피란을 택하는 대신 동굴에 터를 잡고 숨어살았다. 굴은 크지 않았지만 안쪽에 물이 흘렀다. 타지 사람들도 굴속에 틀어박혔다. 그들은 끝이 보이지 않는 피란 행렬에 지쳐 더이상 움직이고 싶어하지 않았다. 산 뒤쪽의 마을 사람들도 굴을 찾아들어갔다. 그들은 가시거리 안에 제가 살던 집이 보이지 않으면 불안해서 잠시도 편히 지내질 못했다. 좁은 굴마다 사람들이 들끓었다. 그 굴의 입구에서 시커먼 연기가 무럭무럭 피어나고 있었다.

복남의 얼굴이 새파래졌다. 무슨 일이 벌어진 것인지 한달음에 달려가서 두 눈으로 확인하고 싶었다. 동네에 빨갱이가 들어왔을지도 몰랐다. 타지에서 흘러들어온 피란민들 중에 빨갱이가 숨어 있다는 소문이 흉흉했다. 복남은 줄을 이어 마을 밖으로 향하는 긴 행렬을 의심스러운 눈으로 쳐다보았다. 생전 처음 보는 사람들이 여럿 섞여 있었다. 행렬을 바라보는 미군들의 표정도 복남과 크게 다르지 않아 보였다.

말녀의 걸음이 조금씩 느려졌다. 뒤따라오던 사람들이 말녀를 밀쳐 앞장섰다. 셋은 열의 끝으로 슬슬 뒤처졌다. 굴에 기거하던 낯선 피란민들과 동네 사람들이 뒤섞여 철로 쪽으로 걸어갔다. 미군들은 알아들을 수 없는 말을 나누며 열의 맨 뒤쪽에서 따라왔다.

말녀가 소를 끌고 오던 사람들의 옆에 섰다. 복남과 금성이 쭈뼛거리며 말녀의 옆에 다가섰다. 말녀가 들입다 소의 옆구리를 걷어찼다. 소가 뿔 달린 머리를 세차게 내저으며 길게 울음을 내질렀다. 멈추어 서서 온몸을 흔들었다. 꼬리를 높이 세우고 앞발을 들었다. 대열이 흐트러졌다. 사람들이 우왕좌왕 흩어졌다. 몇몇은 전속력을 다해 앞으로 달려나갔다. 미군들이 고함을 지르며 그들의 뒤를 쫓았다.

말녀는 길가에 붙어 있던 집안으로 재빨리 숨어들어갔다. 복남이 금성을 질질 끌다시피 하며 말녀의 뒤를 부랴부랴 쫓아갔다. 셋은 재빨리 산 아랫집의 뒤뜰로 뛰어갔다. 납작하게 엎드려 산을 기어올랐다. 복남이 굴이 있는 쪽으로 향했다. 말녀가 그리로 가서는 안 된다고, 복남을 가로막았다. 그들의 등뒤로 미군들의 소리가 들려왔다. 문득 복남은 왜 대열을 이탈했는지 의아했다. 저도 모르게 저지른 짓이 후회되었다. 하지만 다시 돌아가는 게 더 겁이 났다. 복남이 울상을 지으며 말녀의 뒤를 따랐다. 말녀는 허리를 숙이고 앞장서 갔다.

산꼭대기에 다다랐을 즈음이었다. 산 아래쪽에서 커다란 폭발음과 함께 시커먼 연기가 치솟았다. 머리 위로 비행기들이 빠르게 지나갔다. 산이 통째로 고꾸라질 것처럼 흔들렸다. 복남이 나무 뒤에 몸을 숨기고 아래를 내려다보았다. 논바닥에 사람들이 뻗어 있었다. 그들 주위로 멀리 미군들이 한데 모여 그 광경을 바라보고 있었다. 바람결에 연기가 가시자 풍경은 더욱 자세히 눈에 들어왔다. 좀 전까지 같이 걷던 사람들이 대자로 뻗어 논 위에 쓰러져 있었다.

논바닥이 붉었다. 논두렁 위에 뭔가가 데굴데굴 굴렀다. 사람의 머리통이었다. 아주 느린 걸음으로 미군들이 움직였다. 걸으면서 어깨에 멘 총을 내렸다. 살아 있던 몇몇 사람들이 벌떡 일어나 반대쪽으로 달려갔다. 얼마 달리지도 못하고 그들은 논두렁에 처박혔다. 복남과 말녀는 손으로 입을 막고 주저앉았다. 껙껙거리는 금성의 조그만 머리통을 감싸안고 조용하라고 속삭였다. 빨갱이야. 빨갱이들이 죽은 거야. 굴에 살던 빨갱이들이야. 경기를 일으키는 금성을 진정시키려고 복남은 쉴없이 떠들었다. 하지만 이내 복남의 이빨이 덜덜 떨리기 시작했다. 알아들을 수 없는 말들뿐이었다.

복남이 그날의 이야기를 모두 마쳤을 때, 열한 명의 이모들이 무릎을 치며 한 말은 오직 하나였다. 서울만 가지 않았어도. 복남은 그 말이 과연 맥락에 맞는 것인지 의심스러웠지만 더이상 대꾸할 힘이 남아 있지 않았다. 막녀는 영 다른 생각에 빠져 있었다. 막녀는 자신의 행동이 얼마나 기지 넘치고 영민했는지 새삼 감탄했다. 그러자 문득 자신이 걷어찬 소의 안부가 궁금해졌다. 발바닥에 묵직하게 전해져오던 반동이 이제야 되살아난 것이다.

말머리는 다시 사라진 복남의 어머니에게로 돌아갔다. 살아남은 자매들은 큰언니의 실종을 전쟁 탓이 아니라 서울 탓으로 돌렸다. 훗날 막내는 뒤늦게 혼자 서울의 옛집을 찾았다. 한강의 북쪽 땅을 되찾은 지 얼마 되지 않은 무렵이었다. 한강을 건너는 데 이틀이 걸렸다. 집은 상상한 대로 기둥만 남고 폭삭 무너진 상태였다. 열두 자매 중 혼처가 가장 낫다고, 사람들의 부러움을 한몸에 받고 가마에 올라탔었다. 평생 먹고살 걱정 따윈 안 하겠지, 호강에 겨워 요강에 똥 싸는 소리 한다더니 내 팔자가 그리될 모양이다, 열한 명의 언니들에게 작별 인사를 할 때도 눈물은커녕 실실 웃음이 흘러서 곤혹스러웠었는데. 막내는 간신히 서 있는 기둥에 기대어 한숨을 쉬었다.

그러다 방바닥 꺼지겠네.

갑자기 큰언니의 목소리가 들렸다. 막내는 놀라 주위를 둘러보았다. 보이는 거라곤 파헤쳐진 구덩이와 말라죽은 나무, 깨진 기와와 장독, 무너진 담장 주위로 굴러다니는 부서진 돌들뿐이었다. 막내는 집안과 밖을 샅샅이 둘러보았다. 땅과 하늘, 모두를 살펴보았다. 큰언니의 흔적은 전혀 보이지 않았다. 타고 남은 옷가지 더미를 헤쳐보았지만 언니의 것은 없었다. 구덩이에 팔을 넣어 헤집었지만 언니의 머리카락은커녕 터럭 한 올도 찾을 수 없었다.

이제 우리집은 더이상 사람 살 데가 아니다.

막내는 돌아섰다. 대문이 있던 자리 근처에서 부서진 빗장이 굴러다니는 게 눈에 보였다. 막내는 빗장을 잡았다. 반토막뿐이었다. 시집온 첫날, 새벽녘에 일어나서 빗장을 만지작거리다 해 뜨는 광경을 보았다. 서울까지 오는 동안 비로소 고향집과 서울이 얼마나 먼 거리인지 가늠할 수 있었다. 빗장을 다시 바닥에 놓으려는데 무언가 반짝였다. 막내는 흙을 쓸어내고 반짝이는 금색 물건을 주웠다. 탄피였다. 두 개의 탄피. 막내는 탄피를 꼭 쥐었다. 섬뜩하고 차가운 감촉이 손바닥 전체에 전해졌다. 두 개의 탄피가 무너뜨린 것이 이 집은 아니었을 것이다. 막내는 머릿속에 떠오르는 상상을 떨쳐내려 고개를 세차게 흔들었다.

이듬해, 화병으로 죽은 복남의 아버지 묘 옆에 복남의 어머니가 묻혔다. 관은 가벼웠다. 나무로 만든 관 속에서 탄피 두 개가 서로 부딪치며 경쾌한 쇳소리를 냈다. 가족들은 그 소리가 하도 기가 막혀 울지도 않았다. 장례는 서둘러 끝이 났다. 탄피를 가져온 막내는 서울과 가장 먼 부산에 자리를 잡고 남은 삶을 바닷바람과 맞서 살았다. 어딜 가도 네 무덤 내 무덤이란 말을 내내 입에 달고서.

23

 그날은 1970년 7월 7일이었다. 경부고속도로 개통식이 대전에서 열리는 날이었다. 대전이라면 아주 멀지는 않은 곳이었다. 버스를 타고 가면 서너 시간 남짓 걸렸다. 복남과 말녀는 흥분했다. 대통령을 볼 수 있다니. 이 기회를 놓칠 수 없지.

 처음 고속도로를 건설한다고 했을 때 복남과 말녀는 멀쩡한 논밭을 왜 갈아엎느냐고 서로의 얼굴에 대고 화를 냈다. 그러다 쌀값만 오를 게 빤하다 이죽댔다. 대한민국에서 비싼 자동차를 살 수 있는 사람이 몇 명이나 된다고 고속도로가 웬 말이냐. 흑백텔레비전 화면에 손가락질하며 대통령이 미쳤다고 쓴소리를 해댔다. 그런데도 막상 경부고속도로가 완공되고 대통령이 근처에 온다고 하니 가만히 앉아 있지 못했다.

 오늘 아니면 언제 우리가 대통령을 만날 수 있겠어.

 모처럼 둘은 합심했다. 갈 길이 멀었다. 새벽부터 서둘러야 개통식 시간에 맞춰 도착할 수 있었다. 잠 한숨 자지 않고 복남과 말녀는 집 떠날 채비를 했다. 보자기에 떡을 쌌다. 소주병에 물을 담았다. 동이 트기도 전에 집을 나섰다. 금성은 따라가지 않았다. 그때만 해도 금성은 1960년생 여자 박정희를 사랑하지 않았다. 당연히 1917년생 남자 박정희에게도 관심이 있을 리 없었다.

 날은 뜨거웠다. 가만히 앉아만 있어도 등골 사이로 땀이 줄줄 흘러내렸다. 대전 인터체인지에는 이미 수많은 인파가 모여서 대통령을 보겠다고 아우성이었다. 그는 검은 양복과 하얀 와이셔츠에 좁은 넥

타이를 매고 사람들에게 손을 흔들었다. 대통령은 키가 작았다. 얼굴도 잘생긴 편이라고 할 수 없었다. 다만 햇볕 아래 광택이 나는 검은 재킷은 볼만했다. 말녀는 검은 재킷을 향해 손수건을 흔들었다. 발가락이 간지러웠다. 불현듯 째보가 생각났다. 이상한 일이었다.

복남과 혼례를 올린 그날 이후부터 말녀는 도톰하게 누벼 만든 버선을 지척에 두고 살았다. 열기라곤 모조리 빠져나가버린 두 발에 마지못해 버선을 신긴 했지만 불편하고 거치적거리는 느낌만은 평생 떨쳐내질 못했다. 항상 발가락 사이가 간지러웠다. 벌레가 기어다니는 것 같았다. 아무리 긁어도 시원하질 않았다. 해가 거듭될수록 간지러움은 더욱 심해졌다. 말녀는 째보의 저주라고 발버둥치며 괴로워했다. 째보의 저주가 보이지 않는 벌레가 되었다고 여겼다. 째보가 혼자 돌아가던 날, 그냥 돌려보낼 수 없어서 버선 한 켤레를 내버리듯 던져줬다는 얘기는 아무에게도 하지 않았다.

그 째보가 내 버선에다 무슨 저주를 건 게 틀림없어. 그래도 그이가 대통령보다 키는 컸었지. 이제야 말이지만 뒤태는 여느 남정네들보다 훨씬 멀쩡했더랬어.

말녀는 대통령에게 손을 흔들며 째보가 떠나던 날을 떠올렸다. 굳게 닫아버린 방문을 손수 열 순 없었다. 문 열리는 기척에 째보가 발걸음을 돌리면 큰일이었다. 말녀는 문에 발린 창호지를 손가락으로 조심스레 뚫었다. 구멍 사이로 째보가 소의 잔등을 쓰다듬으며 마당 밖으로 사라지는 모습을 지켜보았다. 다시 돌아오지 말라고 간절히 빌었다. 째보랑 혼인하면 째보를 낳을 거야. 말녀는 무서웠다. 떠나는 그의 한 손에는 말녀가 한 번도 신지 않은 새 버선이 들려 있었다. 보고 있으니 난데없이 발가락이 간지러웠다. 발가락 사이를 후비는 동안에도 말녀는 째보의 뒷모습을 놓치지 않았다.

소의 꼬리가 축 늘어져 있었다. 간간이 파리를 쫓느라 좌우로 움직였다. 말녀는 그 소가 탐이 났다. 소의 꼬리가 살짝 공중으로 떠오르는가 싶더니 커다란 똥이 터져나왔다. 더도 말고 소 한 마리만 가질 수 있으면 잔소리뿐인 부모의 품에서 벗어나 살 수 있을 것 같았다. 하지만 소를 갖자고 째보랑 결혼할 수는 없었다. 말녀는 침을 삼켰다. 빈속에 침을 삼키니 것도 달았다.

째보의 뒷모습이 아주 안 보이게 되자 말녀는 그제야 문을 활짝 열어젖혔다. 시원한 바람이 열린 문 안으로 세차게 들이쳤다. 치맛자락 아래로 빠져나온 말녀의 맨발에 찬바람이 달라붙었다. 말녀는 얼른 발바닥을 움켜쥐었다. 한참을 손으로 잡고 있었는데도 한기는 쉬이 사라지지 않았다. 내내 발이 시렸다. 발톱에는 멍든 것처럼 항상 푸른 기가 맴돌았다. 째보가 사라진 곳에서 불어온 찬바람이 말녀의 발톱에 아주 스며들어버린 모양이었다.

주위를 둘러보았다. 어쩌면 째보도 왔을지 몰랐다. 아직 살아 있다면 이 좋은 구경을 놓칠 리가 없었다. 말녀의 속도 모르고 복남은 대통령을 향해 고함을 질러댔다. 껑충껑충 뛰어오르며 대통령의 눈에 들고 싶어 안달이었다. 말녀는 짜증이 났다. 새벽에 집을 나설 때만 해도 휜 허리가 꼿꼿이 펴질 만큼 즐거웠다. 복남의 말마따나 대통령의 얼굴을 실제로 보면 남은 평생 운수가 대통할 것 같았다. 하지만 막상 인파 속에 갇히고 보니 운수대통은커녕 홀린 듯 따라나선 자신의 몰골이 유치하기 짝이 없었다. 한때 김말녀는 여성의 권리를 드높이고 잘못된 혼인 풍습의 폐단을 몸소 알린, 신문 기사의 주인공이지 않았던가. 말녀는 대통령을 향해 세차게 흔들던 손을 잽싸게 거두었다. 그러곤 복남의 옷자락을 잡아당겨 집으로 발길을 돌렸다.

24

집으로 돌아가는 길엔 해가 정수리 위에 떠 있었다. 그늘이라곤 찾아볼 수가 없었다. 땀이 비 오듯 흘렀다. 삼베옷이 모두 젖어 저고리가 등에 찰싹 달라붙었다. 복남이 말녀를 고속도로 안쪽으로 이끌었다.

이 길이 제일 빠른 길이라 하지 않았던가?

말녀는 대답 대신 한숨을 내쉬었다. 유난히 뜨거운 길이었다. 얼마 걷지 않았는데 금세 발바닥이 벌겋게 달아올랐다. 말녀는 버선을 벗었다. 얼마 만에 버선을 벗고 걸어보는지, 땅의 감촉이 영 낯설었다. 생전 밟아보지 못한 길이긴 했다. 길게 뻗은 검고 평평한 길의 모양이 영 낯설었다. 도무지 집이 나타날 것 같지 않았다.

근데 이 길이 집으로 가는 길이 맞는가?

말녀가 물었을 때, 복남 역시 말할 힘이 남아 있지 않았다. 말녀는 손에 들고 가던 버선을 던져버렸다. 복남은 저고리를 허리에 둘렀다.

잠시 쉬어가세.

복남이 말녀를 갓길 위에 앉혔다. 뙤약볕에 노곤해진 몸을 나란히 뉘었다. 말녀의 숨소리가 점차 낮아졌다. 잠결에 말녀는 두 팔을 겹쳐 베고 복남을 향해 돌아누웠다. 복남의 머리를 가슴팍으로 끌어당겼다. 반드시 무릎을 구부리고 두 팔을 베개 삼아야만 잠을 자는 복남이었다. 그런 복남을 꼭 끌어안고서 잠을 청하던 시절은 둘의 결혼생활에서 꽤 긴 시간을 차지했다. 하루에도 수십 번씩 말녀를 부르던 복남의 숙면을 위해 말녀는 그러지 않을 수가 없었다. 금성이 태어난 뒤부터는 항상 금성을 가운데 두고 잠을 청했다. 금성에게 따로 방을 내어준 뒤부터는 다시 둘만 잠자리에 누웠으나 예전처럼 서로를 끌어안고 눕지는 않았다. 그러지 않아도 잠이 잘 왔다.

한데에서 잠을 청해보긴 둘 다 처음이었다. 오래전의 잠버릇이 다시금 튀어나왔다. 온몸이 땀에 젖었지만 말녀의 두 팔은 복남의 머리통을 찾아 더듬거렸다. 복남이 말녀의 팔에 푹 안겼다. 한결 잠이 깊어졌다. 해는 점점 더 뜨겁게 내리쬐었다. 지열은 계속 상승했고 도저히 등을 붙이고 잘 수 없을 만큼 한껏 달궈졌다. 복남과 말녀는 땀을 뻘뻘 흘리면서도 잠에서 깨어나지 않았다. 옷은 남김없이 젖어들어갔다. 그들이 누워 있던 검은 길도 함께 젖어갔다.

멀리서 트럭이 달려오고 있었다. 미처 완공하지 못한 공사를 마무리하기 위해 트럭은 전속력으로 달렸다. 차 안의 온도는 바깥보다 훨씬 높았다. 기사의 이마가 번들거렸다. 잠을 쫓으려고 차창을 열었다. 바람이 시원찮았다. 그는 잠을 물리치려고 속도를 계속 높였다.

바람이 한층 거세졌다. 겨우 땀이 식었지만 기사는 속도를 늦출 생각을 하지 못했다. 조금이라도 속도를 늦추면 바람이 잦아들고, 바람이 잦아들면 눈꺼풀이 감겼다. 담배를 피우고 싶었다. 그는 한 손으로 핸들을 잡고 다른 한 손으로 옆 좌석을 더듬거렸다. 아무것도 손에 잡히질 않았다. 기사는 옆 좌석으로 고개를 흘깃 돌렸다. 오른팔을 길게 뻗으려는 찰나, 핸들이 함께 움직였다.

트럭이 갓길 안쪽으로 달리기 시작했다. 기사는 핸들을 쥔 왼손에 힘을 주었다. 트럭은 계속 앞으로 달려갔다. 복남과 말녀를 밟고도 앞으로 계속 나아갔다. 복남과 말녀는 사지가 으스러진 채 숨을 거두었다. 몸은 부서졌고 뼈는 서로의 몸에 닿은 채였다. 말녀의 낡은 버선이 붉게 물들어 검은 도로 위에 쩍 들러붙어 있었다. 길은 계속 뜨거워져서 흐물흐물 녹았다. 고속도로 건설 이후 첫번째 교통사고였지만 아무도 몰랐다.

25

구구는 툭하면 할아버지 할머니의 이야기를 해달라고 아버지에게 졸랐다. 늘 같은 이야기였지만, 구구는 도통 그 이야기들이 질리지가 않았다. 그중에서도 구구가 제일 좋아하는 이야기는 뭐니뭐니해도 할아버지 할머니가 금성을 잉태한 날에 대한 거였다. 금성은 마치 그날 밤의 장면을 목격한 것처럼 구구에게 자세하게 일러주었다. 복남이 자신의 친아버지가 아닐지도 모른다는 의심에 사로잡혀 있던 시절을 구구에게 대신 사과하려는 듯이. 어쩌면 구구 역시 같은 의심을 품고 있지 않을까, 걱정하는 마음에 미리 그 대답을 준비해둔 것처럼.

복남과 말녀가 함께 덮고 있던 이불이 커다랗게 부풀어올랐다가 푹 꺼지는 모습을 금성은 자라면서 자주 목격했다. 그가 잉태되던 날에도 분명 그랬을 것이다. 이불 속에서 기어나온 복남이 주전자의 주둥이를 물고 유난히 오래 입을 축이기도 했다. 구구 역시 아버지가 병실 침대에 누워 있는 엄마의 가슴을 쪽쪽 소리나게 빨던 걸 기억했다. 목덜미에 키스를 퍼붓고 벌어진 입술에 혀를 집어넣던 모습을 또렷하게 떠올릴 수 있었다. 그게 둘 사이의 전부가 아니라는 것쯤이야, 구구는 진즉부터 알고 있었다. 두꺼운 솜이불 아래에서 어떤 일이 벌어지고 있는지 금성이 잠결에도 다 알고 있던 것처럼.

그래도 네 할머니가 반병신인 할아버지를 엄청 사랑했나봐.

금성이 얼굴을 붉히며 살포시 웃었다. 할머니가 할아버지를 사랑했다는 게 부끄러웠는지, 할아버지가 반병신인 게 부끄러웠는지 알 순 없지만 아버지의 부끄러움은 구구를 행복하게 만들었다. 금성의 말이 죽은 엄마에 대한 사랑 고백처럼 들렸기 때문이었다.

살렸어.

하지만 그 기억 뒤에 따라오는 것은 구구를 질식시킬 만큼 고약한 악취였다. 의사의 지친 목소리에서도 악취는 풍겼다. 연이어 떠오르는 기억들은 엄마의 뱃속에서 귀담아들었던 바깥 소리들을 떠올리게 끔 했다. 엄마의 마지막 인사말이 쟁쟁 울리는 듯했다. 게다가 아버지가 들려주는 모든 이야기들의 결말은 항상 죽음이었다. 심지어 엄마의 이야기를 해줄 때에도 마찬가지였다. 벌써 죽었단다. 그게 엄마의 유일한 이야기였던 것처럼.

2부

1

1960년생 여자 박정희가 말을 배우기 시작할 무렵, 동네 어른들이 어린 정희에게 제일 먼저 가르친 것은 대통령의 이름이었다. 공교롭게도 정희가 태어난 해의 여름에 대통령이 바뀌었다. 대한민국의 두 번째 대통령은 윤보선이었다. 사람들은 대통령이 바뀔 수도 있다는 사실에 놀라워했다. 그때부터였다. 어른들이 아이들에게 부모의 이름 다음으로 가르치는 것은 으레 대통령의 이름이었다. 어린아이의 지능 수준을 가늠하고 영리함의 척도를 가르는 첫번째 질문 또한 거의 그 것이었다.

아가야, 우리나라 대통령이 누군지 알고 있니?

동네 아이들이 논둑 위를 무리 지어 지나가거나 나무그늘 아래 저들끼리 모여 놀고 있을 때면 어른들은 그냥 지나치지 못하고 물었다.

그때마다 정희는 누구보다 빨리 손을 번쩍 들어올려 큰 소리로 대답하는 아이였다. 행여 다른 아이들이 먼저 답을 할까 조마조마해하며 선수를 쳤다.

윤보선입니다.

겨우 두 돌을 넘긴 여자아이의 또랑또랑한 대답에 어른들은 박수를 치며 아이의 정수리를 쓰다듬었다.

그전에는 누구였게?

어른들의 질문은 한 번으로 멈추지 않았다. 아직 통과해야 할 질문들이 여러 개였다. 커서 큰 인물이 될 거라는 칭찬은 그리 후한 편이 아니었다.

이승만입니다.

정희 또래의 다른 아이들은 이승만의 이름을 잘 기억하지 못했다. 아이들은 대식구의 이름들을 외우기도 벅찼다. 정희에겐 그 모든 대답들이 그리 어려운 일이 아니었다. 정희의 가족은 몇 명 되지 않았고, 대통령은 매일매일 바뀌는 것이 아니었다. 정희가 외울 대통령의 이름은 고작 두 개뿐이었다. 이승만과 윤보선. 그 두 이름을 정확하게 기억하고 말할 수 있다는 사실 하나만으로 정희는 동네에서 가장 똑똑한 '세 살배기' 어린이가 될 수 있었다. 정희가 제 부모의 이름을 잘 외우지 못한다는 사실은 동네 어른들이 미처 알기 어려웠다. 따지자면 그것은 정희의 탓도 아니었다. 정희의 엄마는 굳이 정희에게 부모의 이름과 정희가 본 적 없는 조부모의 이름을 가르칠 필요를 못 느꼈다.

정희가 네 살이 되기 얼마 전, 다시 한번 대통령이 바뀌었다. 정희에게도 믿을 수 없는 일이었다. 대통령의 이름이 제 이름과 똑같았기 때문이다. 애써서 외울 필요도 없었다. 게다가 그 이름은 정희가 쓸 줄 아는 유일한 글자였다. 박정희. 정희는 스스로 대통령이 된 것 같은 기분에 하루하루가 즐거워 어쩔 줄 모를 지경이었다. 어른들이 한 번이라도 더 물어줬으면 싶었다. 정희는 두 눈을 번들거리며 온종일 동네를 쏘다녔다.

한동안 시들했던 질문이 다시금 어른들의 입에서 쏟아졌다. 어른들은 길 가는 아이들을 불러세워다가 우리나라 대통령의 이름이 뭐냐고 놀리듯 물었다. 아이들은 누가 가르쳐주지 않아도 새로운 대통령의 이름을 금방 기억했다. 가던 길을 멈추고 대통령의 이름을 외쳤다. 논두렁 위를 내달리다가, 나무그늘 아래에서 돌을 던지다가, 개밥그릇에 물을 주다가도 누군가 물어오면 차렷 자세로 대답했다.

박정희입니다.

박정희라는 이름을 꺼낼 때마다 아이들의 기분은 나빴다. 새 대통령의 이름이 박정희라는 사실은 음흉하고 추악한 소문처럼 아이들 사이에서 퍼져나갔다. 소문은 매우 간단한 문장이었지만 분명 악의가 포함되어 있었다. 동네에서 제일 잘난 체하는 꼬마 여자아이의 이름을 가진 대통령이라니. 어른들의 물음에 기계처럼 '박정희입니다'를 외치는 아이들은 바로 그 이름 때문에 새 대통령이 무조건 싫었다. 1960년생 꼬마 박정희는 더더욱 싫었다.

아이들은 정희가 하는 짓이 전부 아니꼬웠다. 슬금슬금 정희를 피해 다녔다. 정희는 날 저무는 줄 모르고 밖을 돌아다녔다. 언제라도 '박정희입니다'를 외칠 준비가 되어 있었다. 혹 그 이름을 모르는 사람을 만나면 직접 가르쳐줄 작정이었다. 정희는 아버지를 졸라 신문에 실린 박정희 대통령의 사진을 오려 방안에 붙여두었다. 사진 속 얼굴은 강마르고 눈매가 매서운 군인의 모습이긴 하지만 그 얼굴 뒤에 숨어 있는 사람은 1960년생 꼬마 박정희였다. 정희에겐 사진 속 대통령이 훗날 어른이 된 자신의 모습이었다.

어른들은 그저 재미있기만 했다. 그들은 처음에는 재미 삼아 정희에게 우리 대통령님 오셨네, 라며 지나가는 정희를 붙잡았다. 장난기 심한 아저씨 몇몇은 거수경례를 했다. 정희는 금세 거수경례하는 법을 배웠다. 두 발을 소리나게 모을 줄도 알았다. 손바닥을 일자로 펴서 눈썹 옆에 바짝 붙이고 수고! 라는 말도 할 줄 알았다. 정희에게도 제법 대통령 티가 나기 시작했다.

대통령이 바뀐 다음해, 정희네 아버지가 철공소를 열었다. 정희의 집엔 항상 사람들이 들끓었다. 정희는 굳이 자신을 흘겨보는 아이들과 놀아주고 싶은 마음이 들지 않았다. 거수경례를 제대로 할 줄 아는 남자들만이 정희의 친구가 될 수 있었지만 그들이 정희에게 먼저 거수경례를 하는 법은 없었다. 날카로운 기계 소리 때문에 철공소 안을 누비고 다니는 아이의 목소리는 잘 들리지 않았다. 조도 높은 형광등 아래에서 온종일 눈을 부릅뜨고 있느라 빠르게 뛰어다니는 아이의 그림자에 눈길을 돌릴 여력조차 없었다. 정신없이 바쁜 와중에 누가 엉덩이를 콕콕 찌른다 싶어서 돌아보면 꼬마 정희가 흐트러짐 없는 자세로 서서 올려다보고 있었다. 눈이 마주치면 정희가 수고, 라고 외치며 거수경례를 했다. 가끔 똑같이 거수경례로 화답하곤 했지만 대부분 재빨리 고개를 돌렸다. 그들에게 정희는 제 이름밖에 쓸 줄 모르는 천둥벌거숭이 꼬맹이에 불과했다. 아무리 대통령인 체 돌아다녀도 1960년생 꼬마 박정희는 절대로 대통령이 아니었다.

사건은 정희네 가족이 철공소를 시작하고 일 년쯤 되던 어느 날에 터졌다. 주문량이 많아 철공소 안은 분주했다. 정희는 거의 매일 철공소에서 살다시피 했다. 웃통을 벗어던지고 실내의 뜨거운 공기를 마시며 끈적거리는 땀을 흘리는 젊은 인부들 틈바구니를 생쥐처럼 뛰어다녔다. 큰 소리로 노래를 부르거나 담배를 물고 서서 휴식을 취하는 인부의 무릎을 걷어찰 때도 있었다. 마스크를 쓰고 불 앞에 있는 인부의 겨드랑이를 간질이다가 머리카락을 불에 홀랑 태울 뻔한 적도 있었다. 그때마다 인부들은 화를 참지 못하고 정희의 이마에 꿀밤을 먹이거나 눈물이 쏙 빠질 만큼 호통을 쳤다.

정희는 눈 하나 깜짝하지 않았다. 인부들의 불만이 높아지자 정희의 부모는 정희를 억지로 방안에 가두려고 했지만 뜻대로 되는 일이 아니었다. 인부들의 식사를 차리느라 엄마는 온종일 부엌에 있었다. 아빠는 완성된 삽이나 곡괭이 등등을 일일이 배달하느라 거의 집을 비웠다. 정희는 날이 갈수록 천방지축이었다.

벌겋게 달구어진 주물을 식혔다가 완전히 굳기 전에 기계로 반 토막을 내는 인부는 철공소 직원 중 가장 어렸다. 그는 전쟁고아였다. 부산의 고아원에서 미군의 분유를 먹고 자랐다. 열여섯 살에 불과한 그가 청계천의 철공소까지 흘러들어온 사연에 대해서는 아무도 자세히 알지 못했다. 열 살이 되기 전까지 대구에서 살았다. 국민학교를 졸업하고 나선 대전으로 옮겼다. 중학교를 졸업하고 서울로 올라왔다.

이제 더 올라갈 데가 없어요. 더 가면 북한이니까요. 북한이라서 안 가는 게 아니라 못 가게 하니까 여기서 멈춘 거예요.

그는 자신의 삶을 그렇게 요약했다. 마치 부산에서부터 서울까지, 십육 년의 세월 동안 매일 걸어 여기까지 당도한 사람처럼. 서울에서 잠시 멈춰 선 열여섯 살, 소년의 이름은 두철이었다.

2

두철은 정희에게 가장 만만한 상대였다. 정희가 두철의 바짓가랑이를 붙잡고 늘어지면 두철은 그저 손가락을 입술에 갖다 대고 쉬, 라고만 했다. 두철은 피부가 까무잡잡하고 눈썹이 짙고 얄팍한 입술을 가졌다. 까맣게 반질거리는 눈을 동그랗게 뜨고, 입술을 둥글게 모아 겁에 질린 듯 쉬쉬 하는 모습을 보면 정희는 배를 잡고 웃었다.

정희는 두철이 하는 짓을 모두 따라 했다. 두철이 쉿, 하며 주의를 줄 때면 똑같이 쉿, 이라고 대답했다. 정희가 두철의 복숭아뼈 언저리를 발로 툭툭 건드리며 수고, 라고 할 때도 두철은 화들짝 놀라 정희의 얼굴에 제 얼굴을 바짝 들이밀고 쉬쉬, 빠르게 말했다. 정희는 그런 두철을 실컷 골려주다가 지겨워지면 상사가 아랫사람에게 하듯 수고, 힘주어 말하곤 자리를 떠났다. 정희의 심술은 나날이 도를 더했다. 검정 고무신을 신고 다니는 두철의 발등은 늘 새카맸다. 정희는 그 발등을 세게 밟곤 냅다 도망쳤다. 두철은 잽싸게 뛰어가는 정희의 뒤통수에 대고 쉬, 라고 했다. 아프다는 말은 하지 않았다.

경운기가 보급되면서 철공소의 일감이 눈에 띄게 많아지던 때였다. 철공소는 거의 이십사 시간 불을 켜고 기계를 가동시켰다. 철공소 안의 작은 쪽방에서 여럿이 함께 숙식을 해결하던 두철은 누가 시키지 않는데도 잠자는 시간을 줄여가며 일에 매진했다. 두철이 철공소에 와서 머문 동안 그의 키는 고작 이 센티미터밖에 자라지 않았다. 동료 직원들은 어린 두철에게 한창 클 때라며 제 밥그릇의 밥을 덜어주었지만 웬일인지 두철은 늘 고만고만했다.

자정을 넘긴 시각이었다. 정희는 마당에서 오줌을 누다가 철공소 안에 불이 환하게 켜진 것을 보았다. 팬티 차림으로 철공소 안으로 비칠비칠 걸어갔다. 몇몇이 등을 잔뜩 구부린 채 기계 앞에 서 있었다. 두철은 주물 덩어리를 선반 위에 올리고 있었다. 정희의 얼굴에 새침하고 잔인한 미소가 번졌다. 정희는 발끝을 세우고 두철의 뒤로 살금살금 움직였다. 허리를 곧게 펴고 있는 힘껏 두철의 뒷무릎을 찼다.

두철이 앞으로 고꾸라졌다. 비명 한 번 지르지 않고 앞으로 넘어졌다. 정희의 머리 위에서 요란한 소리가 울렸다. 멍한 눈으로 소리의 진원을 찾아 고개를 돌린 사람들의 얼굴이 경악과 공포로 일그러졌다. 뒤늦게 고막을 찢을 듯한 비명이 여기저기에서 터져나왔다. 두철이 튕겨나오듯 뒤로 나동그라지며 정희를 덮쳤다. 정희는 두철의 등에 눌려 두 팔을 허우적거리다 두철의 한쪽 어깨를 잡았다. 물컹하고 뜨겁고, 미끈거리는 그것은 정희의 손아귀에서 금세 빠져나갔다. 기다란 비명이 철공소 안을 가득 메웠다. 정희는 몸을 일으켜 주위를 둘러보았다. 눈앞이 잘 보이지 않았다. 백열등 불빛이 시뻘겋게 보였다. 정희가 두 눈을 비볐다. 손등에 피가 묻어났다.

사람들이 두철을 들쳐메고 철공소를 빠져나갔다. 정희의 아버지가 잠옷 차림으로 뛰쳐나와 그들의 뒤를 부리나케 쫓아갔다. 아버지의 손에는 두철의 몸에서 떨어져나온 시커먼 팔이 들려 있었다. 멍하니 서 있던 정희는 엄마의 손에 잡혀 마당의 수돗가로 끌려갔다. 엄마가 부들부들 펌프질을 했다. 쿨럭쿨럭거리는 소리가 몇 번 들리더니 이윽고 깨끗한 물이 쏟아져내렸다. 엄마는 정희를 잡아채듯 수도 옆에 세우고는 찬물을 끼얹었다. 정희가 소리를 지르며 발을 동동거렸다. 물이 너무 차갑기도 했지만 엄마가 몸에 물을 끼얹을 때마다 너무 아팠다. 화가 난 정희가 엄마의 얼굴을 때렸다. 엄마도 정희를 때렸다. 정희는 악을 쓰며 사지를 비틀었다. 엄마는 정희의 벌거벗은 몸에 찬물을 연거푸 휘갈겼다. 정희의 작은 몸을 타고 벌건 핏물이 흘러내렸다.

정희는 울면서 엄마를 때렸다. 엄마 역시 울면서 정희를 다시 일으켜세웠다. 핏물은 정희의 발가락 사이를 타고 흘러갔다. 두철은 곧장 병원으로 실려갔다. 그날 이후 철공소의 문은 내내 닫혀 있었다. 정희는 더이상 대통령 행세를 하며 철공소 안팎을 돌아다닐 수 없었다. 철공소는 텅 비었고, 정희의 경례를 받아줄 사람도 남아 있지 않았다. 철공소의 집기들이 하나둘씩 빠져나갔다. 정희의 가족들은 서울의 가장 변두리인 청계산 밑으로 이사를 했다. 한밤에 이사를 하던 날, 정희는 두철이 어떻게 되었느냐고 아버지에게 물었다.

두철이는 북한으로 갔다.

정희는 아버지의 말을 철썩같이 믿었다. 그럼 간첩이 되는 거 아니냐고 사뭇 진지하게 나라의 운명을 걱정했다.

3

눈 깜짝할 사이에 굽이치는 강을 가로지르는 다리가 생겨났다. 덕분에 기욱과 같은 공장으로 출근하는 사람들의 기상시간이 조금 늦춰졌다. 곳곳에서 복개 공사가 한창이었다. 도시는 각지에서 몰려온 사람들로 들끓었다. 기욱의 말이 적중한 셈이었다. 시내 한가운데 자리한 공업전문대학의 인기도 눈에 띄게 높아졌다. 고등학교를 막 졸업한 전국의 젊은이들이 출세를 하기 위해 앞다투어 입학원서를 들고 모여들었다. 용태 역시 그들 중 한 명이었다. 용태는 신설된 지 얼마 되지 않은 공업전문대학의 기계공학과 일학년이 되었다. 그는 다른 학생들보다 나이가 많았지만 그 누구보다 부지런했다. 등교 일수만 봐선 그러했다. 용태는 거의 학교에서 살다시피 했다.

시내 여기저기 다리의 개통식을 알리는 현수막이 내걸렸다. 전국 최대 규모의 공업단지 완공을 축하하는 현수막도 함께 펄럭였다. 그 소리가 워낙 커서 현수막 아래를 지나가는 사람들이 소스라치게 놀랐다. 얼마 후 공업단지 완공을 축하하기 위해 대통령이 도시를 방문한다는 소식이 파다하게 퍼졌다. 곧 몇 개의 현수막이 사라지고 대통령의 방문 일정을 알리는 현수막이 줄줄이 내걸렸다. 아홉시 뉴스의 아나운서도 공업단지 완공의 취지와 기대되는 성과를 줄줄이 읊은 뒤 대통령의 방문 소식을 알렸다.

대통령 환영식이 열리는 날 아침, 밥상 앞에 앉은 기욱의 어깨가 평소보다 한 뼘 더 높아져 있었다. 환영식은 시민운동장에서 열릴 예정이었다. 기욱이 다니는 공장과 아주 가까웠다. 인근의 공장 직원들은 한 명도 빠짐없이 환영식을 비롯한 완공식에 참석해 대통령의 축사와 축하 공연을 즐기기로 되어 있었다. 이거야말로 내가 얼마나 위대한 산업에 종사하는지를 보여주는 증거 아니겠어? 기욱은 흥분을 감추지 못했다. 용태는 덩달아 바쁘게 집안을 오갔다. 그즈음 용태는 자주 외박을 했다. 일주일에 한 번씩 시커멓게 탄 얼굴로 집에 돌아와 입던 속옷을 수돗가에 던져놓고 허겁지겁 배만 채우곤 다시 사라지기 일쑤였다. 금성은 도무지 종적을 알 수 없는 용태를 혼잣말로 나무라면서 빨래판에 용태의 팬티를 벅벅 문질렀다. 금성의 손등이 금세 벌겋게 부었다.

마당 한 귀퉁이에 나란히 늘어선 빨랫줄에는 각양각색의 남자 팬티들만 줄줄이 걸려 있는 날이 허다했다. 심지어 기욱은 제 팬티에 굵은 펜으로 이름을 써놓았다. 햇볕 좋은 날이면 금성은 빨랫줄 앞에 서서 용태의 팬티를 뚫어져라 쳐다보았다. 급기야는 팬티 가까이에 얼굴을 대고 손부채질을 하면서 킁킁 냄새를 맡았다. 금성은 용태의 팬티에서 수상한 흔적을 찾아내려 했지만 딱히 무언가를 발견하지 못했다. 용태의 팬티는 며칠씩 입은 것치곤 지나치게 깨끗한 편이어서 햇살 아래서 그 누구의 것보다 환하게 빛났다. 그 모습은 구구가 종종 꿈속에서 만나곤 하는 커다란 기저귀의 모양과 퍽 닮아 있었다. 금성이 두 눈을 얄팍하게 뜨고 용태의 팬티를 햇살에 비추어보자 구구가 만세를 부르며 팬티를 향해 질주했다.

구자야, 구자야.

기욱이 상의의 아랫단을 양손으로 붙잡고 빳빳하게 당기며 구구를
불렀다. 매일 입고 출근하던 상아색 점퍼 위에 쥐색 양복 상의를 걸
쳐 입은 기욱의 등뒤가 둥그렇게 부풀어올랐다가 순식간에 가라앉았
다. 구구가 고개를 크게 끄덕이며 손뼉을 쳤다. 기욱이 헛기침을 하며
밥상 앞에 양반다리를 하고 앉자마자 용태가 방에서 걸어나왔다. 맨
발이었다. 밑단이 넓은 청바지와 다 닳아 깃이 축 늘어진 셔츠를 입고
국방색 모자를 푹 눌러쓴 차림이었다. 모자의 기다란 챙 아래, 용태의
두 눈이 번득였다. 용태가 마루 위에 앉아 발에 묻은 먼지를 털어내며
이죽거렸다.

대통령이 무슨 연예인이냐?

기욱은 콩나물국에 밥을 말면서 싱글거리며 대꾸했다.

연예인보다야 대통령이 훨 낫지.

용태의 얼굴이 일그러졌다. 기욱의 대꾸도 이어졌다.

대학생이랍시고 맨날 밤마실 다니는 너보다야 내가 낫고.

기욱이 국그릇에 얼굴을 깊게 묻고 숟가락질을 했다. 금성이 기욱
의 품에 안겨 있는 구구를 불렀다. 구구의 벌어진 입에 밥을 떠넣었
다. 구구의 입가에 기다란 콩나물 가닥이 매달려 있다가 조금씩 입안
으로 사라져갔다. 용태는 밥을 씹지도 않고 삼켰다. 반찬도 없이 마른
밥을 목구멍으로 계속 밀어넣었다. 기욱은 밥을 천천히 씹어 삼켰다.
간간이 구구의 입가를 닦아주었다.

용태가 먼저 자리에서 일어나 운동화를 구겨 신고는 가타부타 말도
없이 대문을 빠져나갔다. 기욱이 용태의 뒷모습에 대고 콧방귀를 뀌
었다. 기다렸다는 듯 다시 말문을 열었다. 대통령도 보고 연예인도 온

다니, 얼마나 좋은 일이냐고, 이따가 꼭 완공식을 보러 나오라며 신신
당부를 하고, 미리 자리를 맡고 있겠다고 갖은 생색을 내면서 부랴부
랴 출근길에 나섰다.

이따가 열시까지 꼭 와야 해!

기욱이 대문 앞에 멈춰 서서 손목시계를 가리키며 소리쳤다. 얼마
전 신입사원들을 대거 영입하면서 전사원들에게 선물했다는 손목시
계였다.

4

솔직히 금성은 강 위를 가로지르는 다리를 직접 건너보고 싶은 마
음이 더 컸다. 구구를 어깨 위에 앉히고 남쪽을 향해 흘러가는 강의
수평선을 오래 바라보고 싶었다. 택시의 차창 너머로 바라본 강의 모
습은 아름다웠다. 이차선의 다리 밑으로 강물이 구불구불 흘러갔다.
금성은 구구의 눈을 차창 밖으로 향하게끔 했다.

강은 금세 시야에서 사라졌다. 다리를 건너자마자 쭉 뻗은 도로들
이 눈앞에 나타났다. 도로 양옆으로 황량한 땅이 넓게 펼쳐졌다. 직사
각형의 낮은 건물들이 드문드문 서 있었다. 금성은 그 건물들을 가리
켜 텔레비전 공장이라고 구구에게 알려줬다. 금성의 말을 듣고 있던
택시 기사가 그에게 말을 걸었다.

여기 사람이 아니지요?

금성은 예, 짧게 대답하곤 구구의 신발끈을 고쳐 맸다.

저도 여기 사람이 아니라서 물어본 거예요.

택시 기사의 말이 계속 이어졌다.

여기 오면 돈이 좀 벌린다고 해서.

말을 하다 말고 택시 기사는 웃음을 지었다.

친구 하나 없이 살려니 힘들어요, 타향살이가.

택시 기사의 말을 듣는 둥 마는 둥, 금성은 '우리 구구 발이 제법 컸네'라며 구구의 발을 만지작거렸다. 택시 기사는 룸미러로 구구를 흘깃 쳐다보고는 입을 다물었다.

아치형의 커다란 조형물 양옆으로 화환들이 줄을 섰다. 환영 전두환 대통령 각하 방문. 금성과 구구는 행사장 안으로 들어섰다. 많은 사람들이 이미 자리를 잡고 앉아 빈 무대를 주시하고 있었다. 기욱은 보이지 않았다. 기욱과 똑같은 옷을 입고 있는 사람들이 무리를 지어 객석 앞에 앉아 행사가 시작되기를 기다리는 중이었다. 군인들도 한 무리 있었다. 구경꾼들의 머리카락이 바람에 이리저리 흩어졌다.

바람은 점점 거세졌다. 공사가 아직 끝나지 않은 곳이 주위에 많아 바람결에 모래가 일었다. 금성이 밭은기침을 해댔다. 구구는 아빠의 점퍼 속에 숨어 있다시피 안겨 있었다. 몇몇 군인들이 호루라기를 불며 사람들을 빈자리에 앉히기 시작했다. 슬슬 행사가 시작될 참이었다. 금성은 군인들의 호루라기 소리를 피해 관중석 뒤편으로 물러섰다. 사람들이 점점 많아졌다. 금성과 구구는 모여드는 사람들에게 떠밀려 무대에서 더욱 멀어졌다. 둘은 관중석 끄트머리에 우두커니 서서 어서 빨리 행사가 시작되길 기다렸다. 곧이어 하늘에서 축포가 터졌다. 잘게 자른 색종이들이 쏟아져내렸다. 산산조각난 무지개 같았다. 구구가 괴성을 내질렀다. 금성은 구구를 높이 들어올렸다. 군인들이 벌떡 일어나 무대와 관중석 사이에 줄 맞춰 섰다. 하늘에 대고 총을 쏘아댔다. 사람들이 환호성을 내지르며 박수를 쳤다. 박수는 쉬지 않고 이어졌다.

군인들이 일제히 차렷 자세를 취했다. 일렬로 나란히 서서 기다란 장벽을 만들었다. 사람들이 모두 일어나 뒤돌아섰다. 관중석 한가운데 길이 났다. 길 끝에 검은 차 한 대가 섰다. 뒷좌석의 문이 열리고 양복을 입은 사람이 차에서 내렸다. 왼쪽 가슴팍에 꽃을 달고 하얀 장갑을 낀 손을 흔들었다.

대통령이었다. 대통령의 주변을 양복 입은 사람들이 에워쌌다. 대통령이 무대 쪽으로 걸음을 옮기자 사람들이 박수를 쳤다. 어떤 이는 큰절을 올렸다. 금성은 구구를 안고 있느라 두 팔을 전혀 움직일 수 없었다. 금성은 구구가 대통령을 잘 볼 수 있도록 어깨 위에 앉혔다. 대통령이 하얀 손을 더욱 크게 흔들었다.

우리 구구도 대통령 될 수 있지?

금성이 어깨를 들썩거리며 물어왔다. 구구는 떨어질까 무서워 아빠의 머리카락을 쥐어뜯다시피 붙잡고 있느라 대답할 겨를이 없었다. 갑자기 무대 앞에 앉아 있던 사람들이 고함을 지르며 사방팔방 뛰쳐나갔다. 무대 위에서 연기가 피어올랐다. 작은 점이 날아오는가 싶더니 퍽퍽 유리병 깨지는 소리가 들렸다. 불붙은 병들이 날아올랐다. 금성은 구구를 목말 태운 채로 냅다 달리기 시작했다. 그들 뒤로 사람들이 떼를 지어 뛰어왔다. 무대 쪽에서 누군가 온 힘을 다해 외치는 목소리가 희미하게 들려왔다.

미제의 앞잡이 폭군 전두환은 물러가라.

물러가라.

살인자 전두환은 물러가라.

물러가라.

타도 전두환, 누군가 선창을 하면 격파하라 미제, 누군가 후창을 했다. 금성은 다시 구구를 가슴팍에 꼭 붙이고 뛰었다. 뛰면서, 매캐한 연기에 기침을 해대면서 자꾸 등뒤를 돌아보고 싶은 마음을 억눌렀다. 등뒤에서 들려오는 저 목소리에 아무래도 아는 목소리가 섞여 있는 것 같기 때문이었다.

5

아무도 집으로 돌아오지 않았다. 이튿날이 되어서야 기욱은 씨팔씨팔 욕을 하며 집으로 돌아왔다. 밤새 난리통이 되어버린 행사장을 청소하느라 늦어졌다고 했다. 어떤 미친놈들 짓인지 잡히기만 해봐라. 빨갱이 새끼들. 기욱은 하루종일 이를 갈았다. 금성은 며칠째 텅 비어 있는 용태의 방을 바라보며 뒤숭숭한 마음을 숨기지 못했다. 입안이 마르고 머리가 지끈거렸다. 손가락으로 관자놀이를 꾹꾹 누르며 머리가 빠개질 것 같은 두통을 참아냈다.

며칠이 지나자 머리를 통째로 떼어내고 싶을 만큼 두통이 심해졌다. 입술이 하얗게 말라갔다. 금성은 손바닥으로 정수리를 툭툭 때리며 두통을 잊으려 애썼다. 입가에 딱지가 앉았다. 용태가 영영 사라진 것은 아닌지, 금성은 마른침을 삼키며 전화기 앞을 지켰다.

용태가 콧노래를 흥얼거리며 대문 안으로 들어섰다. 근 일주일 만의 귀가였다. 머리카락이 귀 아래를 덥수룩하게 덮었으며 두 빰은 홀쭉했다. 코밑과 턱 아래에는 검은 수염이 빳빳하게 돋아나서 얼굴이 한층 야위어 보였다.

어디 갔다 왔어!

금성이 버럭 소리를 질렀다. 용태가 건들거리며 검은 봉지를 흔들었다. 바다낚시를 다녀왔다고 호들갑을 떨었다. 붉은 잇몸을 내보이며 손맛을 운운했다. 봉지를 열어 안에 담긴 물고기들을 금성의 눈앞에 들이밀었다. 봉지 안에서 역한 비린내가 훅 끼쳤다. 금성은 숨을 참고 봉지 안을 들여다보았다. 물고기들은 이미 죽어 배를 내보였다.

누가 먹냐, 이 많은 걸.

금성이 말을 더듬었다. 용태는 갑작스레 주눅이라도 든 어린애처럼 잠시 입을 다물었다. 흘깃 먼산을 보는 듯하다가 아무렇지 않게 다시 웃었다. 아까보다 봉지를 더 세차게 흔들면서 당장 매운탕을 끓여주겠다며 부엌으로 향했다. 신발을 벗고 마루로 올라서는 용태의 뒷모습을 금성은 담담하게 지켜보았다. 걸을 때마다 시커먼 발바닥이 보였다. 마룻장 위에 발자국이 찍혔다가 금세 사라졌다. 개수대 앞에 서 있는 용태의 모습이 기우뚱했다. 금성은 못 본 체 고개를 돌렸다.

맛있게 끓여라.

금성이 라디오를 켜며 외쳤다.

걱정 말아요.

도마에 생선을 올려놓으면서 용태가 대답했다. 금성은 곁눈질로 용태를 살폈다. 용태의 목소리에 잔뜩 귀기울이며 그 목소리가 며칠 전, 대통령을 협박했던 목소리와 얼마나 닮았는지, 아니 얼마나 다른지 알아내고 싶었다. 라디오의 아나운서가 사회악 일소를 위한 특별조치 시행 이후 총 육만여 명이 구속 수감되었다는 뉴스를 읽어나갔다. 그러고는 사회정화 작업이 완성 단계에 이르렀다는 말과 함께 사회악 사범에 대한 순화 교육에 거는 기대가 크다며 대통령의 노고를 크게 추어올렸다. 그 순간, 용태가 도마 위에 누운 생선의 아가미를 식칼로 내리쳤다.

다시 한번, 더욱 높이 칼을 치켜들었다. 칼은 무뎠다. 분명 죽은 생선이었는데 꼬리지느러미가 부들부들 떨렸다. 서너 번 쾅쾅 하는 소리와 함께 도마와 생선이 함께 뒤흔들렸다. 생선 대가리가 몸통에서 떨어져나가 도마 밖으로 튕겼다. 대가리는 부엌 바닥에 떨어졌다. 여러 군데 피가 튀었다. 용태는 한 손에 칼을 쥔 채 생선 대가리를 주워 개수대에 던졌다. 또 피가 튀었다. 금성과 용태의 눈이 맞부딪쳤다. 용태는 더러워진 손을 바지춤에 닦으며 멋쩍은 듯이 말했다.

어차피 대가리는 안 먹을 거잖아.

아나운서는 계속 떠들었다. 미제의 앞잡이라거나 폭군이라는 말은 전혀 하지 않았다. 용태의 죽은 생선 손질은 계속되었다. 생선 대가리를 쓰레기통에 획획 내던졌다.

6

용태는 서해안의 큰 항구도시에서 태어났다. 돌을 넘기자마자 서울 북쪽에 있는 도시로 옮겨 살았다. 그에겐 아버지가 없었다. 대신 외할머니와 수많은 이모들이 있었다. 이모들은 예뻤다. 붉은 립스틱을 바르고 반짝이는 옷을 입고 영어를 썼다. 그들의 영어는 알아듣기 쉬웠다. 덕분에 용태는 한글보다 영어를 더 빨리 깨쳤다. 하지만 영어를 읽고 쓸 줄 알게 된 것은 그보다 한참 뒤였다. 용태는 이모들을 베이비라고 불렀다. 이모들도 용태를 베이비라고 불렀다. 용태를 용태라고 부르는 사람은 그의 외할머니뿐이었다. 용태의 엄마에게도 베이비가 있었다. 엄마의 베이비는 용태의 아빠가 아니었다. 그래서 용태는 엄마의 베이비마저도 베이비라고 불렀다.

엄마의 베이비는 용태가 일곱 살이 되던 해 그들 곁을 아주 떠났다. 용태의 엄마는 그해 보름 남짓 구치소에 갇혔다. 이모들은 화를 냈다. 그들 중 절반이 용태의 엄마가 갇힌 보름 동안 방문을 걸어 잠그고 외출을 하지 않았다. 그들은 매일 한밤에 모여 머리를 맞대고 대책을 세워야 한다고, 우리가 나서야 한다고 흥분한 목소리로 외쳤다. 외할머니는 옥수수와 계란을 삶아서 그들이 모인 방에 들이밀어주곤 혼자 마당 한구석에 서서 한숨을 푹푹 내쉬었다. 가끔 용태의 머리통을 끌어안고 요상한 말들을 읊조렸다. 하늘에 계신 아버지여, 로 시작하는 그 말을 여러 차례 반복하다가 그조차 지칠 즈음엔 용태의 굵고 뻣뻣한 머리카락을 잘근잘근 씹었다.

용태는 그저 가만히 외할머니의 품에 안겨 밤이 깊어지기를 기다렸다. 외할머니가 잠에 빠지기만을 기다렸다가. 외할머니의 두 팔에 스르르 힘이 풀릴 때면 조심스레 몸을 일으켜 대문 밖을 나섰다. 기다랗고 좁은 골목을 중심으로 촘촘하게 들어찬 쪽방을 눈으로 살피며 불켜진 창을 애써 외웠다. 엄마의 행방과 안위를 걱정하며 밤새 대책을 논하느라 핏대를 세우고 있는 이모들을 제외한 나머지들의 방이었다. 용태는 그들의 이름을 거듭 외우며 기억했다. 그들은 더이상 용태의 베이비들이 아니었다. 누구의 베이비들도 되어선 안 됐다.

엄마의 수감 이유는 하나였다. 용태의 엄마는 불시에 이루어지는 검진증 검사를 거부했다. 정작 그녀야말로 네온사인이 반짝이는 한밤에 검진증 순찰을 다니는 장본인이면서 그랬다. 오른팔에 자치회 완장을 두른 그녀는 한창 영업중인 클럽 안을 헤집으며 용태가 베이비라고, 이모라고 부르는 여자들에게 당당히 검진증을 요구했다. 으슥한 골목길을 돌아다니는 낯선 여자들에게도 서슴없이 다가가 팔을 잡아챘다. 부대 정문 앞에 대기중이던 헌병 차에 용태의 엄마가 잡아온 여자들이 악을 쓰며 구겨져선 보건소로, 수용소로 실려 떠났다. 그들은 금세 돌아왔지만 용태의 엄마에 대한 섭섭한 마음까지 치유받진 못했다.

따지자면 그들은 용태의 엄마를 언니라고 부르며 따르던 이들이었고, 용태의 외할머니가 머리에 함지박을 이고 클럽을 기웃거리며 팔곤 하던 삶은 완두콩을 호탕하게 사주던 이들이었으며, 시내에 나갔다가 들어오는 날이면 하다못해 손바닥만한 용태의 팬티라도 서너 장사들고 돌아오던 이들이었다. 용태의 엄마는 그들의 화를 충분히 이해했고, 얼마든지 감내할 자신이 있었다. 그녀는 오로지 나는 내 할 일을 다할 뿐이라고, 스스로를 위무했다. 자신이 수행하고 있는 일이 미군을 위해 복무하는 거라고 여긴 적은 결코 없었다.

검진증을 제때제때 발급받지 않으면 재수없게 미군의 컴플레인에 걸려 영업정지를 당할지도 모르고, 성병 보균자라는 의심에 갇혀 손님들을 한꺼번에 잃을 수도 있었다. 그러면 돈을 못 벌게 되고 연탄불에 그을린 장판값을 갚지 못해 방문에 못질을 당하게 될지도 몰랐다. 그러면 돌아갈 수 없게 된다. 적어도 돌아갈 날이 더욱 멀어지는 것만은 확실했다. 세코날을 초콜릿인 양 씹어 먹더라도, 울며 세숫대야에 주저앉아 가루약을 입안에 한 주먹씩 털어넣는 한이 있더라도 꼬박꼬박 보건소에 찾아가 검진증 하나만은 제때 받아오라는 게 용태 엄마가 완장을 차고 수없이 외치는 말이었다.

7

엄마의 베이비가 고국으로 떠나고 얼마 지나지 않은 날이었다. 흑인 군인들이 한데 뭉쳐 피켓을 들고 부대 주위를 포위했다. 부대 내 인종차별이 문제라고 했다. 흑인과 백인을 가르는 차별대우는 부대 안에서만이 아니라 부대 밖에서도 빈번했다. 누구보다 놀란 이는 용태 엄마였다. 이 동네로 흘러들어온 지 십여 년이 되었지만 그런 모습은 처음 보았다. 백여 명의 흑인 병사들이 빨간 페인트로 휘갈겨쓴 피켓을 들고 하얀 이빨을 드러내며 이퀄리티를 외치는 모습을 지켜보면서 그녀는 경악에 가까운 공포를 느꼈다.

그들은 분노의 검은 덩어리 같았다. 누구도 범접하지 못할 거대하고 견고한 힘이 그녀를 향해 뻗쳐왔다. 도망치듯 집으로 향하는 동안 그녀를 압도했던 공포는 점점 가시고 희열이 그 자리를 채우기 시작했다. 직전에 부대장이 확성기를 들고 나와 비굴할 정도로 나긋한 어조로 그들을 달래는 모습을 본 탓일지도 몰랐다. 용태 엄마는 자신의 몸 구석구석이 뜨겁고 강렬한 기운으로 가득 차오르다못해 몸밖으로 힘차게 솟구치는 걸 느꼈다. 온몸이 저절로 부르르 떨렸다.

방안에 들어서자마자 그녀는 바닥에 퍼질러앉아 초콜릿 포장지로 종이배를 접고 있는 용태를 자기 앞으로 바짝 당겨 앉혔다.

용태야, 오늘 엄마가 뭘 봤는지 알아?

용태는 말없이 두 눈을 비볐다.

잘 들어. 엄마가 오늘 너에게 인생에서 가장 중요한 걸 가르쳐줄 거야. 넌 아비 없는 자식이니까 더더욱 내 말을 잘 들어줘야 해.

용태가 고개를 홱 돌렸다. 또 그 소리였다. 넌 아버지가 없으니까 어쩌고저쩌고. 어찌 그것만이 문제인 척 말할까? 용태는 이모들에게서 배운 욕들을 끝없이 쏟아내고 싶어졌다. 니미 씹보지다. 좆까라 마이싱아. 이모들은 어떤 노래라도 욕으로 바꿔 부를 수 있는 재주를 가졌다. 아버지가 없어서가 아니잖아. 엄마가 화냥년이라서 내가 엄마의 성을 쓰고 본 적도 없는 외할아버지의 자식으로 호적에 올라가 있는 거잖아.

턱밑까지 치밀어오르는 말들 때문인지 입 주변의 근육들이 파르르 떨렸다. 엄마와 외할머니가 이모들과 함께 술에 취해 포악을 떨며 주정하는 밤마다 그들의 입에서 흘러나오는 말을 주워듣다가 알게 된 사실들은 용태를 순식간에 어른으로 만들었다. 어른은 무엇인가, 자신이 어디에서 왔는지를 알고, 어디로 가야 할지를 스스로 정하는 사람이다. 이모들의 방에서 흘러나오는 이상야릇한 신음들이 용태를 슬픈 애어른으로 만들고, 매일 밤 세숫대야에 뭉클뭉클 피를 쏟는 딸의 월경대를 빨래하는 외할머니의 모습은 용태를 영악한 꿈으로 이끌었다. 어떻게 해서든 성공하고 말겠다고, 어금니를 꽉 물고 혼잣말을 거듭하는 아이로 말이다.

용태야, 엄마 말 듣고 있어?

엄마의 목소리가 높아졌다. 용태가 비스듬히 돌아앉아 곁눈으로 엄마를 치켜다 보았다.

용태야, 우리 같은 사람들한테 제일 필요한 게, 분노였어. 분노! 우리는 분노해야 돼!

용태는 불현듯 엄마에게서 낯설고 기이한 냄새를 맡았다. 엄마가 벗어던진 더러운 속옷에서 풍기는 고약한 냄새가 아니라 갓 삶아낸 개고기에서 뭉게뭉게 피어나는 누린내처럼 비위를 상하게 만들면서 동시에 식욕을 부추기는 그 냄새가 엄마의 숨결에서 진하게 번졌다.

분노?

용태는 분노라는 말의 의미를 제대로 알지 못했다. 막연하게 어떤 뜻을 가진 단어인지 짐작은 갔지만 머릿속에 구체적으로 떠오르는 바가 전혀 없었다. 지금 자기가 엄마에게 품고 있는 감정이 어쩌면 분노일지 모른다는 생각이 잠깐 들기는 했다.

용태야, 화는 혼자 삭일 수 있지만 분노는 큰 목소리로 말하고 아주 큰 글자로 써서 모두에게 보여주는 거야. 그러면 사람들이, 이 세상이 우리를 무서워해. 너무 무서워서 우리가 하는 말을 귀기울여 들을 수밖에 없어. 엄마는 이제 화내지 않고, 분노할 거다. 오늘부터 나는 분노하면서 살 거야.

그녀가 허공에 대고 주먹을 흔들었다.

오늘 깜둥이들이 그러더라. 그게 평등이고 그게 민주주의란다. 우리에겐 그럴 권리가 있고 그럴 권리를 누릴 자격이 있다고. 세상에, 내가 깜둥이들에게 뭘 배우게 될 줄이야.

며칠 후 용태 엄마는 한낮에 사람들을 이끌고 부대 정문 앞에 피켓을 들고 섰다. 화장을 지운 민낯의 젊은 여자들이 용태 엄마의 뒤에 삼 열을 이루어 뒤따랐다. 그들의 손에 들려 있는 피켓의 요지는 간단했다. 우리만 검진하냐. 니네도 포켓에 검진증 달고 다녀라. 안 그러면 씹도 좆도 없다. 우리 보지만 나라 보지고 너희 자지는 달러 자지냐. 그들의 목소리가 점점 커졌고, 구호는 노랫가락이 되어 동네를 들썩거리게 만들었다. 구경꾼들이 점점 많아졌고, 구경꾼들의 웃음은 더욱 커졌다. 용태 엄마는 신이 났다. 다들 신이 났다. 미친년들. 지나가던 구경꾼 중 하나가 욕을 하면 우르르 달려가 얼굴이 하얗게 질릴 때까지 욕을 퍼부었다.

뉘엿뉘엿 해가 기울 즈음 부대의 정문이 열렸다. 드디어 확성기를 든 대령이 기어나올 모양이다. 용태 엄마가 우우 소리를 내질렀다. 문이 활짝 열리자 살수차가 나타났다. 그들은 조금도 지체하지 않고 커다란 호스를 꺼내어 물을 뿌려대기 시작했다. 선두에 서 있던 용태의 엄마가 가장 먼저 쓰러졌다.

명구는 정희의 옆집에 살았다. 그는 동네의 자랑이었다. 그러나 불과 몇 년 전만 해도 명구는 동네의 골칫거리였다. 함부로 주먹을 휘둘렀고, 옷자락에 남의 피를 묻히고 다녔다. 사람들은 명구만 보면 슬금슬금 피해 다녔다.

저 새끼는 언제 사람 구실하면서 살려나?

명구의 뒤통수에 대고 동네 사람들은 수군댔다. 명구만 모르게 명구의 이름을 입에 올리면서, 명구의 커다란 덩치를 손가락질하면서.

원래 명구는 씨름선수였다. 지는 걸 싫어하는 성격 탓에 경기에서 패하는 날이면 분을 삭이질 못해 상대 선수를 끈질기게 괴롭히기로 유명했다. 경기가 끝나고도 상대 선수의 집 앞에서 한참을 이를 갈았다. 분이 풀릴 때까지 상대 선수를 쫓아다니며 재경기를 하자고 졸랐다. 경기는 상대 선수의 집 앞에서, 공터에서, 전봇대 밑에서 수시로 벌어졌다. 대개 경기는 주먹질에 그쳤다. 샅바 없이 벌어지는 경기는 더이상 씨름이 아니었다. 어떤 규칙도 통용되지 않는 몸싸움에 불과했다.

명구는 주먹을 더 잘 썼다. 씨름판에서와 달리 주먹싸움에서는 늘 승자였다. 결국 명구는 고등학교 졸업을 앞두고 씨름선수 자격을 박탈당했다. 그 바람에 명구의 인상은 더욱 험악해졌고 주먹은 더욱 단단해졌다. 사람들은 명구의 그림자만 보아도 명치 언저리가 욱신거렸다.

누가 명구한테 씨름을 가르쳤나? 사람들은 명구의 난데없는 주먹질과 시비를 전부 씨름 탓으로 돌렸다. 명구가 씨름을 통해 배운 거라곤 어떤 싸움은 박수를 받기도 하고, 어떤 폭력은 응원을 받기도 한다는 오해뿐이었다. 명구를 씨름판으로 끌어들였던 담임선생이 보다못한 나머지 팔을 걷어붙이고 나섰다. 그는 명구를 취직시키기 위해 자신의 인맥을 총동원했다. 그는 명구의 제어 불가능한 난폭함과 무분별한 폭력이 무능에서 오는 분노라고 지레 판단했다.

명구는 될 대로 되라는 식이었다. 심심하면 길 가는 사람을 불러세워 허리춤을 붙잡았다. 길바닥에 아무렇게나 내팽개치고 기절한 사람 옆에서 이겼다고 좋아했다. 주위에 둘러서서 엉거주춤 서 있는 사람들에게 박수를 치라고 강요했다. 두 팔을 번쩍 들고 혼자 환호성을 내지르며 사람들 사이를 헤집고 다녔다. 누구도 명구에게 아무런 말을 하지 못했다. 대신 명구의 담임선생을 찾아가 울분을 토해냈다. 명구를 제외한 모든 사람들이 명구를 취직시키지 못해 안달이었다. 명구의 부모와 누나들도 합세해서 담임선생을 찾아가 수시로 보챘다.

명구는 선생님 손에 달렸어요. 우리도 어떻게 할 수가 없어요.

담임선생은 고민 끝에 명구를 경호원 사무실로 보냈다. 얼마 후 명구는 청와대 소속 경호원이 되어 동네를 떠났다. 한 달에 두어 번 집으로 돌아와 하루이틀 쉬다가 돌아갔다. 명구는 완연히 달라졌다. 입성부터 아주 딴판이었다. 깔끔한 양복을 입고 넥타이를 맸다. 재킷 안에 멜빵이 있고 왼쪽 가슴에는 권총집이 달려 있었다. 사람들은 명구를 더욱 무서워했다. 명구는 더이상 이유 없이 사람들에게 시비를 걸지 않았다. 시비뿐만 아니라 아무에게도 먼저 말을 걸거나 인사를 하는 법이 없었다. 그런 명구에게 유일하게 알은체를 하는 사람은 동네에서 정희뿐이었다. 정희가 그랬던 것은 명구가 좋아서가 아니었다. 오직 정희만이 명구를 얕잡아 봤기 때문이다.

9

토요일이었다. 2월 초였다. 일주일 후면 졸업식이었다. 정희는 멀리서 다가오는 명구를 발견했다. 명구는 검은 양복 차림에 구둣발 소리를 내며 반대쪽에서 걸어오고 있었다. 그의 눈은 정확히 정희를 향해 있었다. 여느 때와는 다른 눈빛이었다. 정희는 손인사를 하려다 말고 뒤돌아섰다. 웬만하면 마주치지 않는 게 좋을 성싶었다. 슬금슬금 전봇대 뒤쪽으로 막 몸을 숨기려던 차, 정희는 뛰어오는 구둣발 소리를 들었다. 정희를 향해 뛰어오고 있음이 아주 명백하게 느껴질 만큼 소리는 급속도로 가까워지고 있었다. 정희의 심장박동도 덩달아 빨라졌다.

정희는 보도 아래로 황급하게 한쪽 발을 내디뎠다. 그 순간, 명구가 정희 앞을 가로막았다. 명구의 몸은 씨름을 할 때보다 더욱 커지고 단단해져서 하얀 셔츠를 채우고 있는 단추들이 조금씩 벌어져 있었다. 미처 한 발을 마저 딛지 못한 정희가 명구의 가슴팍에 이마를 찧었다. 딱딱한 것이 이마를 때렸다. 정희가 가벼운 비명을 질렀다. 명구는 실실거리며 웃다가 재킷을 젖혀 정희의 이마를 때린 딱딱한 것이 무엇인지 보여주었다. 검고 작은 권총이었다. 정희의 숨이 딱 멎었다. 명구가 뒤늦은 인사말을 건넸다.

정희야, 오빠 총 멋있지?

명구가 가슴팍을 앞으로 더욱 내밀었다.

비켜라.

정희가 쏘아붙이자 명구는 정희 곁으로 더욱 가까이 다가왔다.

오빠한테 말버릇이 그게 뭐냐? 혼 좀 나야겠네.

정희는 눈앞이 캄캄해지는 것 같았다. 엄마가 찬물로 자신의 맨몸을 후려치던 어느 밤, 자신의 하얀 발등을 적시던 벌건 핏물이 떠올랐다. 숨죽여 큰 소리 한 번 내지르지 않고, 두철이 쉿, 쉿 하던 소리가 다시금 들려오는 것 같았다. 그날의 기억이 정희의 머릿속을 가득 채우기 시작했다. 끈덕지게 이어지는 기억을 털어내려고 정희는 세차게 고개를 내저었다.

안 멋있다고?

정희가 뒷걸음질을 하자 명구는 더욱 싱글벙글하며 가슴팍의 총을 들썩였다.

너는 이 오빠가 누군지 몰라?

정희는 명구에게서 벗어나고 싶었다. 소리를 질러 지나가는 사람들의 도움을 받고 싶었다. 하지만 아무 소리도 나오지 않았다. 둥그렇게 오므린 두철의 입술이 여전히 정희의 눈앞에서 쉬, 쉿! 말하고 있었다. 정희의 눈에서 그렁그렁 눈물이 차올랐다. 명구가 무서워서가 아니었다. 느닷없이 들려온 두철의 목소리 때문이었다. 쉬. 쉬. 쉿. 그 순간 명구는 되살아 돌아온 두철이었다. 오로지 정희에게 복수하기 위해 남파된 간첩이었다. 명구는 정희가 울기 직전이라는 것을 눈치챘다.

내가 나쁜 짓 하는 사람도 아닌데 왜 울어?

명구가 잇몸을 드러내며 소리 없이 웃었다. 정희의 어깨를 쓰다듬었다. 그러곤 정희를 살짝 밀어 앞장서서 가도록 했다. 정희가 뒤돌아서자 명구는 정희의 엉덩이를 툭툭 두드렸다.

나는 착한 사람이다. 너는 그것도 모르냐?

등뒤에서 들려오는 명구의 그 말이 너는 나쁜 사람이다, 라는 말처럼 들렸다. 내가 착한 사람일 수 있는 유일한 이유가 정희, 너처럼 나쁜 사람이 있기 때문이지 않냐는 반문처럼 들렸다. 네가 내 팔을 자르지 않았느냐는 취조처럼 들렸다.

명구가 정희의 허리에 총을 댔다. 정희는 옆구리를 깊숙하게 찔러오는 단단한 총구를 느꼈다. 총이 아닐지도 모른다는, 어쩌면 고작 나무막대기나 부러진 자일지도 모른다는 생각 따윈 전혀 할 수 없을 만큼 둥근 단단함이 정희의 가장 여린 부분을 압박해왔다. 숨이 막혀왔다. 정희는 미끄러지듯이 계속 앞으로 나아갔다. 당장 걸음을 멈추면 명구가 곧장 방아쇠를 당길 것 같았다. 총구에서 무엇이 발사되어 자신의 숨통을 끊어버릴지 정희로서는 상상조차 하기 싫었다.

길은 청계산을 향해 곧게 뻗어 있었다. 정희는 손에 들고 있던 검은 책가방을 꽉 움켜쥐었다. 가방은 가벼웠다. 어떤 것도 정희를 위한 무기가 되어주질 못했다. 애당초 총 앞에서는 그 어떤 것도 방패가 되어줄 수 없다는 걸, 정희는 점점 가까워지는 산을 보며 체념했다.

너 내가 누굴 경호하는 줄 알지?

명구가 총구를 더욱 깊게 찔러넣으며 말했다.

대통령이다, 대통령.

명구는 정희의 대답을 기다리지 않았다.

네 이름도 박정희. 우리 각하 이름도 박정희.

말을 하다 말고 명구가 키득거렸다.

내 주위엔 다 박정희뿐이네.

명구가 뒷말을 길게 늘여 놀리듯 말을 이었다. 불현듯 정희는 대통령을 경호하는 일이 세상의 유일한 자랑거리인 명구가 왜 자신을 해치려 드는지 의아했다. 대통령과 같은 이름을 가진 사람일수록 더욱 반겨야 이치에 맞았다. 어쩌면 명구가 제 몸의 전부를 바쳐 지킨다는 사람이 대통령이 아닐 수도 있겠다는 생각이 들었다. 명구의 주인은 작은 상점이나 어두운 골목의 주인일 확률이 컸다. 명구가 아는 박정희는 오로지 1960년생 여자, 자신뿐인 게 확실했다. 그가 왼쪽 가슴에 품고 다니는 총 역시 가짜인 게 분명했다. 그러자 1917년생 남자, 박정희의 기개가 꿈틀거리며 정희의 안에서 되살아났다.

거짓말.

정희가 속삭이듯 말했다.

너 지금 뭐라고 했어?

명구의 목소리에 날이 섰다.

넌 건달이야.

정희는 거침없이 명구를 쏘아붙이기 시작했다.

넌 대통령 발가락도 못 봤어. 그치? 넌 그냥 양아치지?

생각지도 않았던 말들이 정희의 입에서 연이어 튀어나왔다. 허리를 찌르고 있던 총구가 조금씩 멀어졌다.

난 총 따윈 하나도 무섭지 않아.

정희가 콧방귀를 뀌었다. 심지어 자신의 입에서 나오는 말들이 자랑스럽기까지 했다. 누군가 이 모습을 낱낱이 기록해줬음 좋겠다는 생각이 들 정도였다. 몸에서 아주 멀어졌다 싶은 총구가 다시 정희의 허리를 찔렀다. 정희는 허리를 폈다. 더 깊숙이 들어올 테면 오라지.

명구의 숨소리가 정희의 얼굴 가까이에 다가왔다. 뜨겁고 축축한 기운이 정희의 얼굴을 덮쳤다.

10

산길로 접어들자 녹지 않은 눈이 명구와 정희의 발아래에서 부서졌다. 정희는 명구의 총을 빼앗고 싶었다. 충분히 가능한 일이라고 생각했다. 인적이라곤 찾아볼 수 없을 만큼 동네에서 아주 멀어졌다. 정희는 촘촘히 서 있는 나무들 사이에서 걸음을 멈추었다. 명구도 멈춰 섰다. 정희가 뒤돌아서서 명구의 얼굴을 쏘아보았다. 재빨리 명구의 오른팔을 붙잡았다. 명구가 미처 팔을 빼낼 틈도 주지 않고 정희는 남은한 손을 들어 총을 잡았다.

짧고 날씬한 총구가 정희의 손에 들어왔다. 명구가 왼팔을 높이 들어올렸다. 명구의 두툼한 손바닥을 보고도 정희는 무섭지 않았다. 조금도 아플 것 같지 않았다. 정희는 두 손을 흔들어 명구의 손에서 총을 빼내려 했다. 명구의 손바닥이 정희의 머리통을 향해 날아왔다. 둔탁한 소리와 함께 정희가 휘청거렸다. 정희는 발끝에 힘을 주고 더욱세게 총을 잡아끌었다.

명구가 손에서 총을 놓았다. 동시에 명구의 한 손이 정희의 머리채를 잡고 다른 한 손이 정희의 복부를 때렸다. 순간 정희의 허리가반으로 접혔다. 배가 푹 꺼지는 듯했다. 눈앞이 깜깜해지고, 작은 빛들이 둥둥 떠다녔다. 명구가 바닥에 떨어진 총을 얼른 주워 총집에

넣었다. 정희는 웃고 싶었지만 뜻대로 되지 않았다. 숨조차 쉴 수 없었다.

내가 아까 말했지? 나는 착한 사람이라고.

명구가 어금니를 물고 말했다.

착한 사람한테는 착하게 굴어야 하는 거 아니냐?

정희의 머리카락을 쓸어내리며 명구는 계속 말을 이었다.

내 총은 나쁜 사람 죽이라고 있는 거거든.

정희는 속으로 그게 너라고, 대답했다.

근데 내가 오늘 보니까 나쁜 사람은 너인 것 같다.

명구의 주먹이 다시 정희의 등에 내리꽂혔다. 정희는 땅바닥에 엎어졌다. 아득해지는 정신을 추스르기 위해 눈에 힘을 주었다. 눈물이 주룩 흘렀다.

명구의 손이 정희의 목을 어루만졌다. 정희는 손에 잡히는 대로 눈을 퍼담아 입안에 쑤셔넣었다. 이가 시렸다. 눈은 정희의 입안에서 재빨리 녹았다. 혀끝에 얼얼한 기운이 사라지자 비린내가 돌았다. 입가로 눈 녹은 물이 흘러내렸다.

네 이름이 워낙 예뻐서 내가 너를 사랑해주려고 했단 말이다.

명구의 목소리가 나긋해졌다.

너도 알겠지만 그게 내 일이거든.

말이 끝나기 무섭게 명구가 늘어진 정희를 일으켰다. 나무둥치에 정희를 기대어 앉게 하곤 자신도 그 앞에 마주앉았다. 정희의 교복이 군데군데 젖어 더러워져 있었다. 명구가 정희의 앞섶을 털어주었다. 정희의 가슴을 쥐곤 더러워라, 혼잣말을 했다. 정희의 허벅지를 쓸어

내리며 엉망이네, 혼잣말을 했다. 치마를 들추곤 안 버린 데가 없네,
혼자 웃었다.

11

하숙생은 더 늘지 않았다. 공장이 점점 늘어나면서 시장의 물가도
함께 상승했다. 농사를 짓는 사람들은 점점 줄어들었다. 사람들은 비
싼 값에 땅을 팔았다. 졸지에 주인이 바뀐 빈 땅엔 여전히 벼가 자랐
지만 돌보는 사람이 없었다. 눈 깜짝할 사이 지붕 없는 건물들이 빼곡
하게 들어차고, 치솟은 굴뚝들이 건물 위로 하늘을 찌를 것처럼 높게
세워졌다. 강의 좌우에 붙은 땅들은 모두 텔레비전 공장의 것이 되었
다. 방직공장과 라면공장이 들어서고, 무엇을 만드는지 짐작할 수 없
는 회사명의 공장들도 우후죽순 들어섰다.

금성은 오랜 고민 끝에 전단지를 새로 만들어 붙였다. '이씀'이 틀
린 말이라는 걸 가르쳐준 사람은 용태였다. 금성은 '잠자는 방 이씀'
이라는 말을 지우고 대신 '하숙생 구함'으로 바꾸어 썼다. 이왕이면
예쁜 아가씨가 좋은데. 기욱은 새로운 하숙생에 대한 기대가 누구보
다 컸다. 만나는 여자가 있으면서도 그랬다. 기욱이 만나는 여자는 순
점이라는 스물한 살의 여공이었다. 기욱과 같은 공장에서 일을 했다.
기욱이 브라운관의 패널을 깎는 동안 순점은 패널을 닦았다. 순점의
손에는 항상 걸레가 쥐어져 있었다. 제품의 어느 부속이건 상관없이
먼지가 묻어 있어서는 안 됐다.

순점은 경상남도와 전라남도가 맞붙은 해안 근처가 고향이라고 했다. 집 앞에 바로 바다가 있다고, 손에 소금기 마를 날이 없었다고 순점은 고향에서의 생활을 진절머리난다고 표현했다. 기욱은 순점이 좋다가도 고향 이야기만 나오면 이상하게도 정이 가질 않았다. 고향을 떠났다고 말하지 않고 고향을 버렸다고 말하는 순점을 볼 때마다 섬뜩했다. 하지만 야간통행금지가 해제되면서 기욱의 연애엔 보란듯 불이 붙었다.

기욱과 순점은 매일 밤 심야극장에서 데이트를 했다. 〈애마부인〉을 보다가 불쾌해진 얼굴로 상영중에 뛰쳐나와도 갈 데는 많았다. 왠지 모를 꺼림칙한 기분 따윈 사라진 지 오래였다. 순점은 기욱의 손이 이끄는 대로 움직이는 여자였고, 바로 그 때문에 기욱의 사랑을 받을 만한 여자였다. 밤을 새우는 일이 많아지자 둘은 여관방에 틀어박혀 자주 술을 마셨다.

순점은 취기가 빨리 오르는 편인데도 술을 좋아했다. 술에 취하면 순점은 영 다른 사람이 되었다. 말도 많아지고 다정했다. 평소엔 기욱이 시답지 않은 말을 한마디만 건네도 툴툴거리면서, 술기운에 얼굴이 발그레 달아오를 때에는 기욱이 무슨 말을 해도 히죽 웃어주었다. 곤란한 질문을 던져도 시원하게 대답했다. 기욱은 순점에게 더욱 흔쾌히 술을 사주고, 권했다. 대식가인 기욱은 웬만큼 마셔서는 취한 티가 나지 않았다. 오히려 술을 한두 병쯤 마시고 나면 훨씬 자신만만해지고 구부정한 허리도 곧게 펴지고 안색도 뽀얘져서 일부러 술을 급하게 들이켤 때도 많았다.

기욱과 순점이 잠자리를 함께하는 횟수도 빈번해졌다. 흐트러진 이불 위에 드러누워 기욱은 맨정신으로는 입도 벙긋 못할 질문들을 순점에게 캐묻곤 했다. 수치심을 유발할 만한 질문들을 거리낌없이 던지고 무리한 성행위를 서슴없이 요구했다. 순점은 기욱의 요구를 쉽사리 허락했다. 기욱의 요구와 질문의 수위도 높아졌다.

연이은 음주에 순점이 일찌감치 취한 밤이었다. 불콰해진 기욱은 더욱 기세등등했고 고주망태가 된 순점의 취중 애교는 무르익을 대로 무르익었다. 혀가 잔뜩 꼬부라진 순점은 늘 그래왔듯이 여관의 적막한 방에 기대어 앉아 개개풀린 눈으로 기욱의 얼굴을 지그시 바라보았다. 기욱은 이때다 싶어 오랫동안 참아왔던 말을 넌지시 꺼냈다.

순점씨, 순점씨는 첫 경험이 언제야?

얼굴이 홧홧하게 달아올랐다. 기욱은 침을 꿀꺽 삼켰다. 여느 여자라면 술이 확 깰 만한 질문이었을 텐데, 순점은 배시시 웃기만 했다. 뭔가 말을 하고 싶긴 한데 혀가 마음대로 움직여주질 않는 모양이었다. 기욱은 얼른 주전자를 통째로 건넸다. 순점이 간신히 입술을 축이자마자 기욱은 다시 한번 같은 말을 물었다. 순점이 몇 번 입술을 달싹거리다 말했다.

열여덟 살에 했지. 누구랑 했냐면.

더듬거리며 순점이 과거사를 털어놓기 시작했다. 분명치 않은 발음으로 순점은 자신이 처음 연애 비슷한 걸 했던 남자에 대해 기욱이 기대했던 것보다 훨씬 상세하게 들려주었다.

12

순점의 고향은 외부인의 출입이 전무한 동네였다. 어느 날 그곳에 낯선 남자 하나가 나타났다. 그야말로 출몰이었다. 잔잔한 바다 한가운데에서 커다란 물고기가 순식간에 튀어올라 뱃전으로 떨어지듯이, 동네에 연고가 전혀 없는 젊은 남자가 마을 입구에 우뚝 서서 주위를 살펴보고 있었다. 그의 사지가 멀쩡했더라면 사람들은 그를 간첩으로 신고부터 했을 테지만 그는 외팔이였다. 간첩은커녕 뱃일도, 밭일도, 집안일마저도 제대로 해낼 감이 아니었다. 사람 구실이나 제대로 할는지도 의문이었다. 초라하고 남루한 행색 때문에 그는 마을 사람들의 극진하고 융숭한 환대를 받았다. 그가 오갈 데 없는 고아 신세라는 것을 전해들은 사람들은 그에게 마을에 정착하기를 권유했다. 공교롭게도 그를 구제하는 데 가장 적극적으로 발 벗고 나선 이는 순점의 아버지였다.

순점의 아버지는 슬하에 딸만 넷을 두었다. 위로 둘은 이미 시집을 보내고 남은 두 딸 중 큰애가 순점이었다. 순점의 아버지는 마침 아들도 없는데 잘되었다며 시집간 두 딸이 함께 쓰던 방을 외팔이에게 내주었다. 그날, 둘러앉은 저녁 밥상에서 순점의 아버지가 물었다.

근데 어쩌다 여기까지 내려왔대?

외팔이가 한 손으로 바쁘게 숟가락질을 하면서 대답했다.

북쪽에는 더 갈 데가 없어서 남쪽으로 내려왔어요.

순점은 그제야 외팔이를 샅샅이 살펴보았다.

그래도 남쪽엔 바다라도 있으니까 아무래도 덜 갑갑할 것 같아서요.

무덤덤하게 말하는 외팔이는 한쪽 볼이 미어터지도록 밥을 쑤셔넣었다. 순점은 어딘가 모르게 초연해 보이는 그의 말에서 바다의 짠내와 아주 동떨어진 냄새를 맡았다. 칼이 시뻘겋게 달궈졌다가 찬물 한 바가지를 뒤집어쓰고 단숨에 식어갈 때 콧속을 쩽하게 울리는 쇳내. 그에게서 풍기는 냄새는 순점의 기분을 싱숭생숭하게 만들었다. 곁눈질로 외팔이의 얼굴을 훔쳐보던 순점은 이상야릇한 기분에 점점 고무되어갔다.

외팔이는 일당백이었다. 모두의 우려와 달리 일 처리가 빨랐다. 두 팔 달린 사람보다 훨씬 나았다. 그는 금세 한 손으로 그물코 푸는 법을 익혔다. 엉킨 그물을 어깨와 한쪽 뺨 사이에 딱 붙여 한쪽 팔로 그물코의 엉킨 매듭을 순식간에 풀어냈다. 낫질도 빨랐다. 그는 앉은 자세를 조금씩 달리하면서 누운 풀들을 일시에 베어냈다. 도낏자루를 조금 당겨잡는 것만 남들과 다를 뿐, 장작 패는 솜씨도 뛰어났다. 그는 거의 모든 일을 수월하게 해냈다. 순점의 마음도 깊어져갔다. 순점은 외팔이가 가는 데 모두 따라다녔다. 그의 뒤치다꺼리를 자청했지만 사실 그는 누구의 도움을 필요로 하는 사람이 아니었다.

순점은 호시탐탐 그와 단둘이 있을 기회만 노렸다. 무작정 그에게 안기고 싶었다. 팔이 하나 없다는 사실도 순점에겐 매력적으로 다가왔다. 그가 방문을 열면 순점의 방문도 열렸다. 그가 신발을 신으면 순점도 부리나케 신발을 신었다. 그가 뒷집의 밭에 가면 순점도 졸졸 따라갔다. 먹잇감을 달라고 쫓아오는 개처럼 그의 꽁무니에서 종일 얼쩡거리면서 일손을 거들지는 않았다. 그는 순점이 달갑지 않았다.

등뒤에서 인기척이 느껴져 놀라서 뒤돌아보면 언제나 순점이 서 있었다. 가끔 그런 순점이 두렵게 느껴졌다. 부산에서 서울까지, 서울에서 땅끝까지 혼자 그 길을 걸었다. 밤이면 무서워서 툭하면 뒤를 돌아보곤 했다. 그때에도 뭔가가 줄곧 따라오는 것 같았다. 뒤돌아보면 아무것도 없었다. 서울에서 살 때도 그랬다. 한자리에 가만히 서서 일을 했다. 가끔씩 목덜미가 서늘했다. 뒤돌아보면 아무도 없었다.

엉겁결에 팔을 잃고 나서야 알았다. 그것은 예고 같은 거였다. 조만간 닥쳐올 불행에 대한 막연한 예고. 불행이 한차례 지나간 뒤에 보다 순종적으로 받아들일 수 있게끔 세상이 미리 준비해둔 경고. 순점은 불행이 미리 보낸 전령처럼 외팔이의 뒤를 쫓아다녔다. 뒤를 돌아보면 순점이 있었다. 웃고 있었다. 아무리 눈을 씻고 보아도 보이지 않던 불행의 전령도 사실은 저렇게 웃고 있었을까? 외팔이는 섬뜩할 때가 많았다. 하지만 내색하지 않았다. 이곳을 벗어나 더 나아가면 바닷속이었다. 그는 순점의 집에서 버틸 수 있을 때까지 버텨볼 작정이었다.

풍랑이 아주 거센 날이었다. 외팔이는 마을 사람들의 배가 잘 묶여 있는지 확인하러 집을 나섰다. 집집마다 지붕이 들썩였다. 바람 소리에 문밖이 시끄러웠음에도 순점은 외팔이의 기척을 놓치지 않았다. 동생의 만류를 뿌리치고 쏜살같이 달려나가 외팔이가 나선 길을 뒤따랐다. 사람이라곤 코빼기도 보이지 않았다. 순점은 세상에 외팔이와 단둘만 남겨진 것 같았다. 그녀는 걸음을 빨리했다. 그가 어디로, 뭘 하러 가는지는 뻔했다.

저만치 그가 보였다. 세찬 바람에 맞서서 걷는 외팔이의 빈 소매가 휘날리면서 그의 등과 뺨과 허리를 매섭게 때렸다. 순점은 두 팔로 얼굴을 가리고 전력을 다해 그에게 뛰어갔다. 바람이 그를 자기에게 떠넘겨주고 있는 것도 같았다. 그와의 거리가 점점 가까워졌다. 순점이 그의 하나밖에 없는 팔을 잡아챘다. 다시 뛰었다. 외팔이도 엉겁결에 함께 뛰기 시작했다.

그날 밤, 순점은 외팔이의 방으로 숨어들어갔다. 외팔이는 깨달았다. 자기가 이 집에서 오래 버틸 수 있느냐는 순점과의 관계에 따라 좌우된다는 것을. 순점과의 혼인이 가장 확실한 방법이라는 것도 알았다. 그는 순점에게 기꺼이 공을 들이기로 마음먹었다. 일은 뜻대로 되지 않았다. 밤마다 순점은 그의 방을 찾았지만 점점 그의 팔이 하나뿐이라는 데 싫증났다. 그의 한 팔을 베개 삼아 곁에 누우면 그에겐 자신을 안아줄 다른 한 손이 없었다. 그가 자신을 안고 있는 게 아니라 그저 찰싹 달라붙어 있는 것 같았다.

순점이 그의 방에 드나드는 횟수가 서서히 줄어들었다. 한낮에 외팔이가 순점을 불러내는 횟수가 많아졌다. 순점의 아버지가 이상한 낌새를 눈치챘다. 그는 생각할 시간이 필요했다. 시간을 벌기 위해서 외팔이를 먼바다로 나가는 배에 태워 내보냈다. 보름 정도 걸릴 일이었다. 외팔이는 쉽사리 수긍했다. 돌아오면 어떻게든 결정이 나겠지, 그런 생각에서였다.

그는 물에 빠져 죽어서 돌아왔다. 어쩌다 빠졌는지는 아무도 몰랐다. 사건의 정황을 명백하게 말해주는 사람은 아무도 없었다. 다만 그는 팔이 하나밖에 없었기 때문에 수영만은 못했을 거라고, 한 팔로는 도저히 헤엄을 잘 칠 수 없었을 거라고 사람들은 그의 사인을 자연스럽게 결론지었다. 하지만 그의 죽음은 엉뚱한 일을 불러일으켰다. 외팔이가 배에 함께 탄 사람들에게 순점과 혼인을 할 거라고 지레 말한 게 화근이었다. 마을 사람들의 절반은 순점을 외팔이의 미망인으로 취급했고, 다른 절반은 순점의 식구 전체를 외팔이의 원수로 간주했다. 순점은 떠나는 수밖에 없었다. 고향에서 시집을 가기란 글러먹었다. 외팔이가 혼자 내려온 길을 더듬어 올라갔다. 중간 즈음에서 방향을 틀었다. 더 올라갔다가는 외팔이처럼 살게 될까봐 무서웠다.

기욱씨, 당신을 만나려고 내가 여기까지 흘러왔나봐.
기욱은 순점의 말이 품고 있는 슬픈 운명의 강력한 힘에 동조했다. 순점의 말마따나 그 이야기에는 비극의 냄새가 풍겼다. 어떤 악의도 없는 사람에게 닥쳐오는, 피할 수 없는 불행이 내뿜는 냄새. 기욱은 순점의 이야기에 어떤 반감도 느낄 수 없었다. 오히려 그것은 순점을 이전보다 더 걷잡을 수 없이 빠르게 사랑하게끔 기욱을 거세게 밀어붙였다.

13

동대문야구장에서 프로야구 개막식이 열렸다. '우리 사회는 앞으로 야구를 통해 다 함께 웃고 즐기는 명랑한 사회가 될 것입니다.' 우렁차게 떠드는 소리가 TV 밖으로 흘러나왔다. 동대문야구장의 그라운드가 화면을 가득 채웠다. 검은 양복을 입은 남자들이 일렬로 서서 대통령의 뒤를 지켰다. 오직 대통령만이 재킷을 입지 않고 흰 와이셔츠 소매를 드러냈다. 대통령은 한 손에 공을 쥐고 다른 한 손엔 글러브를 꼈다. 민머리를 그대로 드러낸 대통령은 양복 차림으로 환하게 웃었다. 흰 셔츠를 뺀 그의 온몸이 회색으로 빛났다. 공은 포수 쪽을 향해 쭉 나아갔다. 심판이 스뜨라이크, 외치며 온몸을 흔들었다. 카메라는 환호하는 관중들의 모습을 오래 비췄다. 곧이어 MBC 청룡과 삼성 라이온즈의 선수들이 그라운드 위에 섰다. 다 함께 웃고 즐기는 명랑한 사회가 된다는 말이 아주 틀리진 않았는지 금성이 그토록 바라던 세입자가 한꺼번에 두 명이나 늘었다. 먼저 찾아온 이는 홍시 할머니였다.

집에는 금성과 구구 둘뿐이었다. 심판의 플레이볼, 소리와 함께 야구 경기가 시작됐다. 그 순간 할머니가 열린 대문 안으로 성큼 들어오더니 길게 누워 있던 금성에게 물었다.

어느 방이여?

금성은 재빨리 몸을 일으켜 할머니를 맞았다.

어느 방이냐니까?

재차 묻는 할머니의 기세에 눌려 금성은 할말을 잃었다. 할머니의 행색은 구걸을 하려고 들이닥친 사람처럼 볼썽사나웠다. 머리카락은 짧았고 어깨엔 회색빛 배낭을 멨다. 눈썹은 짙고 두꺼웠다. 눈은 쌍꺼풀이 진했지만 속눈썹이 없었다. 입술엔 붉은 칠을 했고, 치맛자락 밑으로 버선발이 보였다. 연거푸 어느 방이냐고 묻는 입술 사이로 커다란 앞니 두 개가 번득였다. 대답을 기다리는 동안 할머니는 껌을 질겅질겅 씹었다. 금성이 한 발로 슬리퍼의 한 짝을 찾느라 땅을 더듬거리며 짚으면서 공손하게 물었다.

어떻게 오셨습니까?

할머니는 무턱대고 반말이었다.

빈방 있다며?

금성은 당황했다. 막연히 하숙생이라 하면 저보다 나이가 어린 치라고 생각했다. 머릿속에 오만 가지의 생각들이 한데 스쳤다. 할머니의 수발을 들면서 집주인 노릇을 할 수 있을까? 어쩌면 부엌살림에 큰 도움을 얻을 수 있지 않을까? 금성은 재빨리 머리를 굴렸지만 금성이 이런저런 손익을 가늠하는 데 걸리는 시간보다 할머니의 움직임이 더 빨랐다.

할머니는 금세 빈방을 찾아냈다. 금성과 구구의 방 바로 옆에 붙어 있는 방이었다. 할머니는 바로 짐을 풀었다. 그러곤 곧장 마루로 건너와 구구의 곁에 바투 몸을 붙여 앉더니 대뜸 구구를 끌어안았다. 얼추 몸이 자란 구구는 할머니가 들어올리기엔 제법 무게가 나갔다. 할머니는 끙끙거리며 구구를 무릎에 앉혔다. 구구의 정수리에 코를 박았다. 할머니의 늘어진 가슴이 구구의 얼굴을 짓눌렀다. 구구는 가슴을 들썩이며 숨을 골랐다. 콧속이 진득거렸다.

할머니는 구구를 안은 채 금성과 방값 흥정에 들어갔다. 할머니는 방값을 대폭 깎기를 원했다. 잠만 자는 방치곤 비싸다는 거였다.

여기는 잠만 자는 데가 아니고 밥도 주는 하숙집인데요.

금성이 우물쭈물하며 할머니의 말을 잘랐다. 할머니가 치마의 허리춤을 뒤져 구겨지고 바랜 전단지를 꺼냈다. 금성이 오래전에 붙인 전단지였다.

이건 옛날이야기이고요. 새로 쓴 전단지를 못 보신 모양인데.

할머니는 손을 휘휘 내저으며 금성의 말을 잘랐다. 전단지를 다시 곱게 접어 주머니에 집어넣었다. 꼬깃꼬깃 접힌 지폐를 세며 설명을 이어나갔다. 할머니는 틀니를 끼운 이후로 곡기를 끊고 홍시로 끼니를 때운다고 했다. 그러면서 입안의 틀니를 우물우물 빼냈다. 놀란 구구가 할머니의 품에서 도망치려고 사지를 버둥거렸지만 할머니는 구구를 안은 팔에 더욱 힘을 꽉 주었다. 자포자기한 금성이 그럼 홍시를 구할 수 없는 계절에는 뭘 드시느냐고 물었다. 할머니는 홍시를 구할 수 없는 계절은 없다고 못박았다. 금성은 할머니의 말을 믿을 수 없었지만, 할머니는 보란듯이 가방에서 홍시를 꺼내 먹기 시작했다. 금성은 마지못해 용태가 내는 방값의 절반에 동의했다. 만족한 할머니가 구구를 바닥에 누이고는 홍시를 쪽쪽 빨았다. 금성이 눈살을 찌푸리며 그 모습을 지켜보았다. 금성은 홍시건 단감이건 감을 좋아하는 편이 아니었다. 오래전 감나무에서 떨어진 아버지에 대한 의리를 지키기 위해서였다.

14

할머니가 막 홍시 두 개를 먹어치우던 참이었다. 대문 앞에서 금성을 부르는 소리가 들렸다. 기욱이었다. 좀처럼 들어올 생각은 않고 계속 잠깐만 나와 형님, 소리쳤다. 심지어 말을 더듬기까지 했다. 구구를 할머니와 단둘만 남겨두기 싫었던 금성도 움직이지 않고 큰 소리로 말했다.

들어와. 들어오라고.

기욱 역시 꼼짝하지 않고 문밖에서 소리만 질러댔다.

형님, 형님 나와봐.

기욱의 행동이 영 이상했다. 금성은 천천히 몸을 일으켰다. 느릿느릿 부엌을 향해 걸었다. 냉장고 뒤에 세워두었던 몽둥이를 잡았다. 도둑이 들었을 때를 대비해 금성이 마련한 유일한 무기였다. 정말로 몽둥이를 쓸 일이 생길지는 몰랐다. 금성은 기다란 몽둥이를 뒤에 숨기고 대문 쪽으로 비칠비칠 걸어갔다. 기욱은 여전히 문밖에서 형님, 형님 목이 터져라 외치는 중이었다.

금성이 대문을 왝 열어젖혔다. 양철로 만든 대문이 쩽 소리를 내며 벽에 부딪쳤다가 도로 닫혔다. 짧은 사이, 대문 너머 기욱이 살짝 보였다. 금성이 한쪽 발로 열린 문짝을 누르고 섰다. 그제야 기욱의 뒤에 서 있는 여자가 보였다. 금성이 몽둥이를 높이 든 채 물었다.

누구세요?

말로만 듣던 순점이었다. 금성이 엉거주춤하며 인사를 건넸다. 순점이 고개를 살짝 비틀며 금성의 인사를 받았다. 기욱의 얼굴이 벌겋게 달아올랐다. 기욱은 허릿살을 순점에게 꽉 쥐어잡힌 채로 대문 안으로 들어섰다. 순점의 한 손에 커다란 보퉁이가, 기욱의 양손엔 선풍기와 밥통이 각각 들려 있었다. 누가 봐도 이삿짐이 분명했다. 갑자기 집주인으로서의 자신의 본분을 깨달은 금성이 냅다 뛰어 마루끝에 걸터앉아 슬리퍼를 멀리 벗어던졌다. 밑창이 닳은 슬리퍼는 뒤집어진 채 수돗가 옆으로 떨어졌다.

이리 올라와서 앉게.

손님을 맞은 건 홍시 할머니였다. 뒤늦게 할머니를 발견한 기욱의 눈이 휘둥그레졌다. 기욱은 처음 보는 할머니를 금성의 먼 친척쯤으로 여겼다. 속으로 여러모로 낭패가 아닐 수 없다고 좌절했다. 마루 위에 올라선 순점은 마르고 키가 컸다. 금성은 젊은 여자가 다가오자 저도 모르게 뒤로 움찔 물러났다. 재채기가 터져나왔다. 맑은 콧물이 흘렀다. 금성은 소매로 콧물을 훔치며 기욱의 말을 기다렸다.

여기서 살려고?

홍시 할머니가 순점의 보퉁이를 가리키며 물었다. 금성이 가장 궁금한 질문이기도 했다. 기욱은 더듬거리며 순점을 소개했다.

같이 살려고.

기욱이 우물거렸다.

뭐라고?

금성이 다시 물었다.

같이 산대잖아.

할머니가 대신 대답했다.

오늘부터요.

순점이 못박듯 말했다.

금성은 다시 한번 집주인의 자세로 돌아가야 할 필요를 느꼈다.

그럼 방세는?

한방을 쓰는데 방세를 따로 내야 하나요?

순점이 도전적으로 물어왔다.

아무래도 그렇지요.

금성은 두루뭉술하게 말을 흐렸다.

암, 물도 더 쓰고 쌀도 더 축낼 텐데, 당연히 방세를 올려 받아야지.

이번에도 할머니가 나섰다.

하루종일 집에 붙어사는 사람도 아닌데.

순점의 말이 길어지자 기욱이 재채기를 해댔다. 여전히 순점에게 등살을 잡힌 채였다. 지금 내는 방세에서 절반을 더 보태는 게 어떻겠냐고, 기욱이 절충안을 내놓았다. 금성은 재빨리 머리를 굴렸다. 할머니가 억지로 깎은 방세를 순점이 대신 채운 셈이었다. 딱히 손해 보는 장사가 아니지 싶었지만 껄끄러운 뒷맛은 어쩔 수 없었다.

기욱이 엉거주춤하며 순점의 보퉁이를 들고 일어섰다. 순점이 그 뒤를 따라 방으로 들어가자마자 금성이 혀를 끌끌 찼다.

돈 모아 집 산다던 놈이, 그래가지곤 평생 주머니만 털리지.

할머니가 금성의 허벅지를 다정하게 두드렸다.

그래도 홀아비로 사는 것보다 모자란 여편네일지라도 옆에 두고 사는 게 더 낫네.

금성이야말로 툭하면 그 말을 하던 축이었다. 밥을 먹다가도 빨래를 하다가도 화장실에서 똥을 누다가도 용태나 기욱에게 잔소리를 쏟아부었다. 사람은 자고로 짝이 있어야 해. 평생 내가 해주는 밥 먹으면서 살 작정은 아니지? 하지만 막상 기욱이 순점을 데리고 오니 섭섭하기가 말로 표현할 수 없을 정도였다. 기분이 나쁘기로는 구구 역시 금성 못지않았다.

탕, 탕, 탕.

구구는 마루끝에 비스듬히 서서 기욱의 방문에 대고 손가락을 세웠다. 총 쏘는 흉내를 내며 눈을 흘겼다. 할머니가 나지막한 목소리로 구구를 나무랐다.

그러다 떨어져.

15

박두남. 1960년생 여자 박정희의 아버지. 그의 첫번째 아내는 미용사였다. 아내는 그와 동갑이었다. 아내는 배를 타고 만주로 건너가려다 군산항에서 발이 묶인 부산 여자에게서 미용 기술을 배웠다. 아내의 미장원에서 파마를 한 사람들은 일주일 동안 두통을 앓았다. 아내는 독한 약을 썼다. 그런데도 미장원에는 사람이 들끓었다. 솜씨가 이만저만이 아니라는 거였다. 고데기로 두피를 벌겋게 지져놔도 사람들은 귀 아래로 동그랗게 말린 머리카락을 손가락으로 튕겨내며 거울 앞에 한참 동안 서 있다가 돌아가곤 했다. 동서남북에서 불어오는 바닷바람을 이겨내려면 파마 약이 독할 수밖에 없다고, 아내는 부스럼이 일어나는 손님들의 두피를 아랑곳하지 않았다.

아내의 머리는 인근에서 제일 짧고 구불구불했다. 귀밑을 겨우 덮은 머리카락은 물기 도는 까만빛을 냈다. 머리카락이 곱슬거릴수록 아내의 말도 짧아져 어느새 남편에게 말을 놓기 시작했다.

사내가 뭣하러 미장원에 자꾸 들락거린대?

두남의 발걸음이 잦아지자 아내는 툭하면 남편에게 통바리를 줬다.

할 일이 그렇게 없대?

아내는 남편을 잘 쳐다보지도 않았다. 미장원의 손님은 날이 갈수

록 늘어났다. 두남이 앉을 자리도 변변치 않았다. 온통 여자들만 들끓
는 미장원에서 두남은 낯이 벌게져 도망치듯 가게를 빠져나와야만 했
다. 남정네가 미장원 아랫목을 차지하고 있으면 손님 끊겨져. 아내는
거울에 비친 두남에게 빽빽 소리를 질렀다. 두남은 머리에 수건을 두
르고 있는 손님들 앞에서 아내에게 잔소리를 듣는 일이 점점 견디기
힘들어졌다. 결국 미장원을 찾는 두남의 발걸음은 점차 뜸해지다가
종국에는 아예 끊어지고야 말았다. 그사이 미장원의 직원은 한 명에
서 두 명으로 늘어났다. 아내는 직원 교육을 핑계로 집에 잘 들어오지
않았다.

하릴없이 빈둥거리던 박두남은 고무공장에 취직했다. 일본군이 빠
져나간 자리에 들어선 고무공장은 일손이 모자랐다. 고무신은 순식간
에 흔해빠진 게 되었다. 매일 주문량이 늘어났다. 두남은 점점 고무신
에 빠져들었다. 아내가 사람들의 머리카락을 동그랗게 말고 있는 동
안 자신은 사람들의 발끝에 말랑말랑한 신을 신겨주고 있다고 생각하
니 우쭐해졌다. 아내에게 지고 산다는 느낌이 조금 옅어졌을 뿐인데
도 어깨가 저절로 펴졌다.

망할 여편네.

아내만 생각하면 두남의 입에서 욕이 튀어나왔다. 아내는 미장원에
서 거의 살다시피 했다. 아내가 두남의 부모에게 가져다주는 돈의 액
수는 두남의 월급 서너 배를 웃돌았다. 그는 투전판에 끼어들기 시작
했다. 주머니에 돈은 늘 넉넉했다. 공출이 없어지니 투전판의 판돈도
커졌다. 판돈을 키우는 사람은 거의 두남이었다. 그는 돈을 잃지 못해
안달난 사람처럼 돈을 따는 데보다 판돈을 부풀리는 데 더 큰 재미를

느꼈다. 아내는 돈을 더 자주 보내왔다.

광목으로 꽁꽁 싸맨 돈을 들고 오는 아이는 미장원의 새로 온 직원이었다. 아이는 미장원에서 숙식을 해결했다. 일본인과 한국인 사이에서 태어났다는 아이는 광복과 동시에 부모를 잃었다. 아버지는 일본으로 야반도주를 했고 어머니는 재가를 했다. 아이는 먼 친척의 소개로 미장원에 흘러들어온 처지였다. 아이는 두남의 아내를 엄마라고 불렀다. 아이가 아버지라고 부르는 사람은 두남이 아니었다. 아이보다 먼저 미장원에서 지내고 있던 다른 여직원을 아버지라고 불렀다. 그는 아내보다 다섯 살 어린 젊은 여자였다. 그런데도 아이는 그녀를 아버지라고 불렀다. 두남은 그런 아이를 두고두고 놀렸다.

두남이 투전판에서 일찌감치 돈을 모두 잃은 날이었다. 그는 아내의 미장원에 사람을 보냈다. 얼마 후에 아이가 울면서 투전판에 찾아왔다. 아이는 돈뭉치를 두남에게 꺼내주면서 바들바들 떨었다. 두남은 우는 아이를 달래느라 돈뭉치를 풀어볼 생각조차 못했다. 밤길을 오다가 몹쓸 일이라도 당했나 싶어, 두남의 가슴도 함께 벌렁거렸다. 아이의 울음은 쉬이 그치지 않았다. 아이는 겁에 질려 두남의 얼굴을 제대로 쳐다보지도 못하고 온몸을 흔들며 울었다.

왜 울어. 뭔 일인지 말을 해야 알제.

아이는 고개를 도리도리 흔들다가 더욱 큰 소리로 울기 시작했다. 투전꾼들이 재수없다고, 손사래를 치며 아이를 쫓아내려 안달이었다. 참다못한 두남이 아이에게 술을 먹였다. 한 잔만 먹으면 울음이 그칠 거라고, 나쁜 일은 금방 지워진다고, 두남은 아이에게 거듭 술을 권했다. 아이는 주는 술을 꼬박꼬박 받아 마셨다. 구경꾼 몇몇이 신이 난 얼굴로 아이의 잔에 술을 가득 따라주었다. 곧 아이의 얼굴이 불콰해지고 혀가 꼬부라졌다.

아이는 다시 울기 시작했다. 술김에 아이는 자신이 본 장면을 모조리 실토했다. 아버지와 엄마가 한이불을 덮고 잔다고, 꼭 껴안고 잔다고, 아버지가 엄마의 가슴을 빨았다고, 엄마가 아버지의 잠지를 빨았다고, 아이는 더듬거리며 말했다. 두남은 아이가 말하는 아버지가 누구인지 헷갈렸다. 하지만 이내 그 아버지가 미장원의 젊은 여직원이라는 것을 알아챘다. 믿을 수 없는 이야기였다. 아이 역시 자신이 본 것을 믿지 못해 울고 있었다. 투전판에 모여 있던 노름꾼들의 입이 딱 벌어졌다. 이대로 있을 수 없다고, 사람들이 한입이 되어 소리쳤다.

16

날이 밝자마자 두남과 노름꾼 몇몇이 미장원을 찾아갔다. 아내와 여직원은 벌거벗은 채 곤한 잠에 빠져 있었다. 두남은 코웃음을 쳤다. 아내와의 첫날밤이 떠올랐다. 아내는 뻣뻣하게 굳어 소리 한 번 내지 않고 첫날밤을 치렀다. 매번 그랬다. 딱 한 번의 예외가 있긴 했다. 징집영장이 날아온 밤이었다. 아내는 제 몸 위로 올라탄 두남의 엉덩이를 세게 꼬집으며 짧은 비명을 내질렀다. 두남은 아내의 행동에 더욱 흥분했다. 돌이켜보니 아내는 두남과 한동안 합방하지 않아도 된다는 사실에 흥분한 게 분명했다.

아내는 해사한 얼굴로 얼른 옷을 차려입고 성난 손님들을 맞았다. 뺨이 반지르르 빛났다. 여직원이 아내의 뒤에서 주섬주섬 옷을 입었다. 여직원의 뺨에도 기름기가 돌았다. 두남은 밤새 꺼칠해진 얼굴을 쓸어내리며 말없이 웃었다. 미장원 앞을 지키고 있던 사내들이 우르르 달려들었다. 둘은 미장원 앞으로 끌려나와 멍석말이를 당했다. 아내의 아름다운 머리카락이 잡아뜯기고 여직원은 코가 뭉개졌다. 군데군데 피가 튀었다. 사람들은 더욱 광분에 사로잡혔다. 몇몇이 미장원의 집기들을 밖으로 내던졌다. 사람들이 더욱 몰려왔다. 미장원의 집기들이 빠른 속도로 부서졌고, 아내와 여직원의 몸도 빠르게 부서졌다.

아이는 내처 잠만 잤다. 투전판이 벌어진 요 위에 엎어져 달콤한 숨결을 내뿜으며 세상일은 하나도 모른다는 얼굴로. 아이가 미처 잠에서 깨어나기도 전에 아내와 여직원은 마을에서 쫓겨났다. 두남은 자는 아이 옆에서 술동이를 비웠다. 빈 술동이가 방구석에 쌓였다. 몇몇 사람들이 그런 두남 앞에서 함께 술을 마셔주다가 자리를 떠났다. 별일이 다 있어야. 사람들은 맥이 풀려 혼잣말을 하다가 돌아갔다.

아이가 잠에서 깼을 때는 달이 차오를 무렵이었다. 밖은 아직 컴컴했다. 아이는 취한 두남이 무서웠다. 멀찌감치 떨어져 치맛자락을 잡아당겼다. 짧은 치맛자락은 무릎을 세우고 앉은 아이의 발등을 덮기에 한참 모자랐다. 두남은 그 모습을 바라보다 아이에게 말을 걸었다.

넌 몇 살이냐?

열네 살요.

이제 어떻게 살 거냐?

몰러요. 엄마를 따라가야 할 텐디요.

그년이 아직도 네 엄마냐?

다른 엄마가 없으니께요.

우리 엄마라도 너 주랴?

늙은 엄마는 싫어요.

고아 주제에 그런 것도 따지냐.

늙으면 금방 죽으니까요.

늙는다고 다 죽느냐? 뻘짓하면 더 빨리 죽는다, 이것아.

엄마가 죽었소?

두남은 대답 대신 아이에게 마시던 술을 건넸다. 아이는 고개를 저었다. 두남이 술잔 든 손을 더욱 길게 뻗었다. 아이는 앉은걸음으로 조금씩 자리를 옮겼다. 술잔도 함께 따라왔다. 아이는 울상이었다.

근데 네 이름이 뭐랬재?

유키요.

뭐라고?

유키라고요.

아이는 오래전 일본인 아버지가 부르던 이름을 댔다.

넌 이제부터 두자여.

예?

내 이름이 두남이니까 넌 두자라고.

아이는 대답이 없었다.

두녀보단 낫지 않냐?

아이가 고개를 끄덕였다. 두남은 한숨을 길게 내쉬고는 남은 술을 한입에 털어넣었다. 자리를 털고 일어나 아이에게 따라오라고 일렀다. 아이는 잠시 생각하는 듯했지만 결국 두남의 뒤를 따라나섰다.

개구리 소리가 사방에서 들려왔다. 소리는 점점 커졌다. 아이는 개구리 소리를 따라 눈길을 돌리다가 밤하늘을 올려다보았다.

아직도 밤이네.

아이가 중얼거렸다. 개구리 소리가 커질수록 하늘은 점점 맑아졌다. 구름이 사라지고, 별은 많아졌다. 아이는 가슴을 감싸고 있던 두 팔을 늘어뜨렸다. 숨쉬기가 한결 편했다.

두남은 아이를 제 부모의 집으로 데려갔다. 두남의 부모는 이른 새벽, 어린애를 달고 온 아들을 뜨악한 얼굴로 맞았다.

이년 이름은 두자.

두자가 허리를 숙였다.

넌 이제부터 여기서 살아.

두남이 두자를 밀었다. 두자의 작은 몸이 앞으로 쏠렸다. 두남의 어머니가 얼른 팔을 뻗어 두자의 어깨를 붙잡았다. 두남은 곧장 돌아서서 문을 나섰다. 두남의 부모가 두남을 연거푸 불렀지만 그는 뒤돌아보지 않았다. 개구리 소리만이 더욱 요란해져 두남을 부르는 목소리도 이내 묻혔다.

17

한낮에 구구는 주로 혼자 동네를 쏘다녔다. 골목은 좁았다. 집집마다 담이 높았다. 새로 시멘트를 쌓아올려 만든 담장은 잿빛이었다. 길바닥에도 시멘트가 남김없이 덮였다. 길은 고르지 않았다. 요철투성이였다. 어린아이들이 뛰어놀다가 자칫하면 넘어져서 다치기 십상이었다. 집밖은 온통 울퉁불퉁했다. 언덕배기는 돌부리 천지였고 군데군데 함정도 많았다. 밤이면 아직 집으로 돌아오지 않는 아이들을 찾는 목소리가 담장을 넘나들었다. 영영 돌아오지 않은 아이들도 두어 명 있었다. 아이들은 주로 골목 어귀에 서 있는 전봇대 아래에서 놀았다. 다들 구구보다 두서너 살 위였다. 구구는 그들과 어울리지 않았다. 아이들을 지나쳐 골목 밖으로 나돌았다. 골목은 반듯한 일자 모양이 아니었다. 담벼락은 몇 집 지나지 않아 기역자로 꺾였고 뜬금없이 막다른 길이 나타나거나 남의 집 마당을 지나쳐야 나타나는 집도 여러 군데였다. 길 한가운데 네발자전거들이 주인 없이 돌아다니다가 저녁쯤 사라졌다. 한낮에 집을 비운 어른들은 퇴근길에 제 자식의 자전거를 챙겨갔다.

골목을 빠져나와 좁은 차도를 따라 죽 걷다보면 육교가 나타났다. 육교가 가까워질수록 길은 조금씩 넓어졌다. 육교 아래에는 시작과 끝을 알 수 없는 기다란 철도가 누워 있었다. 육교의 계단은 지나치게 가팔랐다. 자주 흔들렸다. 어린아이가 어른의 손 없이 건너기에는 꽤 위험했다. 계단 옆에는 포장마차들이 줄지어 서 있었다. 주로 떡볶이나 튀김만두와 꼬치어묵을 파는 장사치들이 많았다. 구구가 금성 몰래 외출을 감행하는 것은 그 때문이었다. 포장마차의 주인아줌마는 구구의 얼굴을 알았다. 구구가 나타나면 잘 익은 어묵을 젓가락에 꽂아 건넸다. 따로 계산을 치르지 않아도 아줌마는 선뜻 구구에게 어묵을 내밀었다. 구구는 하루도 빠짐없이 몰래 집밖으로 나와 아줌마에게서 어묵을 얻어먹었다. 어묵은 팅팅 불수록 맛있었다.

구구는 입에 어묵을 물고 지나온 길을 되돌아갔다. 주위를 두리번거리며 어묵에 밴 육수를 빨아먹으며 상점들을 구경했다. 철물점, 지물포, 다방, 식육식당, 늘 보던 가게들 사이에 못 보던 가게 하나가 들어서 있었다. 구구의 발걸음이 저절로 그리로 향했다.

총포사였다. 커다란 리본을 단 화분들이 좁은 입구 앞에 길게 서 있었다. 몇몇 아저씨들이 가게 안을 기웃거렸다. 돈만 있으면 총을 가질 수 있다는 사실이 믿기지 않는다는 듯한 얼굴들이었다. 안쪽엔 이미 발 디딜 틈 없이 많은 사람들이 모여 기다란 총을 구경하고 있었다. 사장은 총을 구입하는 일의 용이함과 총을 소지해야 하는 필요성을 상세하게 설명했다. 그의 말대로라면 총기 사용 허가를 얻는 것은 아주 어렵지 않았다. 고릿적부터 나라를 다스리는 사람들의 여가활동과 취미는 사냥이었다고, 사나이의 호기를 기르는 데는 사냥만한 게 없다고 사장은 소심한 남자들의 충동을 부채질했다.

구구는 총포사의 유리문에 기대어 총포사 사장이 하는 말을 귀기울여 들었다. 유리문을 열고 우르르 쏟아져나온 사람들이 내일 다시 오자는 말을 나누며 사라졌다. 한 무리의 남자들이 다시 총포사 안쪽으로 사라졌다. 구구는 총포사 안쪽의 벽장마다 걸려 있는 장총을 넋을 잃고 바라보았다. 대통령도 총에 맞아 죽는 세상이라고, 요즘 같은 세상의 필수품은 오로지 총이라고, 전두환도 주말마다 총을 들고 사격 연습을 한다고 사장이 침을 튀기며 말을 이어나갔다.

총포사 앞에 선 채로 구구는 어묵을 다 먹어치웠다. 나무젓가락을 버리려다 총포사 앞 화분에 꽂힌 빈 소주병을 보았다. 용태가 빈 소주병을 모으고 있다는 사실이 기억났다. 소주병을 빼냈다. 용태는 구구가 여기저기에서 빈병들을 주워다가 가져다주면 좋아했다. 사탕이나 땅콩 캐러멜 같은 주전부리들을 한 움큼씩 구구의 손에 쥐어줬다. 공병들을 가까운 가게에 내다팔아 이런저런 생필품들을 구한다고 했다. 금성과 다른 사람들에겐 비밀이었다. 구구는 용태와 자신 사이에 굳건히 지켜야 할 비밀이 있다는 것이 좋았다. 기욱과 순점보다 용태와 자신이 더 특별한 사이처럼 여겨졌다. 순점이 하숙집의 새 식구가 되면서부터 구구가 기욱의 뚱뚱하고 푹신한 몸에 안길 일이 점점 줄어들었다. 구구는 내심 그게 못마땅했다. 별수없이 용태와 시간을 보내는 일이 잦아졌고 둘의 비밀은 한층 끈끈해졌다.

순점은 구구에게 별다른 관심을 기울이지 않았다. 좀처럼 방문 밖으로 나오지도 않았고 하숙집의 다른 식구들과 마주치더라도 힐긋 쳐다만 볼 뿐 살갑게 말을 걸거나 알은척하지 않았다. 구구의 볼을 만지지도 않고, 겨드랑이에 양손을 끼워넣어 높이 들어올리지도 않으면서 식사 때마다 구구의 밥을 뺏어 먹었다. 제 몫의 밥그릇을 다 비우고 난 뒤 여전히 줄어들지 않은 구구의 밥그릇에 숟가락을 갖다 댔다. 한두 숟가락에 불과하긴 했지만 다시 부엌으로 가서 밥을 더 퍼오는 것은 금성의 일이었다. 구구는 도저히 순점을 좋아할 수가 없었다. 아주 밉기만 했다. 빽. 순점이 빽빽거리며 죽었으면 좋겠다고 바란 적도 한두 번이 아니었다.

18

휴전협정이 맺어지던 그해 여름, 두남이 돌아왔다. 산중턱에 자리한 두남의 집은 전쟁통에도 비교적 온전했다. 두남의 부모는 두남의 생사를 알 길이 없어 그가 죽었다고 생각했다. 해풍에 검게 마른 두남의 유난히 큰 키가 적군의 총알받이로 아주 그만일 거라고 두남의 부모는 아들을 과소평가했다. 두남은 해진 군복의 상의 주머니에 훈장을 세 개나 달고 돌아왔다.

두남이 고향으로 돌아왔을 때, 제일 먼저 맞닥뜨린 사람은 두자였다. 두자는 훌쩍 자라 예전의 모습을 찾을 수 없었다. 까무잡잡한 얼굴 한가운데 콧날이 반듯하게 서서 가느다란 두 눈이 깊어 보였다. 눈썹도 훨씬 짙어져 건강한 혈색을 더욱 돋보이게 했다. 두남은 잠시 넋을 잃고 그녀를 쳐다보았다. 눈에 익은 얼굴이긴 했지만 한눈에 알아볼 정도는 아니었다.

전쟁 동안 그를 괴롭힌 것은 아내에 대한 기억이었다. 그의 적은 인민군이 아니었다. 핏물이 밴 멍석 밖으로 기어나와 다른 여인을 끌어안던 아내의 모습이었다. 그의 총구는 언제나 아내에게 향해 있었다. 그의 눈앞에서 수십 명의 적군들이 고꾸라졌다. 아내는 쓰러진 시체들 사이에서 벌떡 일어났다. 옆에 엎어져 있던 여인을 일으켜세워 걸어갔다. 멀어지는 아내의 치맛자락에서 피비린내가 풍겼다. 두남은 아내의 환영을 향해, 텅 빈 적군의 진영을 향해 총을 갈겼다. 그의 분노는 부대의 사기를 진작시켰다. 세 개의 훈장은 아내에 대한 기억을 총살하느라 보낸 그의 지난 세월에 대한 군의 치하였다.

전쟁이 막바지에 다다랐을 즈음, 두남은 더이상 헛것을 보지 않았다. 한여름에도 눈이 내리는 이북의 어느 전쟁터에서 그는 장전된 총알을 모두 버렸다. 그는 아내가 아주 죽어버렸음을 알았다. 꿈이었을까? 아내가 피 묻은 흰옷을 벗어 그에게 건넸다. 그는 아내의 옷을 받아 안고 냇가로 뛰어갔다. 밤새 아내의 피 묻은 치마를 빨았다. 냇가의 물은 차가웠고, 얼룩은 쉽사리 가시질 않았다. 손이 곱아들었다. 아내는 옆에 쭈그리고 앉아 빨래가 끝나기만을 기다렸다.

두남은 아내의 옆모습을 훔쳐보았다. 아내의 얼굴에는 아직도 곳곳에 멍이 남아 있었다. 그날의 일이 선연하게 되살아났지만, 그때처럼 화가 나지 않았다. 두남은 괜히 아내를 죽일 듯이 팬 것은 아닌가, 뒤늦게 후회했다. 치마를 비비는 손에 더욱 힘이 들어갔다. 한참을 그러고 있는데 아내가 홀연히 일어섰다. 속치마도 벗어주려나 싶어 두남은 아내를 올려다보았다. 아내가 살포시 웃어 보였다.

서두르지 말아요. 천천히 씻어요.

아내는 냇가의 하류 쪽으로 혼자 걸어 내려갔다. 꿈에서 깨어났을 때 두남은 이제 누구도 죽일 필요가 없다는 걸 알았다. 그 말인즉슨 누구도 죽여서는 안 된다는 뜻이었다.

19

맨발로 고추밭 한가운데 서 있었던 두자는 대번에 두남을 알아보았다. 두자의 두 눈이 커다래지면서 두남의 아래위를 천천히 살펴보았다. 두남은 온몸이 따끔거리는 듯했다. 두자의 눈길이 머무는 자리마다 총알이 스치고 지나간 것처럼 화끈거렸다.

아저씨.

들릴락 말락 한 목소리로 두자가 두남을 불렀다. 두남이 두자를 샅샅이 살펴볼 차례였다. 두남의 검은 눈동자는 오로지 두자의 얼굴을 향해 있었다. 막연한 느낌이 한순간 확연해졌다. 두남은 두자를 알아보았다. 서로의 눈동자가 허공중에 얽혔다. 두자의 숨소리가 조금씩 흐트러졌다. 두자는 마른침을 삼켰다. 커다란 바위가 자신의 숨통을 짓누르는 것 같아 갑갑한 와중에도 이 순간을 놓쳐서는 안 된다는 것을 직감했다. 두자는 억지로 두남의 시선을 피하고 싶은 마음을 참아냈다.

두남이 두자에게 다가섰다. 두자의 다리도 두남에게로 움직이기 시작했다. 두자는 치맛자락을 앞쪽으로 모아 쥐고 고춧대 사이를 건너갔다. 다리를 들어올릴 때마다 두자의 맨무릎이 슬쩍 드러났다가 사라졌다. 무릎 언저리가 검붉게 멍들어 있었다.

두자냐?

두남이 바투 다가온 두자에게 물었다. 두자가 고개를 까딱거렸다. 두 눈은 여전히 두남을 바라보고 있었다. 두남의 머릿속에 오래전 그날이 떠올랐다. 두자를 맡길 때만 해도 두남은 두자가 여태까지 제 고향집에 머무를 거라곤 전혀 짐작하지 못했다. 두자의 신세가 처량해 보여서 호의를 베풀긴 했지만 사실 그 호의에 따르는 책임 따윈 생각조차 않고 무작정 제 부모에게 떠넘겼을 뿐이었다. 그때 두남의 진심은 될 대로 되라는 식이었다. 자신이 베푼 선의만으로도 두자에 대한 부채감은 충분히 떨쳐낼 수 있었다. 아내를 엄마라고 불렀던 아이에게 자신이 할 수 있는 몫은 거기까지였다고, 두남은 자신의 아량에 스스로 만족했었다. 하지만 몇 년 만에 다시 두자와 해후하자 두남은 그 모든 일들이 이미 예정된 수순에 따라 도무지 피할 수 없는 방식으로 진행되어왔음을 깨달았다. 두자는 자신의 아내가 되기 위해 태어난 여자가 분명했다.

무릎에 웬 멍이래?

두남은 무슨 말부터 꺼내야 할지 몰랐다.

매일 걸레질을 하니까는……

두자가 쑥스러워하며 무릎을 만졌다. 치맛자락을 허벅지까지 끌어올려 무릎을 내려다보았다. 두자의 검은 종아리가 햇빛에 반질거렸다. 치렁치렁한 머리카락 사이로 드러난 목덜미가 뽀얬다. 두남은 그녀 또한 이미 자신을 남편감으로 여기고 있다고 확신했다. 두자의 눈동자에서 왜 이제야 왔냐는 원망이 읽혔다. 그 원망이 두남은 매우 당연하게 여겨졌다.

두남은 두자와 함께 오래전 아내와 살던 빈집으로 돌아갔다. 두자의 눈치를 안 볼 수 없었다. 아내의 흔적이 곳곳에서 튀어나왔다. 먼지 쌓인 구석구석에서 아내의 버선이나 손수건이 느닷없이 튀어나올 때마다 두자는 아무렇지 않게 그것들을 한데 모았다. 두남은 애써 못 본 체했다. 두자가 아궁이에 그것들을 태워버릴 때까지 두남은 마당을 내처 쓸고, 지붕의 이엉을 다시 이어나갔다.

이불은 새로 사주세요.

응당 그래야만 한다고, 두남 역시 생각하던 참이었다. 먼저 말을 꺼내지 못한 게 미안할 따름이었다. 두자에게 수시로 미안해지는 게 당연한 일이라는 걸 알면서도 차마 사과까지 하기엔 뭣했다. 억지로 아내로 취하지 않았으니 굳이 사과할 필요가 없다는 생각도 들었다. 그런데도 두자의 천진한 얼굴과 어딘가 모르게 결연해 보이는 표정을 마주칠 때면 괜스레 미안하다는 말부터 하고 싶었다. 굳이 사과를 해야 한다면 너무 늦게 찾아왔다는 것이 아닐까? 하지만 그보다 일찍 찾아왔더라면 너를 아내로 맞을 수 없었을 거라고 두남은 두자에게 두고두고 말해주고 싶었다.

이런저런 이유로 두남은 두자에게 미안하다는 말을 하는 데 실패했다. 반드시 해야 할 말 같긴 했지만 그 말은 모든 상황에 어울리지 않았다. 오로지 나만의 잘못이라고 호기롭게 말하며 모든 과오와 죄책감을 오롯이 떠맡기엔 너무 버거웠다. 나의 잘못이 아니라고, 나 역시 사과의 말을 들어야 할 사람이라고, 그게 두남의 진심이었다.

20

구구는 마루 밑에 공병을 숨겨놓고 용태가 오기만을 기다렸다. 마당이 차츰 어두워지는 모습을 지켜보았다. 금방이라도 비가 쏟아질 것 같았다. 할머니는 종일 방에서 나오지 않았다. 기욱은 순점을 데리고 외출하고 없었다. 날이 흐린 탓인지 금성의 잠은 길었다. 금성은 비 오는 날엔 유난히 잠에서 깨어나는 걸 힘겨워했다.

집안은 여느 날보다 조용했다. 누가 대문을 두드렸다. 들릴 듯 말 듯 작은 소리였다. 구구가 고개를 갸웃거리며 대문 쪽을 쳐다보았다. 나팔청바지를 입고 셔츠의 깃을 높이 세운 남자가 들어왔다. 그의 머리카락이 바람에 나부꼈다. 어깨까지 내려오는 긴 머리카락을 귀 뒤로 살짝 넘기며 그가 한쪽 눈을 찡긋했다. 텔레비전에 나오는 사람 같았다. 구구의 눈이 휘둥그레졌다.

오빠는 누구세요?

구구가 대뜸 그를 오빠라 불렀다. 잘생긴 사람을 부를 땐 반드시 오빠라고 해야 된다고, 수시로 용태가 가르친 덕분이었다. 곧 구구의 다섯번째 생일이 다가왔다. 구구는 미리 받는 선물인가, 싶었다.

어른 안 계시니?

오빠의 목소리는 달았다.

다들 주무십니다.

구구는 정성껏 대답하려고 노력했다.

좀 깨워줄래?

구구는 얼른 안방으로 뛰어들어갔다. 문을 열면서 오빠의 뒷모습을 흘깃 보았다. 금성은 코를 골며 잤다. 문을 열자 코 고는 소리가 더 시끄럽게 들렸다. 구구가 금성에게 몸을 던졌다. 금성이 억, 소리를 냈다. 가래를 끌어올리며 겨우 자리에서 일어났다. 재떨이에 가래침을 다 뱉어내기도 전에 구구가 금성을 방밖으로 끌어냈다. 금성은 자꾸만 하품이 터져나오는 입을 가리며 그에게 빈방을 보여줬다. 구구가 두 눈을 반짝이며 둘의 뒤를 졸졸 따라다녔다.

그의 이름은 만수였다. 만수는 짐을 가지고 저녁에 다시 오겠다며 구구에게 이따 보자, 인사를 했다. 저녁에 다시 본다고 하는데도 구구는 아쉬웠다. 그의 다리를 꽉 붙잡고 놓아주고 싶지 않았다. 뒤돌아서는 만수를 향해 구구가 소리를 질렀다.

만수씨.

그는 당황했지만 곧 웃음을 터뜨렸다.

얘가 드라마를 하도 봐서.

금성이 구구의 정수리를 콕 때렸다.

괜찮아요.

만수가 다가와 구구의 머리를 쓰다듬었다.

아가씨 이름은 뭐야?

구구의 턱이 씰룩였다. 조구라고 말하기 싫었다. 구구라고도 말하고 싶지 않았다. 구님도, 구자도 다 마음에 들지 않았다. 구구가 입술을 달싹이다 기어이 울음을 터뜨렸다. 만수가 우는 구구를 달래다 지쳐 그냥 가버린 뒤에도 구구의 울음은 그칠 줄을 몰랐다. 금성은 구구가 왜 우는지 몰랐다. 참다못한 할머니가 방에서 나와 구구에게 눈을 부라리며 호통을 쳤다.

재수없다!

저녁이 되고 밤이 되었다. 만수는 오지 않았다. 금성은 속았다며 분개했다. 다음날 아침, 만수가 돌아왔다. 만수씨다! 구구가 폴짝거리며 만수씨를 맞았다. 그의 뒤엔 짐을 높다랗게 쌓아올린 리어카를 인부하나가 간신히 붙들고 있었다. 금방이라도 뒤로 넘어질 듯 위태로웠다. 금성이 헐레벌떡 달려가 리어카의 뒤를 붙잡았다.

덮어놓은 이불을 벗겨내자 제일 먼저 커다란 전축이 나타났다. 라디오를 본 적은 있어도 전축을 보는 것은 처음이었다. 구구는 검고 높은 기계의 위용에 금방 압도되었다. 구구가 처음 보는 물건은 전축뿐만이 아니었다. 리어카에서 빠져나온 것들은 하숙생의 세간이라고 하기엔 몸집들이 지나치게 컸다.

코끼리 그림이 그려진 전기밥솥, 날개가 다섯 개나 달린 선풍기, 버튼식 전화기, 거기다 텔레비전처럼 네모난 기계도 있었다. 에어컨이었다. 에어컨은 다들 처음 보는 물건이었다. 방으로 짐을 모두 옮기고 나니 방이 턱없이 좁아졌다. 금성은 만수의 방안을 휘휘 둘러보더니 혀를 내둘렀다. 부잣집 아들 같은데 왜 하숙을 하는 거지? 궁금했지만 왠지 만수가 어제처럼 편하지 않아서 도저히 물어볼 수 없었다.

21

두자에겐 오래전에 일부러 버린 이름이 있었다. 일본인 아버지가 지어준 이름이었다. 그 이름을 버려야 한다고 말한 사람은 미장원의 여직원이었다. 미장원의 주인이던 여자가 엄마라고 부르라고 했을 때, 여직원은 대뜸 자기를 아버지라고 부르라고 했다. 두자는 졸지에 새로운 부모가 생겨서 즐거웠다. 장난삼아 바로 엄마 아버지라고 불렀다. 엄마와 아버지는 번갈아가며 두자를 어르고 안고 뺨을 비볐다. 그러다 문득 유키라는 이름은 버려야 한다고, 아버지가 말했다. 쪽발이가 지어준 이름 따윈 내버리고 제대로 된 이름을 가져야 한다고 심각한 어투로 말했다. 새로운 부모가 생겼으니 새로운 이름을 가져야 옳다고, 엄마도 합세했다.

엄마와 아버지는 밤새 머리를 맞대고 두자의 새로운 이름 짓기에 골몰했다. 두자는 시큰둥했다. 고맙긴 했지만 굳이 유키라는 이름을 버려야 할 이유를 찾을 수가 없었다. 두자는 유키라는 이름이 싫지 않았다. 유키라는 이름은 어딘가 모르게 특별한 데가 있었다. 엄마와 아버지는 여러 이름을 입에 올렸다. 복희. 순례. 정애. 춘자. 두자는 고개를 저었다. 너무 촌스러웠다. 게다가 그 이름들은 뜻이 너무 명백해서 훈계처럼 들리거나 예언처럼 느껴졌다.

엄마와 아버지는 매일 새로운 이름을 두자에게 내밀었지만 두자는 번번이 도리질을 했다. 아무도 두자를 유키라고 부르지 않았다. 엄마와 아버지는 유키라는 이름 대신 우리 딸이라고만 불렀다. 엄마와 아버지가 두자를 우리 딸이라고밖에 부르지 않으니, 두자 역시 둘을 엄마와 아버지라고만 부르게 되었다. 엄마. 아버지. 엄마. 아버지. 실수로라도 다른 이름으로 부르지 않기 위해서 두자는 엄마 아버지라는 말을 쉼없이 중얼거렸다.

마마상, 파파상이라는 호칭이 익숙했던 두자에게 엄마, 아버지라는 이름은 즐겁고 재밌는 놀이의 일종이었다. 무엇보다 여자 어른을 아버지라고 부르는 일은 명명백백한 놀이였다. 때때로 남자 목소리를 흉내내는 아버지의 모습은 더욱 이 호명이 놀이에 불과하다는 것을 보여주었다.

끝내 유키를 대신할 이름을 갖지 못한 채, 두자는 엄마와 아버지와 떨어졌다. 두자는 언젠가 그 둘이 자신을 데리러 올 거라고 믿었다. 우리 딸, 반갑게 부르며 두 팔을 벌리고 달려와서 기다란 치마폭으로 자신을 감싸주리라고 생각했다. 두남의 집을 벗어나면 엄마와 아버지가 자신을 찾을 수 없을 것 같았다. 엄마의 붉은 치맛자락과 아버지의 푸른 치맛자락이 눈앞에서 또렷하게 펄럭였다.

시간이 흐르면서, 두자는 엄마와 아버지가 자신을 찾으러 올 확률이 매우 희박하다는 것을 깨달았다. 멋모르고 고해바친 그 일이 사실은 절대로 발설해선 안 되는 비밀이었다는 사실을 아는 데, 그리 오랜 시간이 걸리지 않았다. 가족의 치부와 비밀을 소문내는 자식은 세상에 없다. 설령 그것이 놀이고 장난이었을지라도. 딸 노릇을 제대로 못했으니 이제 누구의 딸도 될 수 없었다. 당연히 두남의 여동생이 되어서도 안 됐다. 두자는 두남이 돌아오기를 기다렸다. 두남에게 물어보면 알 수 있을 것 같았다.

자주 두남을 생각했다. 돌아오면 뭐라고 불러야 할까, 무슨 말부터 물어봐야 할까 고민하다보니 그날, 집으로 두자를 끌던 두남의 뒷모습을 떠올리는 날이 잦아졌다. 앞서가던 두남의 뒷모습을 보며 잠깐 아버지라고 부르고 싶은 마음이 들었다. 애초에 엄마의 남편이었으니 두남 역시 아버지라고 부르는 게 그럴 성싶기도 했다. 두자는 두남이 제 이름을 지어주던 날을 잊을 수가 없었다. 내 이름이 두남이니 너는 두자라는 그 명쾌하고 단순한 논리 앞에서 두자는 복희, 순례, 정애, 춘자라는 이름을 들었을 때처럼 도저히 촌스럽고 평범하다는 이유를 내세워 싫다는 소리를 할 수도 없었다. 두남이니까 두자. 나중에는 아무 장면도, 기억도 떠오르지 않고 두남의 그 목소리만 생생했다.

두남이니까 두자.

그 말이 귓바퀴에서 한없이 맴도는 동안 두자의 가슴이 봉긋하게 솟아올랐다. 젖꼭지 아래 딱딱한 게 만져졌다. 아파서 남몰래 가슴을 조몰락거리고 있으면 젖꼭지가 단단해졌다. 사타구니에 짧은 털이 돋았다. 겨드랑이에도 곱슬한 털이 자랐다. 이마에 여드름이 나다가 이내 사라졌다. 머리카락이 굵어져서 빗질을 자주 하지 않으면 쉬이 엉켰다. 툭하면 아무데나 주저앉아 머리카락을 빗어내렸다. 머리카락을 빗다가 겨드랑이를 들여다보고, 사타구니에 난 털을 잡아뜯었다. 놀라서 주위를 두리번거렸다. 두남이 보고 있지 않을까, 싶어서였다. 언제라도 두남이 눈앞에 나타나 겨드랑이를 들여다보고 사타구니를 들여다보고 가슴을 꺼내보라고 할 것 같았다. 내가 두남이니까 너는 두자. 그 목소리가 들려올 때마다 두자는 겨드랑이를 붙이고 다리를 배배 꼬았다. 가슴이 뛰고 얼굴이 수시로 발그레해지는 날이 많았다.

피로 속옷을 적셨다. 아침에 일어나 피 묻은 속옷을 손안에 말아쥐고 꼼짝하지 않았다. 두남의 늙은 어미가 두자의 손에 든 속옷을 가져가면서 말했다. 이제 시집보내야겠네. 멀리 보내지 말고 그냥 우리 며느리로 삼을까? 두자의 심장이 거세게 뛰었다. 속으로는 농담이라고 여기면서도 한편으로는 그 말을 기쁘게 따라야겠다는 결심이 자꾸 일어섰다.

22

추석이 다가왔다. 만수는 식구들에게 다들 고향이 어디예요? 천진난만하게 물었다. 저마다 고향이 달랐다. 만수는 모두의 이야기를 끝까지 듣지 않았다.

그럼 다들 귀향길을 서두르셔야겠어요.

우린 명절에 아무데도 안 가.

용태가 모두의 대답을 대신 했다. 사실이었다. 만수는 당황했다.

다들 가족 없어요?

만수는 취조하듯 굴었다.

그러게.

쓸쓸한 얼굴로 기욱이 어깨를 으쓱했다. 순점을 한 팔로 안으며 한쪽 눈을 찡긋했다. 순점이 기욱의 팔을 사납게 떼어냈다. 만수는 처음으로 밥을 남겼다. 금성의 만류에도 불구하고 만수는 그릇과 수저를 들고 일어섰다. 어깨가 한층 좁아 보였다. 만수의 수저는 은으로 만든 것이었다. 식사 때마다 들고 나왔다. 숟가락은 너무 무거워서 밥 먹는 것도 고되어 보였다. 만수는 은수저를 대충 씻고 멍하니 서서 남은 식구들이 마저 밥 먹는 모습을 지켜보았다. 할머니는 찻숟가락으로 아주 느리게 홍시의 속살을 파먹는 중이었다. 만수는 한숨을 내쉬며 수저에 묻어 있던 물기를 털었다.

추석이 되려면 이틀이 남았는데도 금성이 명절 준비를 하자며 부산을 떨었다. 모두에게 초를 나눠줬다. 마루에 초칠을 하자는 거였다. 굳이 온 식구가 나서서 할 만한 일은 아니었다. 식구 모두가 나란히 엎드리기엔 마루가 턱없이 좁았다. 만수가 슬쩍 자리에서 일어섰다. 순점도 엉덩이를 들썩였다. 금성이 막무가내로 둘을 붙잡다가 양초를 쥐어주었다.

금성과 구구, 기욱과 순점, 용태와 만수, 그리고 할머니는 나란히 마루끝에 엎드렸다. 엉덩이를 높이 쳐들고 무릎을 꿇은 자세로 손에 든 초를 마룻바닥에 힘껏 문질렀다. 누군가 먼저 앞서거나 뒤처지면 줄을 맞추라고 금성이 조용히 타일렀다. 순점이 무릎에 멍이 들겠다며 앓는 소리를 했다. 금성은 들은 체도 안 했다. 기욱도 모른 체했다.

초칠은 오래 걸리지 않았다. 구구는 깨끗해진 마루 위에 금성처럼 양반다리를 하고 앉아 어깨를 두드렸다. 금성 보고 들으라는 듯이 아이고, 허리야, 엄살을 피웠다. 순점이 구구를 내려다보며 한마디 툭 던졌다.

거긴 허리가 아니고 어깨거든.

보름달이 마당을 환하게 비추었다. 마룻장이 달빛을 받아 빛났다. 온 식구가 둥글게 둘러앉아 술을 마셨다. 만수는 술이 약했다. 몇 잔 마시지 않았는데 취했다며 비틀거리며 제일 먼저 방으로 사라졌다. 만수뿐만이 아니었다. 다들 잔뜩 취해 자정이 되기 전에 각자의 방으로 들어갔다. 기욱의 방에선 노랫소리가 들리고 꺽꺽대는 소리가 새어나왔다. 용태는 나가자, 싸우자, 이기자 목이 터져라 외치더니 기절하듯 쓰러졌다. 할머니는 훌쩍거리며 무릎을 세우고 앉아 눈을 감았다. 금성은 구구를 재우기도 전에 곯아떨어졌다. 드르렁 코를 골다가 여러 차례 방귀를 뀌었다. 구구는 아빠의 코를 잡아 비틀고 싶었다.

달구경이라도 하고 잤으면 좋았을걸. 이불을 뒤집어쓰고 이를 바득바 득 갈았다.

구구의 숨소리가 겨우 잦아들 무렵, 안방 문이 열렸다. 서늘한 공 기가 스며들었다. 구구는 덜컥 겁이 났다. 아무도 방문을 그렇게 조심 스럽게 열지 않았다. 구구는 이불 속에서 몸을 동그랗게 말았다. 귀가 엄청나게 커진 것처럼 온갖 소리들이 다 들렸다. 누군가 방안으로 들 어왔다. 이불 위에 발을 올렸다. 구구와 금성 사이를 조심스럽게 지나 갔다. 구구가 덮고 있는 이불을 걷어냈다. 야들야들하고 가냘픈 손이 구구의 목걸이를 만지작거렸다. 금성의 이름과 전화번호가 새겨진 목 걸이였다. 구구는 숨을 참고 발끝에 힘을 줬다. 온몸이 뻣뻣하게 굳어 가는 차에, 금성의 목소리가 쩌렁쩌렁하게 울렸다.

이놈의 새끼.

그제야 구구의 몸이 주문에서 풀린 듯 움직였다. 구구는 재빨리 불 을 켰다. 금성이 이불을 뒤집어쓰고 있는 놈을 주먹으로 때리다가 발 로 찼다. 금성의 욕설과 고함소리에 식구들이 헐레벌떡 튀어나왔다. 금성이 때맞춰 이불을 확 걷어냈다. 만수였다. 정체가 뻔히 들통났는 데도 그는 얼굴을 가리느라 급급했다. 용태가 만수의 뒷덜미를 잡아 끌어냈다. 저 새끼가 우리 구구를, 구구를, 금성이 차마 말을 잇지 못 하고 울음을 터뜨렸다.

23

이 개새끼. 구구한테 무슨 짓을 한 거야. 이 쌍놈아!

기욱의 입에서 온갖 욕이 줄줄이 쏟아졌다. 기욱이 두 주먹을 마구잡이로 흔들며 만수를 두들겨 팼다. 만수의 뽀얀 얼굴이 앞뒤로, 좌우로, 홱홱 꺾였다. 어쩐지, 어쩐지, 순점은 같은 소리만 계속 연발했다. 금성 역시 달리 생각나는 말이 없는지 했던 소리만 연달아 해댔다. 어쩌다, 어쩌다, 어쩌다가.

이게 다 전두환 때문이라고요.

용태가 뜬금없이 대통령을 들먹였다. 전두환이 야한 영화를 전국 극장 곳곳에 내걸었기 때문이라고 길길이 날뛰었다.

이 세상에 섹스가 넘치니까 저런 변태가. 전두환이 온 국민을 상대로 섹스 장사를 하니까.

용태가 구구를 끌어안고 엉엉 울었다.

이런 나라에서 우리 구님을 살게 해서 미안하다.

울면서 계속 사과를 했다.

구님아, 구님아. 미안해. 오빠가 미안하다.

만수가 바짝 엎드려 두 손을 모아 싹싹 빌기 시작했다.

애를 어찌 해보려고 그랬던 게 아니었어요. 정말입니다.

그럼 형님 방에 왜 들어갔어?

기욱이 씩씩거리며 추궁했다.

목걸이만 가지고 나오려고 했어요.

사람들이 동시에 구구의 목에 눈길을 줬다. 달빛에 목걸이가 더욱 반짝였다.

이거 순 도둑놈이잖아.

기욱이 만수의 머리통을 세차게 갈겼다. 만수가 꺼이꺼이 울었다. 순점이 어쩌다, 어쩌다 금성의 말을 따라 하며 방으로 돌아갔다. 만수의 울음소리가 점점 드높아졌다. 용태는 새하얀 팬티를 달빛에 빛내며 흐르는 눈물을 훔쳐냈다. 팬티의 엉덩이 부분이 축 늘어져 앙상한 허벅지가 더욱 말라 보였다. 홍시 할머니가 혀를 차며 구구를 안방으로 이끌었다. 구구는 목걸이를 만지작거리면서 연신 뒤를 돌아보았다. 달라면 얼마든지 줘버렸을 텐데, 이깟 목걸이.

며칠 후 새벽에 달그락대는 소리가 들렸지만 금성은 굳이 소리의 정체를 확인하려 들지 않았다. 아침에 보니 만수의 방에 가득 들어찼던 세간들이 모두 빠져나가고 없었다. 한 달 후 기욱과 순점이 만수에 대한 소문을 물고 들어왔다. 도둑질하다 걸려서 야반도주한 게 이번이 처음이 아니라는 것과 그 휘황찬란한 세간의 대부분도 장물에 불과하다는 것과 어느 집으로 이사를 갔는지까지 낱낱이 전했다.

왜 그렇게 사는 걸까?

금성이 혼잣말처럼 중얼거렸다.

속에 이만한 구멍이 뻥 뚫려서 그렇지.

할머니가 두 팔로 커다란 원을 그렸다. 금성이 제 가슴팍을 어루만지며 덧붙였다.

그만한 구멍 없는 사람도 있나요?

구구는 번쩍 손을 들고 여기 있다고, 외치려다 입을 다물었다. 총포사에 걸려 있던 장총들을 떠올렸다. 세상에 그것만큼 갖고 싶은 게 또

없었다. 그것을 갖지 못하면 제 안에도 커다란 구멍이 생겨날 것 같아
벌써 가슴이 시려왔다.

24

두남과 두자의 첫애는 갓난아기 때 쥐에 물려 죽었다. 아이에게선
유난히 단내가 진하게 풍겼다. 단내에 홀린 쥐새끼가 아이의 몸을 타
고 오르다 목덜미를 물었다. 아이는 시름시름 앓다가 보름 만에 죽었
다. 이 세상에는 하느님도 없고 부처님도 없다고 두자는 바락바락 악
을 썼다. 죄 없는 자식을 쥐새끼한테 잃다니, 이 세상은 신도 없고 법
도 없으니 천국도 지옥도 없다고, 세상에 대고 악담을 퍼붓고 저주하
느라 어금니가 빠지는 줄도 몰랐다.

둘째 애는 임신 팔 개월째, 사산아로 태어났다. 두자는 자신의 입을
거침없이 때렸다. 주둥이를 잘못 놀려 뱃속의 애가 죽었다고, 이 모
든 게 자신의 잘못이라고 목놓아 울었다. 다시 하느님을 믿고, 부처님
을 믿고, 천당에 가기를 꿈꾸었다. 셋째는 돌 즈음, 낮잠을 자다가 죽
었다. 한겨울이었다. 군불이 너무 뜨거워 아이를 누인 요가 시커멓게
탔다. 아이는 그 이불 위에서 화상을 입은 채로 죽어 있었다. 방안에
는 매캐한 연기가 흐리마리 감돌았다. 두자는 아무 말도 하지 않았다.
말없이 두남을 노려볼 뿐이었다. 솔가지를 줍자고, 아이 옆에 있겠다
는 두자를 굳이 데리고 나선 사람이 두남이었기 때문이다. 아무래도
불안하다고 도중에 먼저 내려가겠다는 두자를 다시 붙잡은 사람 또한

두남이기 때문이었다.

뒷산 언저리에 아이를 묻고 온 날, 두자는 두남에게서 등을 돌리고 잤다. 두남은 두자에게 무슨 말부터 꺼내야 할지 갈피를 잡을 수 없었다. 미안하다는 말만 계속 떠올랐다. 두자에게 용서받아야 할 일을 저질렀던 적은 결코 없었는데, 왜 번번이 미안하다는 말 외에는 생각나는 게 없는지, 두남은 억울하고 답답했다. 미안하다고 말하는 순간 두자의 머릿속에 옛일들이 되살아나진 않을까? 그것은 두남이 가장 두려워하는 일이었다. 두남이 가장 바라는 일은 두자에게 고맙다는 말을 듣는 거였다.

셋째를 묻은 날부터 두자의 머릿속에는 오로지 엄마 생각뿐이었다. 한때 엄마라고 불렀던 사람. 그녀를 되새기는 일이 빈번해질수록 지금 자신이 놓인 처지가 도무지 이 세상에서 일어날 법한 일 같지 않았다. 돌이켜보니 두남과의 잠자리는 가장 불결하고 불길한 일이었다. 두자는 스스로에게 무식하고 천박한 화냥년이라고 가차없이 욕을 해댔다. 이 더러운 년. 가랑이에 똥통을 달고 다니는 년. 거울 앞에 앉아 제 얼굴에 손가락질하며 갖은 폭언을 퍼부었다.

두남에게 빚을 졌다고 생각하며 살던 날들도 분명 있었다. 오로지 두남의 사랑을 받는 것에만 골몰하고 용을 쓰던 날들도 있었다. 그날들 또한 지나간 지 오래였다. 두남의 전처를 엄마라고 부르던 자신을 우스워하던 날들도 있었다. 아버지라고 부르라던 여직원을 미친년이라고 욕하던 날들도 있었다. 모두 지나간 날들이었다. 첫애를 봉분 없이 묻고 사산아를 아궁이에서 태우던 밤에 모두 잊어버린 날들이었다. 하지만 셋째를 묻기 위해 언 땅을 곡괭이로 파는 동안 아궁이에 함께 불살랐던 일들이 하나도 빠짐없이 도로 튀어나왔다.

아이를 묻은 땅이 푸슬푸슬 녹은 뒤에도 두자는 언제나 옷을 꼭꼭 여며 입고 잠을 잤다. 한번은 두남이 잠든 두자에게 깨금발로 다가와 겹겹이 입은 치마 속으로 손을 집어넣었다. 두자가 마른 목소리로 말했다.

다시는 죄짓고 살지 맙시다.

그날부터 두남과 두자는 각방을 썼다. 두남이 아무리 애원하고 협박해도 두자는 두남과의 합방을 완강히 거부했다. 두남은 두자의 행동이 너무 뒤늦은 거 아니냐고 반박했다. 하지만 두남 역시 한편으로는 그런 자신의 모습이 혐오스러웠다. 운명이라고, 사랑이라고 쉽사리 단정했던 어느 여름날을 젊은 날의 치기로, 욕정으로 격하시키기란 얼마나 쉬운가? 왜 함부로 죄라고 단정하는가? 두남은 두자의 대답을 듣고 싶었다. 술에 취한 어느 밤이었다. 두남은 두자의 방문 앞에 엎드려서 울며 말했다.

우리는 누군가를 배신한 게 아니네. 우리는 누군가에게 배신을 당한 사람들이네.

두자의 방에 불이 켜졌다. 두자의 그림자가 창호지를 바른 문에 어른거렸다. 두자가 등을 돌리고 앉아서는 문밖의 두남에게 말했다.

넌 딸을 건드린 거나 마찬가지야.

두남이 벌떡 일어섰다. 방문을 발로 걷어찼다. 문짝이 방 안쪽으로 떨어졌다. 두남이 두자의 등을 밀었다. 두자의 등에 올라탔다. 주먹을 휘둘렀다. 머리채를 휘어잡고 목덜미를 가격했다. 척추를 발로 밟고 엉덩이를 발뒤꿈치로 찍었다. 어깻죽지를 물어뜯고 허리춤에 주먹을 날렸다. 때리면서 두자를 구석으로 몰아붙였다. 겹겹이 걸친 옷가지를 모두 벗겨냈다. 발버둥을 치는 두자의 머리를 벽에 찧었다. 두자는 정신을 잃었다. 그날, 두자의 뱃속에 정희가 들어섰다.

25

마침내 컬러텔레비전이 구구의 집에 들어왔다. 셀로판지를 오려 텔레비전 화면에 붙이고 노는 구구의 모습이 안타까웠던 기욱이 직원 특별 할인가로 장만한 거였다. 예고 없이 식구수를 늘린 데에 대한 사죄의 의미도 포함되어 있었다. 컬러텔레비전이 들어오기로 한 날, 금성은 일찍부터 돼지고기를 구웠다. 구구는 마루에 앉아 부엌 쪽을 바라보았다. 허연 연기가 부엌 안을 가득 채웠다. 수시로 벽시계를 쳐다보았다. 시간은 더디게 흘렀다. 할머니는 부엌과 마루를 바쁘게 오가며 고기 접시를 상 한가운데 놓았다가 치웠다가를 반복했다.

용태도 며칠째 집을 지켰다. 휴학계를 내고 일주일가량 집을 비웠다가 오랜만에 돌아온 그의 몰골은 처참했다. 머리카락을 싹 밀어버린 상태였다. 파르스름한 머리통 전체를 하얀 붕대로 칭칭 감은 그는 비틀거리며 집안에 들어섰다. 놀란 할머니가 용태의 허리춤을 붙잡고 금성을 고래고래 불렀다. 달려나온 금성이 용태를 업어다가 방에 눕혔다. 그날부터 용태는 이불을 뒤집어쓴 채 꼼짝하지 않았다. 정신이 오락가락했다.

금성은 내내 죽을 끓였다. 할머니가 용태의 입을 억지로 벌려 멀건 죽을 흘려넣었다. 금성과 할머니는 수시로 용태의 방을 들락거렸지만 머리에 감긴 붕대를 풀어볼 엄두조차 내지 못했다. 붕대 아래 어떤 상처가 숨겨져 있을지, 상상만으로도 치가 떨렸다. 용태는 스스로 붕대를 풀고 모두의 앞에 나타났다. 기다랗고 붉은 상처가 용태의 이마와 귀 뒤쪽으로 쭉 뻗어 있었다. 꿰맨 자국이 여실하게 드러났다. 잠결에 상처 언저리를 긁었는지 군데군데 검붉은 딱지가 앉아 있었다. 용태는 자신에게 무슨 일이 일어났는지, 꼬치꼬치 캐묻는 금성과 기욱에게 아무 대답도 들려주지 않았다. 금성은 애가 탔다. 용태를 보며 무슨 말을 하려는 듯, 야, 소리를 지르다가도 금세 입을 다물었다. 기욱은 용태를 보면서 수시로 도리질을 했다. 오직 홍시 할머니만이 용태를 닦달하지 않았다. 다만 매일 저녁마다 어디서 났는지 알 수 없는 홍시를 용태의 방안에 들이밀었다.

금성이 막 밥을 푸기 시작할 무렵, 기욱이 대문을 열었다. 빈손이었다. 구구가 쪼르르 달려가 기욱의 텅 빈 두 손을 번갈아 만졌다. 두리번거리며 기욱의 몸을 뒤졌지만 컬러텔레비전이 기욱의 주머니에 들어 있을 리는 만무했다. 구구가 울먹거리기 시작했다. 그제야 기욱이 문밖으로 슬금슬금 뒷걸음질쳤다. 구구는 기욱의 한 손을 붙잡고 훌쩍이며 따라갔다. 대문 옆 담벼락 밑에 누런 상자가 놓여 있었다. 붉은색 노끈으로 꽁꽁 싸맨 상자의 겉면에 '칼라텔레비전'이라는 글자와 함께 반으로 자른 별 모양이 크게 그려져 있었다.

기욱이 상자를 번쩍 들어올렸다. 구구는 손바닥이 벌게질 정도로 박수를 쳤다. 홍시 할머니도 오래 살고 볼 일이야, 설레는 기색을 숨기지 않았다. 용태는 과학의 진보를 확인할 역사적인 날이긴 하지만 컬러텔레비전에 바친 기욱의 노동력에 더 많은 박수를 보내야 한다고 말을 보탰다. 용태의 말투가 점점 웅변조가 되어갔지만 모두 끝까지 경청했다. 용태의 말이 옳아서가 아니었다. 그냥 그렇게 해야만 될 것 같았다. 그러지 않으면 용태의 머리 한쪽에 길게 그어진 붉은 상처의 실밥이 금방이라도 터져버릴까 무서웠다. 용태의 불거진 목의 핏대가, 벌게진 이마와 허공을 가르는 주먹들이 저절로 박수를 치게끔 만들었다.

기욱이 상자의 포장을 풀었다. 검고 네모난 텔레비전이 모습을 드러냈다. 백과사전만한 화면 옆에 동그란 채널과 꼭지 두 개가 붙어 있었다. 기욱은 능숙한 솜씨로 텔레비전을 설치했다. 둥글게 말린 검은 전선을 풀어 차례차례 연결했다. 안테나를 지붕 위로 올려 수신이 잘 되게끔 하는 일은 용태가 맡았다.

설치가 끝나자마자 모두 상 주위에 둘러앉았다. 고기는 이미 식어 하얀 기름기를 드러냈다. 금성이 짐짓 비장한 표정으로 수저를 들었다. 그것이 신호인 양 기욱이 꼭지를 돌리자 딸깍하는 소리와 함께 텔레비전의 전원이 들어왔다. 치치칙 하는 소리가 날카로웠다. 시끄러운 잡음이 지나가자 화면에 무지개 색깔의 조정 화면이 떴다. 빨간색과 파란색, 노란색 막대가 나란히 붙어 반짝거렸다. 누가 먼저랄 것도 없이 우와, 감탄을 내질렀다. 하지만 아무리 채널을 돌려도 무지개색의 조정 화면밖에 나오지 않았다. 너무 이른 시간이었다. 방영하는 채널이 없었다. 누구도 실망하지 않았다. 이미 그들은 컬러텔레비전의 진가를 깨달았다. 순점만이 화면에 눈을 못 떼고 있는 식구들을 어이없어했다.

초저녁이 되었다. 푸른색 양복을 입고 마이크 앞에 앉은 아나운서가 모습을 드러냈다. 맨날 회색 옷을 입던 게 아니었네. 금성이 아주 큰 사실을 깨달은 사람처럼 말했다. 피부색이 검붉은 걸 보니 술꾼이야, 술꾼. 기욱이 손가락질했다. 아나운서의 입술에 누런빛이 돌았다. 담배를 엄청 피우는 모양인데. 용태도 거들었다. 술 담배 하는 게 뭐 어때서 그러냐. 금성이 아나운서를 대신해 변명을 했다. 하긴 담배라면 우리도 남들 못지않지. 용태가 수척한 얼굴에 미소를 띠며 눈을 찡긋거렸다.

아나운서는 심각한 표정으로 인신매매가 성행한다는 소식을 전했다. 취업을 위해 상경한 여자들을 대상으로 인신매매를 해왔던 조직이 검거되었지만 인신매매 수법이 점점 교묘해진데다가 지방의 도시로까지 그 범위가 확산되고 있다며 자료 화면을 내보냈다. 순점은 잡히는 년들이 꼴통이라며 막말을 했다. 자기는 똑똑하고 야무진 성격이라 사탕발림 따위에 속아넘어가지 않는다고도 했다. 듣고 있던 할머니가 능글능글 웃으며 한마디 던졌다.

너희 둘이는 가랑이가 아주 딱 붙었으니 누가 잡아가려야 잡아갈 수가 없지.

순점의 얄팍한 눈이 더욱 가늘어졌다. 기욱은 가끔씩 저녁을 먹고 난 후에 순점과 외출을 했다. 육교를 지나 역 앞의 번화가에 놀러갔다. 극장에서 영화를 보거나 쇼핑을 하고 다방에서 커피를 마시다가 들어왔다. 종종 튀긴 닭 냄새를 풍기며 돌아왔다. 그런 밤이면 집안에 미끄러운 공기가 나돌았다. 닫힌 방문 안에서는 이불 풀썩이는 소리와 가요가 새어나왔다. 야밤에 왜 노래를 틀고 지랄이냐는 할머니의 호통에도 기욱의 방에서 흘러나오는 노랫소리는 곧바로 멈추는 법이 없었다.

오늘도 밤새 노래를 틀 건가?

할머니가 기욱의 등을 두드리며 말을 걸었다. 금성의 입에서 기침이 터져나왔다. 누렇고 진득한 가래가 금성의 벌어진 입에서 길게 떨어졌다. 구구가 아빠를 흉내내며 재떨이에 침을 뱉었다. 퉤퉤. 시커먼 재가 날아올랐다. 구구가 콜록거리며 기침을 해대자 용태가 머리의 흉터를 벅벅 긁었다.

나 머리를 덜 꿰맨 것 같아. 뭐가 자꾸 새는 것 같아.

금성이 구구의 등을 어루만지며 용태를 걱정스레 바라보았다. 기욱이 몸을 일으켜 용태의 머리를 두 손으로 잡고 이리저리 살펴보는 체했다.

아니야. 아주 꼼꼼하게 잘 꿰맸어.

용태가 고개를 갸웃거리며 금성을 향해 물었다.

내 머리에 다른 게 들어갔나? 무슨 소리가 들리는 것 같기도 하고.

용태가 머리를 가볍게 터는 시늉을 했다. 금성이 용태에게 손을 뻗었다. 용태의 얼굴에 대고 손가락 세 개를 흔들어 보였다.

이게 몇 개야?

용태가 금성의 손을 쳐내며 웃음을 터뜨렸다.

형, 내가 미쳤다고 생각하는구나.

기욱이 용태의 옆에 털썩 주저앉으며 말했다.

아니, 그냥 네가 많이 다쳤다고 생각해.

26

두자는 화병에 꽂힌 개나리 가지들을 유심히 들여다보았다. 검은
빛이 도는 꽃눈에 노란빛이 나돌았다. 곧 꽃이 필 때였다. 매해 이른
봄이면 두자는 개나리 가지를 꺾어 집안에 두었다. 꽃은 일찍 피었다
가 졌다. 개나리가 피고 지는 짧은 나날 동안, 두자는 외출을 삼갔다.
개나리꽃에는 향기가 없었다. 부러진 가지 끝에서 풀냄새만이 아릿하
게 풍겨왔다. 꽃이 떨어지고 잎이 필 때쯤 두자는 화병을 비웠다. 화
병 안의 물에서 비릿한 냄새가 났다.

정희를 낳던 날, 허벅지를 타고 흐르던 양수를 걸레로 닦을 때 콧
속을 파고들던 그 냄새였다. 앞서간 아이를 땅에 묻을 때, 젖은 흙에
서도 비슷한 냄새가 났다. 정희를 낳고도 한참 동안 팬티를 갈아입
을 때마다 음부에서 비릿한 냄새가 풍겼다. 딸이야. 두남이 정희의 탯
줄을 자르며 지친 목소리로 말했다. 아들이길 바랐다. 아이가 젖을 뗄
즈음 두남과 아이를 두고 먼 데로 떠날 작정이었다. 딸일 거라곤 전혀
생각 못했다. 일찍 죽어버린 세 아이들 모두 아들이었다. 당연히 이
번에도 아들인 줄 알았다. 딸이라는 그 말을 듣던 순간 두자는 두남
을 떠날 마음을 접었다. 그런 두자의 마음을 알아챘는지, 두남이 난데
없이 집을 옮기자고 했다. 애가 셋이나 죽은 집에서 또다시 애를 기를
수 없다는 이유였다. 두자는 두남의 뒤를 따라나섰지만 아이가 살아
남을 거라곤 기대하지 않았다. 하지만 기차를 꼬박 하루 동안 탈 만큼
먼 도시에 당도하자 두남의 말이 옳은 것 같았다. 서울, 이곳에선 아
무도 그들 부부의 내력을 모를 테니까. 어떤 악운도 뒤따라오지 못할

만큼 먼길을 달려왔으니까.

정작 두남은 서울역에 내리는 순간부터 자신이 했던 말을 부정했다. 아이가 얼마나 살지, 앞서간 아이들보다 얼마나 오래 살아남을지 예측하기를 꺼렸다. 이곳엔 사람들이 너무 많았다. 두남은 그들의 눈이 무서웠다. 세상 사람 전부가 아이가 누구인지 알아보고 지켜보는 것 같았다. 일부러 아이의 이름을 짓지 않고 버텼다. 그런 두남을 보며 두자는 또 한번 제 자식들의 팔자란 기껏해야 돌을 넘기는 게 다임을 억지로 받아들여야만 했다. 그 때문인지 두자의 가슴이 말랐다. 도무지 젖이 돌지 않았다. 아이는 잇몸으로 두자의 젖꼭지를 씹었다. 젖꽃판의 색이 검붉어질 정도로 물어젖혀도 소용이 없었다.

두자의 가슴은 홀쭉하게 꺼져갔다. 별수없이 갓난아이에게 밥 끓인 물을 먹였다. 곧 죽을 팔자를 타고난 아이의 삶이란 박복하기 마련이라고, 두자는 억울해하거나 노여워하거나 슬퍼하지 않았다. 아이는 돌이 지날 때까지 아가라고 불리다가 뒤늦게 이름을 얻었다.

정희. 아이의 이름을 짓고 나니 어쩌면 이 아기는 부모의 임종을 지킬 수 있는 자식일지도 모른다는 믿음이 두남에게도 생겨났다. 얼마 후 아이와 같은 이름을 가진 자가 대통령이 되었다. 두남은 아이에게 정희라는 이름을 지어준 자신의 혜안에 탄복했다. 아가에겐 대통령의 이름을 가질 만한 자격이 충분했다. 반복되는 단명의 불운을 유일하게 깨부순 자식이었으니까.

화병에 찬물을 부었다. 귀가가 늦는 딸을 잠시 걱정했다. 딸이 또다시 누군가를 해치지 않을까, 무서웠다. 두철의 팔이 잘려나간 것처

럼 무고한 사람을 해치고 다니진 않을까, 조마조마했다. 좌불안석하
며 살다보니 그 불안감이 차라리 내 자식이 다쳤으면 하는 바람으로
조금씩 변질되어갔다. 정희를 볼 때마다, 지난 생이 고스란히 등에 진
커다란 추처럼 느껴졌다. 그것은 죄의 무게추였다. 정희의 몸이 자랄
수록 두자는 살아가야 하는 일이 곧 갚아야 할 죗값을 헤아리는 것에
불과하다는 회한에 빠졌다. 두철의 잘려나간 팔이 그들 가족에게 일
깨운 것도 나날이 무거워지는 죗값이었다.

　이번 생에선 다 못 갚어.

　철공소를 팔고, 빈털터리로 이사하던 날 두자가 두남에게 한 말이
었다. 두남은 대답이 없었다.

　살면 살수록 죄만 늘어. 우린 계속 나쁜 연놈으로 살다가 나쁜 연놈
으로 죽을 거야.

　몇 년 후 두남은 홀연 집을 떠났다. 아무 소식도 전해지지 않았다.
두자는 두남을 찾으려 노력하지 않았다. 가족을 사랑하고 가족의 안
부를 챙기는 사소한 일들이 불러올 재앙이 무서웠다. 그저 개나리꽃
이 빨리 피기를 빌었다. 빨리 피었다가 빨리 지기만을 바랐다.

　문 두드리는 소리가 들렸다. 소리는 점점 다급해졌다. 두자가 문고
리를 잡고 잠시 숨을 고르는데, 낯선 남자가 문을 열어젖혔다. 남자의
이마에 땀이 줄줄 흘러내렸다. 등에는 정희가 업혀 있었다. 눈을 감고
있었지만 고개를 세우고 있는 모습을 봐서는 정신을 잃은 것 같지는
않았다. 요 위에 정희를 눕혔다. 정희는 요 밑으로 파고들어갔다. 몸
을 잔뜩 웅크리고 누워 숨소리조차 내지 않았다. 두자가 남자를 빤히
쳐다보았다. 도대체 무슨 일이냐고 물었다.

아무 일도 없었대요. 제가 오면서 몇 번 물어봤는데 별일은 없었
대요.

남자가 빠르게 말했다.

이름이 어떻게 돼요?

예?

이름을 알아야 답례를 하지.

괜찮은데요.

이름이 뭐요?

조금성입니다.

남자가 이마의 땀을 훔치며 간신히 제 이름을 말하는 순간, 정희가
홀쩍거리며 돌아누웠다.

오늘은 그렇고 내일 저녁 먹으러 와요.

남자는 손사래를 쳤다.

거절할 거 없어요. 물어볼 것도 있어서 그러니까.

두자의 목소리가 차가워졌다.

전 아는 게 없는데요.

남자의 목소리가 작아졌다.

내일 와요.

두자가 짧게 다시 말했다. 남자는 얼결에 고개를 끄덕이고서는 쭈
뼛거리며 서 있다가 떠밀리듯 집밖으로 나섰다. 남자가 떠나자마자
두자는 정희가 덮고 있는 이불을 들춰냈다. 방금 다녀간 남자랑 무슨
짓을 벌인 거냐고 호되게 추궁했다.

내가 좋아서 한 거야.

정희가 어금니를 짓이기며 말했다. 그런 정희를 힐긋 쳐다보며 두자는 손에 걸레를 잡았다. 정희의 말 따윈 전혀 믿지 않는 눈치였다.

이게 처음도 아니야.

정희가 으르렁거리듯 말했지만 두자는 더욱 믿을 수 없다는 얼굴로 응수했다.

우리한테 그런 복이 있을 것 같냐.

27

멀지 않은 곳에 아파트가 생겼다. 상앗빛의 오층짜리 건물의 외벽엔 '개나리아파트'라는 여섯 글자가 페인트로 큼지막하게 쓰여 있다. 아파트를 둘러싸고 있는 낮은 철제 담장에 장미꽃이 피어, 사람들은 소풍 삼아 아파트 주변을 맴돌며 사진을 찍었다. 입구에는 커다란 현수막이 나부꼈다. 개나리유치원 원아 추가 모집. 금성은 마침내 구구를 유치원에 보낼 때가 왔다고 생각했다. 망설일 이유가 없었다. 벌써 여섯 살이었다. 금성은 구구가 영리하고 재능 있는 아이로 자라나길 원했다. 얼마든지 그런 평가를 받을 만한 아이라고 확신했다. 그래야 대통령감의 유년 시절다울 테니까.

금성이 개나리아파트의 개나리슈퍼에서 썬키스트 주스를 사는 동안, 구구는 집에서 엉덩이를 흔들었다. 금성이 개나리유치원의 유리문을 열 때, 구구는 두 팔을 휘두르며 어깨춤을 췄다. 금성이 개나리유치원의 원장에게 두툼한 흰 봉투를 건넸을 때, 구구는 하늘을 향해 발을 찼다. 금성이 개나리유치원의 노란 가방과 원복을 들고 나왔을 때, 구구는 라디오를 때렸다. 금성이 집으로 돌아왔을 때, 구구는 마당에 라디오를 내던졌다. 유치원에 가서도 이러면 안 된다. 금성이 라디오에 묻은 흙을 털어내며 한 말은 그뿐이었다. 대신 노란색 가방과 노란색 원복을 구구에게 흔들어 보였다.

금성이 구구를 붙잡아 입고 있던 옷을 벗기고 새 옷을 손에 들었다. 상의의 좁은 목둘레가 구구의 머리통에 걸렸다. 구구가 짜증을 냈다. 귀가 모조리 뜯겨나갈 것 같았다. 금성이 낑낑거리며 티셔츠를 벗기다 말고 화를 냈다.

팔을 올려야지.

구구는 부러 팔에 힘을 빼고 있었다. 바닥에 펼쳐진 노란색 옷은 볼품없었다. 몸통은 희고 소매만 노란 긴팔 티와 허리 둘레에 고무줄을 넣은 노란색 바지는 밑단에도 고무줄이 끼워져 있었다. 왼쪽 가슴 부분에 '개나리유치원'이라는 글자와 함께 그려진 무궁화 마크도 마음에 들지 않았다. 구구는 용태의 닫힌 방문을 바라보며 신경질적으로 몸을 흔들었다. 용태가 방문을 열고 달려나와 보란듯이 내 편을 들어줬음 좋겠다 싶었다. 누구라도 그래줬으면 싶었다. 하지만 기욱과 순점의 방문마저 굳게 닫혀 있었다. 다 빈방이었다. 할머니는 구구가 더 따끔하게 혼나길 바라는 심정으로 부녀가 신경전을 벌이는 모습을 마냥 바라만 보았다. 참다못한 금성이 구구의 등짝을 때렸다. 원복 상의의 목둘레를 억지로 잡아당겨 구구의 머리통에 끼워넣고 팔을 죽 잡아당겼다. 구구가 앙칼진 목소리로 외쳤다.

엄마!

28

구구는 장난감을 가져본 적이 없었다. 인형이 뭔지도 몰랐다. 소꿉놀이와 숨바꼭질 같은 단어들은 처음 듣는 말이었다. 노란색 원복을 입은 아이들이 교실 곳곳에 서 있었다. 저마다 한 손에 무언가를 들고 있었다. 어떤 아이는 소방차를 들었다. 어떤 아이는 망치를 쥐었다. 어떤 아이는 강아지 인형을, 다른 아이는 총을 쥐고 있었다. 총포사에서 본 총보다 작았지만 분명 총이었다. 주황색과 노란색, 초록색과 파란색으로 칠해진 장난감 총이었다.

원장이 여러분, 소리를 질렀다. 아이들과 선생들이 원장을 바라보았다. 원장이 박수 세 번을 쳤다. 선생과 아이들이 원장을 따라 박수를 세 번 쳤다. 새로운 친구가 왔어요, 원장이 말문을 뗐다. 구구는 누군가의 친구가 되고 싶지 않았다. 구구는 하숙집의 외동딸 조구로만 지내고 싶었다. 원장이 구구를 젊은 여선생에게 넘기곤 곧바로 교실을 빠져나갔다. 선생이 구구의 어깨에 두 팔을 올렸다. 구구의 뒤통수에 선생의 허벅지가 느껴졌다.

선생은 목소리가 컸다. 말을 할 때마다 허벅지가 떨렸다. 선생이 선창을 하자 아이들이 모두 그 말을 따라 했다. 친구야, 친구야. 사이좋게, 사이좋게. 지내자, 지내자. 만나서, 만나서. 반가워, 반가워. 구구는 머릿속이 어지러웠다. 선생이 구구를 놓아주자 구구의 몸이 휘청했다.

이제 맘대로 놀아.

구구는 잠시 멍하니 서서 맘대로 놀아, 라는 말을 곱씹었다. 총을 들고 있던 남자애 곁으로 성큼성큼 다가갔다. 아이는 책상 밑에 숨어서 혼자 전쟁놀이를 하는 중이었다. 주황색 총구가 책상 밑에 삐죽 나와 있었다. 구구가 잽싸게 총구를 잡아당겼다. 아이는 힘이 셌다. 빼앗기지 않으려고 두 손으로 총의 손잡이를 세게 잡았다. 구구도 더욱 힘을 주어 당겼다. 총은 말랑말랑해서 두 아이의 손안에서 구겨졌다. 구구가 남자애의 손등을 깨물었다. 아이가 비명을 내지르며 뒤로 나동그라졌다. 책상도 함께 넘어졌다. 놀고 있던 아이들이 우르르 달려와 소리를 질렀다. 선생이 달려왔다. 또다른 선생도 달려왔다. 원장이 달려와 구구의 뒷덜미를 잡아챘다.

구구는 원장실에서 아버지를 기다렸다. 원장이 구구를 쳐다보면서 한숨을 푹푹 내쉬었다.

엄마는 어디 계시니?

구구는 고개를 외로 틀어 벽을 노려보았다. 원장이 두꺼운 책으로 책상을 탁탁 두드렸다.

조구! 대답해!

원장이 구구의 이름을 불렀다. 구구는 눈에 힘을 주고 주먹을 꽉 쥐었다. 삽시간에 눈에 핏발이 섰다. 엄마에 대해서 단 한마디도 말하기 싫었다. 원장이 또 책상을 때렸다. 구구가 원장을 향해 몸을 일으켜세웠다. 오른팔을 앞으로 길게 내밀고 검지 손가락을 폈다.

탕!

이렇게 사나운 아이는 받아들일 수가 없어요.

금성과 마주앉은 원장의 목소리는 단호했다. 금성은 두툼했던 흰 봉투를 다시 받아들었다. 봉투는 애초와 다르게 조금 가벼워졌지만 항의할 수가 없었다. 집으로 돌아와 텔레비전 앞에 구구를 앉혀놓고 왜 싸웠느냐고 물었다. 구구는 총을 갖고 싶었다고 솔직하게 말했다.

총?

금성이 물었다.

총 사줘.

구구는 떼를 썼다. 뭘 갖고 싶다고 말한 건 처음이었다. 당연히 아빠가 들어줄 거라고 믿었다. 금성은 차라리 인형을 사주겠다고 구구를 꼬드겼다.

총, 총.

구구도 지지 않았다. 팔다리를 버둥거리다가 노란 원복을 벗어던졌다.

씨팔.

구구의 입에서 욕이 튀어나왔다. 금성이 구구의 팔을 붙잡고 다그쳤다.

너 그런 말 어디서 배웠어?

구구가 인상을 팍 썼다. 씩씩거리며 콧김을 뿜어냈다. 눈을 치켜뜨고 팔을 높이 들어올렸다. 꼭 쥔 주먹을 금성의 얼굴에 강타했다.

29

금성은 정희의 집 앞에서 지는 해를 바라보았다. 손에 쥔 검은 봉지를 여러 차례 바꾸어 들었다. 컴컴해지기 전에 대문을 두드려야 했다. 더 늦으면 무례를 저지르는 거라고, 금성은 망설이는 자신을 다독였다. 근처 정육점에 들러 소고기 한 근을 살 때도 굳이 정희를 다시 찾아갈 필요가 있는지 여러 번 생각했다. 꼭 다시 오라는 두자의 말에 아는 게 없다고 대답했지만 금성은 이미 너무 많은 것들을 보았다.

전봇대의 높은 꼭대기에서, 교복을 입은 여학생이 건장한 남자 아래에 깔려 연거푸 뺨을 맞는 모습을. 남자가 여학생의 교복 치마를 들쳐 올리는 모습을. 여학생의 가는 두 다리가 발버둥치는 모습을 모두 목격했다. 금성은 허겁지겁 전봇대에서 내려왔다. 꼭대기에선 가깝게 느껴졌던 거리가 막상 전봇대 아래로 내려오니 터무니없이 멀게 보였다.

무작정 뛰기 시작했다. 허리띠가 아래위로 흔들렸다. 벨트에 꽂혀 있던 날카로운 연장들이 철커덕거렸다. 금성은 벨트에 달린 연장주머니에서 커다란 가위를 빼들었다. 가위를 든 손을 앞으로 쭉 뻗고 달렸다. 고래고래 소리를 질러댔다. 남자가 벌떡 몸을 일으켜 금성 쪽을 쳐다보았다. 남자는 겨우 바지를 추켜올렸다. 한 손으로 바닥을 더듬거렸다. 남자의 손이 바닥에 떨어진 무언가를 집어올렸다.

총이었다. 금성은 두 눈을 의심했지만 속력을 줄이진 못했다. 금성은 계속 남자를 향해 뛰어갔다. 남자가 총을 쥔 채 냅다 줄행랑을 쳤다. 도망치는 남자의 뒷모습이 금성은 무서웠다. 다리는 저절로 움직였다. 머리털이 쭈뼛 섰다. 금방이라도 그가 뒤돌아서서 총을 겨눌지도 몰랐다. 금성이 후들거리는 다리를 붙잡고 겨우 멈추어 섰을 때, 정희는 반듯하게 앉아 금성을 기다리고 있었다.

금성이 가위를 다시 벨트에 꽂아넣고 정희 옆에 주저앉았다. 신물이 자꾸 넘어왔지만 꾸역꾸역 삼켰다.

집이 어디예요?

금성의 목소리가 떨렸다. 정희는 대답 대신 흐트러진 머리를 매만졌다.

데려다줄까요?

정희가 고개를 끄덕였다. 눈물이 주룩 흘러내렸다. 금성은 질끈 눈을 감았다. 무슨 일이 벌어진 것일까. 상상조차 하기 싫었다. 보아선 안 될 것을 보았다. 일어나선 안 될 일이 일어났다. 금성은 몸을 일으켜세우고 주위를 둘러보았다. 멀리 떨어진 인가를 한번 훑어보는 것만으로도 정희의 집을 단박에 찾아낼 수 있다는 듯이.

금성이 정희에게 등을 내밀었다. 정희는 엉거주춤한 자세로 금성의 등에 업혔다. 한 손으로 치맛자락을 움켜쥐고 다른 한 손으로 금성의 목을 둘렀다. 정희는 꽤 무거웠다. 금성은 선뜻 몸을 똑바로 세우지 못하고 숨을 골랐다. 두 팔을 뒤로 하고선 정희의 무게를 받아 안았다. 정희가 흠칫 몸을 떨었다. 정희에게 아무 말이라도 걸어야 했다. 그래야 정희의 마음이 편해지고, 정희의 무게도 한결 가벼워질 테니까.

살다보면 감당 못할 일을 겪지요.

이게 고등학생에게 할 말인가 싶으면서도 한편으론 그 말이 가장 적절하게 여겨졌다. 진창인 길 위에서 미끄러지지 않으려고 금성은 발끝에 잔뜩 힘을 주어 걸었다. 정희 또한 금성의 등에서 떨어지지 않으려고 고개를 더욱 꼿꼿이 세웠다. 그 바람에 금성은 더욱 깊숙이 허리를 숙여야만 했다.

세상이 원래 무서운 데예요.

정희가 기어들어가는 목소리로 예, 대답하곤 길게 한숨을 내쉬었다. 금성의 귓속이 간지러워졌다.

다친 데는 없어요?

정희가 고개를 끄덕였다.

다 봤어요?

정희가 물어왔다. 금성은 허리를 펴고 정희를 추켜올렸다.

총 봤어요?

정희가 금성의 목에 두른 팔에 더욱 힘을 주며 물었다.

총인지 긴가민가했어요.

무섭지 않았어요?

저도 빈손은 아니었으니까요.

가위요?

가위치곤 크죠?

가위가 총을 어떻게 이겨요?

금성이 짧게 웃음을 터뜨렸다.

보고도 몰라요? 내가 이겼잖아요.

정희가 슬며시 웃으며 금성의 왼쪽 가슴을 토닥였다. 금성의 입가에도 미소가 떠올랐다. 빨라졌던 심장박동이 정희의 손길 아래에서 조금씩 안정을 되찾아갔다. 등에 업힌 정희의 자세도 한결 편해진 듯했다. 금성은 정희의 침착함과 배려에 감탄하지 않을 수 없었다. 심지어 고마운 마음마저 들었다. 그녀가 가슴팍을 두어 번 토닥여준 것만으로도 끔찍한 장면을 목격한 뒤에 찾아오는 두려움과 죄책감이 눈 녹듯이 사라졌다. 무딘 가위를 들고 전속력으로 달리던 자신의 모습과 허리춤에서 요란하게 울리던 철커덕 소리가 얼마나 우스꽝스러웠을지 되돌아볼 여유마저 생겨났다. 산비탈을 벗어났을 때, 마침내 금성은 자신이 한 여자를 위기에서 구해냈다는 사실이 사뭇 뿌듯하기까지 했다.

미안해요.

금성이 정희를 추어올리며 말했다.

이런 일을 겪게 되어서 제가 참 미안해요.

30

금성은 소고기가 들어 있는 검은 봉지를 두어 번 휘감아 잡았다. 어제 정희의 손이 닿았던 가슴팍을 쓰다듬었다. 없던 용기가 생겨나는 것 같았다. 어깨를 펴고 제자리에서 뜀박질을 했다. 벌컥 대문이 열렸다. 맞은편에 정희가 서 있었다. 금성은 처음 보는 사람의 얼굴인 양 정희의 얼굴을 뚫어져라 쳐다보았다. 정희가 먼저 샐쭉 웃었다. 둘은 난생처음 만난 사이인 양 서로에게 허리를 숙여 첫인사를 나누었다.

정희라고 부르세요.

금성이 허리를 구십 도로 꺾으며 대답했다.

네, 고마워요. 정희씨.

두자는 금성에게 많은 것을 묻지 않았다. 오히려 남의 장성한 딸의 일에 오지랖 넓게 나선 금성의 행동을 나무랐다. 생면부지인 젊은 여식의 일에 쓸데없이 관여를 해서는 성격에 맞지 않는 인사를 차리게 만드느냐, 제 팔자대로 살게 내버려둘 일이지, 굳이 무관한 남의 덕을 빚지게 만드느냐, 역정을 냈다. 금성은 자신이 처한 상황을 납득할 수가 없었다. 얼른 밥그릇을 비우고 빨리 이 집을 떠나야겠다는 생각뿐이었다. 정희는 밥상 앞에 팔짱을 낀 채로 앉아서 제 어머니를 노려보느라 바빴다.

금성이 정희의 얼굴을 흘깃거렸다. 혹시 이 늙으신네가 댁의 계모냐고 묻고 싶었다. 금성의 시선이 수차례 정희에게 향했지만 정희는 온몸으로 자신의 분노를 어머니에게 전달하느라 금성이 씹지도 않은 밥알을 억지로 삼키고 있다는 것에 신경쓸 겨를이 없었다. 금성이 순식간에 밥그릇을 싹싹 비우고 쭈뼛거리며 일어섰다. 모녀가 의아하다는 눈빛으로 금성을 쳐다보았다.

가려고?

정희가 고개를 젖혀 물었다. 그때였다. 두자가 정희의 뺨을 갈겼다. 누구도 예상하지 못했던 가격이었다. 금성이 두자의 팔을 붙잡고 외쳤다.

도대체 왜 이러십니까?

저년이 반말을 찍찍 뱉어내는 걸, 어찌 그냥 보아넘기오? 아비 없이 자랐다는 소리 듣기 전에 저년 주둥이부터 매조져야지.

두자가 정희의 머리칼을 홱 잡아채더니 등짝을 후려패기 시작했다. 정희 역시 만만치 않아서 두 팔을 사방팔방 휘두르며 어떻게든 제 어머니를 한 대라도 후려치지 못해 안달이었다. 금성은 둘 사이를 비집고 들어가려고 안간힘을 썼지만 둘 중 누구의 허리를 잡아당겨봤자 악에 받친 상대까지 함께 끌려왔다.

셋은 서로 뒤엉킨 채 온 방을 헤집었다. 정희는 벽에 이마를 찧었고, 금성은 정희의 정수리에 앞니를 부딪쳤다. 둘은 한몸이 되어 벽에서 다시 튕겨져 바닥을 굴렀다. 급기야 금성이 정희를 등뒤에서 끌어안고 두자에게 제 등을 내밀었을 때, 금성의 사지는 풀릴 대로 풀린 상태였다.

정희가 괴성을 지르며 집밖으로 뛰쳐나갔다. 금성이 주춤거리며 정희의 뒤를 따라나섰다. 지난밤, 정희를 괴한에게서 구했을 때보다 더욱 착잡하기 그지없었다. 그녀를 놓쳐선 안 된다는 생각뿐이었다. 그녀를 도와줄 사람은 이 세상에서 금성, 자신뿐인 것만 같았다. 대문 밖에서 금성을 기다리던 정희가 사색이 된 금성을 멈춰 세우곤 말을 걸어왔다. 한 손으로는 흐트러진 머리칼을 빗어내렸다.

아비 없이 자란 자식은 내가 아니라 우리 엄마 같지 않아요?

금성의 말문이 턱 막혔다.

집이 멀어?

정희가 다시 말을 놓았다. 금성은 고개를 빠르게 가로저었다. 뭔가에 점점 홀리는 기분이었다. 정희가 금성의 팔에 팔짱을 꼈다. 금성은 말없이 버스 정류장 쪽으로 걸었다. 허방을 짚는 기분이었지만 정희의 팔심 때문인지 휘청거리지는 않았다.

버스를 타고 한 시간은 족히 달려야만 금성의 동네였다. 좁은 단칸방들이 촘촘하게 붙어 있는 동네의 오르막길을 걸어가면 남산이 보이고 명동이 나타났다. 금성과 정희는 버스 뒷좌석에 나란히 앉아 말없이 창밖을 바라보았다. 금성에겐 매우 친숙했으나 정희에겐 아주 생경한 풍경들이 스쳐지나갔다. 얼마 지나지 않아 둘은 서로의 어깨에 기대어 잠이 들었다. 상한 음식 냄새가 풍기는 동네 입구에서 둘은 다시 팔짱을 끼고 가파른 길을 올랐다.

내가 살던 곳은 서울이 아니었나봐.

정희가 사위를 두리번거리며 중얼거렸다. 한결 기운이 났는지 금성보다 앞장서서 걸었다. 갈림길이 나올 때마다 치맛단을 나풀거리며 뒤를 돌아보고는 손가락으로 좌우를 번갈아 가리켰다. 금성이 눈짓으로 방향을 알려주면 쪼르르 뛰어나가 남의 집 담장 안을 살폈다. 감탄사를 지르기도 했고 실소를 흘리기도 했다. 금성은 숨을 헉헉 몰아쉬며 겨우 오르막을 올랐다. 여느 때보다 몸이 무거웠다. 금성은 뒷짐을 지고 정희의 뒤를 쫓느라 숨을 고를 새도 없었다.

오늘부터 난 다시 태어난 거야.

정희가 금성의 단칸방을 휘둘러보며 말했다.

그러니까 오빠와 함께 살기 위해 다시 태어난 거라고요.

정희가 하는 말이 귀에 잘 들어오지 않았다. 금성은 방 한가운데 멀거니 서서 정희가 바닥에 앉기만을 기다렸다.

죄송한데,

금성이 말문을 열었다. 정희가 방을 살펴보다가 깡충거리며 뒤돌아보았다.

제가 좀 앉아서 정희씨 말씀을 들어도 될까요?

정희가 치맛단을 동그랗게 부풀리며 두 다리를 쭉 뻗고 앉았다. 금성은 한 손으로 이마를 짚으며 앉았다. 마주앉은 정희를 바라보며 환하게 웃었다. 금성은 정희에게 계속 웃는 모습을 보여주고 싶었지만 자꾸 눈이 감겼다. 몸안의 힘이라곤 죄다 빠져나간 듯했다. 금성은 앉은 채로 입가에 미소를 지으며 잠에 빠졌다. 정희가 무릎걸음으로 다가가 금성의 어깨를 툭툭 건드려도 금성은 아무런 미동도 않았다. 정희는 물끄러미 잠든 금성을 바라보다 그의 두 다리를 조심스레 잡아 당겼다. 금성의 몸을 미끄러지듯 바닥에 뉘었다. 방 한쪽 구석에 개어져 있던 이불을 끌고 와서 금성의 몸에 덮었다. 금성의 한쪽 팔을 길게 빼내어 제 머리맡에 두었다. 정희의 눈도 스르르 감겼다.

잠결에 정희는 치마를 벗었다. 여며 입었던 윗옷도 머리맡에 구겨던졌다. 새벽녘 손끝에 닿는 맨살의 감촉에 금성이 벌떡 일어났다. 정희가 그의 옆에 누워 있었다. 금성이 그녀를 흔들었다. 정희는 몸을 배배 비틀며 일어나지를 못했다. 금성은 캄캄한 방안에 앉아 두 눈을 끔벅였다. 정희의 옷을 찾으려고 손등으로 눈두덩을 비볐다. 눈앞은 밝아지지 않고 난데없이 배가 짜르르 아팠다. 금성은 배를 움켜잡고 문밖으로 뛰쳐나갔다. 지독한 설사가 시작되었다. 몇 시간 후에는 정희가 배를 끌어안으며 일어났다. 기다시피 방문을 넘나들었다. 날이 밝자마자 둘은 서로를 부축하고 가까운 병원을 찾았다. 식중독이었다. 그날 이후 꼬박 삼 일 동안 둘은 한방에서 먹고, 자고, 싸는 일 외에 다른 일은 전혀 하지 않았다. 그런 날은 식중독이 다 나은 뒤에도 며칠씩 이어졌다.

31

1979년 봄, 명구는 청와대에서 쫓겨났다. 그는 청와대 안에서 반드시 지켜야 할 몇 가지 규칙들을 한 번에 모두 어겼다. 아무리 시말서에 구구절절한 사유를 명명백백하게 구술해도 용서받을 길 따윈 없었다. 그가 해임을 당한 건 그가 저지른 과오들의 구체적인 사실 때문이라기보다 자신의 과오를 너무 떳떳하게 큰소리로 떠벌리고 다닌 탓이 컸다.

명구는 박정희를 강간했다. 그는 박정희에게 총을 겨누었다. 그는 강간에 성공했고 박정희는 사라졌지만, 마음만 먹으면 정희가 숨은 곳을 찾을 수 있고 같은 일을 두 번, 아니 여러 번 반복할 수도 있다고 큰소리를 쳤다. 왼쪽 가슴 주머니에 들어 있는 권총을 두드리며, 정희를 쫓고 범하고 다시 놓아주는 일 따위는 이제 일종의 놀이에 불과하다고 허세를 부렸다. 명구의 동료들은 그 이야기를 듣고 있기가 불편했다. 불쾌했고, 종래엔 부정했다. 명구의 입에서 수시로 오르내리는 그 이름에서 뻗쳐나오는 위화감이 그들로 하여금 명구를 적으로 간주하게끔 만드는 데 일조했다.

그들은 명구에게 이제 그만 닥치라고 일갈했다. 명구는 그들의 말과 행동을 장난으로 치부했다. 그들은 다시 한번 닥치라고 경고했지만 명구는 그들의 말을 듣지 않았다. 그것은 아주 사소한 말다툼으로 끝날 수 있는 일이었다. 하지만 명구는 그들의 조롱과 협박 섞인 언행으로 인해 자신이 다수에게 불공정한 대우를 받고 있다고 느꼈다. 게

다가 그들은 똑같은 옷을 입고 똑같은 총을 가지고 있고 심지어 똑같은 표정을 짓고 있어야 한다고 교육받은 사이였다. 명구는 그들이 먼저 어떤 룰을 어겼다고 확신했다.

명구는 화가 났다. 욕을 뱉었다. 그들을 조무래기인 양, 겁쟁이인 양 옥박지르며 길길이 날뛰었다. 병신 새끼들. 명구는 그들의 아랫도리를 가리키며 비웃음을 날렸다. 그는 자신이 쏟아낸 길고 추악한 이야기 중에서 어떤 부분이 그들의 심사를 건드렸는지 눈치채지 못했다. 순간적으로 명구는 그들이 1960년생 여자 박정희를 알고 있다고 착각했다. 알고는 있지만 정희가 얼마나 다루기 힘든 계집애인지 모르고 있다고 오해했다. 그들이 정희에 대해 더 잘 알게 된다면 자신의 행동이 얼마나 대범한 각오에서 출발한 것인지 이해하리라고 생각했다. 정희가 가진 매력과 그 매력을 감추고 있는 잔악한 외면과 그 외면 아래 번득이는 성적 욕망과 은연중에 뿜어져나오는 야심을 한눈에 파악할 줄 아는 남자라면, 누구라도 그녀를 어떤 수단을 써서라도 갖고 싶을 수밖에 없을 거라고 명구는 간략하게나마 설명해주고 싶었다.

정희는 보통내기가 아니란 말이다.

명구가 말만 하면 그들은 눈을 부라렸다. 그들에게 정희란 이름은 당연히 보통의 단어가 아니었다. 그 이름은 함부로 입에 올려서는 안 될 금기어였다. 그 이름의 주인은 대통령이고, 대통령은 각하라 불리어야 마땅했다.

근데 정희 그년이 내가 총을 딱 꺼내자마자 아주 벌벌 떨면서 제 발로 알아서 기더라는 거지.

그들의 머릿속에 작고 날씬하지만 다부지고 야무져 보이는 뒷모습이 떠올랐다. 그 뒷모습에 총을 겨누고 있는 자야말로 그들이 처치해야 할 적이었다. 사살해야 할 대상이었다.

제까짓 게 나대봤자 총 앞에선 별수없지 않겠어?

그들이 일제히 자신의 총집에 손을 가져갔다. 단단하고 가볍지만 그들의 심장 가장 가까운 곳에 숨겨져 있는 총. 그들에게 총은 자신을 지키기 위한 방어 도구가 아니었다. 무엇보다 그들 자신부터 총이 되어야 했다. 그들은 권총처럼 단단하고 차가워야 하고, 몸놀림이 가벼워야 하지만 목표물을 정확하게 조준할 줄도 알아야 했다. 위험한 상황이 닥치면 스스로 총알이 되어 과녁을 향해 빠르게 발사되어야 하는 존재였다. 왼쪽 가슴에 깃든 총은 그들에게 매 순간 그들의 의무와 도리를 상기시키기 위해 존재했다. 그들에게 권총을 하사한 이는 각하였고, 그들의 주인 역시 각하였다.

거친 욕설이 여러 차례 오갔다. 명구가 총을 꺼내 그들 중 하나에게 들이댔다. 총구는 한곳에 고정되어 있지 않았다. 명구는 총구를 크게 휘두르면서 모두를 두서없이 겨누었다. 그들 역시 가만히 있지 않았다. 그들은 훈련 때보다 더 빠른 동작으로 자신들의 총을 꺼내 장전한 뒤 총부리를 명구에게 향했다. 그 순간 명구는 명백히 그들의 적이었다. 그들은 명구와 달리 침착했다. 함부로 방아쇠를 당기지 않았다.

총 버려!

명구는 푸들푸들 떨었다. 총을 바닥에 떨어뜨렸다. 총은 장전되지 않았지만 땅에 부딪치는 소리는 요란했다. 명구는 총을 주울 엄두도 내지 못하고 그들을 둘러보았다. 총은 그들의 수중으로 들어갔다. 그들은 명구에게 총을 되돌려주지 않았다. 명구는 총을 빼앗겼다는 사실에 당황했다.

내놔.

그들은 명구의 말을 들은 체도 안 했다.

돌려달라고!

명구가 난폭하게 몸을 흔들며 악을 썼다. 그들은 서로 마주보면서 고개를 흔들었다. 명구는 더이상 그들과 같은 소속이 아니었다. 명구는 바닥에 대자로 뻗어 데굴데굴 굴렀다. 화가 머리끝까지 솟구쳤다. 그들이 둥글게 명구를 에워쌌다. 명구가 그들 중 하나의 바짓가랑이를 붙잡고 늘어졌다. 총을 돌려받아야만 했다. 발목을 붙잡힌 자는 필사적으로 자신의 다리를 명구의 손아귀에서 빼냈다. 명구는 다른 이의 종아리를 붙잡고 구두코에 얼굴을 처박았다. 구두는 명구의 이마를 걷어찼다.

울음이 터지기 직전이었다. 하지만 울면 안 됐다. 그것 또한 반드시 지켜야 할 규칙이었다. 명구는 궁지에 몰린 쥐새끼처럼 그들을 향해 두 손을 싹싹 빌었다. 빌면서도 명구는 그들의 행동을 이해할 수 없었다. 그들이 무얼 원하는지 알아맞혀야만 했다. 명구는 그들을 자기편으로 포섭하기 위해 갖은 잔머리를 굴렸다.

니들도 정희랑 하고 싶어서 그래? 내가 정희를 잡아올까? 어때? 내가 니들 모두 정희랑 하게 해줄게.

명구가 속사포처럼 말을 이었다. 그들 중 하나가 명구를 향해 목을 손등으로 긋는 시늉을 했다. 그들은 동시에 뒤돌아서서 차례차례 문밖으로 나갔다. 명구가 엉거주춤 일어서서 그들의 뒤를 따라갔다. 그들을 놓치면 큰일이었다. 무리에서 떨어져나가는 것 역시 해선 안 될 행위였다. 명구의 코앞에서 문이 닫혔다. 맨 뒤에 서 있던 이가 문틈으로 어깨를 들이밀고 있던 명구를 밀어 넘어뜨렸다. 뒤로 나동그라지면서 명구가 소리를 질렀다.

야, 이 개새끼들아.

닫힌 문 너머로 멀어지는 그들의 발소리에 대고 외치고 또 외쳤다. 하지만 아무도 이 모든 일들이 장난이었다고 말해주러 돌아오지 않았다. 이튿날 아침, 군복을 입은 무리들이 명구를 헌병 지프차에 태웠다. 명구가 저지른 크고 작은 사건들은 모두 사상이 불순해서라는 판결이 내려졌다. 그는 누구보다 박정희라는 이름을 아끼고 사랑하는 사람이었지만 간부들은 그를 정반대의 인간이라고 평가했다. 그는 사상을 검증받고 철저한 재교육을 받기 위해 먼 곳의 어느 도시로 보내졌으나 그의 가족들과 동네 사람들은 아무도 그 사실을 알지 못했다.

3부

ρ

1

한낮이면 겨우내 얼었던 집안에도 잠깐 훈기가 감돌았다. 유리창 위로 물줄기들이 빗금을 그으며 흘러내렸다. 금성의 퇴근을 기다리는 동안 정희가 하는 일이라곤 물길들을 걸레로 훔쳐내는 것뿐이었다. 바삐 걸레질을 하지 않으면 눈 깜짝할 사이에 곰팡이가 피어올랐다. 검은 실낱처럼 생긴 곰팡이의 포자들이 나풀나풀 춤을 추었다. 그것들은 순식간에 벽 전체로 번졌다. 정희는 금성의 방을 곰팡이로부터 지켜내는 데 안간힘을 썼다. 이제 금성의 방은 정희의 방이기도 했으니까 말이다.

정희는 금성보다 늘 일찍 눈을 떴다. 잠자리가 바뀐 탓인지 베갯동무가 생긴 탓인지 이유는 잘 몰랐지만 금성의 방에 머물게 된 후부터 수면시간이 확 줄어들었다. 원래부터 밤잠이 많은 편은 아니었다. 하지만 그전에는 밤잠을 설치는 이유가 분명했다. 정희는 학교에서 거의 잠만 잤다. 모든 교과목들이 시시했다. 잘하고 싶거나 더 배우고 싶은 과목이 없었다. 성적은 점점 곤두박질쳤고 교실 안에서 그녀가 한 일이라곤 선생의 눈에 띄지 않게 요령껏 잠을 청하는 일, 하나였다. 그러니 밤에 잠이 올 리가 없었다.

졸업을 하면 무엇을 해야 될까? 정희는 고민했다. 다들 구로에 있는 기술학교에 진학하거나 청계천 근처의 방직공장에 취직했다. 운이 좋으면 은행이나 우체국의 사환으로 취직할 수도 있겠지만 그것은 몇몇 우수한 학생들에게만 가능한 미래였다. 가장 안 좋은 경우로 향하는 길은 넓고도 쉬웠다. 버스 안내양이 된다거나 고관대작의 집에 식모로 들어가거나.

경우의 수는 적지 않았지만 언제나 나쁜 소문이 뒤따랐다. 기술학교의 정문 앞에는 인신매매범들이 진을 치고 있다는 소문, 방직공장에서 미싱을 돌리다간 폐병쟁이가 되어 피를 토하고 죽는다는 소문, 식모는 바깥주인의 성 노리개가 되어 결국 안주인이 독약을 탄 보리차를 마시고 쥐도 새도 모르게 거적때기에 말려 객귀가 된다는 소문, 버스 안내양은 똥구멍이 찢어져 앉은뱅이가 된다는 소문. 그 모든 것들을 감당할 수 없다면 선을 보고 결혼을 하면 되었다. 떠도는 이야기들이 뜬소문이든 참말이든 정희 또래의 여학생들이 졸업 이후에 뭔가 단단한 결의와 각오를 세우지 않고서 직업을 얻고 유지하기란 결코 만만한 일이 아니었다.

정희는 선생들이 제안하는 미래들이 전부 마음에 들지 않았다. 그것들은 너무 평범했다. 자신이 꿈꾸고 그려왔던 미래를 전혀 보장해

주지 않는 조감도였다. 영화배우가 되어볼까? 같은 반 친구들은 그 말을 듣고 고개를 저었다. 가수는 어떨까? 친구들은 그녀를 극구 말렸다. 넌 텔레비전에 나오기엔 조금 못났어. 돌이켜보면 친구들은 착했다. 정희의 성질머리를 잘 알아서 그랬겠지만 함부로 정희를 비웃지 않았다. 아첨과 아부까진 아니더라도 정희의 비위를 거스를 만한 일은 되도록 삼갔다. 예를 들면 네 얼굴은 너무 못났어 대신 조금 못났어라고 에둘러 말하면서 정희의 외모가 여기 모인 우리보다 낫다는 것을 인정하다가도 텔레비전에 출연하는 연예인들을 지나치게 미화했다. 결국 친구들은 양쪽 모두를 은연중에 폄훼하거나 조롱했다. 겉으로는 정희에 말에 성심껏 대답하는 체했지만 정희를 허탈하게 만드는 대화들이 책상 위를 수시로 오갔다.

정희는 금방 배우가 될 꿈을 포기했다. 친구들의 조언 때문만은 아니었다. 텔레비전에 수시로 얼굴을 드러냈다간 언제 두철의 눈에 띄어 잡힐지 몰랐다. 간첩이 된 그가 마음만 먹으면 정희에게 못할 짓은 없었다. 진득하게 생각해보니 두철만 걸리는 게 아니었다. 집을 떠난 아버지도 켕겼다. 정희는 아버지를 좋아하지도 싫어하지도 않았다. 솔직히 말하자면 당장 아버지가 돌아오는 것은 별문제가 아니었다. 엄마의 냉랭하고 야박한 반응을 정희 역시 감당하기 힘들겠지만 정희는 그 둘의 관계에 적극적으로 관여하고 싶은 마음이 애당초 없었다. 하지만 정희가 텔레비전에 시시때때로 얼굴을 내보일 만큼 유명인사가 되었을 때, 기다렸다는 듯 돌아오는 아버지라면 이야기가 달라졌다. 도저히 정희가 무심히 보아넘길 상황은 아닐 터였다. 상상만 해도 끔찍했다.

정희에게 아버지는 엄마의 눈치를 보느라 사팔뜨기처럼 눈알을 굴려대는, 늙고 병색 짙은 환자와도 같았다. 가끔 아버지가 두 팔을 벌리며 다가와 어린 정희를 품에 안을라치면 어디선가 엄마가 나타나 꽥꽥 소리를 질러댔다. 만지지 말라고, 함부로 정 주지 말라고, 그러다 동티가 난다고! 엄마는 악귀를 대하듯 아버지를 정희에게서 멀리 물리쳤다. 정작 그녀가 아버지 대신 정희를 안아주지도 않을 거면서 말이다.

2

정희는 아버지가 영영 집을 떠나던 날을 기억한다. 아침이었다. 엄마의 방문은 며칠째 굳게 닫혀 있었다. 아버지는 항상 좁은 거실에서 쪽잠을 잤다. 중학생이었던 정희는 늘 아버지의 기척에 눈을 떴다. 아침마다 아버지는 단말마의 비명을 지르며 깨어났다. 발로 이불을 걷어차고 벌떡 일어나 부리나케 대문 쪽으로 뛰어나갔다. 문을 열고 닫는 소리가 요란하게 울려퍼졌다. 정희는 요 위에 누운 채로 마른세수를 하며 아버지가 대문 안에 떨어진 신문을 주워 들고 혼잣말을 중얼거리며 신문 읽는 소리에 귀를 기울였다.

두남은 동아일보 구독자였다. 그즈음 동아일보는 몇 개월째 독자들의 광고만을 싣고 있었다. 두남은 신문의 본문보다 하단의 광고를 더 유심히 읽었다. 때때로 실없이 웃기도 했다. 그때마다 안방의 닫힌 문 안에서 두자의 혀 차는 소리가 이어졌다. 두자는 두남의 웃음을 못 견

려했다. 재수없게, 양심도 없지. 두자의 말소리에 두남은 재빨리 웃음기를 거두었다. 하지만 신문 읽는 일을 결단코 멈추지는 않았다.

정희가 중학교 삼학년이던 해였다. 여느 날과 다를 바 없이 두남은 거실에서 신문을 읽고 있었다. 여름이 가까워져오면서 해 뜨는 시간도 빨라졌다. 두남이 잠자리에서 일어나는 시간도 앞당겨졌다. 덩달아 정희가 요 위에 누워 천장을 바라보는 시간도 늘어났다. 마지못해 일어난 어머니가 거실에 쭈그리고 앉아 있는 아버지를 지나쳐 간단한 아침상을 차린 뒤, 닫혀 있는 정희의 방문을 두어 차례 두드리는 순간을 정희는 멍하니 누워 기다렸다. 정희가 노크 소리에 대답하기 전에 어머니는 아버지를 피해 건너왔던 길을 되짚어 안방으로 되돌아갔다.
두남의 등뒤에 차려진 작은 상 위에는 언제나 정희의 식사만 차려져 있었다. 정희는 묵묵히 밥그릇을 비웠다. 식사를 끝내고 나면 새 그릇을 꺼내 아버지의 밥을 담았다. 국은 자기가 먹다 남긴 그릇에 담았다. 수저 역시 먹던 것을 대충 씻어 물기만 털어서 상 위에 놓았다. 신문을 보느라 허리를 수그리고 있는 두남의 옆으로 상을 옮기고 나면 곧장 화장실로 향했다. 정희가 세수를 하는 동안 두남은 허겁지겁 식사를 마쳤다. 수건을 머리에 둘둘 감은 모습으로 정희는 빈 밥그릇을 개수대에 옮겨놓고 교복을 주섬주섬 입었다. 머리칼을 빗고, 양말을 신고, 가방을 들고, 여전히 신문에 고개를 묻고 있는 아버지를 지나쳐 말없이 등굣길에 나섰다.
그날도 정희는 아버지에게 대충 아침상을 차려주고, 화장실에서 몸을 씻고 나왔다. 머리에서 물이 뚝뚝 떨어졌다. 두남은 신문지 위에 엎드려 있었다. 순간 정희는 아버지가 죽은 줄 알았다. 딱히 아픈 데가 있는 사람은 아니었지만 언제 봐도 곧 죽을 사람처럼 보이던 아버지였다. 밥을 먹다가 그대로 국그릇에 코를 박아도 전혀 이상할 게 없었다고 정희는 늘 생각해왔다. 그런 상상은 전혀 부자연스럽지가 않았다. 하지만 막상 그 모습을 맞닥뜨리자 숨이 턱 막혔다.

정희는 꼼짝 않고 문지방 위에 서 있었다. 엄마의 목소리가 들리는 것 같았다. 분명 문지방 위에 서 있지 말라고 했잖니! 시간이 잠시 멈춘 것 같았다. 정적이 정희를 옥죄었다. 젖은 머리카락에서 흘러내린 물방울들이 바닥에 툭툭 떨어졌다. 고요하다, 정희는 그런 생각을 하고 있었다. 이런 순간을 고요하다고 하는구나. 정희는 고요라는 단어를 속으로 거듭 발음하면서 〈고요한 밤 거룩한 밤〉이라는 노래를 떠올렸다. 음악 교과서에 실려 있던 노래였다. 정희는 그 노래를 〈클레멘타인〉이라는 노래와 함께 배웠다. 음악 선생은 풍금 앞에 앉아 교실에 앉은 학생들에게 〈클레멘타인〉을 부르게 하고 뒤이어 〈고요한 밤 거룩한 밤〉을 부르게 했다. 늙은 아비 혼자 두고 영영 어디 갔느냐. 고요한 밤 거룩한 밤, 어둠에 묻힌 밤.

미동 없이 엎어져 있던 두남의 어깨가 부들부들 떨렸다. 신문지 구겨지는 소리와 함께 두남의 입에서 뜻 모를 소리가 튀어나왔다. 소리는 끊어질 듯 다시 이어졌다. 두남이 우는 소리였다. 터져나오는 울음을 애써 틀어막으며 억지로 숨을 내쉬는 소리, 왈칵 쏟아지는 울음을 겨우 목젖 뒤로 삼키는 소리. 정희는 꿈틀거리는 아버지를 내려다보며, 그가 어느 영화 속 군인의 최후를 연기하고 있다는 상상에 빠져들었다. 정희의 시선이 천천히 밥상 쪽으로 옮겨갔다.

밥이 그대로였다. 국에도 손을 댄 흔적이 없었다. 정희는 크게 한숨을 내쉬며 문지방 위에서 내려왔다. 아무리 엄마가 하지 말라는 짓을 골라 해도 아무 일도 일어나지 않는다. 엄마가 했던 말들이 모조리 우스웠다. '고요'와 '거룩'이라는 말은 얼마나 같잖은가.

정희는 입가를 일그러뜨리며 손대지 않은 밥상과 아버지의 뒤통수를 번갈아 바라보았다. 아버지가 신문을 보다 울고 있다. 아니 아버지가 신문을 보다 죽은 체하고 있다. 정희는 크게 웃고 싶었다. 머리카락이 듬성한 정수리를 보니 슬슬 짜증도 치밀었다. 훤히 드러난 두피마저도 쭈글쭈글하게 보였다. 너무 늙은 아버지와 너무 젊은 엄마. 싫어, 너무 싫어. 정희는 고개를 세차게 흔들었다.

뭐하는 거야? 밥 안 먹을 거야?

정희는 화를 숨기지 않았다. 발끝으로 밥상을 슬쩍 쳤다. 그릇들이 살짝 흔들렸다. 두남은 두 손을 가슴팍에 모으고 머리를 한껏 숙인 자세로 두어 차례 온몸을 떨었다. 정희는 팔짱을 끼고 눈을 부라리며 발끝을 까닥까닥 빠르게 움직였다. 여차하면 밥상을 확 차버리겠다는 몸짓이었다. 정희는 깨질 만한 그릇이나 접시가 있는지 밥상을 찬찬히 살펴보았다.

숟가락이 보이지 않았다. 젓가락도 없었다. 깜빡 잊고 수저를 챙기지 않았구나. 정희는 머쓱했다. 아침마다 엄마가 하지 않는 일을 대신하면서 정희는 가끔 두 팔을 벌려 안아주고 머리칼을 쓰다듬어주던 아버지의 옛사랑에 보답하는 기분이었다. 언제부턴가 아버지가 정희에게로 향하는 손길을 거둔 이유 또한 어머니의 날 선 말본새 때문이 아니라 좀처럼 그에 반응하거나 고마워하지 않던 자신의 태도 때문이라는 것을 정희는 알고 있었다. 그래서였다. 아버지에게 최소한의 예의랄까, 딸이 가져야 할 도리를 스스로에게 강요한 것은. 그 도리라는 게 고작 자신이 먹다 남긴 밥상에 수저를 얹고, 먹던 그릇에 국을 담아주는, 어쩌면 남들이 보기엔 기본에도 미치지 않을 짓에 불과할지라도 정희는 어머니와 자신을 비교해봤을 때, 스스로를 칭찬하지 않을 수가 없었다.

정희는 부엌으로 돌아갔다. 수저통에서 수저를 꺼냈다. 숟가락이 서로 부딪치며 소리를 낼까, 조심하며 몸을 움직였다. 금방이라도 엄마가 방문을 벌컥 열어젖히고 나올 것만 같았다. 정희는 발끝을 세워 우는 아버지 곁으로 다가갔다. 한 손에 수저를 쥐고 다른 한 손으로 두남의 어깨를 건드렸다. 두남이 크게 움찔했다. 두 손으로 신문의 양 귀퉁이를 움켜쥐며 윽 소리를 냈다. 정희는 아버지의 어깨를 잡아 흔들었다. 그가 고개를 들어 정희의 얼굴을 바라보았다.

빨개진 두 눈이 정희의 두 눈과 마주쳤다. 쳐든 고개 아래로 고춧가루 묻은 숟가락이 신문 위를 나뒹굴었다. 아버지의 벌어진 입속에 씹다 만 김치 조각들이 훤히 보였다. 속은 기분이었다. 정희는 진즉 수저를 잊지 않고 챙겼었다는 사실에 안심하면서도 부아가 치밀었다.

왜 그래?

정희가 벌컥 화를 내자 두남이 입을 달싹거렸다. 두남의 두 눈에 눈물이 그렁그렁 차올랐다. 그는 마른세수를 하며 침을 삼켰다. 허리를 펴고 앉은 자세를 바르게 했다. 정희의 손에 들려 있던 수저를 빼내었다. 순간 정희는 수저를 주지 않으려 손에 힘을 줬다가 이내 풀었다. 두남은 새 수저를 밥상 위에 가지런히 올렸다. 신문 위에 나뒹굴던 수저도 밥상 위로 옮겼다. 펼쳐져 있던 신문을 손바닥으로 조심스레 쓸어냈다. 정희의 눈이 두남의 손이 움직이는 방향을 따라갔다. 하단에 작은 크기의 광고가 눈에 띄었다. 한 줄짜리 광고였다.

여보, 이제 그만하세요.

그 문장 바로 옆에 광고주의 이름이 단정하고 돌올하게 인쇄되어 있었다.

하늘에서.

간결하고 간단한 문구였으나 믿을 수 없고 그 뜻을 헤아릴 길도 없는 광고였다. 그 주위로 여대생에게 보내는 청혼이나, 기업들의 광고가 끊긴 동아일보를 응원하거나, 동창회 일정을 알리는 내용의 광고들이 다닥다닥 붙어 있었다. 정희는 아버지를 울렸을 게 분명해 보이는 그 광고를 유심히 살펴보았다.

여보, 이제 그만하세요.

하늘에서.

두남은 광고가 실린 면을 찢어 네모나게 접은 뒤 바지 주머니에 집어넣었다. 밥상을 앞으로 끌어당겨 한 손에 숟가락을 쥐고 정희를 바라보았다. 그의 왼쪽 눈에서 굵은 눈물이 흘러내렸다. 오른쪽 눈에서도 금세 눈물이 넘쳤다. 그는 숟가락으로 밥을 뜨며 울먹이는 목소리로 말했다.

잘 먹을게. 고맙구나.

아버지와 이토록 오래 시선을 마주해본 것은 처음이었다. 적어도 정희의 기억 속에서는 그랬다. 아버지는 늘 엄마의 감시를 피해 실눈을 뜨고 정희를 바라봤다. 엄마가 잠시 자리를 비운 틈에 쏜살같이 달려와 정수리를 쓰다듬고 손을 쥐었다가 재빨리 도망쳤다. 그때마다 정희는 그런 아버지가 반갑고 정답게 여겨지다가도 언제 엄마의 불호령이 떨어질까 무섭고 조마조마했다. 결국엔 아버지가 달려오기도 전에 정희가 먼저 도망치고야 말았다.

두남은 숟가락을 문 채로 우물거리며 밥을 씹었다. 정희는 그 모습을 잠시 바라보다 일부러 문지방을 꾹꾹 밟다가 방안으로 들어가 교복을 입고 가방을 둘렀다. 신을 신고 우두커니 서서 아버지를 바라보았다. 떨리는 목소리로 아버지에게 인사를 했다. 처음 있는 일이었다.

다녀오겠습니다.

두남은 정희의 말에 대답하지 않았다. 아버지가 밥알을 씹는 소리, 아버지가 국물을 삼키는 소리, 아버지가 젓가락을 들어올리는 소리, 아버지가 숟가락으로 그릇 안쪽을 긁는 소리들이 유난히 크게 들렸다.

정희가 학교를 파하고 집으로 돌아왔을 때, 두남은 이미 떠나고 없었다. 누구도 읽지 않는 신문 또한 꾸준히 배달되었다. 정희도, 두자도 대문 안쪽에 내던져진 신문을 집안으로 들여놓지 않았다. 신문은 둘둘 말린 채 바람결을 타고 좁은 마당 안쪽을 나뒹굴었다. 정희의 기상시간은 신문이 대문 안쪽에 내동댕이쳐지는 시간과 점점 같아졌다. 눈을 뜨고 천장을 멍하니 바라보고 있으면 부리나케 뛰어오는 발걸음 소리가 들렸다. 발길을 잠깐 멈추는 낌새도 없이 신문은 낮은 담을 넘어 날아와서는 땅바닥에 내다꽂혔다.

늘 그래왔던 대로 두자가 정희의 방문을 두드려 깨우면, 정희는 군말 없이 혼자 밥을 먹었다. 밥을 없앤다는 기분으로 먹었다. 아주 천천히 느리게 씹어 삼켰다. 일부러 쩝쩝 소리를 내며 질긴 반찬들을 잇새로 흘렸다. 흘린 것들을 모조리 주워먹었다. 뭘 먹어도 배는 금방 불렀다. 정희는 고등학생이 되었고, 아버지가 돌아올까 전전긍긍하는 딸이 되었다. 어느 자식도 자신을 버리고 떠난 아버지를 용서할 수는 없는 법이라고, 가끔 복수극을 꿈꾸는 딸이 되어갔다.

3

동네에 총기 소지자가 많아지자 자연스레 사냥팀이 꾸려졌다. 그들은 삼삼오오 모여 함께 사냥을 했다. 주로 멀지 않은 야산을 가긴 했지만, 날이 갈수록 타지역으로 가는 일이 잦아졌다. 그들은 덤불숲에 공기총을 쏘아대며 참새와 비둘기를 죽였다. 지나가던 사람들이 총소리에 비명을 질러대도 히죽 웃었다. 그들에게 총은 충분히 으스댈 만한 흔치 않은 자랑거리였다.

어느새 동네의 산에는 사냥감이 확 줄었다. 새끼 참새들은 총소리만으로도 놀라 죽었다. 땅바닥에 떨어진 참새를 주워담으며 그들은 손맛이 나지 않는다고 불평했다. 참새는 딱히 먹을 만한 고기가 아니었다. 박힌 총알 때문에 엉망이 된 내장을 들어내고, 깃털을 그슬리고 나면 씹어 먹을 게 얼마 되지 않았다. 게다가 총포사 주인은 절대로 총알을 공짜로 주지 않았다. 굳이 참새나 비둘기를 총으로 잡아 먹기엔 배보다 배꼽이 크다는 게 그들의 논리였다. 총포사 주인은 그들의 불만이 매우 당연한 거라고 부추겼다.

주인은 가게 유리벽 앞에 공고를 붙였다. 타지역의 깊은 산으로 떠나는 일박 이일의 사냥 여행은 총기 소지자라면 언제라도 참여가 가능했다. 이미 총을 가진 사람들과 공고의 문구에 홀려 새로 총을 장만한 사람들이 한데 뭉쳤다. 그들은 총포사 주인의 차를 타고 전국 각지로 몰려다녔다. 유해 조수를 소탕한다는 명목을 내세우긴 했지만, 잡은 짐승들은 고기가 되어 총포사 앞에서 구워지는 일이 다반사였다.

온갖 짐승들이 차의 트렁크에 실려 왔다. 그들의 인심은 너그러웠다. 지나가는 사람들은 언제라도 그 자리에 끼어 추렴이 가능했다. 몇 번 고기를 얻어먹다보면 저절로 공기총 소지자가 되어 있었다. 고기는 점점 늘어났다. 총포사 인근에 사는 사람들의 냉장고엔 손질되지 않은 짐승들이 통째로 얼려져 있기 일쑤였다. 산토끼와 꿩, 너구리, 족제비, 심지어 들개들마저 뻣뻣하게 굳어 사람들에게 나눠졌다.

제법 덩치가 큰 고라니나 사슴, 멧돼지 같은 것들은 총포사 앞에서 도끼질을 당했다. 총포사의 주인은 기억력이 좋아서 같은 짐승의 같은 부위를 한 명에게 몰아주는 실수 따윈 전혀 하지 않았다. 동네에는 침이 마르도록 그를 칭찬하는 사람이 나날이 늘어났다. 용태가 그에게서 종종 고기를 얻어오기 시작했다. 고기에서는 누린내가 심하게 났다. 갖은 양념을 넣고 조리해도 누린내는 쉽게 가시지 않았다. 냄새 때문에 도리어 입맛을 잃을 지경이었다. 금성이 용태에게 더이상 공짜 고기를 가져오지 말아달라고 부탁한 지 얼마 지나지 않아 용태는 고기 대신 어깨에 총을 두르고 나타났다.

참전 용사인 양, 어깨에 총을 둘러메고 의기양양하게 마당으로 들어서는 용태의 모습을 본 금성이 아연실색한 얼굴로 중얼거렸다.

머리를 제대로 꿰매면 뭐해, 제대로 아물지가 않는데.

용태는 머리에 난 상처를 긁적이며 실없이 웃었다.

야근을 마치고 돌아와 한잠을 자던 기욱이 방문을 빠끔히 열고 용태를 아래위로 훑어보았다.

고기잡이가 될 모양이지.

기욱이 놀리듯 말했다. 기욱의 등뒤로 머리를 풀어헤친 순점이 뽀얀 얼굴을 내밀며 물었다.

전쟁이라도 나길 바라는 거야?

금성의 옆에 엎드려 있던 구구가 넋 빠진 얼굴로 용태를 빤히 바라보았다. 용태가 흘러내리는 총을 추켜올렸다. 구구의 눈이 휘둥그레졌다. 시선은 용태의 총에 붙박여 있었다. 한참 뒤에야 구구는 용태의 어깨에 걸린 기다랗고 검은 물건이 총이라는 것을 깨달았다. 구구는 두 팔을 벌리고 한달음에 용태에게 달려갔다.

구구의 짧은 팔이 용태의 총을 향해 길게 뻗어나갔다. 용태가 얼른 등뒤로 총을 숨겼다. 구구가 재빠르게 용태의 뒤로 가더니 고동색 나무로 장식된 손잡이를 부여잡았다. 구구의 입에서 새된 소리가 튀어나왔다.

내놔. 내놔. 내 거야. 내 거라고.

용태가 어쩔 줄 몰라 빠르게 맴을 돌았다.

아니야. 네 게 아니야.

보다못한 금성이 고함을 빽 질렀다.

들어와!

용태가 총을 앞쪽으로 옮겨 끌어안다시피 들고 마루 위로 비칠비칠 걸어갔다. 깨금발을 한 구구가 여차하면 넘어질 듯이 용태의 뒤를 따라갔다. 금성의 얼굴이 더욱 붉으락푸르락했다.

우리집에 총은 안 돼. 절대로 안 된다.

금성이 용태와 구구를 번갈아 바라보며 힘주어 말했다. 말이 떨어지기 무섭게 용태가 구구의 손을 뿌리쳤다. 구구가 뒤로 홱 밀려났다. 금성이 단번에 뛰어와 구구를 가슴팍에 안아 올렸다.

나는 폭력주의자가 아니에요.

한 손에 총을 세워 든 용태가 두 눈을 번득이며 외쳤다.

쟤는 항상 말을 어렵게 해.

문턱에 턱을 괴고 누워 있던 기욱이 투덜거렸다. 홍시 할머니가 치마를 툭툭 털어내며 느린 몸짓으로 자리에서 일어섰다. 순점이 잽싸게 마루로 나왔다. 기욱은 귀찮은 기색으로 몸을 일으켜 순점의 뒤를 졸졸 따라갔다. 그러곤 쪽마루 끝에 간신히 엉덩이를 걸치고 앉아 용태를 생글거리며 지켜보았다. 금성이 구구를 더욱 세게 끌어안았다.

너를 못 믿는 게 아니야. 그 총을 못 믿는 거지.

금성은 더 말하지 않고 입을 다물었다. 구구는 묻고 싶었다. 용태 오빠에게서 저 총을 뺏어버릴 거라면 내가 저것을 가져도 되냐고. 하지만 그랬다간 아버지가 당장 총을 내다 버릴 게 분명했다. 구구는 금성의 어깨에 턱을 얹은 채 뚫어져라 용태를 바라보았다. 제발 총을 버리지는 말라고, 나와 함께 총 놀이를 하며 신나게 놀아보자는 애원을 담아 간절하게 용태를 주시했다.

212

믿어달라는 게 아니야.

용태는 씩씩거리며 총부리 잡은 손에 더욱 힘을 주었다.

내가 지켜주겠다는 거야.

금성이 용태에게서 돌아서서는 방문을 거칠게 밀어젖혔다. 구구의 두 손이 용태를 향해 버둥거렸다. 금성은 구구를 한 손으로 끌어안은 채 재빨리 방문을 닫았다.

믿고 안 믿고의 문제가 아니야. 총이라는 게 얼마나 위험한 물건인지 너도 알잖아.

지켜보던 기욱이 너그러운 어투로 용태를 달랬다.

사고를 막는 게 총이고, 위험을 없애는 게 총이야.

용태는 지지 않았다.

이 바보야, 여태 이 집에 무슨 사고가 있기라도 했냐?

용태는 기욱의 말을 귀담아들을 태세가 아니었다. 용태의 굳은 얼굴만 보아서는 금방이라도 총성이 울려퍼질 것 같았다.

용태야.

용태를 부르는 기욱의 목소리가 다정했다. 순점이 기욱을 나무라는 눈빛으로 쳐다보았다.

네가 그러고 있으니 진짜 무섭다.

탕!

갑자기 안방의 문이 벌컥 열리며 구구가 튀어나왔다.

탕! 탕!

구구가 팔을 뻗어 모두를 차례차례 쏘아댔다. 기욱과 순점이 서로를 끌어안고 비명을 내질렀다. 둘은 금방 서로를 놓아주었지만 구구의 총질은 멈추지 않았다. 금성은 방안에서 아무런 기척을 내지 않았다. 이미 구구가 쏜 총알에 절명한 사람처럼 잠잠했다. 또 한번 구구의 입에서 총성이 터져나왔다.

탕!

아무도 쓰러지거나 죽은 체하지 않았다. 모두의 시선이 자연스레 용태의 검은 총으로 옮겨갔다. 진짜 총이 발사될 일은 없겠지, 재차 확인하듯이 기욱과 순점의 시선이 용태에게로 붙박였다. 구구가 껑충 껑충 뛰어다니며 허공에 대고 총질을 했다. 용태는 그런 구구를 지켜보며 자신의 기다란 총을 더욱 세게 끌어안았다. 총부리를 하늘을 향해 들고 선 용태의 뒤로 검은 연기가 솟구쳐올랐다. 옆집에서 쓰레기를 태우고 있었다. 때마침 바람이 불었고 연기는 금성의 집안 마당 쪽으로 방향을 틀었다.

구구야. 구구야.

어느새 문을 열고 나온 금성은 기력이 모두 소진된 사람처럼 문지방에 걸터앉아 딸의 이름을 길게 불렀다. 그의 두 눈이 너울거리는 연기를 따라 움직였다.

구구야.

금성은 오래전 아비와 어미의 손을 잡고 내려다본 산 아래, 포탄이 떨어진 자리에서 솟구치던 연기와 들리지 않던 비명을 떠올렸다. 어머니가 끝내 그 길로 발걸음을 내딛지 않았음을 새삼 상기하면서 금성은 구구에게 손짓했다. 용태 쪽으로는 아예 눈길조차 두지 않았다.

4

금성과 정희의 옆방에는 여든을 훌쩍 넘긴 할아버지가 살았다. 그에겐 가족이 없었다. 풍채가 좋고 어깨가 두꺼웠다. 얼굴은 넙데데한데 번지르르해서 나이나 사는 형편에 비해 기력이 좋아 보였다. 어느 날 정희가 한밤중에 둘이 내지르는 소리가 너무 크진 않은지 짐짓 걱정하는 기색을 내비치자 금성은 도리어 즐거워하며 거참 쌤통이지, 대꾸했다. 손가락으로 옆방을 가리키는 금성의 얼굴에 장난기가 가득했다. 금성이 정희를 품안으로 끌어당겨 팔베개를 해주며 옆방 할아버지에 대한 이야기를 시작했다. 할아버지의 이름은 금성도 들은 바가 없었다. 여든 살이란 나이도 정확하지 않았다. 금성이 이곳에 살기 전부터 할아버지는 옆방에 혼자 거주하고 있었다.

금성이 이사하던 날이었다. 변변치 않은 이삿짐들을 나르느라 금성이 방문을 활짝 열어둔 채 들락거리고 있자 시끄러웠던 모양인지 궁금했던 모양인지 할아버지가 방문을 열고 나와 금성을 계속 지켜봤다. 시선을 의식한 금성이 한껏 예의를 차려 인사를 건넸다. 할아버지는 두꺼운 목을 흔들며 금성의 인사를 받았다. 목 언저리가 땀에 젖어 유난히 번들거렸다. 한 손으로는 부채를 흔들고, 다른 한 손으로는 손수건을 들고 연신 정수리를 닦았다. 그는 머리카락이 한 올도 남아 있지 않은 대머리인데 두피가 워낙 깨끗하고 반짝여서 금성의 추측으로는 타고난 대머리라기보다 일부러 그런 모양을 고수하는 듯했다.

뭐랄까, 정력을 과시하려고 매우 애써서 대머리를 유지하고 있는 것 같달까?

금성이 키득거리자 정희가 금성의 허릿살을 꼬집으며 눈을 흘겼다. 금성은 꼬집힌 자리를 움켜쥐고 엄살을 떨다가 정희의 입술에 쪽 소리나게 뽀뽀를 하곤 큼큼 헛기침을 하며 다시 말을 이어갔다.

가져온 짐을 방안에 모두 들여놓자마자 금성을 부르는 할아버지의 목소리가 들렸다.

이보게.

금성이 허리를 굽실거리며 그의 앞에 엉거주춤 섰다. 할아버지가 금성 곁으로 성큼 다가와 담배 한 개비를 건넸다. 금성이 주저하다 담배를 받아들었다. 할아버지는 흡족한 얼굴로 바닥에 쪼그려앉아 금성을 향해 옆에 앉으라는 손짓을 보냈다. 금성은 담배를 들고 서서 이것을 피워야 할지 말아야 할지 잠시 망설였다. 아무래도 예의에 어긋나는 일 같았기 때문이다. 할아버지가 주머니에서 작은 성냥갑을 꺼내 불을 붙였다. 이젠 반드시 담배를 피워야만 예의바른 옆방 총각으로 봐줄 것 같았다. 금성은 할아버지에게서 몇 걸음 떨어진 곳에 앉아 담배를 맛있게 빨아당겼다. 그런 금성을 기특하다는 듯 쳐다보던 할아버지가 목소리를 한껏 낮추어 물어왔다.

자네 혹시 잠귀가 밝은 편인가?

금성이 순간 미간을 찌푸렸다. 무슨 말인지 제대로 알아듣지 못해서였다. 할아버지가 겸연쩍어하며 금성의 어깨에 팔을 둘렀다.

대답하기 어려우면 취침시간이라도 알려주게.

금성은 어리둥절해져 황급히 담뱃불을 껐다.

어르신, 제가 귀가 어두워서 무슨 말씀인지 통 알아들을 수가 없습니다만……

할아버지가 함박웃음을 터뜨리며 금성의 어깨를 신나게 두들겼다.

거참, 잘된 일이고만.

할아버지는 연신 크게 웃으며 방안으로 쏙 들어가버렸다. 닫힌 방문 안에서 할아버지의 호탕한 웃음이 계속 새어나왔다. 금성은 영문을 몰라 자신이 한 말을 여러 차례 곱씹어보았다. 무엇이 참 잘된 일인지, 정말 모를 일투성이야, 혼자 웃어넘겼다.

밤이 되었다. 금성은 삭신이 쑤실 만큼 피곤했음에도 불구하고 잠을 설치고 있었다. 유리창엔 먼 데 서 있는 가로등 불빛이 희미하게 스며들어와 뿌옇게 어른거렸다. 흐릿한 유리창이 배경막이라도 된 것처럼 온갖 일들이 그 위를 지나갔다. 뼈가 짓부수어진 부모를 한낱한시에 묻고 도망치듯 고향을 떠나 맞는 첫번째 밤이었다. 눈시울이 뜨거워지고 목울대가 씰룩거렸다. 금성은 주먹을 꽉 쥐고 울지 않겠다, 울지 않겠다 속으로 다짐했다.

아무래도 밤을 꼬박 새우고야 말 것 같았다. 금성은 벽에 한껏 몸을 붙였다. 옆방에서 작은 가구를 끄는 소리 같은 게 들렸다. 소리는 매우 규칙적으로 반복되었다. 금성은 귀를 쫑긋 세우고 옆방의 기적에 골몰했다. 어릴 때 아버지와 어머니의 정사를 숱하게 훔쳐본 전력이 있던 그였다. 금성에게는 제 부모의 정사를 목격해야 할 당위성이 엄연하게 있었다. 그 장면을 봐야만 자신의 출생에 대한 의심을 잠시나마 떨쳐낼 수 있었다. 금성의 이야기를 가만히 듣고 있던 정희가 불현듯 몸을 떨었다. 금성은 하던 말을 멈추고 불순한 의도 따윈 전혀 없었다고 빠르게 말을 이었다.

거짓말!

정희가 퉁명스레 굴자 금성은 참말이야, 참말이야 외치면서 정희의 왼쪽 가슴을 우악스럽게 만졌다.

내가 당신 가슴에 대고 맹세할게.

왜 내 가슴에 대고 하는 건데?

내 가슴보다 당신 가슴을 더 좋아하니까.

둘은 한 차례 더 뒤엉켜 서로의 몸을 빨고, 비비고, 부딪쳤다. 정희가 금성의 얼굴을 제 가슴 쪽으로 끌어당겼다. 금성의 입술이 정희의 젖꼭지를 물고 혀를 굴렸다. 둘은 서로의 몸을 밀어내고 끌어당기기를 반복했다. 그러다 땀에 흠뻑 젖은 몸을 말리려고 덮고 있던 이불을 펄럭였다. 시큼털털한 냄새가 그들의 얼굴 위로 슥 지나갔다. 둘은 마주보며 웃었다. 금성의 이야기는 다시 이어졌다.

쿵덕쿵덕쿵덕, 이런 소리가 대여섯 번 들리다가 여자 소리가 들려. 다시 쿵덕쿵덕하는 소리가 이어지는데, 이번엔 여자 소리 대신 할아버지 목소리가 들려. 어이쿠. 어이쿠. 어이쿠. 금성이 할아버지의 목소리를 정희의 귓전에 대고 따라 했다. 일주일에 한 번씩 할아버지의 정사는 거르지 않고 반복되었다. 한 번을 넘기는 일도 없었다. 금성은 그제야 자신의 잠귀가 매우 밝다는 것을 알았다. 밝고 자시고 할 것도 없이 토요일 밤마다 옆방의 요란한 정사가 이뤄졌으니 그날만 되면 저절로 금성의 귀가 밝아졌을지도 모를 일이었다.

그러고 보니 내일이 토요일이네.

금성이 한껏 부푼 얼굴로 벙싯거리다 눈을 감았다. 금세 잠에 빠져 낮게 코를 골았다. 정희는 말똥한 눈으로 어른거리는 유리창을 쳐다보다가 단잠에 젖는 상상을 했다. 잠이 오지 않을 때마다 정희는 유체 이탈된 영혼이 누워 있는 제 육체를 내려다보듯이, 눈을 감은 채 자신이 자는 모습을 상상했다. 그러다보면 흐리마리 잠에 빠져들곤 했다. 하지만 금성의 집에 온 뒤부터 잠을 자는 상상은 더이상 먹혀들지 않았다. 잠을 자고 있는 자신을 그리노라면 벌거벗은 채 자신을 끌어안고 잠든 금성의 모습까지 보이고, 잠은 더더욱 멀리 달아나고, 답하기 어려운 질문들이 정희의 머릿속에 뭉게뭉게 떠올랐다.

이 사람은 언젠가 날 잊어줄까?

혼자 묻고, 혼자 고개를 저었다.

이런 사람의 사랑을 받는 게 부끄러운 일은 아닐까?

정희는 끝없이 자문했다. 문득 명구의 얼굴이 눈앞을 가득 메웠다. 정희는 소스라치게 놀라며 베개로 제 얼굴을 가렸다. 순식간에 등 언저리가 축축하게 젖어들었다. 푸석거리며 뭉개지던 눈이 삽시간에 녹으면서 허리와 등을 따갑게 파고들던 시린 감각이 되살아났다. 정희는 금성 옆에 엎드려 자신의 등을 마구 때렸다. 꼬집다가 쥐어뜯었다. 허리가 뻐근해질 때까지, 피멍이 맺힐 때까지. 그래서 소름 돋도록 시렸던 그 감각을 모조리 죽여버리려고, 손조차 제대로 닿지 않는 등허리를 모질게 잡아 비틀었다.

5

1979년 뱃속에서의 어느 날을 구구는 기억한다. 아버지가 막 출근을 한 뒤였다. 엄마는 멍하니 바닥에 앉아 유리창을 쳐다보다가 긴 한숨을 내쉬었다. 순간 구구는 숨이 막혔다. 엄마가 더이상 숨을 들이마시지 않을 것 같아서였다. 구구는 자신의 기척을 엄마에게 들키지 않으려 한껏 몸을 웅크렸다. 그러지 않아도 엄마가 툭하면 둥글게 부른 배를 의아한 눈으로 바라본다는 것을 잘 알고 있었다. 아니나 다를까, 두껍고 매끄러운 뱃가죽 너머에서 엄마가 또다시 뜨악한 눈빛으로 뱃속을 들여다보는 게 느껴졌다.

엄마는 너무나 명백하게 뱃속의 존재를 달가워하지 않았다. 구구가 조금이라도 몸을 움직이려 하면 엄마는 그 미세한 움직임과 기미에도 화들짝 놀랐다. 뒤늦게 자신의 임신을 기억해낸 사람처럼 짧은 비명 뒤엔 긴 한숨이 뒤따랐다. 그런 일들이 여러 차례 반복되자 구구는 조금도 움직이지 않는 데에만 집중하게 되고, 그 바람에 엄마는 뱃속의 아이가 이미 죽었을지도 모른다고 여기게 되었다. 구구는 엄마의 그런 의심이 어쩌면 기대일지도 모른다고 짐작했다. 그러자 엄마의 몸에 깃들여 살고 있는 자신의 처지가 시시각각 불편해서 견디기 힘들었다. 호시탐탐 엄마의 뱃속에서 빠져나갈 궁리만 했다. 부동의 자세로 미지근한 양수 속을 둥둥 떠다니면서.

엄마가 영영 나를 낳지 않으려 할지도 몰라.

여름이 되고 한낮의 기온이 매일 상승하던 즈음, 구구는 그런 불안에 휩싸였다. 갇혀 있다는 기분에 사로잡히지 않으려고, 아직 제대로 갖춰지지 않은 감각신경들을 온통 귀에만 쏟았다. 세상 밖으로 빠져 나갈 적절한 기회를 잡아채려면 엄마의 단단하고 두꺼운 몸 너머의 세상에 귀를 기울이는 것, 할 수 있는 일은 그뿐이었다.

너머의 소리들은 나날이 크게 들려왔다. 한여름이 지나고 무더위가 한풀 꺾이는 동안 귀의 모양이 온전해졌다. 구구의 청력 역시 더욱 예민하게 발달하기 시작했다. 구구는 엄마의 몸밖에서 들려오는 대부분의 소리들을 알아들을 수 있는 수준에 이르렀다. 엄마의 한숨소리와 책장 넘기는 소리를 구분할 수 있게 되었다. 창문을 열어 커튼을 젖히는 소리와 선풍기 날개가 빠르게 회전하다가 느려지는 소리도 가려냈다. 이불 터는 소리와 상다리 접는 소리도 확연히 다르게 들려왔다. 물론 소리들의 정체까지야 알고 그려낼 수는 없었다. 하지만 그 소리들이 매번 다른 상황 속에서, 서로 다른 사물에서 비롯한다는 것을 구구는 서서히 깨우쳤다.

아버지. 아버지가 잠에서 깨어나 엄마를 부르는 소리에 맞춰 구구도 깨어났다. 정희야. 정희야. 아버지가 엄마를 부르면 구구의 목구멍이 씰룩거렸다. 출근 전에 아버지가 엄마의 뺨에 입술을 비비며 밥 잘먹고, 푹 자고 있어요. 꼭 자고 있어야 돼. 내가 깨워줄 테니까, 속삭이는 소리가 들리면 구구의 손끝에 힘이 들어갔다. 이제부터 엄마와 구구, 둘뿐인 시간이 시작되었다는 의미나 마찬가지였기 때문이다. 어떤 기적도 용납되지 않는 시간이 다시 찾아온 것이었다.

엄마는 아버지의 말을 잘 듣지 않았다. 절대로 낮잠을 자는 법이 없

었다. 종일 방안을 오가며 뭉친 근육의 긴장을 풀거나 선풍기 앞에 쭈
그리고 앉아 바람의 세기를 여러 번 바꿔가면서 이상한 소리를 내질
렀다. 엄마가 제일 자주 하는 일은 묵은 신문의 기사를 보는 거였다.
신문의 첫 장부터 마지막 장까지 꼼꼼히 읽으면서 박정희라는 세 글
자가 눈에 들어오면 붉은색 볼펜으로 동그라미를 그렸다.

박정희. 박정희. 위대한 박정희 대통령. 우리의 수장 박정희.

엄마는 기사에서 박정희라는 단어만 골라내어 거듭 읽었다. 엄마의
뱃속에 머무는 동안 구구가 가장 많이 들었던 소리였다. 숱하게 듣던
이름이었다. 엄마가 애타게 외치는 그 이름을 들으면서 구구는 당연
히 그것이 아버지의 이름인 줄 알았다. 박정희. 내 아버지의 이름, 박
정희.

가끔 엄마는 라디오를 크게 틀어놓고 노래를 따라 부르다가 춤을
추었다. 춤이 길어지면 구구의 입에서 허연 액체가 흘러나와 양수를
더럽혔다. 구구는 점점 물이 더러워지는 것을 무력하게 견뎌냈다. 한
시바삐 이 더러운 물속을 빠져나가고만 싶었다. 하루라도 빨리 아버
지의 이름을 불러보고 싶었다.

6

토요일이 되었다. 금성과 정희는 벽에 귀를 바짝 붙이고 잠시 후에
벌어질 일들을 숨죽이며 기다렸다. 해가 뉘엿뉘엿 기울자 금성은 문
밖에 내어둔 신발들을 방안에 숨겼다. 방문을 걸어 잠그고 전깃불을

모두 끄고 나란히 누웠다. 소곤소곤 귓속말을 나누며 시간이 흘러가기를 기다렸다. 둘은 엎드려 턱을 괸 채로 함께 벽을 바라보며 야한 농담을 나누었다. 웃지 않으려고 어금니를 꽉 깨물다가 베개에 얼굴을 파묻기도 하고, 서로의 입을 대신 틀어막기도 하면서 킥킥 웃었다.

금성과 정희는 오늘만큼은 할아버지가 옆방에 소리가 새어나가진 않을까 의기소침해하지 않고, 한껏 격앙되어 마음껏 신음소리를 내질러주기를 바랐다. 그래야만 남의 은밀한 사생활을 작심하고 훔쳐 듣는 둘의 만족감도 함께 커질 테니까 말이다. 금성과 정희는 둘만의 놀이가 주는 묘한 동질감과 그 일 자체가 품고 있는 수치심에 크게 흥분했다.

밤 열시가 가까워졌을 무렵, 금성이 몸을 일으켜 앉았다. 정희도 따라 움직였다. 금성의 눈빛이 반질거렸다. 정희는 비실비실 비어져나오는 웃음을 손으로 틀어막고 벽에 붙어앉았다. 벽 너머는 조용했다. 째깍째깍. 정희의 손목시계에서 나는 소리가 정희의 귓속에 크게 울려퍼졌다. 시간이 지나는 소리는 시간의 흐름을 견딜 수 없이 지루한 일로 느껴지게끔 만들었다.

막 열시를 넘겼으나 아무 일도 일어나지 않았다. 둘은 발가락을 꼼지락거리며 갑갑한 숨을 내쉬었다. 금성과 정희는 서로에게 일부러 음흉한 미소를 지어 보였다. 이미 음탕한 장난에 대한 호기심은 깡그리 사그라진 뒤였다. 캑캑캑, 캑캑캑. 초침 소리는 노쇠한 환자가 맥없이 내뱉는 기침 소리처럼 들려왔다. 좀 전과는 전혀 다른 이유로 둘은 할아버지의 요란하고 성급한 정사를 간절히 기다렸다. 한시라도 빨리 무슨 소리라도 터져나와야만 숨통이 트일 것 같았다.

시간이 훌쩍 열시를 넘겼다. 벽 너머에서도, 문밖에서도 아무 소리가 들리지 않았다. 오히려 옆방의 할아버지와 세든 사람들 모두가 금성과 정희의 방을 둘러싸고 귀를 세우고 있는 것은 아닐까, 하는 의심마저 들었다. 금성이 정희를 바라보면서 눈썹을 들썩였다. 정희가 천장을 가리켰다. 금성은 겸연쩍으면서도 안심했다. 얼른 일어나 불을 껐다. 전구에 전류 흐르는 소리가 일순간 크게 들렸다가 잠잠해졌다.

둘은 이불을 펴고 나란히 누웠다. 허탈했다. 부끄러운 마음도 들었다. 처음으로 몸을 섞지 않고 잠을 청했다. 잠드는 일마저도 수월하지 않은 밤이었다. 몸을 섞지 않으면 잠이 오지 않는다는 걸 둘은 서로에게 등을 돌린 채 깨달았다. 이튿날 밤부터 둘은 언제 그랬냐는 듯 서로의 몸을 더듬고 만졌다. 하지만 다음 토요일이 되어도, 그다음 토요일이 되어도 할아버지의 방은 조용했다.

한낮에 할아버지는 방문 앞에 쪼그리고 앉아서 볕을 쬐기도 하고, 다른 사람들과 한담을 나누거나 화투를 쳤다. 그때마다 금성은 할아버지에게 다가가 살갑게 인사를 건네며 그의 안색을 살펴보았다. 눈밑이 예전보다 많이 검었다. 금성을 쳐다보는 그의 눈빛에서 원망하는 기색이 읽혔다. 실상과 다르게 금성이 그렇게 받아들였다. 금성은 괜스레 송구스런 마음이 들었지만, 정작 무엇을 사과해야 하고 용서받아야 하는지 가늠이 잘 서지 않았다.

점점 할아버지와 마주치는 일이 꺼려졌다. 할아버지는 가끔 먼저 금성에게 미소를 지어 보이곤 했다. 그때마다 금성은 흠칫 놀라지 않을 수 없었다. 뒤늦게 그의 세로로 움푹 팬 윗입술이 유난히 크게 보였기 때문이었다. 아무래도 그 깊은 골이 불행이 깃든 자리 같았다.

날 때부터 입술이 팬 게 아니라 긴 세월을 사는 동안 조금씩 깊어져 세로로 찢어진 듯 보였다. 타고난 기형이 아니라 누군가의 비수가 스쳐간 자리처럼 보였다.

날이 갈수록 금성은 할아버지와 마주치는 것을 극도로 피하게 되었다. 할아버지를 싫어해서가 아니었다. 할아버지와의 대면을 피하면 피할수록 그에 대한 안부와 걱정도 커졌다. 금성은 자신의 행동이 이상하다는 걸 알고 있었다. 그는 할아버지의 방이 매우 조용하고 잠잠해진 이유를 오랫동안 고민했다. 할아버지를 위해서 정희와 한밤중에 벌이는 정사를 줄인다면 좀 나아질지도 몰랐다. 할아버지의 잠귀가 어둡지 않은 것을 탓해서만은 안 될 일이었다.

처음에는 안 그랬는데 보면 볼수록 할아버지에게 고개를 조아리며 사과하고 싶어졌다. 딱히 지은 죄가 있는 것 같지도 않은데, 아무 일도 일어나지 않은 것 같은데, 할아버지가 한때 자신의 쾌락을 위해 금성에게 귀를 막기를 원했던 날들이 엄연히 있었던 것처럼 금성 역시 그런 호시절을 누리고 있을 뿐인데, 행복해졌다는 이유만으로 사과하고 미안해하기는 정말 싫었다. 그러곤 얼마 지나지 않아 마치 아주 당연하다는 듯이 정희의 배가 불러오기 시작했다.

7

순점이 나날이 핼쑥해졌다. 두 뺨은 움푹 패어 팔자주름이 깊어지고 뺨 언저리에는 기미가 돌았다. 눈은 퀭했으나 눈빛만은 형형했다.

순점은 마루끝에 하릴없이 앉아 있다가 바람이 불어오면 화들짝 놀라며 주위를 두리번거렸다. 그러다 긴 한숨을 내쉬며 한쪽 팔을 어루만지곤 했다. 흥얼흥얼 콧노래를 부르다가 말다가 했다. 결국 몸이 안 좋다는 핑계를 대며 결근하는 날이 잦아지더니 사표를 내고 아예 집에 들어앉았다.

한낮 기온이 삼십오 도를 넘긴 아주 더운 날이었다. 순점은 마루끝에 종일 앉아 있었다. 방안은 찜통이나 마찬가지라고 온종일 마루에서 일어설 줄을 몰랐다. 윗옷이 땀에 젖어 등짝에 붙어도 개의치 않았다. 보다못한 금성이 선풍기를 꺼내 순점의 젖은 등에 바람을 보냈다. 홍시 할머니가 꽁꽁 얼려둔 홍시를 들고 마루를 건너오다 순점과 구구를 보았다. 순점이 선풍기의 고개를 엉뚱한 쪽으로 돌리고 있었다. 구구는 기다란 작대기로 수도 펌프를 쑤셔대는 중이었다. 할머니는 발가락으로 선풍기를 끄곤 마루 밑으로 내려가 구구에게 윽박을 질러댔다.

이년, 또 몹쓸 짓에 빠졌구나.

구구는 할머니의 꾸중을 들은 체 만 체했다. 할머니의 잔소리는 늘 들어오던 것이었다. 틀린 말이라곤 없지만 반드시 지켜야 할 말도 없었다. 개미에게 침 뱉지 마라. 아까운 수돗물을 벌레들이 뚫어놓은 구멍에 함부로 들이붓지 마라. 지나가는 개에게 돌 던지지 마라. 꽃송이를 꺾지 마라. 남의 집 담장을 발로 차지 마라. 삼촌들에게 장난으로라도 총 쏘지 마라. 음식을 씹다 말고 뱉어내지 마라. 구구는 할머니가 쏟아내는 말들을 달달 외울 만큼 모조리 기억하고 있지만, 그 말들을 거스르는 짓을 할 때면 도리어 신이 났다.

물을 쓸데없이 낭비하는 일은 할머니의 기력을 단박에 소진시키는 일이었다. 개미를 괴롭히는 일은 곧 할머니를 괴롭히는 일이었다. 이웃 사람들의 신경을 긁는 일은 할머니의 화를 돋우는 일이었다. 더위에 지친 짐승들을 다치게 하는 일은 할머니의 마음을 상하게 하는 일이었다. 구구는 보란듯이 작대기를 더욱 빠르게 움직였다.

그만하라니까. 그러다 물맛까지 버린다.

할머니가 잔뜩 성난 목소리로 외쳤다.

물맛이 변하면 집안에 초상 치를 일이 생긴다!

할머니가 맨발로 구구에게 건너가 너는 어쩜 이리 겁이 없느냐며 몰아세웠다. 보다못한 순점이 할머니를 말렸다. 여전히 펌프 속을 쑤시고 있는 구구를 가리키면서 그저 어린애의 장난이라고, 지치면 다른 놀이를 찾을 거라고, 한두 번도 아닌데 매번 왜 이렇게 역정을 내냐고, 어르듯 타이르듯 순점은 할머니를 달랬다. 할머니는 순점의 말이 영 아니꼽게 들렸다. 얘가 네 자식이라도 그런 소리를 할 셈이냐고 따져 물을 생각에 순점을 향해 홱 돌아섰다.

할머니의 마른 얼굴이 햇빛에 고스란히 드러났다. 빛은 사선으로 할머니의 이마를 소실점 삼아 칼날처럼 꽂혔다. 할머니가 휘청했다. 이마를 가로지르는 넉 줄의 깊은 주름이 미간을 향해 모였다가 흩어졌다. 처진 눈꼬리가 귀 뒤까지 이어지는 주름을 따라 일그러졌다. 콧잔등에 돌던 반지르르한 윤기가 순식간에 말랐다. 주름지고 푸르죽죽한 입술이 벌어졌다.

할머니는 두 손으로 이마를 가리며 뒤로 서너 걸음 물러섰다. 손차양 아래 가려진 두 눈으로 주위를 휘휘 둘러보다 다시 고개를 들어 쨍한 하늘을 훔쳐보았다. 뭔가와 눈이라도 마주친 사람처럼 사방팔방 휘둘러보는 할머니의 두 눈에서 눈물인지 진물인지 모를 무언가가 줄줄 흘러내렸다. 할머니의 등뒤로 끽끽대는 쇳소리와 물이 거꾸로 솟아오르려고 안간힘을 쓰느라 뒤척이는 소리만 요란했다. 부러진 작대기가 펌프 안의 얕게 고인 물에 오랫동안 둥둥 떠 있었다.

몇 밤이 지나가는 사이, 할머니의 눈썹이 하얗게 셌다. 자세히 들여다보면 누런빛이었지만 쨍한 햇빛 아래에선 영락없이 하얗기만 해서 눈썹이 없는 듯 보였다. 한상에 둘러앉은 하숙집 식구들이 곁눈질로 할머니의 얼굴을 꼼꼼히 살펴보는 동안 할머니는 내내 손끝으로 눈썹을 쓰다듬었다. 눈썹이 아직 있는지 없는지 확인하는 사람처럼 홍시를 베어먹다가도 어느새 손끝은 눈썹을 매만지고 있었다. 금성이 할머니에게 머리통을 들이밀면서 능청을 떨었다.

머리칼이 반백이 되었다고, 이러다 올겨울엔 아주 백발이 되겠다고, 그땐 할머니의 애인 노릇이라도 해주겠다고 갖은 허풍을 떨었다. 정말로 금성의 검고 굵은 머리카락 사이에 기다란 새치 여러 가닥이 비죽 솟아나와 있었다. 할머니는 듣는 둥 마는 둥 하더니 찬물에 보리밥을 말아먹고 있던 순점을 가리키며 물었다.

너 애 뺐지?

8

7월의 마지막날이었다. 금성을 내보내고 멍하니 앉아 있던 정희가 벽에 있던 달력의 첫 장을 찢었다. 찢어낸 달력을 구겨서 휴지통에 던져넣었다. 창문을 열어 밤새 고여 있던 습한 공기를 밖으로 내보냈다. 창문은 기름칠이 되어 있지 않아서 덜컹거렸다. 금방이라도 창틀에서 떨어져나갈 것 같았다.

열린 창문으로 더운 바람이 들어왔다. 바람이랄 것도 없었다. 며칠 동안 끈덕지고 집요하게 달궈졌던 집밖의 열기가 집안으로 몰아쳤을 뿐이었다. 머리카락 한 올도 흩날리지 않았다. 정희는 진땀을 흘리며 헉헉거렸다. 고작 창문을 열고 닫는 일이 땀을 뻘뻘 흘려낼 만큼 중노동이 되어버렸다니. 정희는 두 손으로 이마를 짚으며 냉소를 흘렸다. 얼굴이 더욱 화끈거렸다. 죽어가고 있을지도 모른다고, 생각했다. 임신이 지독한 질병처럼 느껴졌다.

정희는 지갑을 챙겼다. 창문을 열어둔 채 집을 나섰다. 갑자기 바다를 보고 싶었다. 사는 동안 바다를 본 적이 없었다. 정희는 바다에서 불어오는 시원한 바람을 맞고 싶었다. 그곳에 서면 오랫동안 고민했던 일들을 해결할 실마리가 떠오를 것도 같았다.

목적지는 인천이었다. 가장 가까운 바다라지만 버스는 두 시간 남짓 쉼없이 달렸다. 버스 안내양이 정희를 흘깃거렸다. 그녀의 시선에서 나무라고 훈계하고 질투하는 기색이 보였다. 정희는 그녀를 힐끔힐끔 살펴보았다. 고작 자기보다 두어 살쯤 많아 보였다. 그녀의 안색이 누랬다. 가끔 두 발을 동동거렸다. 오줌이 마려운 듯 보였다. 졸음에 겨운지 세차게 고개를 흔들거나 길게 하품을 하고 나서 눈 밑을 훔치기도 했다. 거의 눕다시피 앉아 있는 정희에게 복잡한 시선을 내던지기도 했다.

버스는 진작 인천에 들어섰지만, 바다는 보이지 않았다. 정희는 손짓으로 버스 안내양을 불렀다. 버스 안내양이 어금니로 짓이기듯 껌을 씹다 말고 정희를 쳐다봤다.

바다랑 가까운 정류장이 나오면 알려줘요.

정희는 그 말에서 배어나오는 낭만과 우수와 여유에 무척 만족했다. 그 말은 버스 안내양의 입에선 결코 나올 수 없는 대사였으니까. 정희는 자신이 영화 속 여주인공이 된 것만 같았다. 이루어지지 못할 사랑에 빠진 여주인공 역할을 연기하는 중이라고 생각했다. 버스 안내양은 촌뜨기 조연 배우에 불과했다. 그녀를 안쓰럽게 쳐다보면서 정희는 흘러내리는 머리카락을 귀 뒤로 넘겼다. 카메라가 자신의 턱 아래까지 바짝 다가와 있는 듯했다.

먼 데서 들려오는 것은 파도 소리였다. 여태 한 번도 듣지 못했지만, 아주 낯설지도 않았다. 소리가 계속 이어지자 뱃속이 출렁이며 요동쳤다. 파도는 엄마의 자궁 안쪽에서 끝없이 진동했다. 구구의 몸이 한쪽으로 천천히 기울기 시작했다. 소리가 일으키는 파장을 이기기엔 구구의 몸이 너무 작았다. 구구는 꼼짝하지 않으려 노력했다. 늘 그래 왔던 것처럼 엄마에게 들키지 않으려고 갖은 힘을 썼다. 하지만 아래로 쏠리는 무게중심은 속수무책이었다. 강제로 물구나무 세워진 양, 자신을 둘러싼 세계가 거꾸로 뒤집힌 양, 구구는 바닥 없는 아래로 끝없이 곤두박질치는 기분이었다. 파도 소리가 멀어졌을 즈음, 구구의 머리는 자궁의 아래쪽을 정확하게 가리키고 있었다.

아, 차라리 사고라도 난다면.

그것은 분명 엄마의 목소리였다.

순점은 기다렸다는 듯이 헛구역질을 해댔다. 그동안 임신 사실을 전혀 몰랐던 사람이 맞나 싶을 정도였다. 그녀는 밥상머리 앞에서 토악질을 해대고, 시도 때도 없이 부엌을 들락거리며 냉장고에 든 음식을 해치웠으며, 노골적으로 하숙집의 모든 식구들에게 먹고 싶은 음식을 사달라고 요구했다. 기왕 이렇게 된 바에야 임신부가 누릴 수 있는 친절과 호의를 남김없이 받아낼 작정인 게 티가 났다. 식구들은 순점의 무리하다 싶은 요구를 잠자코 들어주고 기꺼운 마음으로 응대했다. 심지어 홍시 할머니도 마뜩잖은 표정을 지으면서도 아껴둔 홍시를 스스로 내놓았다.

기욱이 야근을 하는 날이면 용태가 한밤중에 아이스크림을 사기 위해 동네를 뒤졌다. 금성은 식사를 마치기도 전에 다시 부엌으로 쪼르르 달려가 라면을 끓였다. 모두의 성의 있는 뒷바라지에도 불구하고 순점은 점점 더 빼빼 말라갔다. 구구는 순점을 새치름한 얼굴로 힐긋거릴 뿐 피해 다니느라 바빴다. 구구가 하도 순점의 임신을 질색하는 탓에 금성과 용태는 기욱의 눈치를 살피지 않을 수 없었다. 용태는 종종 사냥을 가거나 학교에 일이 있다는 핑계로 한나절 집을 비우기라도 했지만, 금성은 아주 죽을 맛이었다. 종래에는 금성마저 순점과 함께 헛구역질을 할 정도였다.

구구는 순점에게 일어난 몸의 변화가 무엇을 의미하는지 잘 알고 있었다. 그 변화가 어떤 연유에서 비롯했으며 앞으로 어떤 결과를 낳을지조차 모두 꿰뚫고 있었다. 하지만 그것은 할아버지와 할머니의 이불 속 이야기와 달랐고, 아버지와 엄마가 시끄럽고 야단스럽게 치르곤 했던 이야기와도 달랐다. 아버지에게 전해들었던 이야기들이 구구의 탄생을 위한 필연적인 일들이었다면, 기욱과 순점의 이야기는 구구에게 아주 무용하고 불필요한 일들의 나열에 불과했다. 순점의 임신은 바로 그 쓸데없는 일들의 가장 나쁜 결과였다.

순점이 모두의 사랑을 독차지하게 되어서, 순점의 뱃속에 아기가 자라고 있어서, 그 아기가 하숙집의 또다른 주인공이 될 것이 빤해서, 구구는 이를 갈았다. 순점을 물어뜯고 싶었다. 기다란 작대기로 순점의 배꼽을 후벼파고 싶었다. 귓속에 뜨거운 물을 붓고 싶었다. 기욱도 미웠다. 할 수만 있다면 기욱의 둥글고 푹신한 배를 푹 꺼뜨리고 싶었다. 기욱과 순점이 밥상 앞에 나란히 앉아 있는 모습만 보아도 배알이 뒤틀렸다.

구구는 순점이 사라져주기를 빌었다. 원래 살던 곳으로 말없이 돌아가주길 간절히 바랐다. 아침에 일어나면 순점이 떠나고 없었으면 좋겠다고, 하늘로든 땅으로든 아무 구멍으로라도 꺼져주기를 밤마다 소원했다. 구구는 바로 그런 게 기적이 아닐까 기대했다. 기적은 모두를 행복하게 만들어준다고 들었다. 모두가 행복해지기 위해서 순점이 사라져야 한다고 믿었다. 어둔 밤이면, 구구는 코를 고는 아버지 옆에 누워 빌었다.

순점이 도망가게 해주세요.

실눈을 뜨고 너울거리는 천장의 어두운 그림자를 향해 속말을 건넸다.

순점이를 아주 없애주세요.

흘러내리는 눈물을 훔쳐내며 구구는 어금니를 악물었다. 자신의 소원이 이루어지지 않을까봐, 순점이 순조롭게 아기를 낳고 아기의 기저귀를 갈아주고, 아기에게 젖을 물리는 모습을 망연자실 지켜보게 될까봐, 그 모습을 상상하는 것만으로도 구구는 억울하고 서글퍼서 밤마다 아버지 몰래 찐득한 눈물을 입안으로 삼켰다.

10

정희의 배가 하루가 다르게 커지자, 금성은 정희와 몸을 섞는 일을 마다하게 되었다. 뱃속의 아이에게 위험한 행동은 삼가고 싶어서였는데, 그럴수록 정희는 더더욱 금성의 목을 끌어안고 매달렸다. 내 가슴을 만져보라고, 내 사타구니에 손을 집어넣어보라고 노골적으로 요구했다. 성급하게 금성의 바지를 벗겼고, 치맛자락을 걷어올렸다. 처음에는 금성도 정희의 말을 고분고분 따랐다. 입술이 부르트도록 정희의 귓불과 목덜미와 젖꼭지를 빨았다. 배꼽을 침으로 적시고 허벅지 안쪽을 혓바닥으로 쓸어내렸다. 그러면서도 빳빳하게 선 성기가 정희의 몸에 닿지 않게 제 엉덩이에 온 신경을 쏟았다. 정희가 아무리 졸라도 끝끝내 팬티만은 벗지 않았다.

매일 밤 비슷한 실랑이가 벌어졌다. 정희는 잠든 금성의 팬티 속에 불쑥 손을 집어넣어 억지로 성기를 세웠다. 금성은 어떻게든 정희를 잠재우려 노력했다. 품안에 끌어당겨 등을 토닥였다. 자장가를 불렀다. 도리어 정희는 금성의 가슴팍에 안긴 채로 화를 냈다.

하자고. 하잔 말이야. 하고 싶다고.

아기가 다칠 거야. 아기가 죽을지도 모른대.

정희는 아랑곳하지 않고 금성의 성기를 세게 잡아 흔들었다.

섰잖아. 너도 하고 싶잖아.

금성은 울고 싶었다. 정희의 말이 맞았다. 금성의 성기는 정희를 바라보기만 해도 불쑥 발기했다. 아기의 안위를 걱정하는 말을 할 때도 팬티의 앞섶은 항상 불룩했다. 정희가 손가락으로 아랫도리를 가리킬 때마다 이마에서 식은땀이 흘렀다.

내가 싫어?

정희가 따지고 들었다. 금성은 말문이 막혔다. 뱃속 아기가 다칠까 봐 관계를 삼가겠다는 말은 절대로 거짓이 아니었다.

지금 내 자지가 발딱 서긴 했지만, 이게 하고 싶다는 뜻은 아니야.

그가 생각해봐도 말이 안 되는 소리였다. 배꼽이 튀어나올 만큼 배가 커다래지자 정희는 더이상 하고 싶다는 말을 꺼내거나 금성의 성기에 손을 대지 않았다. 대신 대놓고 금성을 깔보기 시작했다. 금성의 성기를 가리켜 툭하면 쓸데없는 물건이라고 비아냥댔다. 볼품없는 물건이라느니 매가리가 없다느니 하는 말을 서슴없이 내뱉었다. 금성은 정희의 말이 진심이 아니라고 믿으면서도 풀죽은 얼굴이 되는 것만은 어쩌지 못했다.

금성의 얼굴이 다시 환해진 것은 예정일을 두어 달 남겼을 즈음이었다. 정희가 퇴근하는 금성을 웃으며 반겼다. 영문도 모른 채 금성이 따라 웃었다. 둥글게 부푼 배를 자랑스럽게 내밀고 금성에게 혼인신고서를 흔들어 보였다. 금성에게 두 손을 내밀며 나지막하게 '여보'라고 불렀다.

여보.

금성이 정희의 두 손을 맞잡고 환하게 웃으며 응수했다.

여보.

아니지, 당신이라고 해야지.

응, 당신.

그래, 여보.

정희가 커다란 배를 더욱 앞으로 내밀었다. 금성의 홀쭉한 배에 정희의 부푼 배가 닿았다. 금성은 숨을 멈추고 정희의 배에서 전해져오는 나지막한 떨림에 촉각을 세웠다. 이내 금성의 가슴팍이 들썩거리고 목울대가 씰룩거렸다. 온몸이 떨렸다. 두 발이 눈밭 위를 걷는 것처럼 저릿해져왔다. 정희와 맞잡고 있는 두 손이 축축하게 뜨거워졌다. 마치 손톱 끄트머리를 뜨거운 세숫물에 담그고 있는 듯했다. 마침내 금성이 입을 벌리고 왈칵 더운 숨을 뱉어냈을 때, 그의 두 뺨은 순식간에 젖어 번들거렸다.

11

용태는 총을 없앨 수가 없었다. 아무도 공짜로 총을 주지 않기 때문이었다. 누구라도 총을 쉽게 살 수 있지만 그것은 총의 값이 저렴해서가 아니었다. 총은 비쌌다. 총 한 자루가 할 수 있는 일은 돈의 가치를 능가하고도 남았다. 누구라도 총을 원했다. 총을 버리는 짓은 어리석기 그지없는 일이었다. 용태는 담요에 총을 둘둘 말아 장롱 위에 숨겼다. 애초에 용태에게는 반드시 총을 구입해야 하는 뚜렷한 목적과 구체적인 계획이 있었다. 머리통에 난 흉터를 만지며 용태는 그리 오래되지 않은 기억을 다시 떠올렸다.

너 이 새끼, 대가리 깨져봐야 주둥이도 뚫리겠냐.

정보과 형사가 허리춤에서 권총을 빼들었다.

누가 핵심이냐고, 말해 이 새끼야.

그가 총구로 용태의 관자놀이를 툭툭 때렸다. 용태는 의자 뒤로 묶인 손목을 비틀었다.

빨갱이보다 더한 새끼네.

형사가 코웃음을 치면서 용태의 주위를 천천히 돌았다.

뭣하러 서울까지 기어들어와서 데모질이야. 서울 애들이 니들보다 데모질도 한 수 위지? 그러니까 너 같은 촌것들이 잡히지 않겠냐.

용태는 묶인 두 발을 흔들었다. 걸상이 뒤흔들렸다. 형사가 다가와 두 팔로 용태의 목을 감아 조였다. 그의 입김에서 비린내가 풍겼다. 용태는 그의 억센 팔에서 얼굴을 빼내려고 발버둥을 쳤다.

누가 니들을 명동 한복판까지 데리고 왔냐고 묻잖아. 연락책이 있을 거 아니야.

형사가 용태에게 알아내려고 한 것은 단 하나였다. 전국의 대학 내 불법 서클들과 시위 일정을 공유하고 연대하는 연락책이 누구냐는 것이었다. 용태는 대답할 수 없었다. 그것은 용태도 모르는 정보였다.

죽이려면 죽여라. 두꺼운 카펫이 깔린 어두운 지하실에 며칠째 갇혀
있으니 저절로 그런 마음이 들었다. 차라리 죽여. 어차피 결심한 바
있는 일이었다. 엄마가 그토록 부르짖었던 평등하게 살 권리, 바로 그
평등하게 살 권리가 우리에게 있다고 말할 수 있는 권리, 그것을 가지
기 위해 각오한 일이었다. 엄마는 더 크게 분노하질 못해 싸움을 포기
했다. 용태에게 분노하라고 가르쳤던 그날도 잊었다. 외할머니는 죽
기 직전까지 용태에게 당부했다. 용감한 아들이 되라고.

넌 군대도 다녀왔으니 보낼 데라곤 감옥밖에 없어. 아님 한강에 던
져버리든가.

형사가 용태에게서 몸을 떼고 걸상 다리를 걷어찼다. 용태의 머리
가 맥없이 뒤흔들렸다. 구역질이 치밀었다. 용태의 입가에서 묽은 침
이 흘러내렸다. 형사가 배를 잡고 큰 소리로 웃음을 터뜨렸다.

새끼, 오줌 싸는 것 좀 봐라.

용태는 겨우 고개를 저었다. 희미하게 눈을 떠 바짓가랑이를 내려
다보았다. 사타구니 언저리가 흠뻑 젖어 있었다. 형사가 주머니에서
종이 한 장을 꺼내 용태의 눈앞에 들이밀었다. 눈앞이 뿌예서 잘 보이
지가 않았다. 용태가 두 눈을 끔벅거리자 형사가 소리내어 종이에 적
힌 글자를 읽기 시작했다. 종이는 용태의 호적이었다.

누나가 있나보더라.

형사가 권총을 쥔 손을 용태의 어깨에 올렸다.

누나 나이가 아주 많아.

권총이 용태의 귀에 닿았다.

누나가 미군들과 아주 친했던 모양이지.

용태가 끓어오르는 가래를 바닥에 뱉자마자 형사가 권총을 높이 들어올려 용태의 관자놀이를 가격했다. 걸상과 함께 엎어진 용태에게 발길질을 해댔다. 용태의 귀 뒤로 검붉은 피가 진득하게 흘러내렸다. 용태는 그러지 말라고, 그러면 너를 죽이는 수밖에 없다고 말하려 했다. 하지만 입술이 들러붙어버렸다. 모르는 새 혀가 뽑혀버리기라도 한 걸까, 끽소리조차 나오질 않았다. 말을 하려고 애쓸수록 입속은 더욱 무감각해졌다. 혀가 통째로 사라진 게 틀림없었다. 숨이 잘 쉬어지지가 않았다. 형사가 용태의 입속에 손수건을 구겨넣었다. 용태의 두 눈이 까뒤집혀졌다.

며칠이 지난 후 용태는 겨우 깨어났다. 머리에 붕대를 둘둘 감은 채였다. 용태는 곧장 검은 차에 태워졌다.

살던 데에서 죽 살고 싶으면 누나 단도리에나 신경써. 남 뒤꽁무니 따라다니지 말고 착실하게 공부하란 말이야. 너처럼 빽도 돈도 없는 애들이 살 길은 그것뿐이야.

동행했던 형사가 용태의 등을 두들기며 충고했다. 덧붙여 고맙다고도 했다. 의식을 잃은 며칠 사이, 용태는 자신이 무슨 말을 했는지 도무지 기억할 수가 없었다. 형사는 연신 싱글벙글이었다. 용태는 형사의 옆모습을 흘깃거리면서 마른침조차 삼키지 못했다. 입을 달싹이는 것만으로도 얼굴이 찢어질 듯 아팠다. 용태는 대답 대신 한껏 입을 벌려보았다. 입아귀가 죽 찢어졌다. 입속으로 손가락을 집어넣었다. 혀가 멀쩡하게 붙어 있었다. 혓바닥을 길게 잡아 빼보았다. 두툼한 혓바닥이 쑥 딸려 나왔다. 그런데도 마음이 놓이질 않았다. 잠시도 혓바닥을 가만히 내버려둘 수 없었다. 마른 혓바닥으로 윗입술과 아랫입술을 훑었다. 질끈 아랫입술을 깨물어도 보았다. 아랫니로 윗입술을 꾹꾹 눌러도 보았다. 깨진 머리통은 아픈 줄도 몰랐다. 그저 혀가 제대로 붙어 있어서 안도하는 마음뿐이었다.

차는 서울역 앞에서 멈추었다. 형사가 용태의 지갑을 건넸다. 용태는 지갑을 열어보았다. 돈이 절반이나 줄어 있었다. 용태가 형사를 빤히 노려보았다. 형사가 용태의 뺨을 툭 치며 말했다.

내려.

용태는 군말 없이 지갑을 바지의 뒷주머니에 쑤셔넣었다. 차문을 세게 닫았다.

또 봐요.

다정한 인사말을 잊지 않았다.

베이비.

12

구구는 용태와 마주칠 때마다 찰싹 달라붙어 총의 행방을 물었다.

오빠야, 총은 잘 있나?

네가 알 바가 아니라고 했지.

나는 오빠 편이야.

총은 어른들만 만질 수 있는 거야.

그럼 보기만 할게.

없어.

거짓말.

구구는 툭하면 총을 보여달라고 졸랐다. 용태가 아무리 그건 장난감이 아니라고 해도 막무가내였다.

총이라니.

금성은 도무지 믿기지가 않았다. 좀처럼 총을 처분하지 않는 용태가 못마땅하기 그지없었다. 동네 어귀에서 금성과 비슷한 또래의 남자들이 총상 입은 고기를 태우고 익히는 동안 온 동네에 자욱하게 들어차는 누린내도 참기 힘들었다. 그 무리 속에서 용태를 발견하는 날이면, 대문을 걸어 잠그고 싶을 정도였다. 용태를 멀리 쫓아내고 싶은 마음도 적지 않았다. 가장 큰 문제는 구구였다. 금성은 총에 집착하는 구구를 혼내야만 한다는 것을 너무 잘 알면서도 그러지 못했다. 구구가 너무 어렸기 때문이었다. 조금만 더 자라면 자연스레 총에 대한 집착이 사라질지도 모른다는 기대를 금성은 버리지 못했다.

하필 총이라니.

금성의 눈에는 임신한 순점의 안색이 나날이 어두워지는 것 또한 용태가 총과 함께 불러들인 나쁜 기운 때문이지 싶었다. 결코 죽지 않을 것 같았던, 세상의 잘난 사람들이 총 때문에 죽었음을 금성은 거듭 떠올렸다. 아무도 총을 이길 수 없다는 것은 모두가 아는 사실이었다. 하다못해 짐승도 그 사실을 알았다.

총이 이토록 흔한 세상에 살고 있다니. 우리 구구가 살아갈 세상에 총이 이토록 넘쳐나다니.

금성은 몸서리를 쳤다. 용태에게 다른 집을 알아보라고 말하는 게 최선이었다. 용태를 섭섭하게 만들고 싶지는 않았다. 금성은 매일매일 용태의 기분을 살피며 적절한 순간이 찾아오기를 기다렸지만, 그런 순간은 좀처럼 오지 않았다. 배부른 순점이 항상 마루를 지켰고, 오매불망 용태를 기다리는 구구가 마당을 늘 어슬렁거렸다. 용태와 단둘이 있으려야 있을 수가 없었다.

13

태풍이 올라오는 중이었다. '주디'라는 이름을 가진 태풍이었다. 태풍이 남쪽 땅 끝에 당도했다는 소식이 전해지기가 무섭게 신문과 뉴스는 역대 최고의 강풍과 호우를 동반할 거라는 암울한 예보를 쏟아냈다. 재난 경보가 잇달아 발표되었다. 동사무소의 확성기는 태풍에 대비하기 위해 지금 당장 해야 할 예방 대책들을 방송하느라 종일 소란했다. 서울의 하늘은 아직 맑았으나 공기중을 떠도는 습하고 끈적끈적한 입자들이 맨살에 들러붙었다.

금성의 퇴근은 기약 없이 미루어졌다. 태풍의 예측 가능한 경로와 예상할 수 없는 피해 규모는 공공기관에 근무하는 사람들의 발목을 잡았다. 게다가 남도에서는 산사태와 홍수 때문에 수십 명이 실종되거나 사망했다는 소식이 실시간으로 한국전력 사무실에 전해졌다. 비상사태에 대비해 대부분의 직원들이 좁은 당직실과 어두컴컴한 사무실에 엎드려 태풍이 무사히 지나가기만을 기다렸다.

태풍은 툭하면 정전을 일으켰다. 정전이 일어나면 직원들은 지체

없이 복구 작업에 착수하러 강풍을 뚫고 나서야만 했다. 태풍은 금성과 같은 한전 직원들에겐 최악의 재난이었다. 운이 나쁘면 정희는 내일 밤까지 혼자 집을 지켜야 할지도 몰랐다. 금성은 건물 입구에 놓인 공중전화에서 주인집 전화번호를 눌렀다. 다행히 아주머니는 전화를 빨리 받았다. 금성의 목소리를 알아들은 아주머니가 호들갑을 떨며 반가워했다.

아주머니는 금성에게 물어볼 말들이 많았다. 부산에서 많은 사람들이 물에 빠져 죽었다는데 사실이냐고, 김해에선 산사태가 나서 산 아래 모여 있던 집들이 싹쓸이를 당했다는데 참말이냐고, 아주머니는 속사포처럼 속보를 통해 전해들은 소식들의 진위를 금성에게 일일이 되물었다.

그건 잘 모르겠고요, 김제랑 여수에선 정전이 일어나 난리가 났다고 하더라고요.

금성은 최대한 심드렁하게 대꾸했다.

정전 나면 전화도 안 되는 거 아냐?

아주머니는 세상에서 가장 큰 재난이 전화가 불통되는 것이라는 듯 물었다.

글쎄요. 그건 전화국 직원들이 하는 일이라서.

금성이 말끝을 흐렸다. 언제 정희를 바꿔달라고 해야 할지 갈피를 잡기가 어려웠다.

이런 날에 거기 다 모여 있는 거 보면, 한전은 태풍에도 끄떡없는가 봐. 이따가 세상이 마구잡이로 뒤집히면 우리도 그리로 대피를 가도 될까?

금성은 수화기를 붙든 채 낡은 건물의 내부를 둘러보았다. 금성의 대답이 늦어지자 아주머니가 한껏 목소리를 낮춰 약속했다.

총각네 마누라만 몰래 데리고 갈게.

순간 금성의 등골이 서늘해졌다. 아주머니가 마음만 먹으면 정희를 어디로든 데리고 갈 수 있고, 데리고 간다고 표현하긴 했지만 금성이 느끼기엔 아주머니가 정희를 강제로 잡아두고 있는 것처럼 들렸다. 금성은 수화기를 바꿔 들고 꽉 잠긴 목소리로 정희를 바꿔달라고 말했다. 아주머니가 큰 소리로 정희를 불렀다.

새댁! 새애댁!

잠잠했다. 금성은 손톱을 물어뜯으며 정희의 대답을 기다렸다. 아주머니가 다시 한번 새댁이라고 외쳤지만 돌아오는 답은 없었다.

근데 말이야.

아주머니가 다시 금성에게 말을 걸었다.

이년이 바다를 건너온대? 산을 넘어온대?

금성은 아뜩해졌다. 아주머니가 정희를 이년이라고 칭한 것에 너무 놀란 탓이었다.

이년이라니요.

금성이 잠자코 듣고 있을 수만은 없어서 풀죽은 목소리로 중얼거렸다.

그럼 이놈이라고 해?

아주머니의 말투에서 으스대는 기색이 풍겼다.

주디가 계집애 이름이지 사내 이름이야?

금성은 그제야 아주머니가 태풍을 가리켜 이년이라고 불렀음을 알았다. 아주머니는 어느 때보다 어마어마한 위력을 가졌다는 태풍의 이름이 여성의 것이어서 퍽 만족스러운 눈치였다.

아무래도 바다 쪽으로 넘어오면 아주 박살나겠지? 지금 이 집에 변변한 젊은 남자는 아무도 없는데 말이야.

아주머니의 수다는 횡설수설이었다.

게다가 이 와중에 말이야, 태풍을 구경하겠다고 짐 싸들고 나간 사람도 있어.

금성이 숨을 크게 들이마시며 아주머니의 다음 말을 기다렸다.

곰배 할배 말이야, 한낮에 보퉁이 하나 들고 허깨비처럼 나가더란 말이야. 태풍을 만나러 간대. 자네 색시랑 나랑 하도 어이가 없어서 잘 다녀오시라고 인사까지 했다네. 그랬더니 할배가 뭐랬는지 알아? 잘 다녀오지 않겠습니다, 이러더라니까.

금성은 아주머니의 말이 귀에 잘 들어오지 않았다. 그저 다시 한번 정희를 바꿔달라고 말할 기회를 찾기 위해 궁리할 뿐이었다.

우리 색시는 지금 뭐해요?

자네 색시는 하루종일 빨래를 하지 뭐야. 곧 비가 쏟아진다는데 뭔 빨래냐고 내가 아무리 일러줘도 수돗가에 쭈그리고 앉아서 내내 비비고 문대고 난리를 치지 않겠어.

아직도요?

아직도 해야 옳지. 빨랫감을 한껏 쌓아놓을 때, 내가 알아봤지. 결국 다 못 빨고 산더미처럼 쌓아두고 도로 방에 들어가버렸어. 밤새 홀딱 적실 셈인가.

좀 불러다 주세요.

아까 내가 부르지 않았던가?

자는가봐요.

자는 색시를 뭐하러 깨워. 홀몸도 아닌데. 일어나는 대로 내가 전해줄게. 내일은 들어올 거야?

내일 되어봐야……

총각 때문에 정전이 안 되면 안 되겠어. 안 그럼 다 헛일이잖아.

아주머니가 까르르 웃어댔다. 금성은 얼굴이 빨개져서 전화를 끊었다. 그제야 아주머니의 말들이 귀에 되감겼다. 잘 돌아오지 않겠습니다라고 했다고? 그 비슷한 말을 들은 것 같았다. 폭풍우 한가운데 서서 종잇장처럼 구겨지는 할아버지의 모습이 눈에 선했다. 당직실에 들어서자 라디오에선 태풍 주디가 충청북도 땅을 지나가고 있다는 소식을 전하고 있었다. 그 소식이 할아버지에게도 전해졌을지, 할아버지가 헛걸음을 하고 있진 않은지, 난데없는 걱정이 꼬리를 물고 이어졌다. 어렴풋이 감나무 흔들리는 소리가 금성의 귓전을 맴돌았다.

14

기욱은 눈뜨자마자 점퍼를 꺼내 입었다. 시계를 손목에 두르고, 지갑을 바지 뒷주머니에 넣었다. 방 한가운데 우두커니 서서 이마를 싸매고 누워 있는 순점을 잠시 쳐다보았다. 배가 더 불러오기 전에 순점의 부모를 찾아뵈야 옳은 일이었다. 고향이 어디라고 했더라? 외팔이 남자에게 순정을 바친 내 여자의 고향에서 외팔이는 죽었다고 했었지. 새삼 그 이야기가 기욱의 머릿속에 떠올랐다. 순점의 신경이 나날이 날카로워지고, 점점 잠이 느는 것은 술을 못 먹어서일지도 몰랐다. 술 취한 순점이 얼마나 다정하고 친절한 여자였는지 기욱은 잊지 않았다. 어디 바닷가 근처라고 했었는데. 섬이라고 했었나? 기욱은 오래전 순점이 알려줬던 지명을 더듬더듬 떠올려보았다.

긴 휴가를 내고 떠나야 할 여정이었다. 출근하자마자 반장님에게 휴가 이야기를 물어봐야겠어. 순점은 여전히 잠에서 깨어나질 못했다. 기욱은 발끝을 세워 걸었다. 방문을 닫았다. 신을 신으며 괴이쩍도록 조용한 집안을 휘둘러보았다. 구두에 묻은 먼지를 손바닥으로 쓸어냈다. 수돗가로 가서 대충 세수를 했다. 젖은 손으로 머리를 빗었다. 머뭇거리다 대문을 나섰다. 역 앞 광장을 향해 터덜터덜 걸어갔다. 광장에는 많은 동료들이 줄을 지어 담배를 피우고 있었다.

다들 통근 버스를 기다리는 중이었다. 기욱은 멀찌감치 떨어져 서서 바지 뒷주머니에 있는 담뱃갑을 꺼냈다. 한 개비를 입에 물고 앞주머니에 넣어둔 성냥을 꺼내 불을 댕겼다. 연기를 깊게 빨아들였다가 후후 소리를 내며 내뿜었다. 혀로 이를 훑었다. 잇새가 미끈거렸다. 출근하자마자 이를 한번 더 닦아야겠다고 생각하다가 화들짝 놀라며 불붙은 담배를 멀리 내던졌다. 담배를 끊어야지, 아빠가 되어서 담배 냄새를 풀풀 풍길 수야 없지. 아기가 세상 밖으로 나올 날을 손꼽아 세어보았다. 해가 바뀌어야 아이는 태어날 테지만 그전에 해야 할 일들의 목록을 꼼꼼하게 짚어보면서, 시간이 얼마 남지 않았다고 혼잣말을 했다.

기욱은 줄의 맨 끝에 섰다. 행렬 속에 어여쁜 마누라와 토끼 같은 자식을 가진 이가 몇 명인지 찾아보았다. 숱 많은 곱슬머리 최반장네 큰딸은 내년에 국민학교에 입학한댔지. 구구와 얼추 비슷한 또래겠네. 최반장 뒤에 서 있는 반씨는 유독 작은 키에 왜소한 몸을 가졌지만, 마누라는 키가 멀대같이 크다지. 여자치곤 기골이 장대하다던데. 내리 두 남매를 낳았다는데, 큰아들이 작은딸보다 몸집이 작아 걱정이라고 했지. 최근 입사한 백군은 올해 겨우 스물두세 살쯤 되었다는데 다섯 살짜리 딸을 키운다 했고, 마누라는 근처 방직공장에 다니고 있댔고, 아기는 외할머니가 돌보아준다고 했었어.

통근 버스가 줄의 선두에 선 최반장 앞에 정차했다. 사람들이 차례대로 버스에 올랐다. 기욱은 백군에게 말을 걸어볼 심산으로 그의 뒤통수를 눈으로 좇으며 버스에 올라탔다. 백군은 맨 뒷좌석에 앉자마자 커튼을 치고 팔짱을 낀 채 목을 뒤로 젖혀 눈을 감았다. 기욱은 그의 짧은 잠을 방해할 수 없어서 통로 중간에서 멈춰 두리번거리다가 가까운 자리에 앉았다. 할 일이 없어 입가를 매만졌다. 부르튼 입술이 까슬까슬했다. 귀를 후볐다. 귓속이 축축했다. 손가락을 코에 대고 냄새를 맡았다. 구린내가 났다. 기욱은 부끄러워 빨개진 얼굴로 웅얼거렸다.

피곤해.

버스는 다리 위를 지나가는 중이었다. 창 너머 한창 공사중인 대교가 보였다. 새로 만들어지는 다리는 사차선으로 기존 것보다 훨씬 넓고 긴데다가 시외로 빠져나가는 데 아주 용이해서 사람들의 관심이 대단했다. 다리 인근의 땅주인들을 부러워하는 말들이 직원들 사이에서 자주 화제에 올랐다. 어서 집을 사야 해. 기욱은 공사중인 다리 아래, 우뚝 세워진 기둥에 부딪치는 물살을 보며 다짐했다. 그러자면 은행에서 대출을 받아야 했다. 이따가 점심 먹고 나서 총무과를 찾아가야지, 가서 대출 가능 한도도 알아보고 이자도 꼼꼼하게 따져봐야지, 기욱은 아직 완공되지 않은 대교를 바라보며 또 한번 결심했다.

버스가 공장 안으로 들어섰다. 앞문과 뒷문이 차례대로 열렸다. 순간 기욱은 둘 중 어느 문으로 내려야 할지 헛갈렸다. 여느 때라면 앞문으로 내렸을 것이다. 운전수 뒷자리에 앉았던 탓이다. 운전수 뒷좌석은 모두가 꺼리는 자리였다. 운전수에게서는 늘 고약한 냄새가 났다. 아무도 그 냄새의 정체를 몰랐다. 그래서 다들 아무 냄새도 안 나는 체했다.

기욱에게는 매우 익숙한 냄새였다. 기욱의 아버지는 당뇨병을 앓았다. 발가락이 퉁퉁 부었을 때, 새끼발가락을 잘라내면 괜찮을 줄 알았다. 의사의 말이었다. 기욱의 아버지는 울면서 새끼발가락을 내주었지만, 얼마 후 발목을 절단해야 했다. 절단한 발목에서도 썩은 내가 풍겼다. 허벅지 아래마저 잘라냈을 때, 아버지는 의사의 멱살을 잡았다. 처음부터 다리를 잘라낼 것이지 왜 발가락을, 발목을 썰어냈냐고 의사의 멱살을 잡아 흔들었다. 의사는 그 모든 책임을 기욱의 아버지에게 뒤집어씌웠다. 술 드시지 말라고 했지 않았습니까? 기욱의 아버지는 술은 입에도 댄 적 없다고 의사에게 상욕을 퍼부었다.

아버지의 말은 틀림없었다. 기욱이 보증했다. 아버지는 원래부터 술을 싫어했다. 그는 질긴 음식을 좋아했다. 술을 가까이 두고 찾는 사람은 어머니였다. 어머니가 마신 술이 아버지의 다리를 썩게 만들수 있는 걸까? 어쩐지 가능한 일 같았다. 하지만 어머니를 붙잡고 술을 끊으라고 말할 수는 없었다. 아버지의 다리가 조금씩 잘려나가는 동안 어머니를 우울과 절망에 몰아넣지 않고 아버지 곁을 지키도록 만들어준 것 또한 술이기 때문이었다.

버스의 통로 안에서 기욱은 오도 가도 못하고 코를 킁킁거렸다. 이미 운전수의 왼발은 괴사가 꽤 심각하게 진행되었을 것이다. 피부는 검고 싯누렇게 변했을 것이고, 아침에 새로 감은 붕대는 누렇게 젖어 뼈가 드러난 발등에 찰싹 달라붙어 있을 것이다. 발톱은 오래전에 빠져나갔을 것이고, 어쩌면 다섯 개의 발가락 중 이미 두어 개쯤 모자랄지도 모른다. 아버지의 건강하지 않은 다리는 사라졌고, 건강한 다리는 굳건하게 남아 있다. 나쁘지 않은 결과라고 기욱은 생각했다.

아버지는 목발을 짚고 영등포의 카바레에서 밑단을 꽁꽁 묶은 바짓자락을 펄럭이며 춤을 춘다. 한쪽 겨드랑이에 끼운 목발로 중심을 잡고 빠르게 맴을 돌며 치맛바람난 아주머니들의 혼을 쏙 빼놓으며 새로운 전성기를 맞고 있다. 더할 나위 없이 좋은 일이다. 어머니는 여전히 술을 먹지만 땀에 젖어 돌아오는 아버지를 책망하지 않는다. 술에 취하면 세상의 모든 사람들이 그저 아름답게 보여서 춤바람난 늙은 남편마저 사랑하지 않을 수가 없기 때문이다. 가장 좋은 결과가 아닐 수 없다.

엉거주춤하다가 기욱은 뒷문으로 내렸다. 땅에 발을 내디디면서 슬쩍 뒤돌아보았다. 희미하게 남아 있을지 모를 환자의 냄새를 맡았다. 아버지의 냄새였으므로, 고맙고 그리운 마음으로 들이마셨다. 잘 지내고 있다는 전갈처럼 여겨지는 냄새였으므로 기꺼이 곁에 두고 싶었다. 언뜻 운전수가 비틀거리며 앞문으로 내리는 모습이 보였다. 기욱은 문득 술이 그리웠다. 순점과 여관 벽에 기대어 앉아 나누어 마신 소주가 간절하게 먹고 싶었다.

순점아, 그래도 외팔이보다 내가 더 좋지?

괜히 혼자 물어보았다.

15

멀리서 사이렌 소리가 들려왔다. 순점이 느지막이 잠에서 깨어났다. 또 시위가 벌어진 모양이었다. 순점은 귀 대신 코를 막았다. 시위가 격해지면 동네는 최루탄 가스에 푹 잠겼다. 화염병이 도로 위를 나뒹굴고 최루탄의 매캐한 연기가 바람을 타고 허술한 문틈 새로 새어 들어왔다. 눈물 콧물이 줄줄 흘렀다. 집밖으로 나가는 것은 엄두조차 못 냈다. 순점은 이불을 뒤집어썼다.

대학생들의 시위는 나날이 그 횟수가 빈번해졌다. 시위는 매번 역 앞 광장에서 격렬해지곤 했다. 박자에 맞춰 구호를 외치는 소리와 벽을 흔드는 함성이 높아지면 빠른 속도로 움직이는 군홧발 소리와 사이렌 소리가 울려퍼졌다. 순점은 바깥 소리에 아무 관심이 없었다. 그 소리는 순점의 세상과는 판이하게 다른 세상에서 들려오는 거였다. 외국어나 매한가지였다. 알파벳을 배웠다고 해서 영어를 알아들을 수는 없는 것과 같은 이치였다.

사표를 내기 한 달 전이었다. 순점은 야간근무를 마치고 화장실에서 똥을 누고 있었다. 퇴근 전에 용변을 보는 것은 순점의 오래된 버릇이었다. 되도록 집에선 화장실 출입을 삼갔다. 순점은 변기 위에 쭈그리고 앉아 괄약근에 온 힘을 모았다. 문짝에 손바닥만한 전단지가 붙어 있었다. 야간학교 수강생을 모집한다는 광고였다. 순점은 단박에 전단지에 시선을 빼앗겼다. 손안에 쥐고 있던 휴지를 입에 물고 팔을 길게 뻗어 전단지를 떼어냈다. 화장실에서 나오자마자 곧장 전단지에 적힌 번호로 전화를 걸어 위치를 물었다.

물어물어 찾아간 곳은 허름하고 자그마한 가건물이었다. 순점은 실망하지 않았다. '수업비 전액 무료'라는 문구를 상기했다. 무엇보다 영어를 배우고 싶었다. 다른 과목은 눈에 들어오지도 않았다. 고등학교 졸업장은 있으나 마나라고 생각했다. 순점은 공장 안 게시판에 내걸린 벽보의 맨 아래에 유독 큰 글자로 적혀 있는 문장을 읽고 싶었다. 마지막 문장은 매번 영어로 쓰여 있어서 당최 뜻을 알 수가 없었다. 순점은 항상 그 문장의 뜻이 궁금했지만 물어볼 데가 마땅치 않았다. 공장 내에도 근로자 야간학교가 운영되고 있긴 했지만 순점은 그곳에서마저 동료들과 얼굴을 마주하고 싶지 않았다. 기욱에게 물어보기도 싫었다. 자존심이 상하는 일이었다. 기욱이 알 것 같지도 않았다. 기욱의 자존심도 상하는 일이었다.

순점이 용기를 내어 야간학교의 문을 두드렸다. 문안에서 남자 목소리가 들렸다.

열려 있어요.

그의 말마따나 문은 잠겨 있지 않았다. 안으로 들어가보니 회색 철제 책상 세 개가 나란히 놓여 있었다. 책상 뒤에는 입구를 커튼으로 가린 좁은 교실이 보였다. 한낮인데도 교실은 컴컴했다. 순점은 허리를 잔뜩 숙여 문 안쪽으로 발을 내디뎠다. 벽에 붙어 있는 책상을 제외하고 나머지 책상은 비어 있었다.

누군가 책상을 짚고 일어섰다. 순점은 두 손을 가지런히 모으고 고개를 한껏 숙였다. 기어들어가는 목소리로 공손하게 인사를 했다. 순점을 향해 다가오던 남자가 더듬거리며 말을 걸어왔다.

아니, 저기…… 여긴 어쩐 일로……

순점이 고개를 들어 그를 쳐다보았다. 두 눈을 끔뻑거리며 앞에 서 있는 남자의 아래위를 훑어보았다. 용태였다. 다시 보아도 용태가 맞았다. 순점은 주위를 두리번거렸다. 자신이 서 있는 곳이 혹 집은 아닌지 재차 확인하기 위해서였다. 단연코 집일 리가 없었다. 당황하긴 용태도 매한가지였다. 용태는 뭔가를 찾는 사람처럼 주위를 두리번거렸다.

여기서 뭐하는 거야?

순점이 당황해하며 물었다. 용태는 순점 앞에 서 있는 자신이 부끄러웠다. 왜 부끄러운 마음이 드는지 알지 못해 더욱 허둥거렸다. 발아래 선풍기를 틀어놓고 책상 앞에 앉아 화염병을 만들고 있는 모습을 순점에게 들킬 거라곤 전혀 예상하지 못했다.

내가 여기서 학생들을 가르치는데……

선생이란 단어가 도저히 입 밖으로 나오지가 않았다. 용태는 끝내 말을 잇지 못했다. 떳떳하지 못한 자신에게 더 실망했다. 시너가 묻은 손바닥을 바지춤에 닦으며 용태는 상자째 놓여 있는 빈 소주병들을 몸으로 가렸다. 순점은 주위를 살필 겨를도 없이 성급히 뒤돌아섰다.

나 여기 온 거, 없던 일로 해줘.

순점이 문고리를 잡고 말했다.

너도 나 여기에서 본 거, 말하지 마라.

용태가 순점의 뒤통수에 대고 힘없이 말했다. 순점이 뒤돌아서서 용태를 쳐다보았다. 용태는 고개를 돌려 순점의 시선을 피했다. 순점은 도망치듯 바삐 빠져나왔다. 영어는 뭐하러 배우겠다고 지랄을 떨어서는 이런 창피를 당하고 있냐. 순점이 제 머리를 쥐어박으며 종종걸음을 치는데 뒤에서 용태의 목소리가 들렸다.

순점아.

순점은 전속력을 다해 앞으로 달려나갔다. 대학 졸업장도 없는 게 선생질은 웬 말이래. 속에선 갖은 비아냥거림과 조소 어린 말들이 이어졌다. 그날 이후부터 용태 얼굴만 봐도 부아가 치밀었다. 대학생들이 깃발을 흔들고 화염병을 던져가며 외치는 구호가 들려올 때마다 순점은 이죽거렸다.

저것들이 하라는 공부는 안 하고.

16

순점은 이불 속에서 귀를 틀어막았다. 수호하라, 민주주의. 쟁취하라, 민주주의. 여럿이 한데 외치는 목소리 속에 용태의 목소리도 포함되어 있을 거라고 생각하니 관자놀이가 지끈거렸다. 베개에 얼굴을 묻고 시위대가 서둘러 지나가기를 빌었다. 엉덩이를 높이 치켜들고 아래로 축 처진 배를 감싸안았다.

목이 말라왔다. 배꼽 근처가 저릿했다. 오줌이 마려웠다. 순점은 베개에 얼굴을 더욱 깊이 묻었다. 기욱이 올 때까지 계속 그렇게 엎드려 있다가, 도저히 못살겠다, 울면서 떼라도 쓸 작정이었다. 순점은 기욱을 생각하면서 목덜미를 쓸어내렸다. 다시 혼곤한 잠에 빠져들었다. 젖은 이불이 다리 사이에 감겼다. 순점은 이불을 신경질적으로 걷어차다 번쩍 눈을 떴다.

사위가 조용했다. 기욱의 핀잔이 귓가에 쟁쟁했다. 하루종일 고작 몸 한 번 뒤집은 게 전부냐고, 실실 웃어대며 농지거리를 해대겠지. 순점은 두 팔을 가슴 위로 포개어 누웠다. 땀이 식으면서 한기가 느껴졌다. 누운 채로 순점이 큰 소리로 구구를 불렀다.

구구야.

어렴풋이 구구가 투덜대는 목소리가 들렸다.

구구야.

신발을 질질 끌며 마당을 건너오는 발소리가 들리는가 싶더니 구구가 조그맣고 반지르르한 얼굴을 열린 문틈으로 불쑥 들이밀었다.

왜?

가시내야. 말버릇이 그게 뭐야.

왜 불렀나?

불 좀 켜라.

뭐라고?

내가 몸이 아파 움직일 수가 없어서 그런다. 방에 불 좀 켜주라.

구구가 순점을 노려보았다.

네 눈에서 불 나오겠다.

순점이 구구를 놀렸다.

네가 해.

가시내야. 문 옆에 스위치 있잖아. 좀 켜봐라.

구구의 입가가 씰룩거렸다.

돈 줄게.

진짜지?

그래.

구구가 까맣게 그을린 팔을 뻗어 방안의 형광등을 켰다. 불이 들어오지 않았다. 구구가 스위치를 빠르게 켰다 *끄기*를 반복했다. 형광등은 밝아지지 않았다. 수명이 다한 모양이었다. 구구가 아빠를 불렀다. 금성이 어기적거리며 방안을 들여다봤다. 고개를 갸웃하곤 부엌으로 건너갔다. 부엌 천장에 매달린 형광등을 확인했다. 부엌의 형광등도 죽어 있었다. 작동되지 않는 냉장고를 열어보았다. 텔레비전의 채널을 돌려보았다. 화면은 밝아지지 않았다. 금성이 먹통인 텔레비전에 대고 혼잣말을 했다.

정전인가보다. 전기가 아예 안 들어오네.

17

딸의 장례식을 치르고, 집으로 돌아가는 버스 안에서 두자는 어릴 적 정희의 모습을 떠올리려 애썼다. 단박에 떠오르는 장면이 없었다. 어린 정희가 대통령 흉내를 내며 좁은 동네를 온종일 쏘다니다 마주치는 사람들에게 꼬박꼬박 경례하던 장면만 눈앞에 펼쳐졌다. 실제로 목격한 적 없는 장면이었다. 이웃 사람들이 우스갯소리를 하듯 전해준 이야기에 불과했다. 정희는 제 부모 앞에선 결코 거수경례를 한 적이 없었다. 대통령 사진이 끼워져 있던 액자 앞에서 흥얼흥얼 콧노래를 부르던 모습은 그나마 본 기억이 났다. 그런 정희가 죽었다.

정희가 죽었다.

두자는 그 사실을 거듭 되새겼다. 속으로 여러 번 말해보았다. 두남에게선 여전히 아무 소식도 들려오지 않았다. 생사조차 알 길이 없었다. 두남은 직감적으로 알아챘을지도 모른다. 딸이 죽었다는 것을. 그러니 굳이 그를 찾아내 딸의 사망 소식을 전할 필요는 없을 것이다. 어쩌면 그 역시 살아 있지 않을지도 모른다. 두자는 알고 있었다. 자신에겐 두남의 생과 사, 행과 불행을 점칠 만한 직감이 없음을 말이다. 직감은 사랑하는 대상을 향해서만 자라나는 능력이다. 두자는 두남의 생사를 직감만으로는 알아낼 수 없었다. 자신이 어느 누구도 사랑하지 않음을, 그리워하지 않음을, 걱정하지 않음을 부인하지 않았다. 그런 시절은 오래전에 지나갔다. 다시 그런 시절이 오기를 바라지도 않았다.

두자는 정희가 금성의 뒤를 따라 집을 영영 떠나던 날을 그려보았다. 전날 밤, 정희는 입고 있던 옷을 모두 불에 태웠다. 두자는 거세지는 불길을 못마땅하게 쳐다보았다. 정희는 기다란 나뭇가지로 불길이 사그라질 때마다 옷더미를 뒤적거렸다. 불티들이 바람결을 따라 나풀나풀 날아오르다 허공중에서 재가 되어 사라졌다. 두자는 수직으로 솟아오르다 포물선을 그리며 사라지는 불티에 눈길을 주었다.

옷가지들은 오래 탔다. 군데군데 젖어 있던 치마는 미처 다 마르지 않은 상태에서 불을 붙인 탓인지 더디게 타올랐다. 정희가 나뭇가지로 불붙은 치마를 들어올렸다. 속옷이 불 한가운데 툭 떨어졌다. 두자는 질끈 눈을 감았다. 너울대는 불길 탓일까. 정희의 하얀 팬티에서 붉은 자국을 본 것 같았다.

버스 안에서 두자는 그날 그때처럼 두 눈을 꾹 감았다. 주먹을 쥔 채 자지러지게 울던 정희의 어린 딸과 퉁퉁 부은 눈으로 엉거주춤 배웅하러 나서던 금성의 모습을 잊으려 마른 눈을 세게 문질렀다. 두자는 정희를 마지막으로 본 날로부터 얼마만큼의 시간이 흘렀는지 손을 꼽아 세어보았다. 일 년을 훌쩍 넘긴 시간이었다. 그사이 집을 나간 딸은 결혼을 하고 아기를 낳았고, 죽었다.

죽었다.

내 딸은 죽었다.

두자는 지끈거리는 관자놀이를 양손으로 감싸쥐고 어린 정희를 재차 떠올렸다. 두철의 잘려나간 팔에서 뿜어져나오던 피를 고스란히 뒤집어쓰고 자신을 올려다보던 정희는 찬물 세례를 받고 나서야 그악스럽게 울어댔다. 행여 울음이 멈출까 두려워 두자는 정희의 엉덩이를 연달아 후려갈겼다. 더 크게 울어라. 제발 더 크게, 더 오래 울고 또 울어라.

차창에 이마를 붙였다. 선뜩했다. 금세 차창에 뿌연 김이 서렸다. 서늘했던 이마가 다시 미지근하게 제 온도를 찾아갔다. 그날 밤, 두남은 어둔 철공소 구석에 쭈그리고 앉아 통곡했다. 귀를 막고 고개를 세차게 저으면서 두자는 속으로 화를 삭였다. 남몰래 울어야지. 소리내지 않고 숨어 울어야지. 두자는 허벅지를 주먹으로 내리쳤다.

나는 제대로 슬퍼할 힘도 남아 있지 않고, 이제 딸의 죽음 앞에서도 울 수 없는 어머니로 남았는데, 다들 어쩜 그리 잘 울었을까?

옛 기억을 더듬는 두자의 입맛이 썼다. 한편으로 그런 의심도 들었다. 그들은 나 몰래 얼마나 자주 웃었을까.

정희가 태어난 지 백일 무렵이었다. 두자는 출산 때 소진된 기력이 좀처럼 회복되지 않아 온종일 우는 아기와 함께 누워만 지냈다. 젖은 잘 돌지 않았다. 아기는 가슴을 내놓은 채 모로 누워 있는 두자의 가슴팍으로 끈질기게 파고들었다. 갓난아이가 젖을 향해 고개를 돌릴 때, 두자는 드물게 아이에게서 등을 돌렸다. 두자의 등을 건드리는 아기의 손은 작은 곤충의 날갯짓처럼 가볍기 그지없어서 한없이 덧없게만 느껴졌다. 아무리 정성껏 보살펴도 조만간 죽을 것만 같았다.

죽었지.

내 딸은 죽었지.

그날의 덧없음이 또다시 두자를 급습했다. 언제나 삶은 정확하고 에누리 없는 대가를 원했다. 두자는 손쓸 겨를도 없이 떠나보낸 어린 세 자식들을 기억했다. 작고 무른 몸뚱이가 미처 썩기도 전에 줄줄이 다른 죽음이 이어졌다. 한 아이를 묻은 자리 위에 다시 다른 아이의 재를 뿌리고, 그 위에 또 한 아이를 묻었다. 켜켜이 포개어 묻은 아이의 무덤은 평평했다. 무엇이 그 무덤의 봉분을 꾹꾹 눌러 밟았는지 두자는 알지 못했다. 그 또한 그저 덧없음이라고 불러야 할지 모른다.

두자는 버스에서 내려 한때 정희와 단둘이 살았던 집으로 걸었다. 정희가 쓰던 방은 아직 그대로였다. 조만간 방을 정리해야 할 것이다. 정희가 자신의 옷을 스스로 태워버렸던 그날처럼 남겨진 옷들과 소지품들을 태우고 버려야 할 것이다. 가구라고는 책상밖에 없는 방을 말끔히 비워야 할 것이다. 뭔가를 가지고 누리기엔 너무 일찍 떠나는 바람에 버릴 것마저 변변치 않았던 세 아이의 죽음과 다르게 스무 살을 넘긴 딸의 장례식은 이런저런 번다한 의식이 필요했다. 두자는 끝내 금성에게 정희의 뼛가루를 어디에 뿌리는지 묻지 않았던 자신을 칭찬했다.

지금쯤 정희는 화장장의 불구덩이 속에서 활활 타오르고 있겠구나. 발인을 앞두고 두자는 금성에게 다시는 연락하지 말라고 단단히 일러두면서 금성의 얼굴을 자세히 살펴보았다. 그의 무엇이 정희에게로 이끌어 인연을 맺었는지 알고 싶었다. 하도 울어 벌겋게 짓무른 그의 눈언저리와 덥수룩하게 자라난 턱수염 아래 씰룩이는 목울대와 연신 맞잡고 있는 깡마른 두 손을 보고 있으니 그저 답답할 따름이었다.

집에 들어오자마자 두자는 전화선을 다시 연결했다. 잠시 전화기 옆에 주저앉아 있어보았지만 전화는 울리지 않았다. 두자는 벌떡 일어나 정희의 방으로 향했다. 문고리를 잡고 멈추어 섰다가 도로 제 방으로 돌아왔다. 옷장 문을 열고 커다란 가방을 꺼냈다. 원통형의 길쭉한 가방이었다. 손에 잡히는 대로 옷가지 몇 벌을 쑤셔넣었다. 화장품들을 쓸어 담아 가방 안에 던져넣고 화장대 서랍 안쪽 깊숙이 숨겨두었던 통장과 도장을 가방 맨 아래쪽에 쩔러넣었다. 방안을 휘휘 둘러보곤 가방을 손에 들고 안방에서 나왔다.

두자는 간신히 용기를 내어 정희의 방문을 열었다. 오랫동안 닫혀 있던 방안에서 곰팡이 냄새가 훅 끼쳐왔다. 두자는 가방을 책상 아래 두고 정희의 책상 서랍을 뒤졌다. 딱히 챙길 만한 것이 눈에 들어오지 않았다. 의자를 뒤로 밀어내고 책상 아래까지 샅샅이 살펴보았다. 숟가락 하나가 먼지를 뒤집어쓴 채 뒹굴고 있었다. 두자는 더러운 숟가락을 집어들었다. 옷자락에 대충 문질러 먼지를 닦아냈다. 손톱을 세워 딱딱하게 굳은 밥알들을 떼어냈다. 깨끗해진 숟가락에 비친 자신의 얼굴을 멀거니 바라보다 구석으로 내던졌다.

가방은 가벼웠다. 두자는 가뿐하게 가방을 어깨에 걸쳤다. 가까운 복덕방에 들러 집을 내놓아야겠다고 알린 뒤, 지나가는 택시를 세웠다. 기차역으로 가자고 했다. 택시는 쏜살같이 내달려 두자를 역 앞에 데려다주었다. 두자는 마치 오래전에 계획한 여행을 떠나는 사람처럼 망설이지 않고 표를 샀다. 승강장 앞에 섰다. 얼마 후 기차가 도착한다는 방송이 승강장에 울려퍼졌다. 덜컹거리는 바퀴 소리가 천천히 속력을 늦추며 다가왔다. 기차가 일으키는 찬바람이 두자의 얼굴을 때렸다. 두자는 정희가 금성을 따라 다시는 돌아오지 않을 길을 나섰던 그 밤, 대문을 잠그며 맞았던 바람의 온도를 생각하며 암기하듯 중얼거렸다.

죽었다.

내 딸은 아이를 낳고,

죽었다.

18

한낮에 일어난 정전이라 사람들은 당황하거나 놀라지 않았다. 크게 불편을 겪거나 걷잡을 수 없는 공분에 휩싸이지도 않았다. 어떤 사람들은 정전이 일어났다는 사실조차 몰랐다. 선풍기 앞에 앉아 바람을 쐬고 있던 사람들만이 홧김에 선풍기를 발로 걷어차다가 발톱에 멍이 들었다. 먹통이 된 라디오를 주먹으로 때리다가 애꿎은 안테나만 부러뜨렸다. 집안의 가전제품들이 작동을 멈춘 동안 금성은 크게 우왕좌왕했다. 두꺼비집 앞에서 떠날 줄을 몰랐다. 스위치를 여러 번 올렸다 내리기를 반복하며 안절부절못했다.

바람 한 점 불지 않았다. 어떤 전파도 수신되지 않는 공기는 묵직하게 집 안팎에 고여 있었다. 멀리 서 있는 전신주를 떠도는 전류의 미세한 울음을 금성의 귀는 감지했다. 금성은 어떻게든 스스로의 힘으로 정전을 해결하고 싶었지만 그것은 그의 능력을 넘어서는 일이었다. 두려웠다. 그의 경험에 비추어봤을 때, 정전은 난데없이 일어나는 법이 없었다. 그것은 치명적인 사고의 비교적 안녕한 결과였다. 대개 정전의 원인은 정전이라는 결과 그 자체보다 참혹했다.

금성은 대문 밖을 나섰다. 집 앞 골목길을 허둥지둥 달려나가 이차선 차도가 있는 동네의 중심에 다다랐다. 균일한 간격으로 서 있는 전봇대가 향하는 먼 곳을 바라보았다. 강을 가로지르는 다리 위, 기역자로 꺾인 가로등 사이, 다리가 끝나는 지점에 서 있는 키 낮은 전봇대와 다시 가로등, 다리 너머 있는 공단의 기다란 굴뚝. 굴뚝에서 쉼없이 뿜어져나오는 허연 연기. 그리고 거기, 기욱.

금성은 한밤에 통근 버스를 타고 어두운 강 위를 지나올 기욱을 걱정하며 발을 동동 굴렀다. 외출하고 없는 용태도 걱정되긴 마찬가지였다. 게다가 공기중에 최루탄 냄새가 점점 진하게 묻어났다. 금성은 부어오르기 시작한 눈가를 비비며 혹 용태가 오고 있지 않은지 실눈을 뜨고 먼 데를 바라보았다. 사람이라곤 그림자 하나도 지나가지 않았다. 금성은 습관처럼 전신주 꼭대기를 올려다보았다. 한때 전신주를 오르내리며 크고 작은 전기 사고를 해결했던 그였다. 금성은 당장할 수 있는 일이 아무것도 없어서 크게 상심했다. 오래전 한국전력주식회사 직원으로서 가졌던 직업의식이나 소명이 희미하게나마 남아 있던 탓이었다.

다시 형광등의 불이 켜지고, 라디오가 제 소리를 내고, 텔레비전이 다채로운 화면을 내비칠 때, 선풍기의 고개가 좌우로 힘없이 움직일 때, 전화벨이 울렸다. 텔레비전 앞에 있던 구구가 전화기를 향해 내달렸다. 수화기에 대고 얼굴 없는 발신자에게 정체를 물어보는 일은 언제나 즐거웠다. 순점이 마루에 놓인 좌탁 앞에서 콩나물 대가리를 다듬다 말고, 다가오는 구구를 한 팔로 제지했다. 한 손으로 수화기를 들고 다른 한 손으로 발버둥치는 구구를 꼭 붙들었다.

쉿!

눈을 크게 뜨고 구구에게 잠자코 있기를 강요했다. 구구는 고분고분하지 않았다. 용태 오빠를 부르며 떼를 쓰기 시작했다. 금성이 부엌에서 냉큼 달려와 구구를 잡아끌었다. 잔뜩 부아가 치밀어오른 표정이었다. 금성은 구구가 악을 쓸 때마다 용태를 부르는 게 마뜩잖았다. 구구가 애타게 찾는 것이 용태가 아니라 용태의 방에 숨겨져 있는 총이라는 생각을 떨칠 수가 없었다.

순점이 구구와 금성에게서 멀찌감치 떨어져 서서 수화기를 귀에 갖다 댔다. 자신이 낼 수 있는 가장 고운 목소리로 전화를 받았다.

여보세요.

상대방은 묵묵히 순점의 말을 듣고 있다가 작게 헛기침을 했다. 낯선 목소리였다. 순점은 침을 삼켰다.

여보세요.

순점은 상대방에게 재촉하는 티를 내지 않으려고 훨씬 느리게 발음했다.

박기욱씨 댁인가요?

순점은 허리를 펴고 수화기를 두 손으로 잡았다. 기욱을 찾는 전화는 흔치 않았다. 순점은 살짝 놀랐지만 내색하지 않았다.

그렇습니다만.

구구가 금성을 내치고 순점의 등뒤에 달라붙었다. 분이 영 안 풀리는지 순점의 말을 크게 따라 했다.

박기욱씨와 어떻게 되시지요?

순점은 잠시 갈등했다. 무어라고 대답해야 가장 옳은 답변일지 헷갈렸다. 순점이 머뭇거리는 동안 금성이 구구의 등을 때렸다. 때린다기보다 두들기는 수준이었다. 그런데도 구구는 거의 울부짖다시피 발악을 했다.

아내 되십니까?

상대가 연이어 물어왔다. 순점은 대답 대신 고개를 끄덕였다. 수화기 너머의 사람이 절대로 알아들을 수 없는 고갯짓으로만 자신이 기욱의 아내임을 밝혔다.

어머니세요?

대답을 듣지 못한 상대가 연거푸 순점의 정체를 넘겨짚었다. 순점은 아주 작은 목소리로 네, 라고 대답했다. 빨리 대답하지 않으면 상대가 용건을 말하지도 않고 전화를 끊어버릴 것 같았다.

죄송합니다. 사고가 있었습니다.

왜요?

감전 사고였습니다. 지금, 병원으로 옮겨졌습니다.

왜요?

영안실입니다.

왜요?

저희도 병원으로 가고 있습니다. 그쪽에서 기다리고 있겠습니다.

왜요?

죄송합니다.

왜……요?

순점은 끊임없이 되물었다. 왜냐고. 구구가 옆에서 그 말을 따라 하다 지쳐 그만두었다. 왜요? 전화가 끊어진 뒤에도 순점은 계속 물었다. 금성이 넋 나간 순점의 곁으로 다가와 같은 말을 물었다.

왜 그래?

순점이 무릎 위에 떨어뜨린 수화기를 제자리에 놓았다.

이상하지?

순점이 금성을 쳐다보며 물었다. 목소리가 나른했다. 금성은 홍시 할머니의 방문에 잠깐 눈길을 주었다. 갑자기 할머니가 뭘 하고 있는

지 걱정스러웠다. 요즘따라 너무 오래 잔단 말이야. 금성은 어서 할머니를 깨워야겠다는 생각에 사로잡혔다. 순점은 저 혼자 묻고 저 혼자 대답했다.

이상하지? 이상한 일이야.

순점은 세상 모든 사람들에게 이상하지 않냐고 물어보고, 매우 이상하다는 대답을 모든 사람들에게서 듣고 싶었다. 매우 이상한 사건은 자주 벌어지는 일이 아니니까. 이상한 일은 실제로 거의 일어날 리가 없고, 같은 일이 반복될 확률도 아주 희박하니까.

마루 아래 놓인 신발을 찾아 신었다. 신발을 신은 채로 방으로 들어가 계절에 어울리지 않는 카디건을 걸쳐 입고 한 손에는 가방을 들고 나왔다. 그사이 금성은 할머니의 방문을 여러 차례 두드렸다. 방문이 요란하게 덜컹거렸다. 금성이 문고리를 잡고 거칠게 흔들었다. 방안에서는 인기척이라곤 전혀 없었다. 하는 수 없이 금성은 대문 밖을 나서는 순점의 뒤를 따라나섰다. 한 손에 구구의 손을 꼬옥 잡고서 구구의 위태롭게 잰 걸음을 늦추면서. 택시를 잡고 뒷좌석에 오르는 순점을 놓칠세라 금성이 재빨리 구구를 끌어안고 앞좌석에 올라탔다.

순점이 병원 이름을 댔다. 금성이 구구의 정수리에 얼굴을 묻었다. 무어라 말을 꺼내려는 구구의 입을 틀어막고 질끈 눈을 감았다. 금성의 속눈썹이 파르르 떨렸다. 순점은 차창에 머리를 기댄 채 띄엄띄엄 물었다. 전혀 상관없는 누군가의 불행에 강제로 불려가는 사람처럼.

이상하지 않아?

우회전을 하면 바로 병원이었다. 병원은 크고 높았다. 빨간 적십자 표시가 병원 꼭대기에 크게 그려져 있었다. 병원이 점점 가까워지자 순점이 걱정 어린 말투로 중얼거렸다.

내가 엄만 줄 알아.

금성이 뒤를 돌아보았다.

뭐라고?

내가 그이, 엄마인 줄 안다고.

19

오래전 미장원이었던 낡은 집은 간판만 없어졌을 뿐, 옛 모습 그대로 같은 자리를 지키고 있었다. 기역자 구조의 왜식 건물은 동네에서 가장 멋들어진 집이었다. 집의 전면에는 복도가 나 있어서 방을 통과하지 않고도 집안 전체를 돌아다니는 게 가능했다. 복도에는 격자무늬의 창이 크게 나 있어서 외부를 차단했다. 어릴 적에 두자는 복도의 마룻장 위에 앉아 있는 일을 좋아했다. 바람이 심하게 부는 날에는 유리창이 크게 흔들렸다.

어느 해 겨울, 엄마는 유리창에 풀 먹인 한지를 겹겹이 붙이라고 했다. 두자는 한지를 작게 오려 격자무늬에 맞게 서너 장씩 두껍게 발랐다. 덕분에 유리창은 위협적으로 흔들리지 않았지만 복도에 쭈그리고 앉아 창 너머로 감탄하며 바라보던 눈 내리는 날의 풍경은 더이상 만끽할 수 없었다.

항상 겨울을 나기가 어려웠다. 꽁꽁 얼어 있는 복도를 발끝으로 뛰어다니며 끓인 물을 나르다 차례를 기다리고 있던 손님의 허벅지에

쏟은 적도 있었다. 손님이 두꺼운 누비바지를 치마 속에 입고 있지 않았더라면 큰일날 뻔한 사고였다. 그 일이 있던 밤에 엄마는 두자를 방에서 재우지 않았다. 두자는 밤새 찬 복도에 모로 누워 엄마의 화가 풀리기만을 기다렸다. 오들오들 떨며 까무룩 의식을 잃어가던 두자를 흔들어 깨운 사람은 아버지였다. 날이 밝도록 두자는 아버지의 풍만한 가슴에 안겨 언 몸을 녹였다.

안방에서 작은방으로 건너가는 작은 마루가 미용실로 사용하는 공간이었다. 나무판자를 가로로 덧댄 벽에 길쭉한 거울 세 개를 걸고 그 앞에 걸상을 두었다. 엄마는 손님들을 딱딱한 걸상에 앉히고 풀풀 김이 나는 인두로 머리카락을 돌돌 말았다. 머리에 수건을 감고 수다를 떠느라 시간 가는 줄 모르는 손님들을 때맞춰 부엌에 데려가 식초 섞은 물로 머리칼을 헹궈주는 것은 두자의 몫이었다.

아버지는 주로 가위질을 했다. 비죽 솟아나온 머리카락들을 정리하거나 목덜미에 난 잔털들을 면도칼로 깔끔하게 밀어냈다. 손님이 드문 날이면 아버지는 옷을 만들었다. 아버지의 옷 만드는 솜씨는 유명했다. 알음알음으로 주문하는 사람들의 옷을 제때 완성하기도 벅찰 정도로 주문은 밀려들었다.

가끔 친엄마가 두자를 찾아왔다. 일 년에 두어 번, 손님인 양 목덜미에 흰 수건을 두르고 앉아 거울에 비치는 두자를 눈으로 좇으며 두자의 안부를 확인하고 돌아갔다. 그때마다 두자는 시큰한 눈가를 비비면서도 친엄마에게 눈길 한 번 주지 않았다. 또다시 오갈 데 없는 신세가 되기는 싫었다. 어떻게든 엄마와 아버지의 눈에 들고 싶었다. 엄마와 아버지를 능가하는 유능한 미용사가 되어 그들의 자랑스러운 딸로 거듭나고 싶었다.

  아버지는 두자의 친엄마에게 유별난 관심을 보였다. 누가 봐도 그
녀에게선 이 동네 사람이라는 티가 전혀 나지 않았다. 까만 하이힐을
신은 그녀의 종종걸음에서는 일본 여자 특유의 분위기가 풍겨났다.
몸에서 은은하게 배어나오는 향냄새는 그녀의 정체를 더욱 알쏭달쏭
하게 만들었다. 아버지의 호기심은 걷잡을 수 없이 커졌다. 아버지가
그녀에게 이런저런 질문을 던질 때마다 두자의 이마에서 식은땀이 흘
렀다. 친엄마는 두 손을 가지런히 포개어 앉아 네, 네 고개를 조아렸
다. 그 모습이 오래전 일본인 아버지 앞에 무릎을 꿇고 앉아 시중을
들던 친엄마의 과거를 떠올리게 했다.
  엄마는 첩이었고 나는 딸에 불과해서, 아버지가 우리를 버렸다고
울던 날에도 친엄마는 같은 자세로 외돌아 앉아 흐느꼈다. 당연한 거
란다. 친엄마가 두자에게 한 말이라곤 그뿐이었다. 두자는 친엄마의
말을 받아들일 수 없었다. 친엄마의 불운한 삶이 만들어내는 이러저
러한 사건들과 부지불식간에 그 사건 속에 휘말려 두자의 삶에까지
일어나는 모든 일들이 부당하게만 여겨졌다.
  억울해.
  너무 억울해서, 두자는 친엄마의 방문이 조금도 달갑지가 않았다.
부엌에서 물을 끓이고 식히기를 반복하며 얼른 떠나기만을 기다렸다.

  친엄마는 어깨까지 내려오는 치렁치렁한 긴 머리를 귀밑까지 잘라
내고, 돌아갔다. 짧게 찰랑거리는 머리카락은 크게 구부러져 보기 좋

게 흔들렸다. 입술은 새빨갰으며 두 뺨엔 홍조가 나돌았다. 어느 때보다 아름다운 모습으로 친엄마는 부엌에 숨어 나오지 않는 두자를 흘깃거리며 아버지에게 손을 흔들며 사라졌다. 아버지는 친엄마에게서 옷을 주문받고 꽤 흥분한 상태였다. 그녀가 주문한 옷이 기모노였기 때문이었다. 역시나 일본 여자가 맞더라며, 아버지가 호들갑을 떨었다. 두자는 귀를 막았다. 아니라고, 엄마는 일본 여자가 아니라고, 그저 일본인 남편에게 사랑받기 위해 일본 여자인 양 부단히 노력하며 살았을 뿐이라고. 구석에서 분에 찬 눈물을 닦아내며 일찌감치 이부자리를 펴고 자는 체를 했다.

기모노가 얼추 완성되어갈 무렵 미용실에 중절모를 쓴 남자가 찾아왔다. 그는 문밖에 서서 아버지를 손짓으로 불러냈다. 두자의 촉각이 온통 문밖으로 쏠렸다. 남자 손님이 오는 건 전에 없던 경우였다. 아버지는 남자를 발견하자마자 안방에서 보자기로 꽁꽁 싸맨 보퉁이를 들고 나왔다. 냉큼 남자에게 달려가 대문을 닫았다. 두자는 마당을 어슬렁거리며 바깥 소리에 귀를 세웠다.

문밖은 조용했다. 두자는 매화나무 위로 올라가 가지를 붙잡고 섰다. 대문 밖이 훤히 내다보였다. 말소리는 들리지 않았지만, 둘이 나란히 붙어 서서 주위를 살피는 모습만은 잘 보였다. 남자가 중절모를 벗어 손에 들었다. 중절모에 묻은 먼지를 툭툭 털어내더니 가슴팍 쪽으로 가져갔다. 재빠르게 가슴팍 안쪽에서 뭔가를 꺼내어 모자 안쪽에 담았다. 모자 안에 숨긴 물건은 눈 깜짝할 사이에 아버지의 오른손으로 옮겨졌다.

남자가 아버지에게서 보퉁이를 건네받았다. 그는 앞뒤로 보퉁이를 홍겹게 흔들며 떠나갔다. 아버지는 대문을 활짝 열어두고 아무 일 없었다는 듯이 다시 가위를 들었다. 두자는 중년 남자의 정체를 알지 못해 오랫동안 전전긍긍했다. 아버지와 엄마가 나를 어디 팔아버리려고 작당한 것은 아닌지 두려워 어쩔 줄 몰랐다. 보퉁이 안에 들어 있던 물건이 무엇인지 몰라서 불안은 더욱 커져갔다. 두자는 아무도 모르게 안방을 뒤지기로 작정했다.

손님이 들끓던 어느 오후였다. 물이 아직 끓지 않았다는 핑계를 대며 두자는 손님을 부엌 안쪽에서 기다리게 했다. 도둑걸음으로 마당을 지나 복도 맨 끝 쪽에 있는 안방에 숨어들었다. 셋이 매일 함께 자는 방이라 무엇이 들어오고 나가는지 알아내는 것은 매우 쉬웠다. 문갑을 열었다. 혹 손님들이 훔쳐갈세라 안방에 두었던 쌀뒤주까지 샅샅이 뒤졌다. 보퉁이 속 물건이 들어 있기에는 터무니없이 자그마한 반짇고리 함을 뒤지다가 벽장을 열었다. 벽장 아래는 아버지가 만들고 있는 중이거나 이미 완성한 옷들을 보관하는 곳이었다. 기모노가 없었다. 친엄마가 주문한 기모노가 없었다.

20

몇 달 후, 미용실에 모인 동네 아주머니들이 한동안 같은 이야기를 쑥덕거렸다. 재 너머 동네에 숨어살던 어느 일본 여자가 초주검이 되어 발견되었는데 옷이 홀딱 벗겨져 있더라는 소문이었다. 어느 깡패에게 몹쓸 짓을 당한 게 분명하다고, 그년에게 속아 살던 남자가 아주 불쌍한 처지가 되었다는 이야기였다. 남자는 기어이 여자를 내쫓았는데 죽었는지 살았는지 알 수 없지만 아마도 분명히 왜놈 땅으로 내뺐을 거라고, 겁도 없이 조선 사람인 체 흉내내며 살다가 혼쭐이 났으니 거참 고소한 일이라고, 아주머니들은 무릎을 치며 같은 이야기를 반복했다.

소문은 점점 우스운 이야기로 탈바꿈했다. 사람들은 그 이야기를 시작하기도 전에 생글거리며 이야기의 서두를 꺼냈다. 어느 날, 아버지가 헝겊에 가윗날을 닦으며 손님들의 이야기에 이런 말을 덧붙였다.

들기론 일본 여자가 아니라 기생집 여자였다지, 아마.

엄마가 뒤질세라 맞장구를 쳤다.

아직도 세상이 온통 일본 놈들 술판인 줄 알았는가배.

들통에 든 물이 팔팔 끓어오를 때까지, 사람들은 웃음을 멈추지 않았다. 개중 웃음소리가 유독 크던 아주머니의 머리 감을 차례가 되었다. 입가에 아직 웃음기가 남아 있는 아주머니가 목을 숙이자, 두자는 바가지에 뜨거운 물을 퍼담았다. 찬물을 섞지 않고 그대로 아주머니의 정수리에 쏟아부었다.

아주머니는 기절했다. 두피가 벌겋게 익어 머리카락이 몽땅 빠져버렸다. 다시는 자라지 않았다. 그녀는 두 번 다시 미용실에 올 일이 없었다. 두자는 엄마에게 매질을 당했지만 울지 않았다. 한참 뒤에야 그 아주머니도 참 억울했겠구나, 라는 생각이 들었지만 그래도 나보단 덜하지 않겠나 싶어서 어깨를 한번 으쓱하고선 금세 잊었다.

눈이 푸지게 내리는 새벽녘이었다. 두자는 일찍 잠에서 깨어나 마당을 쓸었다. 담장 너머에서 눈 밟는 소리가 점점 크게 들려왔다. 두자는 비질을 하다 말고 담장 밖을 내다보았다. 웬 소년이 담장 앞에 우두커니 서 있었다. 소년은 두자를 흘깃 쳐다보곤 담장 위로 보퉁이를 하나를 건넸다. 두자는 엉겁결에 보퉁이를 받았다. 문득 정신을 차린 두자가 대문 밖으로 달려나갔을 때, 소년은 이미 컴컴한 새벽안개 속으로 사라져 온데간데없었다. 두자는 문밖에 쭈그리고 앉아 보퉁이를 풀었다.

기모노, 친엄마의 기모노였다. 편지 한 통이 함께 들어 있었다. 일본어로 쓰인 편지에는 일본의 어느 집주소가 적혀 있었다. 주소 아래에는 이런 말이 뒤따랐다.

유키, 아버지 만나러 갈 때 입고 가거라.

두자는 다 읽은 편지를 보퉁이에 다시 끼웠다. 최대한 발소리를 죽이며 집안으로 들어와 아궁이 깊숙이 보퉁이를 쑤셔넣었다. 그것이 남김없이 탈 때까지, 두자는 아궁이 앞에 쭈그리고 앉아 마른 솔가지를 끝없이 집어넣었다. 마침내 아궁이에 하얀 재만 수북하게 쌓이자 두자는 싸리비를 들고 문 앞에 희미하게 남아 있는 소년의 발자국을 꼼꼼히 쓸어냈다.

21

옛 미장원 옆에 다닥다닥 붙어 있는 집들도 변함없기는 마찬가지였다. 두자는 집 앞 가까이 다가갔다. 달라진 거라고는 흙담장 대신 야트막한 시멘트 담장이 생긴 것과 대문이 푸른색 양철로 바뀐 것뿐이었다. 대문 안쪽의 걸쇠를 만지작거리던 기억이 가물가물 떠올랐다. 도망치고 싶은 마음도 없었으면서, 해가 갈수록 아버지와 엄마 없이는 도저히 살 수 없는 지경에 이르렀으면서, 때때로 문고리를 붙잡고 이대로 친엄마를 찾으러 영영 떠나버릴까, 고민한 날도 더러 있었다. 아마도 더 사랑받고 싶어서였겠지. 두자는 쓸쓸하게 자조했다.

발끝을 세워 담장 안쪽을 들여다보았다. 마당이 한눈에 보였다. 한가운데 좁은 길을 중심으로 한쪽에는 장독대가 모여 있고, 다른 한쪽에는 텃밭이 일궈져 있었다. 대파와 배추가 아무렇게나 자라고 있었다. 이파리 끝이 누렇게 말라 죽어갔다. 두자는 걸음을 옮겨 집 뒤쪽으로 향했다. 뒷마당에 촘촘하게 서 있던 대나무들은 모두 베어져 흔적조차 남아 있지 않았다. 대신 정체를 알 수 없을 정도로 누렇게 마른 기다란 풀들이 마당 전체를 뒤덮었다. 한쪽 구석에 평상이 놓여 있고, 맞은편에는 음식물 쓰레기가 무덤처럼 높이 쌓여 있었다.

평상 위에 작고 마른 노파가 대자로 뻗어 누워 있었다. 그녀의 머리맡에 밥그릇과 빈 소주병들이 나뒹굴었다. 두자는 팔뚝에 가려진 노파의 얼굴을 확인하려 담장 안으로 몸을 기울였다. 행색이 볼품없었다. 해진 옷은 더러웠다. 군데군데 누렇거나 시커먼 얼룩들이 많았다. 참빗으로 빗어내렸는지 바짝 당겨 묶은 쪽찐 머리만이 유별나게 단정했다. 머리통에 찰싹 달라붙은 머리카락에선 기름기가 반질반질 흘렀다. 주먹 쥔 손안에는 담뱃갑이 들려 있었다.

두자는 자꾸 눈앞이 흐릿해져왔다. 손가락으로 눈두덩을 꾹꾹 눌렀다. 눈부신 빛이 동공을 쏘아댔다. 감은 눈을 천천히 다시 떴다. 고주

망태가 되어 잠든 노파의 모습을 찬찬히 훑어보았다. 숱이 없어 빈약하기 그지없는 쪽머리에 헐겁게 끼워진 비녀가 눈에 띄었다. 눈에 익은 비녀였다. 별다른 장식 없이 밋밋한 비녀의 끝은 화살촉 모양이었다. 오래전 엄마가 두자의 머리에 꽂아주곤 하던 거였다.

두자의 가슴이 두방망이질 쳤다. 엄마일 리가 없었다. 두남은 그녀가 죽었다고 했다. 맞아 죽은 게 아니라 전쟁통에 북한 괴뢰군의 총에 죽었으니 죄책감 따윈 가지지 않아도 된다고, 혼인 전날 밤 두자의 등을 토닥이며 말했다. 두자는 그 말을 반신반의했지만 믿지 않을 수도 없었다. 심지어 두남은 그녀의 죽음을 전하면서 울먹거리기까지 했다.

그럴 줄 알았으면 뒈지도록 패다가 내쫓을 필요까진 없었는데.

두남의 후회 어린 말에 자신이 뭐라 대꾸했는지는 까마득하다. 내심 두남에게 서운한 마음이 들었던 것만은 또렷했다.

불시에 두자는 노파의 정체를 깨우쳤다. 엄마의 어깨에 팔을 두르며 자기를 아버지라고 부르라던 그 여자. 엄마에게 혼쭐이 나 어두운 구석에 혼자 울고 있는 두자 곁에 앉아 울지 마라, 울지 마라, 그러다 불행이 네 뒤만 졸졸 따라다닌다, 협박하듯 달래주던 그 여자.

두자는 고개를 떨어뜨렸다. 담장을 휘돌아 대문을 열고, 가방을 마루 위에 부려놓고 뒷마당의 평상으로 가 앉았다. 술냄새를 풍기며 곤한 잠에 빠져 있던 늙은 여자를 흔들어 깨웠다.

일어나라. 일어나봐라.

아주 긴 세월 동안 평상에 누워 오로지 두자의 출현만을 기다린 사람처럼 노파는 벌떡 일어나 앉았다. 붉은 두 눈이 두자에게 붙들려 움직일 줄 몰랐다.

뭘 그리 봐.

두자가 먼저 입을 열었다.

술꾼 다 되었네. 어찌 이 집에서 살 생각을 했을까.

노파는 대답하지 않았다. 대신 주머니에서 담배를 꺼내 물었다.

술 담배 끊으시오.

못 끊는다.

두자는 높이 쌓아올린 음식물 쓰레기를 멍하니 쳐다보며 노파에게 물었다.

그나저나 내가 두남이랑 산 건 알고 있소?

모르진 않는다.

딸을 낳은 것도?

그런갑다 하고 산다.

두자가 노파의 담뱃갑을 만지작거리며 힘주어 말했다.

것도 아오? 내 딸이 딸을 낳았네.

22

구불구불하고 어두운 길을 지나야 영안실이었다. 입구에서 안쪽으로 들어갈수록 굽은 통로는 점점 더 어두컴컴해졌다. 분명 다른 입구가 있을 텐데. 금성은 영구차가 빠져나가기 적합한 기다란 통로를 앞서 나갔다. 한참을 걸어가니 커다란 원형 모양의 지하실이 나타났다. 형광등 여러 개가 지하를 환하게 밝히고 있었다. 벽 한쪽에 영안실 입구라는 팻말이 걸려 있고 그 앞에 잿빛 점퍼를 입은 서너 명의 남자들이 모여 있었다.

순점은 그들을 발견하자마자 한 발자국도 더 움직이려 하지 않았다. 금성은 구구의 작은 손안에 순점의 손가락 두 개를 쥐여주었다. 누구에게라도 매달리고 싶은 마음은 구구가 훨씬 더 간절했다. 구구는 순점의 손가락을 두 손으로 꼭 감싸쥐었다. 금성은 진땀이 배어나오는 손바닥을 비비며 그들에게 다가갔다. 몇몇은 머리카락을 쥐어뜯으며 꺽꺽 울고 있었다. 금성은 허리를 구십 도로 꺾어 그들에게 인사를 했다.

박기욱이 형 되는 사람입니다.

자신을 최반장이라고 소개한 사람이 금성의 팔을 붙잡고 밖으로 이끌었다. 비상계단을 통해 지상으로 나가는 문이 바로 옆에 있었다. 최반장은 계단참에 서서 금성에게 담배를 권했다. 금성은 손사래를 쳤다. 최반장은 담뱃갑을 도로 점퍼 안쪽에 넣었다. 그 자신도 담배를 피울 생각은 없던 듯했다.

어찌된 일입니까?

최반장은 고개를 한껏 조아리는 것으로 대답을 대신했다.

우리 기욱이 진짜로 죽었습니까?

워낙 순식간에 일어난 일이라.

금성은 최반장이 더듬거리며 잇는 말을 경청했다. 한마디도 잊지 않기 위해서 그의 말을 속으로 따라 하면서 기욱의 죽음을 상세하게 되짚었다.

아침부터 이상한 예감이 들었습니다. 통근 버스를 기다릴 때부터 계속 주변을 살폈습니다. 기분이 이상해도 너무 이상했기 때문입니다. 아무래도 무슨 일이 생길 것 같았습니다. 예감이 점점 강해지니까 오히려 내가 무슨 일이 생기길 바라고 있나 싶기도 했습니다. 문득 눈길이 기욱씨에게 머물렀습니다. 그는 딴생각에 빠져 있는 사람 같았습니다. 줄의 맨 끝에 비스듬히 서 있던 그는 입술을 헤벌리고 있었습니다. 대수롭지 않게 생각했습니다. 아마도 지난밤에 잠을 제대로 못 잔 모양이라고 추측했습니다. 다들 그런 밤을 보냅니다. 실제로 그는 그랬을 겁니다. 계속 뒤꽁무니가 서늘했습니다. 저는 저를 걱정했습니다. 기욱씨는 너무 젊고 건강했습니다. 통근 버스에서 모두 하차할 때였습니다. 슬쩍 뒤를 돌아보았습니다. 기욱씨는 혼자 버스 안에 남아 있었습니다. 잰걸음으로 통로를 오락가락하고 있었습니다. 버스 기사가 다리를 절며 앞문으로 먼저 내렸습니다. 기욱씨는 자꾸 뒤를 곁눈질하며 공장 안으로 도망치듯 들어갔습니다. 아무래도 그가 이상했지만 신경쓸 겨를이 없었습니다. 출근 도장 찍고 야간근무자에게 인수인계를 받느라 바빴습니다. 오늘은 일진이 안 좋을 것 같으니 경거망동하지 말고 조심해야지, 그 생각뿐이었습니다. 설마 기욱씨에게 나쁜 일이 생길 거라곤 전혀 상상하지 못했습니다. 다른 사람의 태몽을 대신 꾼다는 말을 들어본 적 있지만 죽는 꿈을 대신 꾼다는 말을 들은 기억은 없습니다. 출근 후 두 시간쯤 지났을 때였습니다. 2번 라인이 가동을 멈췄습니다. 엎친 데 덮친 격이었습니다. 담당자를 호출하는 동안 총 네 개의 라인이 전부 가동을 멈추었습니다. 큰일이었습니다. 돈으로 환산하면 어마어마한 손실이었습니다. 공장장에게 달려갔습니다. 그에게 전후 사정을 보고했더니 그는 대뜸 욕설부터 퍼부었습니다. 씨팔, 니미, 좆같네. 그럼 이제 어떻게 해? 화를 내며 책상을 내려쳤습니다. 뭐가 고장났냐고 윽박질렀습니다. 할말이 없었습니다. 그가 제게 삿대질을 했습니다. 무슨 재주로 여태껏 반장 자리를 꿰차고 있었느냐고 고래고래 소리를 질렀습니다. 저는 차근차근 설명했습니다. 수리팀에 연락을 했으나 그들도 라인 전체가 가동 정지되었다는 것은 납득하기 어렵다고 난색을 표하더라고 했습니다. 공장장의 말이 가관이었습니다. 다음부터는 무작정 쪼르르 달려오지 말고어디가 고장인지 왜 고장인지 확실히 파악한 뒤에 찾아오라고 했습니다. 자신은 그런 일을 해결하는 사람이 아니라고 침을 튀기며 말했습니다. 다시 돌아가는데 저절로 입에서 욕이 튀어나왔습니다. 어쩐지아침부터 기분이 영 찜찜하더라니 이런 꼴을 당하려고 그랬나보다 했습니다. 예감이 적중했다는 생각에 한편으로는 마음이 편해진 것도사실입니다. 적어도 이상한 기분에서는 놓여났으니 말입니다. 씨팔,개새끼. 실컷 공장장 욕을 하고 났더니 머릿속이 텅 빈 것 같았습니다. 직원들 전부가 공장 밖으로 나와 쉬고 있었습니다. 몇몇은 커피를마시고 몇몇은 그늘에 옹기종기 모여 담배를 피우고 여직원들은 수다를 떨고 있었습니다. 그 모습을 보고 있으니 부아가 치밀고 갑갑증이 일었습니다. 일일이 잔소리를 늘어놓기는 싫었습니다. 모두의 귀에 들릴 만큼 큰 소리로 욕을 했습니다. 그게 잘못이었는지도 모르겠습니다. 에이, 씨팔. 아침부터 재수없게. 일부러 땅을 푹푹 차며 걸었습니다. 눈치 빠른 직원들이 엉거주춤 따라 들어왔습니다. 벽에 나란히 붙어 서서 저를 쳐다보았습니다. 좀더 쉬어도 된다라는 말을 하기가 싫어 그대로 내버려두었습니다. 사무실에 들어오니 기욱씨가 앉아 있었습니다. 그는 저를 기다리고 있었습니다. 얼굴에 반가운 기색이 만연했습니다. 그의 이력서가 떠올랐습니다. 그가 입사하면서 제출했던 이력서는 꽤 오랫동안 사람들의 입에 오르내렸습니다. 기욱씨도 가끔 농담처럼 그 이야기를 꺼내곤 했습니다. 이력서에 텔레비전을 그려 입사에 성공했다고 말입니다. 실제로 몇몇은 그 이력서를 구경하기도 했습니다. 저 역시 그중 하나였습니다. 기욱씨가 할말이 있다고 했습니다. 저는 잠시 그를 기다리게 하고 수리팀에 다시 한번 도움을 요청했습니다. 아무래도 기계 이상이라 보긴 어렵고, 전기 배선 쪽 문제 같으니 더 기다려보라고 했습니다. 공장장 말도 틀린 게 없습니다. 사고는 각자 팀 안에서 처리하는 게 가장 뒤탈이 없습니다. 막막했습니다. 기욱씨가 머리를 긁적이며 저를 불렀습니다. 반장님, 휴가를 좀 받았으면 하는데요. 저는 기욱씨의 말을 무시했습니다. 휴가를 운운하기엔 적합하지 않은 때라고 여겼습니다. 갑자기 그가 바보처럼 보인 것도 사실입니다. 눈치가 없으면 바보 취급을 당하는 게 회사생활입니다. 기욱씨에게 물었습니다. 이전 직장이 한전이라고 했었지? 그는 놀라는 기색이었습니다. 마음이 상했는지 기어들어가는 목소리로 그렇다고 대답했습니다. 전기 배선 쪽 문제라고 하니 자네가 가서 확인해보는 게 어떻겠냐고 물었습니다. 저는 그를 지하실로 내려보냈습니다. 배선함의 위치를 설명해주고 휴가 문제는 퇴근 전에 다시 이야기하자고 약속했습니다. 피곤했습니다. 너무 피곤했습니다. 위로가 될지 모르겠지만 아마 몇 초 안 걸렸을 겁니다. 죽는 데 십 초도 안 걸렸을 겁니다. 한전에서 일했다는 사람이 두꺼비집 내릴 생각도 못했

습니다. 하다못해 손에 목장갑 한 켤레 낄 생각도 못했습니다. 죽을라
치면 별수없나봅니다.

금성은 다리에 힘이 풀려 제대로 서 있기조차 힘들었다. 간신히 벽
을 두 손으로 짚고서 묵직하고 단단한 무언가가 치밀어오르는 것을
애써 견뎠다. 오래전 기욱이 펄쩍 뛰며 반문했던 게 기억났다.
형, 남의 이력을 빌려가는 게 말이 돼?

23

용태는 방패와 곤봉으로 무장한 경찰들과 대치중이었다. 용태를 선
봉으로 세운 시위대의 가두행진은 강 너머 공단관리본부 청사를 향해
나아갔다. 자본주의의 모순을 혁파하기 위한 사회변혁의 수단은 노
동자 아니냐고, 용태가 교내 서클 회원들과 비밀 야학회에 속한 식구
들을 한데 불러모아 침을 튀겨가며 설득하고 주장해 이루어진 대규모
가두시위였다.

시위는 민주주의의 장례식이라는 거리 공연 형태로 기획되었다. 구
경꾼들이 잔뜩 몰려들었다. 참가자들은 모두 누런 상복을 입고 깃발
대신 만장을 흔들었다. 몇몇 남학생들은 하얀 종이꽃으로 장식된 상
여를 멨다. 상주를 맡은 용태는 머리 위에 삼베로 만든 포건을 쓰고
지팡이를 짚고 서서 여느 때보다 격분한 상태로 구호를 외쳤다. 허리
춤에 매달아놓은 화염병과 주머니에 쑤셔넣은 돌멩이 때문에 기다란

두루마기의 아랫부분이 불룩하게 솟아올랐다. 걸을 때마다 덜그럭거리는 소리가 났으나 용태는 개의치 않았다.

민주주의는 살해당했다.

용태가 우렁찬 목소리로 선창을 하자 뒤에 운집해 있는 무리들이 후창을 했다.

살인자 대통령은 물러가라.

다리를 사이에 두고 시위자들과 경찰들이 팽팽한 기 싸움을 벌였다. 양쪽 모두 다리의 양끝을 지키고 선 채 한 발자국도 움직이지 않았다.

준수하라, 근로기준법! 물러가라, 군부정권! 타도하자, 노동악법!

용태의 바로 뒤에서 호각 소리와 함께 북소리가 울렸다. 〈임을 위한 행진곡〉이 울려퍼졌다. 사랑도 명예도 이름도 남김없이 한평생 나가자던 뜨거운 맹세. 노랫소리가 점점 커져감에 따라 무리의 뒤로 오도 가도 못하는 차량의 경적 소리도 함께 높아졌다. 다리를 막고 선 시위대 무리들이 좀처럼 길을 비켜줄 기미가 없자 눈치 빠른 운전자들은 다른 우회 도로를 찾아 유턴을 했다. 성미 급한 다혈질 운전자들은 차창을 내려 손가락질을 하며 쌍욕을 퍼붓다가 여학생들의 서슬 퍼런 기세에 눌려 당황하며 후진했다.

동지는 간데없고 깃발만 나부껴 새날이 올 때까지 흔들리지 말자. 경찰 저지선이 슬슬 앞으로 다가왔다. 용태도 대여섯 걸음 나아갔다. 만장 펄럭이는 소리가 고막을 찢을 듯했다. 학원 민주화를 쟁취하자고 쓴 플래카드를 몸에 친친 감은 여학우가 갑자기 열을 이탈해 함성을 내지르며 구호를 외쳐댔다.

학원 민주화를 수호하라. 수호하라.

용태의 얼굴이 일그러졌다. 평소에도 용태와 충돌이 잦았던 학우였다. 투쟁 방향이 달라서였다. 그녀는 학내 시위가 가장 우선시되어야 한다고 주장하는 교내파였다. 일학기는 데모하고 이학기는 공부하자. 그녀가 후배들에게 건네는 농담 중 용태를 가장 거슬리게 하는 말이었다.

세월은 흘러가도 산천은 안다. 깨어나서 외치는 뜨거운 함성. 용태는 아무도 모르게 야심에 찬 계획을 품고 있었다. 구속을 자처하고 '근조 민주주의'라고 쓰인 완장을 두르고 선봉에 나선 것은 마지막 노림수였다. 노동자들의 의심과 망설임과 두려움을 일거에 말소시키려면 누군가의 희생을 담보로 하는 사건이 필요했다. 보다 대범하고 치명적인 수단과 방법을 동원하지 않으면 정부에 대한 투쟁도, 노동자들의 각성을 유도하는 모든 실천적 행동들도 자위에 불과했다. 지루한 반복과 답습에 그칠 뿐인 일들이었다. 더이상 실패하고 패배하기는 죽기보다 싫었다.

실패의 이력이 거듭되면 낙오자밖에 되지 못하고, 패배의 이력이 거듭되면 도망자 신세로 전락한다. 훗날 제 삶이 그나마 쓸모 있었다고 자평하려면, 세상을 변혁하는 데 일조해야 한다고 믿어왔다. 그러지 않으면 삶은 너무 사소하고 비천하기 이를 데 없었으며, 세상은 너무 부조리하고, 멍청할 정도로 독재자의 압제에 휘말려 돌아가고 있었다. 용태는 목의 핏대를 세우고, 악을 쓰며 노래했다.

앞서서 나가니 산 자여 따르라. 앞서서 나가니 산 자여 따르라. 깃발을 높이 들어올리자는 외침은 무효했다. 전시와 다를 바가 없는 시국이었다. 강력한 무기를 손에 쥔 자가 승리한다. 용태는 부글부글 끓어오르는 외침을 억지로 삼켰다. 돌과 화염병 따윈 버려라. 총과 칼을 들고 싸우자. 용태의 눈에 핏발이 섰다. 앞서서 나가니 산 자여 따르라. 앞서서 나가니 산 자여 따르라. 용태는 고함을 지르며 다리 한가운데로 달려나갔다. 두루마기를 벗어 머리 위로 흔들었다.

　죽은 이의 혼을 부르는 양, 하얀 두루마기가 강풍에 마구잡이로 흘날렸다. 상여를 이고 있던 남학생들이 용태의 뒤를 따르느라 급작스레 뛰기 시작했다. 빈 상여는 가벼웠지만, 넷의 발을 맞추기는 어려웠다. 허둥지둥하는 사이 용태가 허리춤에서 첫번째 화염병을 꺼내 방독면을 쓴 경찰부대 쪽으로 냅다 던졌다. 병이 깨지자마자 번지는 불길을 잡느라 군홧발들이 바삐 움직였다. 화염병과 돌멩이들이 한데 섞여 용태의 뒤에서 날아왔다.

　다리 위는 최루탄 가스로 뿌옜다. 한 치 앞도 보이지 않았다. 다리를 건너는 일은 무모했다. 경찰들의 포위망에 갇혀 최루액을 뒤집어쓰고 잘 떠지지 않는 눈으로 도망치려다 다리 아래로 낙하할지도 몰랐다. 저항조차 하지 못한 채 올무에 걸린 토끼처럼 매타작을 당한 뒤 축 늘어진 몸으로 구치소로 질질 끌려갈 게 뻔했다. 일단 다리 위를 빠져나가는 게 급선무였다.

　상여 버려!
　자욱한 최루탄 가스 사이로 용태가 소리쳤다. 선봉장 용태의 말에 상여를 이고 있던 남학생들이 다리 아래로 상여를 떨어뜨렸다. 검은 강물 위로 상여가 둥둥 떠내려갔다. 흰 종이꽃을 툭툭 남기며 하류를 향해 흔들흔들 흘러갔다. 곧이어 일사불란한 군홧발 다가오는 소리가 쫓아왔다. 여기저기서 둔탁한 파열음과 비명이 터져나왔다.

　용태는 전속력을 다해 집으로 달려갔다. 가는 길에 품안에 숨겨둔 유인물을 허공중에 남김없이 뿌렸다. 집에 도착하는 대로 장롱 위에 숨겨둔 총을 꺼내 실탄을 장전할 것이다. 더플백에 숨긴 총의 총알을 기어코 발사할 것이다. 세상에 걸맞지 않더라도 세상에 유용한 사람으로 남고자 했다. 하지만 점점 세상에 걸맞은 사람처럼 살아가게만 되는 판국이었다. 점점 스스로에 대한 의심만이 더해갔다. 약해지고 있는 것이었다. 분노가 모조리 빠져나가고 있는 것이었다. 무모하다 싶을 만큼 과격한 결단과 행동을 스스로에게 강요하지 않고서는 이 무기력을 부숴버릴 길이 없었다. 총을 가져야만 했다. 손에 총을 잡아 쥐어야만 했다. 무엇이 용태의 과녁이 될지는 용태 자신도 몰랐다. 그저 막연히 대통령이라고 죽이지 못하겠느냐, 날 선 결심만이 그의 안에서 덜그럭거렸다.

24

　대문이 활짝 열려 있고, 집은 텅 비어 있었다. 용태가 큰 소리로 금성을 불렀다. 형, 형! 대답하는 사람이 아무도 없었다. 구님아. 구님아. 구구야. 평소 같았으면 만세를 부르며 달려왔을 구구도 코빼기조차 보이지 않았다. 용태는 기욱의 방문을 두드리려다 말고 홍시 할머니의 방문 앞에 서서 조심스럽게 할머니를 불렀다. 할매. 할매. 인기척이라곤 전혀 들려오지 않았다. 문 앞에는 할머니의 하얀 고무신이 가지런히 놓여 있었다.

누구에게라도 작별 인사만은 하고 떠나고 싶었다. 용태는 집안을 두리번거리다 머리칼을 헝클어뜨리며 한숨을 푹푹 내쉬었다. 어쩐지 서먹서먹한 기분이었다. 부엌을 향해 움직이면서 용태는 애써 마음을 다잡았다. 어금니에 힘을 꽉 주고 냉장고의 문을 열어 누런빛이 감도는 내부를 멀뚱멀뚱 바라보았다. 미지근한 공기가 그 안에 두텁게 고여 있었다. 용태는 주머니에 들어 있던 돈을 꺼내 지폐만 골라내어 가지런히 펴서 냉장고 안에 넣어두고 문을 닫았다. 손바닥이 축축했다. 온몸이 흥건하게 젖은 상태였다. 불쾌한 냄새가 젖은 몸에서 무럭무럭 피어올랐다.

해가 기울며 마루 위에 비스듬히 내리비쳤다. 곧 서쪽 하늘이 붉게 물들 것이다. 용태는 해가 지기 전에 집을 떠나고 싶었다. 조바심이 들면서 가슴이 미어졌다. 금성과 구구를, 기욱과 순점을, 할머니를 과연 다시 볼 수 있을까? 마루의 귀퉁이에 놓여 있는 텔레비전을 쳐다보았다. 소매를 길게 끌어내려 화면을 부옇게 덮은 먼지를 닦아냈다. 그들이 용태를 다시 보게 된다면 바로 이 화면을 통해서일 확률이 컸다. 나는 아마 웃고 있겠지만 식구들은 내가 울고 있다고 생각할지도 몰라. 용태는 꺼진 화면을 더욱 꼼꼼히 닦았다. 새가 지저귀며 마당에 내려앉아 땅바닥을 부리로 콕콕 쪼아대다가 다시 훌쩍 날아갔다. 용태는 새가 날아간 방향으로 잠시 눈길을 주었다가 마당으로 내려가 펌프로 물을 받았다.

물은 차가웠다. 대야 앞에 쭈그리고 앉아 손이 가는 대로 몸 여기

저기를 씻었다. 목덜미와 팔꿈치, 겨드랑이를 물로 적시고 티셔츠를
걷어 배꼽 언저리를 씻어냈다. 지는 볕에 물기를 말렸다. 입었던 옷
을 깡그리 벗어 수돗가 한 귀퉁이에 쌓아두고 알몸인 채 방으로 들어
갔다. 새 옷을 꺼내 입고 더플백을 바닥에 내려놓았다. 기다란 입구를
열어 청바지 여러 벌을 두툼하게 깔았다.

　깨금발을 하고 장롱 위에서 총을 내렸다. 무릎 위에 올려놓고 앉아
기름칠한 헝겊으로 총부리부터 찬찬히 닦았다. 탄창에 실탄을 넣고
장전한 뒤, 후후 입김을 불어 실오라기 같은 먼지들을 멀리 날려보냈
다. 이제 잠금쇠만 풀면 언제라도 격발이 가능했다. 장전된 총을 청바
지 위에 올려두고 그 위를 스웨터와 점퍼로 덮었다. 묵직해진 가방을
손에 들고 문턱에 앉아 운동화를 꿰신었다. 잠시라도 지체했다가는
마음이 변해 이대로 주저앉을지도 몰랐다. 여태 살아왔던 그대로, 금
성이 내어준 바깥방에 기거하며, 몰지각한 데모꾼 취급을 받으며, 허
위에 찌든 치기 어린 낭만주의자라는 의심 속에 자신을 가두어둘 수
는 없었다.

　홍시 할머니가 비틀거리며 마당 안으로 들어섰다. 할머니의 안색이
창백했다. 초점 없는 흐릿한 눈으로 막 방을 빠져나오는 용태를 힐끔
거리다 가까이 다가오라는 손짓을 했다. 용태는 가방을 뒤로 숨기며
할머니가 시키는 대로 터덜터덜 걸어갔다. 조금 전까지만 해도 누구
에게라도 유언과 같은 작별 인사를 남기고 싶어 안달이었는데, 막상
식구 중 하나를 마주치니 무안하고 어색했다. 이대로 사라져버리고
싶었다. 아까 본 새처럼 휘이휘이 날아가고 싶었다. 할머니는 눈가를

비비다 바닥에 끌리는 치맛자락을 들어올렸다. 그제야 할머니가 입고 있는 옷이 용태의 눈에 들어왔다. 할머니는 누런 삼베로 만든 상복을 아래위로 갖춰 입고 진땀을 흘렸다.

할머니, 옷이 왜 이 모양이야?

용태가 코앞에 서서 할머니의 서걱거리는 옷을 만지작거리며 말했다.

전화가 왔는데, 기욱이 죽었대.

할머니의 말을 용태는 단번에 알아듣지 못했다.

나는 기욱이 있다는 병원을 못 찾겠다. 아무리 걷고 걸어도 번번이 집 앞이다.

잠시나마 용태는 할머니가 미쳤다고 오해했다.

나 좀 데려가다오.

할머니가 용태의 한쪽 팔을 붙잡고 대문 밖으로 잡아끌었다. 그제야 용태는 집안에 감돌던 기이하고 서늘한 적막의 정체를 알 것도 같았다. 설마 기욱이 죽었을 리야 했겠냐만 할머니가 큰 충격에 휩싸여 정신줄을 놓칠 만큼 나쁜 일이 벌어진 것만은 틀림없는 사실인 듯했다.

할머니는 여느 때보다 흐리멍덩했다. 자꾸만 엉뚱한 방향으로 발길을 돌렸다. 용태는 간신히 할머니를 붙잡아 택시를 타고 병원에 당도했다. 곧장 병원 입구의 접수창구로 가서 박기욱이라는 환자가 입원하거나 다녀간 적 있는지를 물었다. 창구의 여직원은 용태 뒤에 서 있는 할머니를 수상쩍은 눈으로 훔쳐보며 서류를 뒤적거렸다. 붉고 조그마한 입술을 달싹이며 기욱의 이름을 연신 중얼거렸다. 박기욱. 박

기욱. 박기욱. 그녀의 손가락이 서류의 어느 한 지점에서 딱 멈추었다. 그녀는 의심이 싹 가신 눈으로 할머니를 애처롭게 바라보다 용태에게 마치 양해를 구하는 사람처럼 두 눈을 깜빡이며 말했다.

지하로 가셔야 할 것 같은데요.

지하요? 몇 혼데요?

여직원이 몸을 창구 쪽으로 훌쩍 기울이며 나직한 목소리로 대답했다.

장례식장으로 가세요.

네?

3호실이에요.

장례식장요?

용태의 반문에 여직원의 얼굴에도 그늘이 드리워졌다.

네, 지하 계단으로 내려가시면 됩니다.

여직원이 손으로 어두운 복도 끝을 가리켰다. 용태는 꼼짝 않고 서 있었다.

기욱이가 죽었다지?

할머니가 용태의 팔을 흔들며 물었다. 용태는 저도 모르게 고개를 주억거렸다. 욕지기가 치밀었다. 결의에 찬 서울행을 마침내 실행에 옮기려는 이 중대한 날에, 당최 말 같지도 않은 소리를 듣고 있다니. 터무니없는 속임수에 휘말려 놀아나고 있다는 생각에 머리끝까지 화가 치밀었다. 한편으로는 기욱이 죽었다는 사실을 납득하고 수긍하는 자신 때문에 더욱 미칠 지경이었다. 화를 내는 것 말고 다른 방법이나 대처가 떠오르지가 않았다. 계속 화를 내고 소리내어 분개하고 있다보면 누군가 다가와 기욱을 되살려줄 것 같았다.

누가 기욱이 죽었대? 응? 어느 개새끼가 그러냐고?

여직원이 두 손으로 입을 가리며 눈살을 찌푸렸다. 이런 광경을 자주 봤었는지 놀라지도 않았다. 용태는 씩씩거리며 할머니를 붙잡고 뛰다시피 복도 끝으로 향했다. 온몸을 부딪쳐 지하로 내려가는 문을 밀어냈다. 계단을 서너 칸씩 건너뛰었다. 할머니가 용태의 손을 뿌리치며 계단참에 주저앉았다. 용태는 뒤돌아보지 않았다. 기다란 가방을 앞뒤로 흔들며 영안실과 맞붙어 있는 장례식장으로 한달음에 달려갔다.

25

빈소는 아직 제대로 마련되지 않은 상태였다. 빈 제사상이 병풍 앞에 덩그러니 놓여 있었다. 상 위에 놓인 향로에서 기다란 향이 잿빛 연기를 피워올리며 조용히 타들어갔다. 순점은 보이지 않았다. 벽에 기대어 다리를 쭉 펴고 앉은 금성이 용태를 맞았다. 구구는 금성의 허벅지를 베고 누워 불규칙한 숨소리를 냈다. 금성이 불붙은 담배를 손가락에 끼운 채 한 손으로 잠든 구구의 가슴팍을 토닥이며 억지로 구구를 깊게 재우려 했다.

더플백을 입구에 떨어뜨리며 용태가 빈소 안으로 들어섰다. 휘청거리며 다가가 금성의 앞에 주저앉았다. 금성이 용태를 보고 고개를 푹 숙였다. 구구의 머리카락을 쓸어내리며 입술을 달싹거렸다. 무슨 말부터 꺼내야만 기욱의 죽음을 용태에게 제대로 설명할 수 있을지, 금성은 까마득했다. 그 어떤 말로도 기욱의 죽음을 논리적으로 설명할 길은 없어 보였다. 다 내 탓이야, 라고 말하는 게 가장 적확한 말 같았다. 하지만 그 말만은 차마 할 수가 없었다. 그렇게 쉽게 인정하고 잘못을 덤터기 쓰고 싶지 않았다. 그러기엔 기욱을 너무 사랑했다.

구구는 눈을 감고 있었지만, 잠을 자고 있지는 않았다. 실눈을 뜨고 입구 쪽을 힐금거렸다. 벗어놓은 신발들 옆에 가로로 누워 있는 기다란 가방이 보였다. 그 안에 들어 있는 길쭉한 총이 투시경을 쓴 것처럼 훤히 보였다.

형.

용태가 금성을 부르자, 금성이 용태의 시선을 피해 고요하게 타들어가는 향을 쳐다보며 웅얼거렸다.

우리는, 괜찮아.

기욱이 더이상 우리 중 하나가 아니라는 사실 때문에 금성은 주먹으로 두 눈을 꾹꾹 누르며 터져나오는 눈물을 막았다. 구구가 몸을 일으켜 앉았다. 아버지의 말에 동의할 수 없다는 듯, 두 눈을 동그랗게 뜨고 금성을 보았다. 아버지의 꼭 쥔 주먹이 젖어 번질거리는 걸 보았다. 구구는 용태에게로 고개를 돌렸다.

총 가지고 왔어?

구구가 물었다. 용태가 몸을 반쯤 일으켜 무릎을 꿇었다. 금성이 얼굴에서 손을 떼고 구구를 엄한 눈으로 쏘아보았다. 화가 났다. 기욱이 죽었다는 사실을 구구가 제대로 받아들이지 않아서였다. 금성은 용태에게 가까이 다가가려는 구구의 등을 잡아챘다. 구구의 몸이 뻣뻣하게 굳었다. 금성의 손힘에 끌려가지 않으려고 발끝에 단단히 힘을 주었다. 때마침 순점이 홍시 할머니의 손을 잡고 돌아왔다. 할머니는 멈칫거리며 더 움직이려 들지 않았다. 순점이 울상을 지으며 금성과 용태를 바라보았다. 순점에겐 할머니를 상대할 힘이 남아 있지 않았다. 용태가 일어섰다. 순점이 할머니를 잡고 있던 손을 놓았다. 그러곤 다른 한 손에 들고 있던 것을 두 손으로 받치듯 들었다.

기욱의 영정이었다. 금성은 손에서 구구를 놓았다. 빈소 바닥에 엎어져 온몸을 떨며 통곡했다. 아버지의 손아귀에서 벗어난 구구가 쏜살같이 가방을 향해 달려나갔다. 순점이 빈소 입구에 놓인 기다란 가방을 피해 우는 금성을 향해 다가갔다. 용태가 홍시 할머니에게 등을 내주었다. 할머니는 순순히 용태의 등에 업혔다. 구구는 그 모두를 가로질러 용태의 가방을 향해 나아갔다. 금성의 울음소리가 더욱 커져갔다. 구구는 가방의 지퍼를 열어 팔을 깊숙이 찔러넣었다. 작은 손으로 더듬거리며 옷 무더기 아래 숨겨진 총을 찾아냈다.

길고 단단한 총신이 먼저 만져졌다. 금성이 기욱의 이름을 외쳤다. 기욱아. 기욱아. 순점이 기욱의 영정에 굵은 눈물을 뚝뚝 떨어뜨렸다. 구구는 옷을 헤집어 기다란 총부리를 천천히 더듬었다. 둥근 고리가 만져졌다. 구구는 서슴없이 고리에 두 손가락을 걸어 당겼다. 한 번, 두 번. 커다란 발사음이 빈소를 뒤흔들었다. 금성의 몸이 일순간 딱딱하게 굳었다. 할머니를 업은 채로 용태가 바닥에 고꾸라졌다. 순점이 커다랗고 둥근 배를 감싸안고 비명을 내질렀다. 넷은 동시에 구구를 바라보았다. 구구의 한쪽 팔이 가방에 가려져 보이지 않았다. 구구야.

금성이 튀어오르듯 몸을 벌떡 일으켰다. 구구가 우뚝 일어서며 가방에서 팔을 빼냈다.

불발이었다. 금성은 그만 다리에 힘이 풀려 그대로 주저앉았다. 가방에서 허연 연기가 풀풀 새어나왔다. 금성이 두 귀를 문지르며 자신에게 다가오는 구구를 잡아챘다. 이 못된 것아. 흐느끼며 구구의 엉덩이와 등짝을 후려패기 시작했다. 구구는 어안이 벙벙했다. 아버지의 매질이 아픈 줄도 몰랐다. 총소리에 귀가 먹먹했다. 입술을 삐죽거리며 머리를 흔들었다. 귓속이 계속 웅웅거렸다.

금성은 천연덕스럽기만 한 구구를 잡아 흔들다가 내던지듯 밀어버렸다. 곧장 용태에게 달려들었다. 왜 총 따위를 버리지 못해서 여기까지 들고 왔냐고, 누구 하나 또 죽는 꼴을 봐야 정신 차리겠냐고 용태의 등과 엉덩이에 내키는 대로 주먹을 휘둘렀다. 용태는 애써 비명을 삼켰다. 금성이 허투루 휘두르는 주먹질에도 맞는 데마다 마치 칼이 꽂힌 것처럼 아팠다. 금성은 멈추지 않고 용태의 멱살을 부여잡았다. 용태가 고개를 외로 돌려 금성의 시선을 피했다. 금성이 거친 숨을 몰아쉬며 다그쳤다.

누구를 반드시 죽여야만 네가 살 것 같았어? 아님 그것도 희생이라고 생각했어?

갑자기 순점의 숨소리가 커졌다. 배를 움켜쥐고 헐떡거리던 순점이 두 팔을 허리 뒤로 돌려 바닥을 짚었다. 숨을 거칠게 몰아쉬며 천천히 빈소 바닥에 드러누웠다.

나 좀 살려줘.

들릴락 말락 한 소리였지만 모두가 그 말을 알아들었다. 다들 차마 꼼짝하지 못했다. 순점이 부들부들 떨리는 손으로 치맛자락을 반듯하게 정돈했다.

나, 지금 이상해.

순점이 시체처럼 일자로 누워 하늘을 향해 말했다. 그녀의 다리 사이로 맑고 뜨거운 물이 번져나갔다. 언뜻 핏물이 내비쳤다. 모두가 순점을 향해 기어갔다. 금성이 순점의 목을 끌어안았다. 용태가 순점의 손을 감싸쥐었다. 할머니가 순점의 허벅지에 얼굴을 묻고 울먹였다.

애기 엄마, 정신 차려.

구구가 어정쩡하게 서 있다가 꿈틀거리는 순점 곁으로 다가갔다. 순점의 양말이 젖어 있는 것을 멍하니 바라보았다. 구구의 맨발이 미지근하게 젖어들었다.

살려줘.

순점이 헐떡이며 몸을 비틀었다. 할머니가 목을 놓아 울었다. 살려줘. 어서 살려줘. 쓰러진 순점을 가리키며 애기 엄마를 살려주라고 애원하며 울었다. 구구는 오래전에 뱃속에서 들었던 엄마의 목소리를 기억해내려 애썼다. 아무 말도 기억나지 않았다. 엄마의 목소리가 어땠었는지 처음부터 알고 있지도 않았던 것처럼 머릿속이 하얗기만 했다. 들리는 것이라곤 오로지 순점의 목소리뿐이었다.

아기를 살려줘.

구구는 더욱 세게 먹먹해진 귀를 문질렀다. 저만치 기욱의 영정이 뒤집힌 채로 바닥에 놓여 있었다.

4부

1

1999년의 마지막 밤, 세계가 멸망할 것이라는 풍문이 나돌았다. 2000년은 지구의 달력에 없는 해라는 것이었다. 그 말은 허무맹랑한 듯 보이지만 의미심장한 데가 있었다. 용태는 그 말을 전적으로 믿지 않았다. 세상의 절반, 아니 절반의 절반조차 단 한 번의 일갈에 망하거나 사라질 리 없다는 것을 너무나 잘 알고 있었다. 그동안 세상은 비교적 원만하고 순조롭게 흘러가는 추세였고, 그것은 조금도 이상할 게 없어 보였다. 2000년이 된다 한들 세상의 허리가 일순 끊어져 두 동강이 된다거나 우주의 먼지가 되어 사라질 턱이 없었다.

다만, 용태는 그 말을 부분적으로 아주 맹신했다. 총알이 꿰뚫고 지나간 자리에는 언제나 구멍이 남기 마련이고 그 구멍을 메꾸어야만 상처는 완치될 수 있기 때문이었다. 그러니 1999년의 마지막 밤에 세상의 어떤 부분은 지구의 가장 깊숙한 곳으로 함몰되어 온데간데없이 사라질 거라고, 용태는 예측했다. 작은 멸망을 세상에 드러내는 것만으로도 예언은 어느 정도 맞아떨어지는 셈이어서 용태는 1999년의 마지막날을 간절히 기다렸다.

살던 데로 돌아가라.

어쩌면 그것이야말로 용태에게 가장 두려운 형벌이라는 것을 금성은 이미 알고 있었을지도 모른다. 용태는 어디로든 돌아갈 수 없는 신세였으니까. 그날 이후 용태는 하숙집 식구들의 얼굴을 가까이에 두고 볼 수 없는 처지가 되었다. 구구의 이름조차 살갑게 부를 수 없었다. 가장 사랑했던 이름은 가장 두려운 이름이 되었다. 구구나 금성, 그리고 순점의 이름을 입에 올리는 일만으로도 그들에게 불행과 악재가 옮겨갈까봐 두렵기 그지없었다.

결국 용태는 "살던 데"에서 가장 멀리 떨어진 땅을 찾아 헤매다 어느 부둣가에 당도했다. 그곳에서 십수 년 동안 자신의 뒤를 곁눈질하며 살았다. 심판자의 긴 칼을 사계절 내내 소름 돋은 몸으로 기다렸다. 칼은 부두를 나뒹구는 녹슨 작살일 수도 있고, 강풍에 부러진 삭구의 날카로운 절단면일 수도 있었다. 미쳐 돌아다니는 들개의 송곳니일 수도 있고, 느닷없이 몸을 일으켜세워 달려드는 큰 파도의 아귀일 수도 있었다. 빈집의 처마끝에 위태롭게 매달려 있는 슬레이트가 용태의 목을 향해 날아올지도 모르고 제대로 비벼 끄지 않은 담배꽁초가 용태를 화형시킬 수도 있었다. 하지만 그 모든 일들은 용태의 머릿속에서만 빈번할 뿐 실제로는 아무 일도 일어나지 않았다.

1999년의 마지막 밤은 다를 줄 알았다. 그날 어떤 재앙이 닥쳐도 이해하고 받아들일 준비가 세상 사람들에게 어느 정도 마련되어 있었다. 용태는 제때 연탄을 갈지 않아 한기가 첩첩 쌓인 방바닥에 누워 오직 초침 소리에만 귀를 기울였다. 1999년의 마지막 밤이 격렬하게 지나가기를 벽시계를 흘깃거리며 기다렸다. 벽시계는 그가 이곳에 머무르기 전부터 바다를 향해 난 쪽창 옆에 걸려 있던 것이었다. 원래부터 죽은 시계였다. 언제나 열두시 오 분 전을 가리키는 시침과 분침은 십 년이 넘는 세월 동안 조금도 움직이지 않은 채 고정되어 있는 상태였다. 그런데도 시계는 꾸준히 시간이 흘러가는 소리를 만들어냈다.

2

시계에서 초침 소리가 들리기 시작한 것은 올가을부터였다. 물론 초침 소리는 그전부터 시작되었을지도 모른다. 용태가 미처 자각하지 못했을 가능성도 충분히 컸다. 막바지 전어잡이가 한창이던 때였다. 어촌계 계장이 일찌감치 용태를 찾아와 함께 바다에 나가기를 청했다. 용태로선 전혀 마다할 일이 아니었다. 용태는 기꺼이 몸을 일으켜 작업복을 꺼내 입었다. 두 발을 막 차례대로 꿰기 시작했을 때, 섬뜩한 기운이 발끝에서부터 서서히 용태의 전신으로 퍼져나갔다. 꼭 살아서 펄떡이는 것처럼 탄성 넘치던 옷자락이 맥없이 축축 늘어져 용태의 다리에 쩍쩍 들러붙었다.

옷에도 숨통이란 게 있다면 밤사이 누군가 그것을 비틀어 끊어놓은 것처럼 옷의 상태는 아주 딴판이 되어 있었다. 위아래가 붙은 작업복은 질긴 고무로 만들어져 파도가 수시로 튀어오르는 갑판 위에서는 더할 나위 없이 제격이었지만 정작 물에 빠지면 전혀 쓸모없는 옷이었다.

용태는 그 옷을 좋아했다. 그것은 고래 가죽처럼 질겨서 발을 뗄 때마다 금방 잡아올린 참치처럼 퍼덕거렸다. 바짓단을 묶고 바닷물을 길어올리는 데에도 맞춤이었다. 그 옷만 입으면 부둣가를 서성이는 낯선 여행객들 사이에서도 기죽지 않았다. 심지어 그들 중 하나가 길을 물어오거나 끼니를 때울 만한 적당한 식당을 물어올 때도 용태는 짐짓 심드렁한 체하며 그들이 원하는 대답을 말해줄 수도 있었다. 그에게 작업복은 방수복이라기보다는 일종의 방탄복에 더 가까웠다.

조금씩 늘어나기 시작한 여행자들의 등장은 용태에게 유혹의 총알이나 마찬가지였다. 이를테면 더이상 자발적인 유배생활은 무용하다는 유혹. 시간은 당신의 모든 과오를 씻어낼 만큼 충분히 흘렀고, 필요 이상의 고통을 자처함으로써 당신의 과거는 그 누구보다 순결해졌으니 이제 그만 시커먼 방수복을 내던지고 사시사철 풍랑이 불어오는 부두를 벗어나 당신이 원래 누리고자 했던 삶을 살아가는 게 어떻겠느냐는 제안.

여행자들은 부두를 거니는 용태에게 친근하게 말을 걸어왔다. 여기 볼만한 게 뭐가 있어요? 이 동네에서 제일 맛있는 횟집은 어디예요? 느닷없이 출몰해 서슴없이 날아오는 질문들은 용태에게 세월의 흐름과 세상의 변화를 실감케 했다. 더불어 이제 막 스무 살을 넘겼을 구구의 모습도 궁금하게 만들었다. 용태는 배낭을 메고 먼바다를 가리키며 들뜬 목소리로 아름답다고 감탄하는 여행자들의 뒷모습을 바라보면서 지난날을 돌이켜보려 애썼다.

도통 기억나는 과거가 없었다. 금성의 하숙집에서 살기 이전의 날들에 대해선 떠오르는 바가 아예 없었다. 용태는 자신의 고향과 태생, 부모의 정체, 유년기와 청소년기, 첫사랑과 고향 친구들을 모두 잊었다. 태어나 처음으로 맞닥뜨리고, 겪고, 사랑하고, 떠났던, 반드시 다시 만나자고 약속했었을 그 모든 시초들을 송두리째 잃어버린 것이다. 용태는 쉽사리 자신의 기원에 대한 기억을 체념했다. 스무 살 이전의 자신은 누군가의 삶에 슬쩍 끼어들었다가 이내 잊힌 그림자와도 같았을 거라고, 용태는 단정했다.

그들이 어린 용태를 잊는 순간, 용태의 머릿속에서도 똑같은 망각이 이루어졌을 것이다. 머릿속에서 유년 시절의 기억들이 흔적 없이 사라진 것은 어머니마저 나를 잊었거나 죽었기 때문일 거라고, 오랜 세월 어머니가 품었던 아들에 대한 기억마저 땅속 깊이 묻혔거나 불에 타 사라졌을 거라고, 용태는 불가해한 삶과 기억의 작용을 그렇게 이해했다. 금성과 순점, 구구가 여전히 잊히지 않는 것은 그들 역시 자신을 잊지 않고 있기 때문임이 분명했다. 용태는 그들이 자신을 잊지 않는 이유가 오롯이 분노와 원망 때문만은 아니길 바랄 뿐이었다.

억지로 작업복을 껴입었다. 옷은 한없이 무거워져 한 걸음도 뗄 수 없었다. 용태는 어찌할 바 모르고 우두커니 서 있다가 급기야 옷의 무게에 짓눌리듯 주저앉았다. 손가락 하나 까딱할 기력마저 남아 있지 않았다. 바로 그 순간이었다. 시곗바늘 움직이는 소리가 들렸다. 세상의 다른 소리들은 들리지 않았다. 죽은 벽시계의 초침이 딸각거리며 움직이는 소리만이 유일했다. 처음엔 놀라지 않았다. 그럴 수도 있겠

거니 했다. 용태는 천천히 고개를 들어 벽시계를 쳐다보았다. 딸깍거리는 소리는 여전한데 시곗바늘은 움직이지 않았다. 그것은 여태 그래왔던 것처럼 죽은 채였다.

소리는 계속 이어졌다. 소리의 출처 역시 벽시계가 맞았다. 의심할 바 없이 죽은 벽시계의 초침이 내는 소리였다. 하지만 아무리 두 눈을 씻고 봐도 벽시계의 바늘은 열두시 오 분 전에서 단 한 치도 벗어나지 않았다. 초침은 숫자 6을 집요하게 가리키고 있었다.

3

초침 소리는 카운트다운을 하듯 계속되었다. 바로 그 때문에 1999년의 마지막 밤에 대한 온갖 풍문과 예언들에 용태의 마음이 한층 쏠렸다. 누구도 부인하거나 부정할 수 없는, 시의적절하고 공정한 처형의 날이 용태에게 보란듯이 카운트다운을 시작했다. 하지만 1999년의 마지막날 아침, 잠에서 깨어나 밥을 먹고 저녁을 지나 한밤이 될 때까지, 도통 아무 일도 일어나지 않았다. 이웃 몇몇이 소주나 마시자고 찾아온 게 전부였다.

용태는 어이가 없어 낙담했다. 간간이 울기도 했다. 방안과 부엌을 우왕좌왕하며 수돗물을 벌컥벌컥 마시기도 했다. 창문을 열고 닫기를 수차례 반복했다. 그때마다 바람 소리와 파도 소리가 밀려들었다가 사라졌다. 용태는 멍하니 서서 코웃음을 쳤다. 자신의 뺨을 두어 대 갈겼고, 기침을 하다 누런 가래를 토해냈으며, 똥을 누고 담배를 피우고, 양치를 하다가 뭔가 결심한 사람처럼 창문을 포함한 모든 문을 잠갔다. 불을 껐다. 방바닥에 반듯하게 누워 다가오는 멸망의 기척에 집중했다. 죽은 벽시계의 초침 소리가 더욱 크게 들렸다.

만약 이 밤이 마지막 밤이 아니라면?

용태는 더이상 물러설 자리가 없다는 것을 깨달았다. 이 밤이 마지막 밤이 아니라면 이곳 역시 그의 무덤이 아니라는 뜻이다.

돌아가야 하는 걸까?

용태는 순진했다. 어떤 처벌이라도 달게 받겠다는 그 마음 하나만으로도 교수대에 제 발로 걸어가 스스로 목을 걸 필요는 없다고 생각했다. 오히려 그것은 지나치게 소란스러워서 일종의 자기과시처럼 느껴질 수도 있다고, 용태는 스스로를 납득시켰다. 차라리 은둔자가 되어 아무도 모르게 세상의 처분을 기다리는 게 가장 윤리적인 자세일 거라고, 남들이 보기엔 비겁한 회피처럼 여겨질지 몰라도 그 오해마저 달게 감내하겠다고, 스스로에게 끊임없이 주지시키며 살아왔다. 하지만 그것은 틀렸다고, 너는 여전히 잘못 살고 있다고, 1999년 12월 31일의 벽시계가 그에게 끈질기게 속삭였다.

4

순점은 죽은 아이를 낳았다. 응급실에서 당직을 서고 있던 신출내기 의사가 혼절한 순점의 자궁 입구를 억지로 확장해서 아기를 끄집어냈다. 아기는 거무튀튀하게 마른 몸으로 태어났다. 이미 오래전에 죽어, 검게 태어났다. 아기는 병원의 하잘것없는 폐기물에 뒤섞였다. 아직 사람의 형상을 제대로 갖추지 못한 채였다. 순점의 아기도 뱃속에서 빽 하고 죽었을까? 구구는 자신의 바람이 어떤 식으로든 이루어졌다는 것에 놀랐다. 그제야 구구는 아버지가 입버릇처럼 꺼내곤 하던, 너는 보통 아이가 아니라는 말을 실감했다. 무엇보다 누군가의 생과 사를 자신의 손안에 틀어쥐고 있다는 사실에 경악했다. 구구는 그제야 아버지의 말을 믿었다.

죽은 아기를 뱃속에서 끄집어내고 기욱의 시신을 서울에 있는 부모에게 떠나보낸 뒤에도 순점의 입덧은 계속되었다. 마치 아기가 여전히 그녀의 뱃속에 자리잡아 온전하게 사람의 모습을 갖추려고, 적어도 영혼만이라도 제대로 모양을 갖추려고 보이지 않는 성장을 계속 이어나가는 듯했다.

입덧은 꼬박 열 달을 채우고서야 멈췄다. 부른 배는 쉬이 꺼지지 않았다. 순점은 추워서 이불을 서너 장씩 말고 있다가도 아이스크림을 찾아 먹었다. 금성은 순점 혼자 남겨진 방에 매일 아이스크림을 들이밀었다. 순점은 아이스크림을 남김없이 핥아먹으며 세상에는 좋은 것들이 참 많다고, 단물 섞인 침을 씁쓸하게 목 뒤로 삼켰다. 할머니의 홍시도 세상의 달고 좋은 것들 중 하나였지만 그것은 금세 바닥이 났다.

할머니는 며칠째 돌아오지 않았다. 할머니의 빈방을 뒤지자 베개 아래에서 편지 한 장이 나왔다. 할머니는 살던 곳으로 돌아가겠다고, 거기선 홍시를 구할 걱정에 시달리지 않아도 된다고 남겼다. 미안하다고도 했다. 마냥 좋지만은 않더라고 덧붙였다. 후회하진 않았지만 굳이 있을 이유도 끝끝내 찾지 못했다고도 했다. 처음부터 그렇더라고, 그래서 미안하다고 할머니는 썼다.

할머니가 아주 떠나버린 것을 알게 된 날, 금성이 며칠째 문밖으로 나오지 않는 용태의 방문을 슬쩍 열었다. 이불 속에서 어깨를 들썩이던 용태가 순간 잠잠했다. 금성은 문 앞에 쭈그리고 앉아 그동안 숱하게 연습해왔던 말을 되새겼다. 그것은 홍시 할머니가 남긴 말이기도 했다.

너도 이제 그만 살던 데로 돌아가라.

용태는 두 다리를 가슴팍까지 끌어모아 무릎에 고개를 파묻었다. 이불 위로 드러나는 용태의 실루엣이 한결 작아졌다. 기다란 몸뚱이가 반 토막이라도 난 것 같았다. 용태가 아니라 구구가 이불 안에 숨어 있는 것만 같았다. 금성이 미동 없는 용태를 향해 엉금엉금 기어갔다. 이불 끝자락에 무릎을 꿇고 앉아 읊조리듯 하던 말을 이었다.

이래가지고는 같이 못 살지 않겠나.

금성이 이불 속으로 손을 깊숙이 집어넣었다. 용태의 맨발이 만져졌다. 커다랗고 거칠한 용태의 발바닥을 몇 번이고 다시 만졌다.

살자니 헤어지는 수밖에 없겠다.

금성이 기어이 말꼬리를 삼켰다. 용태가 슬그머니 발을 빼내어 돌아누웠다. 금성이 몸을 일으켜 우두커니 섰다. 밭은기침이 쏟아졌다. 눈물이 길게 흘러내렸다. 금성은 두 손으로 입을 가리고 부리나케 용태의 방을 나섰다. 눈 밑을 훔치며 마루에 두 다리를 늘어뜨리고 앉았다. 텔레비전 앞에 모로 누워 있는 구구를 불러다가 끌어안았다. 금성은 구구의 좁디좁은 어깨에 얼굴을 문대어 멈추지 않는 눈물을 닦았다. 구구는 꼼짝하지 않았다. 금세 어깨가 축축해져왔지만 한편으로는 아버지의 눈물을 모조리 받아다가 제 얼굴에 묻히고 싶었다.

아버지의 품에 안긴 채 구구는 순점의 닫힌 방문을 살폈다. 순점을 본 지 한참이었다. 용태의 얼굴을 본 기억은 아예 가물가물했다. 하지만 홍시 할머니를 마지막으로 본 날은 두고두고 기억날 것 같았다. 꼭 나를 보러 오너라. 할머니의 목소리가 여전히 귓가를 맴돌았다. 나를 찾아오면 네 엄마도 찾아주겠노라고 할머니는 거듭 약속했다. 구구는 할머니에게 두 손을 붙잡힌 채로 대답했다.

엄마는 죽었어.

세상에서 가장 슬픈 이야기를 꺼내면 할머니가 자신을 불쌍하게 여겨서라도 떠날 마음을 바꿀지도 몰랐다. 할머니는 구구의 말을 알아듣지 못했다. 구구는 할머니의 정신이 오락가락하는 것을 모르지 않았다. 그래서 더욱 설득하기 쉬울 거라고, 지레짐작했다.

엄마를 만나려면 죽어야 해.

할머니의 얼굴이 삽시간에 어두워졌다. 구구는 덜컥 겁이 났다. 어쩌면 할머니가 자기 대신 죽어버릴지도 모르겠다는 생각이 퍼뜩 들었다.

할머니, 우리 엄마 안 찾아줘도 돼.

구구가 할머니에게 붙잡힌 손을 아래위로 크게 흔들며 말했다.

삼촌이 벌써 찾으러 갔어.

구구의 말에 할머니가 고개를 설레설레 내저었다. 구구의 손등을 톡톡 두드리며 빙긋 웃어 보였다. 구구는 할머니의 주름 많은 얼굴을 뚫어져라 쳐다보았다. 어쩌면 할머니에게 필요한 것은 세상에서 가장 슬픈 이야기가 아니라 세상에서 가장 행복한 이야기일지도 몰랐다.

할머니, 내가 울 엄마 뱃속에 있었을 때……

막상 화제를 바꾸려니 딱히 할말이 없었다. 엄마의 목소리만 잊은 게 아니었다. 엄마가 했던 말들도 모두 사라지고 없었다. 거짓말이 아니고선 도저히 말을 이어나갈 수가 없었다.

엄마는 맨날 노래를 불렀어.

더듬거리며 거짓말을 이어나갔다. 난생처음 꾸며보는 거짓말이었지만, 말이 길어질수록 구구의 뺨에 홍조가 돌았다. 할머니도 덩달아 미소를 지었다. 간간이 고개를 끄덕이기도 했다. 할머니가 구구의 손을 놓았다. 구구도 하던 말을 멈추었다. 할머니가 치맛자락을 겨드랑이에 끼우며 일어서서 구구의 정수리를 어루만졌다. 구구의 동그란 머리통에서 훈김이 흐리마리 피어올랐다. 등짐을 지고 대문 밖으로 빠져나가는 할머니의 뒷모습에 대고 구구가 새빨개진 얼굴로 외쳤다.

이제 함부로 안 할게.

5

여전히 최루탄 연기가 한 달에 서너 번씩 동네를 뒤덮었다. 아침이면 강 건너 공장으로 향하는 통근 버스가 제시간에 역 앞 광장을 향해 달려와 멈추었고, 사람들은 줄을 맞춰 버스에 올랐다. 그들은 십시일반 모은 돈을 봉투에 담아 순점에게 전했다. 운전기사는 기욱이 죽었다는 소식을 들었지만, 죽었다는 그 사람이 누구인지 단번에 기억하지 못했다. 하지만 봉투에 얼마간의 돈을 넣어 보냈다.

얼마 후 사차선의 다리가 완공되자 통근 버스는 두 대로 늘어났다. 기사 모집 광고가 신문에 실리던 날에 운전기사는 사표를 냈다. 그는 고향으로 되돌아간다는 말을 누군가에게 남겼지만, 그 누군가는 운전기사에게 고향이 어디냐고 묻지 않았다. 그즈음 용태도 온데간데없이 사라졌다. 금성은 용태의 빈방에 남겨져 있던 앉은뱅이책상과 장롱을 가로등 아래 버렸다. 홍시 할머니의 방에 있던 작은 경대와 서랍장도 함께 버렸다. 텅 빈 두 방에 자물쇠를 걸었다. 대신 한때 만수가 잠깐 살았을 뿐, 오래 비워져 있던 방에 새로 도배를 했다.

곰팡이가 슬어버린 장판을 걷어내고 반짝이는 노란 장판을 깔았다. 시장에서 이불과 요를 사고 커다란 베개도 사다가 빈 벽 아래 깔아놓고 보니 방은 훨씬 아늑해 보였다. 금성은 허전한 벽에 작은 액자라도 걸까, 잠시 고민했지만 금세 마음을 바꿨다. 벽을 텅 비운 채로 내버려두더라도 머지않아 구구가 알아서 그 벽을 채울 테니까 말이다. 학교에서 그린 그림들을 붙이거나 상장들을 걸어두거나 소풍에 가서 찍은 사진들을 온 방에 가득 붙여놓을 게 분명했다.

책상 위에 새 교과서들을 나란히 세웠다. 그것만으로도 빈 벽에서 새어나오는 쓸쓸함이 조금은 감춰지는 듯했다. 때맞춰 순점이 구구에게 분홍색 책가방을 사주었다. 봄이 오자, 금성과 구구는 아침마다 손을 잡고 학교로 향했다. 학교가 파할 시간이 되면 순점이 학교 정문 앞에서 구구를 기다렸다. 저녁이 되면 셋은 나란히 마루끝에 다리를 늘어뜨리고 앉아 마당이 차츰차츰 어두워지는 모습을 넋 놓고 바라보았다. 가끔씩 금성과 순점이 번갈아 구구에게 학교생활에 대해 이런 저런 질문들을 던졌다. 대화는 오래가지 않았다. 구구의 대답은 매번 시원찮았다. 구구는 아버지에게 묻고 싶었다. 왜 내 이름이 조구냐고, 다른 걸로 바꿔줄 수 없냐고.

구구와 같은 반 아이들은 구구의 이름을 평범하게 여기지 않았다. 아이들에게 구구라는 이름은 짓다 만 이름 같아서 우스꽝스럽기만 했다. 아이들은 저마다 구구를 다르게 불렀다. 영구라거나 방구라거나 자기들 마음대로 부르면서 구구의 등뒤에서 킬킬 웃었다. 구구는 아이들에게 자신의 꼴이 매우 우습게 비춰진다는 것을 알았다. 점점 말수가 줄어들었다. 말수가 줄어드니 어깨도 움츠러들었다. 온종일 책상 앞에 앉아 고개를 수그리고 있다보면 집으로 돌아갈 시간이 되었다. 순점이 교문 앞에 서서 한쪽 팔을 높이 들고 구구야, 구구야 부를 때가 그나마 하루 중 가장 좋았다. 아이들 모두가 순점이 자신을 부르는 목소리를 들었으면 싶었다.

내 이름은 구구야. 영구도 방구도 아니라고. 저 예쁜 이모가 나를 부르는 소리를 잘 들어보라고. 하지만 아이들은 순점이 목청껏 구구를 부르는 소리에도 저들끼리 두 손을 가리고 킬킬 웃어댔다. 아무도 구구의 이름을 제대로 부르지 않았고, 구구 또한 누구의 이름을 불러볼 기회가 주어지지 않았다.

겨울이 되자 순점이 금성과 구구에게 작별을 고했다. 나도 둘째를 가져야지, 간곡하게 붙잡는 금성을 향해 순점이 활기차게 말했다. 그러려면 이곳을 떠나는 게 우선이라고, 얼굴이 젖어 일그러진 금성의 입을 막았다. 새 인생 살아, 아저씨도. 순점이 천진하게 덧붙였다. 해가 또다시 바뀌기 전에 떠나야 한다며 세간들을 빠르게 정리했다. 순점의 세간들은 골목 어귀에 내다놓자마자 하룻밤 사이 누군가의 손에 치워졌다. 며칠씩 담벼락 아래 버려진 그대로 남아 있던 것은 순점이 기욱과 오래도록 함께 쓰던 이불 세 채였다. 반듯하게 개켜져 바깥에 놓여 있던 이불은 근 일주일이 지나서야 없어졌다. 근처 살던 할머니가 곧 추워질 날씨를 걱정하던 참에 반가워하며 들고 간 줄도 모르고 순점은 태워 없애버릴 걸 그랬다고, 뒤늦게 후회했다. 이불은 할머니네 개집에 두툼하게 깔려 금세 흙투성이가 되었다. 얼마 후에 순점은 끝내 행선지가 어디인지 말 한마디 없이 핸드백 하나만을 어깨에 걸친 채 떠났다.

금성은 금세 빈털터리가 되었다. 집을 다시 팔아야 했으나 돌아갈 데가 없었다. 공교롭게도 집은 금세 팔렸다. 구구는 방학을 맞았다. 겨울방학이 될 때까지 구구는 벽에 단 한 장의 사진도, 그림도 걸지 않았다. 새것이었던 교과서는 금세 귀퉁이가 너덜너덜해졌지만 막상 펼쳐보면 온통 낙서투성이였다. 금성은 구구가 공부에는 별 관심이 없다는 것을 알았지만, 어떻게 해야 할지 몰라서 내버려두었다. 학교에는 선생님이 있으니까 언젠가는 잘하겠지, 구구는 보통 아이가 아니니까. 그렇게 생각하다보면, 걱정과 근심이 싹 가시고 어떻게든 돈이라도 좀 모아둬야지 싶어져서 살 궁리에만 몰두하게 되었다.

집을 비워야 할 날짜가 빠르게 다가왔다. 금성은 구구와 함께 어디로 가야 할지 막막했다. 아무리 지도를 살피고 살펴보아도 그가 살 만한 곳은 이제 지도상에는 아예 없는 듯했다. 그제야 금성은 이 도시가 아주 오래전부터 다른 세계와 아주 동떨어진 섬에 불과했음을, 느지막이 깨우쳤다.

아무 계획도 없이 부랴부랴 이삿짐을 꾸렸다. 혼자서 꾸리기에는 짐이 너무 많았다. 버릴 만한 것도 없었다. 금성에게 이사란 지금껏 간직하고 지켜왔던 것을 고스란히 끌고 가야 할 무엇이었지, 내버리거나 묻어버릴 무엇은 아니었다. 금성은 무엇부터 해야 할지, 일의 순서를 잡지 못해 온종일 허둥거리다 뒷짐을 지고 대문을 나섰다. 동네 곳곳을 돌아다니며 온갖 전단지들을 손에 쥐고 집으로 돌아왔다. 구구를 등에 업은 채로 전단지를 붙이던 날들이 자주 떠올랐다. 아는 사람 하나 없는 이 도시에서 어쩌다 살 생각을 했었는지 회까닥 돌았었나 싶기도 했고, 그래도 그때는 젊어서 그랬는지 잘살 수 있다는 자신감이 있었는가보다 싶기도 했다. 그저 아득한 옛날 같았다.

결국 미적거리다 살던 집에서 얼마 떨어지지 않은 주택으로 이사했다. 다른 데도 별 차이 없다는 게 금성이 내린 결론이었다. 어디든, 부녀 단둘이 살기에는 외롭고 적막한 섬에 불과했다. 집은 주인집이 거주하는 본채와 세를 주기 위해 시멘트로 네모반듯하게 만든 별채로 나뉘어 있었다. 금성은 별채를 얻어 살았다. 별채는 날림으로 지어져 외풍이 세고 창틀은 금방이라도 빠질 듯 덜그럭거렸다. 바퀴벌레가 형광등 아래를 보란듯이 날아다녔다. 구구는 놀라지 않았다. 대신 기다란 파리채를 손에서 놓지 않았다. 구구가 밤새 파리채를 휘두르는 소리를 내도 금성은 짜증내지 않았다. 식구가 둘뿐이라는 것은 그런 점에서 위험했다. 서로의 무례함을 참아야 했고, 서로의 살뜰한 마음을 겸연쩍게 사양하면서, 어떻게든 가족이라는 틀을 지켜나가야 했다. 식구수가 적다는 것은 고아가 될 위험이 그만큼 크다는 소리였으니까. 금성은 집을 얻고 남은 돈으로 조명가게를 차렸다. 백열등과 형광등을 주로 팔고 설치하는 일을 하면서 돈을 벌었다. 그것은 금성이 기욱에게 빌려준 이력과 가장 어울리는 직업이었다.

6

2000년 첫날, 용태는 다시 돌아왔다. 시외버스를 타고 서너 시간 남짓 걸리는 거리였다. 이른 아침 출발해 점심때쯤 당도했다. 용태는 시외버스터미널 앞에서 곧장 택시를 타고 오래전 금성과 구구와 함께 살던 동네의 입구에 섰다. 이제는 더이상 기차가 서지 않아 폐쇄된 역의 푸르스름한 지붕이 낮은 상가 건물의 옥상 너머로 보였다. 띄엄띄엄 흩어져 있는 구옥들이 우후죽순 생겨난 새 건물들 사이사이에 아직 남아 있었다.

용태는 한때 역 앞 광장이었던 동네의 초입에 서서 일자로 길게 뻗은 이차선 도로 끝을 바라보았다. 길 끝에 선 나지막한 언덕만 제대로 알아볼 수 있었다. 그마저도 반 토막이 나 있었다. 정상까지 오르고 내려오는 데 사십여 분이면 충분할 정도로 낮은 산이긴 했어도 나무가 울창해서 해거름엔 앞이 보이지 않을 정도로 컴컴했다. 가끔 한낮에 올라가보면 빈 담뱃갑이나 소주병들이 밑동만 남은 나무 근처에 나뒹굴었다. 한번은 여자의 팬티가 흙바닥에 버려져 있었는데, 처음엔 너무 커서 놀랐다가 가까이에서 다시 보았더니 팬티의 절반이 찢어져 있어서 경악한 적도 있었다.

언덕은 경사가 완만해서 어린 구구가 뛰어다니기에 맞춤했다. 종종 메뚜기들이 수풀 속에서 뛰어올라 구구를 놀라게 했다. 구구는 놀라는 것을 스스로 즐기는 아이였다. 높이 풀쩍 뛰어오르며 내지르는 구구의 새된 비명 뒤엔 항상 웃음이 뒤따랐다. 용태는 종종 금성 모르게 기욱과 함께 구구의 양손을 서로 나누어 붙잡고 짧은 산책길을 나서곤 했다. 그때마다 구구는 메뚜기나 나비, 심지어 두꺼비까지 눈에 보이는 모든 것들을 잡아달라고 졸랐다.

틈만 나면 방바닥에 드러누워 지내는 기욱도 그럴 때는 사뭇 민첩해져서 펄쩍거리며 날아다니는 벌레들을 잽싸게 잡아다가 구구의 조그마한 손가락 사이에 끼워주곤 했다. 그것들은 대부분 구구의 손에서 빠르게 죽어나갔다. 구구는 이미 죽어 축 늘어진 벌레들을 늘 집으로 데려가고 싶어 안달이었다. 그때마다 금성을 핑계삼아 다신 언덕에 올라올 수 없어도 좋냐고 의뭉스레 협박하는 사람은 언제나 기욱이었다.

기욱이 순점과 짧은 여행을 떠난 가을이었다. 평소 같았으면 따라나서지 않았을 금성이 용태가 언덕에 산책이나 다녀오자는 말에 선뜻 구구의 발에 신을 신겼다. 구구는 박수를 치며 마당 안을 빠르게 맴돌며 숨넘어가게 보챘다. 아빠, 아빠, 아빠, 삼촌, 삼촌, 삼촌, 빨리, 빨리, 빨리. 추석을 막 넘긴 뒤라 집안 가득 기름 냄새와 오래 졸인 고깃국 냄새가 곳곳에 배어났다. 금성은 차례를 지내고 남은 음식들을 통에 담았다.

그건 뭐하려고?

언덕배기에 사람이 들어왔다며? 오랜만에 새 얼굴 좀 구경하게.

금성이 한 손으로 구구의 손을 붙들고 남은 한 손으로 반찬통이 든 비닐봉지를 덜렁거리며 앞장섰다. 용태는 피식 웃음이 새어나왔다.

여하튼 사람 좋아하는 것도 병이야, 병!

용태가 금성에게 들으라는 듯 소리 높여 혼잣말을 늘어놓았다.

오지랖은 우리 동네에서 조금성씨 따라올 자가 없다니깐.

구구는 더욱 신이 나서 금성의 팔을 세게 잡아당기며 걸음을 재촉했다. 구구의 손을 잡고 있는 금성의 오른손이 긴 소매에 가려져 덜렁거렸다. 구구의 재촉에도 금성의 걸음이 더 빨라지진 않았다. 그는 어린 딸에게 한쪽 팔뿐만이 아니라 온몸을 휘둘리는 사람 같았다. 용태가 보기에 금성은 딸에겐 꽤 엄격한 아버지였다. 보다 정확하게 말하자면 아버지인 자신에게 더 엄격한 사람이었다. 그는 진지하게 아버지의 역할에 대해서 고민하는 편이어서 기욱이 그에게 혹시 직업이 아버지냐고, 장래 희망이 아버지냐고 우스갯소리를 하며 놀린 적도 많았다. 그때마다 금성의 얼굴은 시뻘게졌다. 원래 벌건 낯빛이 아주 새빨개졌다.

농담은 한 번으로 그치지 않았다. 갈수록 잦아졌다. 기욱이 그럴수록 용태는 금성에게 미안한 마음이 들었다. 듣는 사람의 기분에 따라서 그 말은 자칫 금성이 아버지로서 어딘지 부족한 데가 있고, 혹은 자연스럽게 여겨지지 않는 혐의가 있다고, 구구를 아끼는 금성의 태도는 누구나 공감할 만한 뜨거운 부정이 아니라 직업의식이나 사명을 띤 행동처럼 느껴진다는 의미로 다가갈지도 모르기 때문이었다.

왜 갑자기 말이 없냐? 가기 싫어?

언덕 초입에 들어서자 금성은 뒤처져 오는 용태를 돌아보며 물었다. 대답 대신 용태는 상의 주머니에서 담뱃갑을 꺼내 보였다. 그러곤 문뱃내가 밴 손가락으로 턱 언저리를 긁었다. 용태가 금성에게 담배 한 개비를 꺼내 내밀었다. 금성은 고개를 저으며 계속 앞서가는 구구의 정수리를 내려다보았다. 용태의 시선도 구구에게 향했다. 금성에겐 절대로 딸 앞에서 담배를 피우지 않는다는 규칙이 있었다.

용태는 늘 그 규칙을 의아하게 생각했다. 구구 앞에서 담배를 피워선 안 된다는 규칙이 왜 아버지인 금성 자신에게만 적용되고 나머지에게는 무관한 것인지, 그렇다면 그것은 구구를 위한 규칙이 아니라 아버지 노릇을 꽤 그럴싸하게 하고 있다는 보람을 얻기 위한 보기 좋은 허울인 것은 아닌지, 금성에게 캐묻고 싶었다. 물론 금성의 행동이 영 이해되지 않는 것 또한 아니었다. 태어나자마자 엄마를 잃은 구구를 홀로 키워낸 금성의 지난 삶을 대충이나마 그려보아도 얼추 수긍이 갔다. 게다가 타고난 천성이 타인들에게 호기롭고 너그러운지라 홀아비로 살아가는 지난 시간 동안 금성은 저 자신 외엔 달리 엄격해질 만한 데가 없었을 것이다.

구구의 웃음소리가 점점 커졌다. 구구가 키득거리며 웃기 시작하면 모두가 따라 웃지 않을 수 없었다. 웃음뿐만이 아니라 구구가 하는 모든 행동을 그대로 따라 하지 않고선 배겨내지를 못했다. 어느새 용태와 금성도 구구처럼 발끝을 세워 구구의 뒤를 따라가고 있었다. 저마다 크기가 다른 세 종류의 발자국은 한 무리의 짐승들이 남긴 자취처럼 언덕 꼭대기를 향해 이어졌다.

용태는 재빨리 담배를 빨아들였다. 현기증이 일고 금세 식도가 칼

칼해져왔다. 용태는 몇 모금 빨지 않은 담배를 바닥에 내던지듯 버렸다. 구구가 아주 능숙한 솜씨로 불씨를 발로 비벼 껐다. 그러더니 내처 발끝을 세워 언덕길을 올랐다. 내딛는 걸음마다 불씨 끄는 시늉을 하며 푹신한 흙 위에 제 발자국을 쿡쿡 찍고 비벼가며 걸어 올랐다. 조그만 발의 앞부분만이 둥글게 찍힌 모양은 사람의 것 같지 않고 짐승의 발자국 같았다.

금성이 앞서가는 구구의 손을 잡아당겨 멈춰 세웠다. 중턱쯤에서 오른쪽으로 꺾어 나 있는 좁은 샛길을 향해 발길을 틀었다. 우거진 수풀 사이로 잿빛 벽이 힐끔 보였다. 시멘트 벽돌로 대충 쌓아올려 만든 집이었다. 얼핏 봐선 외딴 데 서 있는 농가의 창고 같기도 했다. 직사각형 모양으로 쌓아올린 네 벽은 페인트칠이 전혀 되어 있지 않았고 지붕은 벽 색깔보다 조금 짙은 색의 슬레이트를 이어붙여 만들었는데 처마끝이 이미 군데군데 부서져 있었다. 갓 지은 집이라기보다 곧 허물어질 것처럼 쇠락해 보이는 집이었다. 순간 용태는 그 집 가까이 가기가 꺼려져 한껏 목소리를 낮춰 금성을 불러세웠다.

형, 형.

구구가 먼저 용태 쪽으로 돌아섰다. 금성이 용태를 바라보았다. 용태가 손사래를 치며 돌아가자는 시늉을 보였다. 금성이 군말 말고 따라오라는 투로 고갯짓을 했다. 용태가 울상을 짓자 금성이 눈을 부라렸다. 마지못해 용태가 다시 걸음을 뗐다. 삭은 나뭇가지들이 용태의 발밑에서 툭툭 부러졌다. 집 앞에 다다르자마자 금성이 헛기침을 하며 집안의 사람을 불러냈다. 아무 인기척도 들리지 않았다. 금성이 다시 한번 큰 목소리로 불렀다.

여보세요.

곧이어 문짝이 흔들리는가 싶더니 집안에서 쿵쿵거리는 발소리가 들려왔다. 금성은 찬합이 든 비닐봉지를 바짝 움켜쥐었다.

여보세요.

꺾은 나뭇가지를 얼기설기 엮어 신문지를 여러 장 덧대어 만든 문이 활짝 열렸다. 삐쩍 마른 젊은 남자가 웃통을 훤히 드러낸 모습으로 허리를 잔뜩 구부리며 나왔다. 발가벗은 상반신 군데군데 멍든 자국과 할퀸 자국이 뚜렷했다. 스무 살을 겨우 넘겼을까. 입가에 여드름이 난 얼굴에는 아직 애티가 묻어났다.

뭐예요?

퉁명스런 목소리를 듣고 나니 스무 살도 안 돼 보였다. 금성이 남자에게 한 걸음 다가가자 남자는 갑자기 곧추세운 허리를 두 손으로 붙잡고 서서 금성과 용태를 노려보았다. 구구에게는 눈길조차 주지 않았다.

우린 요 밑에 살아요. 저기 파란 지붕 보이죠?

금성이 손가락으로 언덕 아래를 가리켰다. 남자는 아무 말이 없었다. 용태는 괜한 긴장감에 주먹을 불끈 쥐고 남자의 아래위를 훑었다. 별안간 남자의 입이 헤벌쭉 벌어지더니 턱 아래로 진득한 침이 죽 흘러내렸다. 침이 턱 아래에서 대롱거렸다. 남자는 침을 닦아낼 정신 따윈 없는지 그저 반듯하게 서 있었다.

금성이 비닐봉지를 내밀었다. 남자는 그것을 물끄러미 바라보다가 야, 라며 짧은 소리를 내질렀다. 그 순간 남자의 뱃가죽이 움푹 꺼졌다가 다시 원상태로 돌아왔다. 남자의 뒤로 단발머리 여자가 고개를 비죽 내밀었다. 여자애는 남자의 허리 옆으로 야윈 팔을 길게 내밀어 봉지를 받아들었다. 생각보다 무거웠는지 여자애가 윽 소리를 냈다.

작은 몸이 앞으로 기우뚱 쏠리며 여자애가 남자의 등에 얼굴을 들이박았다. 남자는 휘청거리다 금방 중심을 되찾았지만 여자애는 그대로 땅바닥에 철퍼덕 넘어졌다. 말없이 서 있던 구구가 비명을 지르며 울기 시작했다. 금성과 용태는 괴이쩍은 기분에 사로잡혀 잔뜩 굳어 있었다. 구구가 혼자 울다 말고 금성의 허벅지에 달라붙었다. 그제야 둘은 엎어진 여자애에게 다가갔다. 그 순간 여자애가 아주 느린 속도로 두 팔로 땅을 짚고 일어서서는 허리를 구십 도로 꺾으며 고맙습니다라고 말했다. 남자 역시 그 말을 따라 하다 말았다.

가끔 놀러오세요. 저 아래 파아란 지붕이에요.

금성의 말투도 단박에 느려졌다. 용태는 빨리 이 자리를 떠나고 싶은 마음뿐이어서 훌쩍이는 구구를 들어올려 안았다. 구구의 얼굴은 눈물범벅이었다. 콧물이 두 뺨 전체에 번져 있고 하얀 거품이 이는 침이 입귀에서 끓었다. 용태는 구구의 얼굴을 소매로 훔쳐내면서 남자의 얼굴을 쳐다보았다. 그는 취한 사람처럼 보이긴 했지만 술을 마신 것 같지도 않았다. 오히려 최루가스에 뒤덮인 대로 한가운데에 영문도 모르고 서 있는 남자와 매우 흡사해 보였다.

7

며칠 후였다. 어쩌면 서너 달이 지난 뒤였을지도 모른다. 곰곰이 그날을 떠올려보면 금성의 하숙집 안으로 뛰어들어온 여자애는 한여름에나 어울릴 만한 입성이었다. 여자애를 맞느라 허둥지둥하던 금성은 꽤나 두툼한 스웨터를 입고 있었다. 여자애는 맨발이었다. 헐레벌떡 마당 안으로 들어온 여자애가 구구를 알아보곤 털썩 주저앉았다. 구구는 작은 돌멩이로 텃밭 한 귀퉁이에 둥글게 팬 좁은 구멍을 메우던 중이었다. 그 구멍에서 뱀이 나온다고 기욱이 별 뜻 없이 흘린 말에 구구는 일어나자마자 구멍 앞으로 쏜살같이 달려나가곤 했다. 처음엔 구멍을 유심히 들여다보다가 아무 일도 일어나지 않으면 아주 천천히 작은 돌멩이를 하나씩 떨어뜨렸다.

여자애를 제일 먼저 알아본 사람은 금성이었다. 여자애가 가장 늦게 알아본 사람 또한 금성이었다. 여자애는 금성이 곁으로 빠르게 다가오자 놀란 나머지 엉덩방아를 찧으며 두 팔로 제 몸을 감싸안았다. 충혈된 두 눈으로 주위를 살피며 입을 크게 벌렸으나 아무 소리도 흘러나오지 않았다. 금성은 가까이 다가가던 걸음을 멈추곤 안절부절못했다. 우물쭈물하다가 여자애에게 먼저 말을 건 사람은 용태였다.

무슨 일이요?

짧은 말을 떼자마자 여자애는 그대로 뒤로 쓰러져 정신을 잃었다. 눈꺼풀이 까뒤집혀 흰자위가 번득였다. 벌어진 입에서 핏물이 거품처럼 끓어올랐다. 용태가 여자애를 들쳐업고 가까운 병원을 향해 내달렸다. 앙상한 엉덩이뼈가 용태의 두툼한 손바닥에 전해져왔다. 용태의 등에 실린 여자애의 몸이 사방팔방 흔들렸다. 용태는 자칫 여자애를 떨어뜨릴세라 엉덩이를 받친 두 손에 힘주어 깍지를 꼈다. 불현듯 여자애의 치마 속에 팬티가 없다는 게 느껴졌다.

무릎에 힘이 쑥 빠져나갔다. 간간이 옆방에서 기욱과 순점이 번갈아 내지르던 신음이 들려올 때도 흥분은커녕 인간으로 태어난 게 부끄러울 만큼 수치심이 먼저 치밀었다. 용태는 기욱이 순점을 범하고 있다고 상상했다. 어느 날은 순점이 기욱을 범하고 있다고 믿었다. 서로가 서로를 강간하면서 그것이 강간인 줄도, 폭력인 줄도 모르는 바보 짐승들이라고 속으로 비웃었다. 하지만 얇은 천 너머로 전해오는 여자애의 엉덩이뼈는 짐승의 것도, 인간의 것도 아닌 듯했다. 그것은 순전히 뼈 그 자체였다. 살점이 전혀 붙지 않은, 이미 누군가 남김없이 먹어치운 흔적으로서의 뼈.

용태는 그 뼈를 부드러운 손수건으로 감싼 뒤 주머니에 집어넣어 제 방안으로 가져가고 싶었다. 그것을 오래도록 가지고 있다가 어느 날 낱낱이 해체된 자신의 뼈 무덤에 한데 섞어버리고 싶었다. 생각이 거기에까지 미치자 용태는 문득 울고 싶었다. 울고 싶다는 생각이 들기 전에 이미 울고 있었다. 용태는 뜨거운 눈물을 닦아내고 싶었지만 남는 손이 없었다. 앞이 잘 보이지 않을 정도로 눈물이 앞을 가리자 그제야 용태는 깍지 낀 손을 풀고 한 손으로 얼굴을 닦았다. 용태의 등뒤에 위태롭게 매달려 있던 여자애의 몸이 미끄러지며 용태가 어쩔 새도 없이 바닥으로 툭 떨어져내렸다.

여자애가 바닥에 자빠졌다. 두 팔이 서로 다른 방향으로 꺾인 채, 두 다리는 양 무릎을 세운 채였다. 얇은 치맛자락이 사타구니 언저리까지 뒤집혀 음부가 고스란히 드러났다. 가느다란 허벅지에 묻은 검은 얼룩이 보였다. 거웃은 한데 뒤엉켜 한쪽 방향으로 쏠려 있었는데 검게 굳은 피와 함께 꾸덕꾸덕해져 마치 커다란 상처 위에 앉은 딱지 같았다. 바짝 뒤따라오던 금성이 재빨리 여자의 치마를 끌어내리곤 몸을 반쯤 일으켜세워 앉혔다. 여자애의 가늘고 검은 목이 좌우로 홱 홱 꺾였다. 이미 죽은 사람이라 해도 믿을 만한 모습이었다.

뭐하냐, 빨리 업지 않고.

금성이 여자의 양 겨드랑이에 두 팔을 끼워 안고서는 질질 끌다시 피 우두커니 선 용태를 향해 다가왔다. 용태는 뒷걸음질쳤다. 당황한 금성이 용태의 이름을 황급하게 불렀다. 용태야. 용태야. 몇 번을 부른 뒤에야 눈물범벅이 된 용태의 얼굴이 금성의 눈에 들어왔다. 용태야. 금성이 거듭 용태를 불렀다. 용태는 격격 소리를 내며 겨우 숨만 내쉬고 있었다. 하는 수 없이 금성이 여자를 들쳐업었다.

딴생각 말고 뒤따라온나.

도저히 거부할 수 없는 명령조의 말을 남기고 금성이 저만치 앞서 가기 시작했다. 용태는 점점 멀어지는 금성을 바라보며 울면서 걸어 갔다. 걸으면서 저도 모르게 어깨와 두 팔과 빗장뼈와 가슴팍과 등골 과 허리와 치골을 확인하듯 만졌다. 텅 빈 곳 하나 없이 꽉 맞물려 있 는 자신의 뼈들을 일일이 확인하며, 거즈처럼 온 뼈들을 단단하게 감 싸안고 있는 질긴 피부를 손바닥으로 쓸어내리며 울었다. 다친 곳 하 나 없는 몸뚱이를 깨끗한 거즈로 꽁꽁 싸맨, 희고 커다란 환영을 애써 떨쳐내면서 용태는 금성이 앞서간 길을 뒤따라 걸어갔다. 왜 눈물이 멈추지 않았는지 용태 스스로도 모를 일이었다. 며칠 뒤 금성이 왜 울 었냐고 여러 번 물어보았지만 용태 역시 이유를 몰랐다. 그저 엄마의 안부가 절실하게 궁금했다. 하지만 그조차도 용태로서는 의아하고 당황스러워서 오랫동안 답답하기만 했다.

여자애는 고작 중학생에 불과했다. 병원에서 깨어난 여자는 미쳐 있었다. 금성의 집으로 달려오던 그 순간 이미 미쳐 있었던 건지, 용태가 제 눈물을 훔치려다 바닥에 여자를 떨어뜨리던 그 순간 미쳐버린 건지, 긴 잠을 자는 동안에는 멀쩡했는데 병원 침대에서 깨어나던 그 순간 미치게 된 건지 아무도 알 수 없는 일이었다. 하지만 여자가 맨발로 금성의 집으로 달려오기 전에 무슨 일을 겪었는지는 동네 사람들 모두가 알았다.

여자에겐 오빠가 있었다. 가난한 부모는 남매를 언덕배기에 내버려두고 시내에서 숙식을 해결하며 가까스로 푼돈을 모으는 중이었다. 오빠는 고등학생이었다. 그는 학교에 거의 가질 않았다. 대신 친구들을 집으로 불러들였다. 그들은 본드를 마시며 긴 낮을 때웠다. 친구 중 하나가 밖에 숨어 있는 여동생을 찾아냈다. 친구가 그녀를 먼저 때렸다. 여자가 집안으로 들어가지 않으려고 버텨서 그랬다고 했다. 할 수 없이 다른 친구가 나와 여자의 두 팔을 붙잡았다. 여자가 허공에 들린 채 비명을 질렀다. 그녀의 오빠가 갈지자로 비틀거리며 밖으로 나와서는 버둥거리는 여자를 멍하니 바라보았다.

오빠가 여자의 치마를 벗겼다. 두 친구는 여자의 오빠가 하는 짓을 그대로 따라 했다. 소문은 두 친구의 입을 통해 번졌다. 동네에서 가장 먼저 사라진 것도 그 두 친구였다. 얼마 후 오빠가 경찰들 손에 잡혀갔다는 소문이 퍼졌지만 실제로 목격한 사람은 없었다. 사람들은 그가 정말로 언덕배기의 회색 집에 살고 있지 않은지 궁금했지만 선

뜻 확인하러 나서진 못했다. 불길하다는 이유에서였다. 여자가 미쳐 밤마다 병원 창문을 열고 이상한 소리를 내지르다가 결국 어딘가로 옮겨졌을 때는 12월의 끄트머리였다.

그해 어느 밤, 언덕배기의 회색 집에서 불길이 솟구쳤다. 집은 순식간에 타올랐고 사람들은 차마 언덕을 오르지 못하고 치솟는 검은 연기가 빠르게 남쪽으로 사라져가는 모습만 멀찌감치 서서 지켜보았다. 사망자는 없었다. 하지만 사람들은 그 집에 살던 사람들이 영영 죽어버렸다고 여겼다. 살아서는 동네로 돌아오지 못할 테니 죽어버린 거나 마찬가지일 거라고, 그런 짓을 저질렀으니 머지않아 죽어버릴 거라고 사람들은 믿었다. 그러곤 잊었다. 불타버린 것은 사선으로 기울어진 회색 시멘트집과 금성의 반찬통, 그뿐이었다. 그후 사람들은 언덕 쪽으로는 절대 시선을 두지 않았다.

용태는 반쪽짜리 언덕을 쳐다보았다. 왜 갑자기 그날이 떠올랐는지는 알다가도 모를 일이었다. 그 집이 전소된 날이 이맘때였기 때문인지도 모르고 정신을 잃은 어린 여자애를 업고 뛰던 길 위에 다시 서 있게 된 탓일 수도 있지만 느닷없이 떠오른 그 기억은 용태를 길 위에서 옴짝달싹하지 못하게 만들어버렸다. 용태는 길 한가운데 서서 자신의 몸 구석구석을 더듬었다. 새삼 다시 그때처럼 엄마의 안부가 궁금했지만, 그때처럼 당황스럽지만은 않았다. 다행인 일도 아니어서 여전히 갑갑증이 일었다. 누군가를 구하려 애썼지만 아무것도 변하지 않았다는 사실만이 다시금 또렷해지기만 했다.

8

　겨울방학이 거의 끝나갈 무렵이었다. 구구는 중학교 졸업을 앞두고 있었다. 방학 내내 집에서 라디오를 듣거나 유행가를 따라 부르면서 시간을 허투루 보냈다. 개학일이 다가올수록 라디오의 노랫소리는 점점 커져갔다. 라디오의 볼륨은 항상 최대치였으나 구구의 노랫소리는 어느새 뚝 끊겨 들리지 않았다. 언제부턴가 구구는 텔레비전에 아무런 관심을 두지 않게 되었다. 사람들이 울고 웃으며 떠드는 얼굴과 목소리를 견딜 수가 없었다. 그것은 지나치게 과장되어 있는 세계여서 도무지 믿을 수가 없었다.

　텔레비전 밖의 세상도 썩 마음에 들지 않았다. 이곳은 모든 게 흐지부지했다. 매사가 지루하고 나른하게 반복되었다. 시작과 끝을 알 수 없는 일들이 허다했다. 허풍과 과장과 오지랖과 경계와 시기와 의심을 가르치고 권장할 일부터 시급해 보였다. 어쩌면 텔레비전은 바로 그러한 필요 때문에 집집마다 하나씩 소장하고 있어야 할 필수품이 되었는지도 몰랐다. 멍청하기는! 텔레비전 앞에서 구구는 툭하면 화를 냈다. 텔레비전은 금성의 가게로 옮겨졌으나 금성이라고 텔레비전을 즐겨 보지는 않았다. 그것은 방전된 기계처럼 금성의 등뒤에 덩그러니 놓여 있을 따름이었다. 금성은 손님 없는 무료한 시간에는 신문이나 주간지를 보았다. 사람들의 머리 위에서 빛나고 있는 전등들의 불빛이 희미하게 꺼지기만을 바라며 손님을 기다렸다.

　가게는 밤이 깊어질수록 더욱 빛났다. 금성은 어두운 길가에서 환하게 빛을 밝히고 있는 자신의 가게를 세상에서 가장 자랑스러워했다. 장사가 잘되려면 형광등의 수명이 짧아져야 하고, 전선의 피복이 해져야 하고, 하다못해 손닿는 곳에 있어서 부서지거나 망가지기라도 쉬워야 하는데, 세상은 금성이 원하는 바와 다르게 바뀌어갔다. 형광등의 수명은 나날이 늘어나고, 피복은 질겨지고, 집들은 더욱 높아졌다. 근처에 아파트 단지가 들어설 때마다 기대에 차서 전단지를 돌리고, 시공사를 찾아가 허리를 숙여보았지만 돌아오는 것은 실속 없는 환대와 약속 없는 호의뿐이었다. 살림살이가 더 나아지리란 기대란 일찌감치 접을 수밖에 없었다. 구구가 고등학교를 졸업할 때까지만 어떻게든 버텨보다가 다른 살길을 찾아볼 작정이었다. 이다음에, 다음에. 그것은 금성이 가장 자주 하는 말이었다.

금성은 가게문을 잠시 잠그고 구구 혼자 지키고 있는 집으로 달려갔다. 구구의 점심을 차려주기 위해서였다. 라디오 소리가 금성을 제일 먼저 반겼다. 금성은 귀를 막고 구구를 불렀다. 닫힌 방문을 열어젖히자 하릴없이 책상 앞에 앉아 있던 구구가 고개를 높이 쳐들었다.

놀랐잖아. 문 좀 살살 열어. 누가 총이라도 쏜 줄 알았어.

구구가 들썩이는 가슴팍을 쓸어내리며 아버지를 나무랐다. 금성은 더듬거리며 너무 큰 소리로 딸의 이름을 부른 것을 사과했다. 속으로는 총이라는 말을 저토록 아무렇지 않게 입에 올리는 딸이 영 께름칙하게 여겨졌다. 구구는 잊어버린 걸까, 아님 잊으려고 일부러 그 불길한 단어를 내뱉는 것일까? 금성으로서는 안부를 알 길 없는 순점처럼 구구의 속내도 오리무중이었다. 가끔 금성은 멍하니 있다가 소스라치게 놀라곤 했는데, 어린 구구가 용태의 기다란 총을 잡아당기던 날이

불시에 떠올라서였다. 순점은 아무도 탓하지 않고 도리어 그전보다 구구를 더 살뜰하게 보살피다 돌아갔지만, 오히려 그 때문에 금성은 세월이 흐를수록 순점에게 미안한 마음이 커져서 사과만이라도 하고 싶었다.

얼른 밥 차릴게, 퍼뜩 나와.

집은 어수선했다. 구구가 벗어놓은 옷가지들이 땀냄새를 풀풀 풍기며 거실 여기저기에 흩어져 있고, 새것과 다를 바 없는 교과서들과 공책들도 한데 뒤섞여 텔레비전 위에, 식탁 위에, 창틀 위에 너저분하게 널려 있었다. 발바닥에는 까슬거리는 흙먼지들이 밟혔고 화장실 문 앞에는 젖은 수건들이 썩은 내를 풍겼다. 개수대도 지저분하기는 마찬가지여서 기름 묻은 접시들과 벌건 국물이 말라붙은 그릇들이 수북했다. 수챗구멍은 음식물 쓰레기로 가득차 도무지 물 한 방울 흘려보낼 틈조차 보이지 않았다. 금성은 두 손을 휘휘 저으며 코를 찌르는 악취를 멀리 물리쳤다. 고무장갑을 팔뚝까지 끌어올려 끼우고 황급히 설거지를 마쳤다. 몇 번이나 컵과 접시를 놓칠 뻔했으나 용케 붙잡았다.

물기가 채 마르지 않은 그릇에 국을 담았다. 아침에 끓였던 콩나물국이었다. 수저를 챙기는 참에 구구가 겨드랑이를 긁으며 식탁 앞에 앉았다. 봉긋하게 솟아오르기 시작한 가슴이 얇은 티셔츠 위로 슬며시 그 모습을 드러냈다. 구구는 하루하루 다르게 커갔다. 속옷의 사이즈를 바꿔야 할 때였다. 딸의 몸에 맞는 속옷을 때맞춰 사러 가는 것은 처음 딸의 브래지어를 살 때보다 훨씬 곤혹스러운 일이었다. 무엇보다 속옷 사이즈에 대한 질문으로 아이가 나날이 성장하고 있음을 눈여겨보고 있다는 사실을 아무에게도, 심지어 구구에게도 드러내고 싶지 않았다. 딸이 여자로서 갖추거나 장만해야 될 필수품들에 대해선 아예 신경을 끄고 살았으면 좋겠다 싶었다. 그러자면 구구가 얼른 어른이 되어야만 했다.

식탁 앞에 앉은 구구의 얼굴이 부루퉁했다. 금성이 밑반찬이 담긴 접시를 구구 앞으로 밀었다. 구구는 숟가락으로 국물을 휘적거리며 입술을 삐죽 내밀었다.

아침에도 이거 먹었잖아.

구구가 투정을 부리자 금성이 변명을 죽 늘어놓았다.

아침에는 뜨겁게 해서 먹었잖아. 이건 콩나물냉국이야.

구구도 대번에 말꼬리를 달았다.

그저께도 먹었어.

그저께 먹은 건 콩나물이 아니라 숙주야.

맛이 똑같잖아.

구구가 숟가락을 탁 놓았다. 금성의 입에서 한숨이 절로 새어나왔다. 시간이 흐르면 전부 나아질 거라 생각했던 자신이 새삼 어리숙하고 못나 보였다. 요리 솜씨마저도 달라지지 않았는데 삶이 나아질 리 없지 않겠는가.

몸만 늙었어.

금성이 무심결에 속 안의 말을 툭 내뱉자마자 구구가 되물었다.

나 말이야?

너는 몸만 컸고.

구구가 샐쭉 웃다가 돌연 안색을 바꾸며 말했다.

그래서 말인데, 나 혼자 살래.

그럼 나도 혼자 살겠네.

금성은 구구를 놀리느라 구구의 말을 귓등으로 들었다.

아빠도 좋아할 줄 알았어.

좋다마다.

나, 자퇴할래.

그건 안 돼.

더는 안 되겠어.

금성은 뭐라고 답해야 할지 헷갈렸다. 자칫 말실수를 했다간 구구의 마음을 돌이킬 기회를 영영 잃을지도 모른다는 불안이 앞섰다. 여태 그래왔던 대로 잇몸을 훤히 내보이며 활짝 웃는 수밖에 없었다.

국물 다 먹으면.

금성의 말이 끝나기 무섭게 구구가 단숨에 국을 들이켰다. 남은 콩나물을 손으로 긁어 입안으로 욱여넣었다. 금성은 빈 그릇을 뚫어져라 바라보았다. 아이가 너무 빨리 자랐다는 생각만으로도 금성은 쉽사리 무력감을 느꼈다.

같이 살아야 할 이유를 대보라고, 구구가 친절하고 나긋나긋한 어투로 말했다. 딸을 만족시킬 만한 대답을 찾는 대신 금성은 식은 국에 천천히 밥을 말았다. 그도 콩나물국에 질리기는 구구 못지않았지만, 더 맛있는 요리를 할 줄 몰랐고, 그래서 굳이 매일 다른 국을 끓일 필요를 느끼지 못했다.

뭐가 되려고 이러냐.

한참 만에 금성이 입을 뗐으나 구구는 바보 같은 소리라며 배를 잡고 웃었다. 금성은 더 뭐라고 말할 수 없을 만큼 서글퍼져서 목이 부러진 사람처럼 식탁 위로 고개를 한껏 숙였다. 이 나이에 자식 앞에서 울고불고할 수는 없지. 그는 속으로 자신의 나이를 세어보았다. 어느새 곧 쉰 살이었다. 살아온 날을 헤아리기에는 두려운 나이였다. 구구에겐 더한 두려움일지도 몰랐다. 아버지의 늙음은.

9

아버지는 함께 지내기에 좋은 상대가 아니었다. 그는 툭하면 새벽녘에 방을 빠져나와 어둔 부엌에서 찻물을 끓이느라 덜그럭거렸다. 싱크대 앞에 선 채로 뜨거운 찻물을 마시면서 후루룩거리는 소리를 냈다. 밤에는 그 모든 소리들이 크게 들렸다. 아버지 때문에 내가 잠을 잘 수가 없잖아. 속으로 웅얼거리며 구구는 밤을 새웠다. 뜬눈으로 밤을 새우다보면 집안의 온갖 것들이 웅얼거리는 소리를 냈다.

한낮에 아버지는 가게 유리창에 붙어 있는 날벌레들을 손바닥으로 내려치느라 바빴다. 길게 늘어뜨린 갓 쓴 조명들과 벽에 붙은 알전구들과 스탠드 조명들이 한데 켜져 빛을 냈다. 쨍한 한낮에도 창밖이 가게 안보다 덜 밝았다. 아버지의 하얗게 센 머리칼이 투명하게 보일 정도였다. 구구는 아버지와 함께하는 시간이 삶에서 무언가를 인내해야만 통과할 수 있는 어떤 과정 중의 하나라고 이해했다. 학교생활도 그러한 과정 중의 하나였다. 구구를 제외한 모두가 하잘것없는 대화를 이어가려고 왁자지껄하게 굴었다. 수업시간에도 소곤소곤 떠드는 소리가 이어졌다. 텔레비전 속 세상과 하등 다를 게 없었다. 구구는 그들 모두를 심각한 불면증 환자 보듯이 대했다. 책상 위에 엎드려 보란 듯이 잠만 잤다.

가끔 총을 난사하는 상상을 했다. 모두가 죽고 모두가 다시 살아나는 상상을 했다. 되살아난 모두에게 '살렸어'라고 말하는 자신을 그려보았다. 과연 그것이 그저 상상에 불과한 일이었을까? 내 어린 시절엔 총이 있었다. 구구에게 기억이란 총에서부터 시작했다. 텅 빈 손으로 총 쏘는 흉내를 낼 때에도 구구는 믿었다. 자신의 손안에 아주 단단한 총이 쥐어져 있다는 것을. 다만 무엇을 과녁으로 삼아야 할지 제대로 알지 못했을 뿐이었다. 탕! 다시 총 쏘는 흉내를 내기 시작했다. 속으로 수없이 탕, 탕, 소리를 질렀다. 언제쯤 진짜 총을 손에 넣을 수 있을까? 막연히 고대하던 구구는 혼자 살아야겠다는 결심을 세웠다.

무기력한 아버지의 동의를 얻는 일은 어렵지 않았다. 대신 자질구레한 수순들을 밟는 것은 구구의 몫이었다. 금성은 구구가 내미는 서류에 서명하고 도장을 찍으면서 차라리 이민을 가자고 말했다. 구구는 웃어넘겼지만, 금성은 그런 말밖에 하지 못하는 자신에게 진저리를 냈다. 자주 구구에게 사과했다. 그러다가 구구에게 어떤 희망을 전달하려고, 엄마는 대통령이 될 만한 여자였다고 거듭 말해주었다. 한때 그것이 딸에게 걸었던 희망이었다고는 말 못했다. 너무 일찍 죽어버린 엄마의 이야기를 허풍과 과장을 섞어가며 늘어놓았다. 엄마가 합류하지 못한 운명의 주인공의 다음 타자가 바로 너, 구구라는 것을 금성은 자부심에 찬 어조로 전했다. 구구는 아버지의 말을 제대로 알아들었다. 아버지는 너무 나약하고 무능해서 물려줄 수 있는 거라곤 먼저 떠난 가족들의 연대기와 그들이 이루지 못했으나 절실하게 꿈꾸었던 성공과 행복의 조감도뿐이라고.

자, 그럼 이제 뭘 하며 살고 싶냐?

금성이 물었을 때, 구구는 단숨에 대답했다.

미용 기술을 배워보려고.

금성은 구구가 하자는 대로, 바라는 대로 기꺼이 응했다.

그래, 너는 뭐든 혼자서 잘해낼 수 있을 거야. 네가 누구 딸인데!

금성이 끝내 양보하지 않은 단 하나의 조건은 집에서 아주 멀어서는 안 된다는 것뿐이었다. 서울이나 부산처럼 아주 크고 먼 도시는 안 된다는 아버지의 말은 퍽 일리가 있다고, 구구는 수긍했다.

네가 진짜로 어른이 되었을 때, 그때에도 떠날 수 있는 곳을 남겨둬야지.

금성은 미리 대답을 준비해둔 사람처럼, 왜 하필 대구냐는 구구의 질문에 슬며시 미소까지 지어 보이며 말했다. 미용학원을 알아보고, 근처에 원룸을 얻기까지는 그리 오랜 시간이 걸리지 않았다. 도무지 믿을 만한 하숙집을 찾을 수가 없던 탓이 컸다. 한때 유행처럼 번져나갔던 하숙집들은 한꺼번에 전부 망해버린 모양이었다. 대신 좁고 기다란 건물에 빼곡하게 들어찬 작은 방들이 도시 곳곳에 수두룩했다. 방을 고르는 일은 집을 고르는 일보다 쉬웠다. 금성은 꼭대기 층에 주인이 기거한다는 건물의 원룸을 골랐다. 공교육을 대신할 만한 믿음직한 학원을 찾는 일 말고도 자질구레한 살림살이를 장만하는 일들까지 금성은 간단하게 해냈다. 구구가 할 일들은 거의 없었다. 아버지의 전폭적인 지지와 응원 속에서 구구의 자립은 차근차근 이루어져갔다.

10

　매주 토요일마다 금성은 목에 기다란 수건을 둘러메고 시외버스에 올랐다. 아직 4월 말인데도 딸이 사는 도시는 더웠다. 하루 일찍 집을 나선 것은 그 때문이었다. 구구가 찜통인 방안에서 부채질을 하며 버틸 생각을 하니 마음이 편치 않았다. 가게 구석에서 먼지를 뒤집어쓰고 있던 선풍기를 챙겨 나섰다.

　버스 안에서의 시간은 못 견디게 괴로웠다. 매번 멀미를 했고 식은 땀을 흘렸다. 금성은 조금씩 벗어지기 시작하는 정수리를 수건으로 연신 훔쳐냈다. 현기증이 일 때마다 차창에 이마를 붙이고 한 주 동안 구구가 어떻게 생활했을지 찬찬히 그려보았다. 지난주까지만 해도 구구는 미용학원에서 오전을 보내고 오후에는 아르바이트를 구하러 다닌다고 했다. 금성은 벌써 세번째 보호자 동의서를 작성했다. 굳이 아르바이트까지 할 필요가 있을까? 금성이 불안해하자 구구는 실습 삼아 미용실의 보조 직원 자리를 구할 참이라고 담담하게 말했다. 차분한 구구의 태도에 금성은 머쓱했다.

　버스가 톨게이트를 막 지나는 중이었다. 금성은 관자놀이를 꾹꾹 누르며 두 눈에 힘을 주었다. 가슴 한가운데가 묵직했다. 가슴팍을 여러 차례 두드렸다. 입안이 바짝바짝 타들어갔다. 출발 직전에 멀미약을 챙겨먹었지만 별 소용 없었다. 눈의 초점이 흐려지고 다리가 비틀거렸다. 속이 울렁거렸다. 들뜬 기분 탓인지도 몰랐다. 구구가 연습을 한답시고 손에 미용가위를 들고 허공에 대고 머리칼 자르는 시늉을 할 때마다 마음 한쪽에서 안도감이 밀려왔다. 대통령보다 낫다, 우스갯소리도 할 만큼 금성은 맘이 편했다. 구구는 이전보다 확 달라져서 아버지에게 훨씬 더 다정하고 친근하게 굴었다. 말수도 많아졌을뿐더러 아버지의 방문을 꺼리지도 않았다. 금성은 뒤늦게 아버지 노릇에 재미를 들였다. 이건 아버지가 아니라 엄마 노릇이지, 혼자 빙긋이 웃기도 했다. 아주 오랜만에 살맛이 났다.

톨게이트를 지나 터미널로 진입하는 도로는 아침부터 정체였다. 금성은 차창을 열어보려 했으나 힘이 모자랐다. 금성은 옆 좌석에 놓아두었던 선풍기를 들고 통로에 구부정하게 섰다. 운전수가 룸미러로 힐끗 쳐다보았다. 금성이 손가락으로 목 언저리를 가리키자 운전수가 살짝 고개를 끄덕이곤 시선을 거두었다.

금성은 휘청거리며 버스에서 내렸다. 구구의 집으로 가려면 시내버스로 갈아타야만 했으나 엄두가 나지 않았다. 천천히 걸어보기로 했다. 버스 노선을 따라 걷다가 지치면 때맞춰 오는 버스를 타도 늦지 않을 시간이었다. 이른 아침이었고 구구가 깨어나기엔 시간이 충분히 남았다. 금성은 그늘을 골라 걸었다. 신발 밑창이 금세 뜨거워졌다. 아직은 걸을 만하다고 금성은 선풍기 든 손을 바짝 들어올렸다.

11

커다란 총성이 울리는가 싶더니 방바닥이 뒤흔들렸다. 사층짜리 건물이 통째로 휘청거렸다. 구구는 이불을 확 걷어젖히고 벌떡 일어나 앉았다. 방안이 환했다. 커튼을 달지 않은 방은 이른 아침부터 후끈했다. 창 쪽을 올려다보니 간밤에 걸어두었던 담요가 바닥에 떨어져 있었다. 구구는 이불을 뒤집어쓴 채로 일어섰다. 창가로 다가가 창문을 조심스럽게 열었다. 방은 삼층이어서 건물 아래가 한눈에 보였다. 멀리서 커다란 연기 기둥이 솟구쳤다. 시커먼 연기가 곳곳에서 피어오르다 이내 하늘을 가렸다. 구구는 이불을 더욱 세게 잡아당겨 몸을 감쌌다. 또 한번 굉음이 울려퍼졌다. 치솟는 연기 사이로 정체를 알 수 없는 크고 작은 파편들이 사방팔방 튀어올랐다. 커다란 널빤지 같은 것이 날아다녔다. 공사장의 복공판이 날을 세우며 허공을 갈랐다. 유리창 깨지는 소리와 벽이 무너지는 굉음이 연달아 울렸다. 구구는 뒷걸음질치다가 그 자리에 주저앉았다. 베개맡에 놓여 있던 알람 시계가 요란하게 울리기 시작했다.

일곱시 오십분이었다. 구구는 금방이라도 건물 위로 폭탄이 떨어질까 무서웠다. 방안에는 몸을 숨길 만한 데가 전혀 없었다. 책상도 없었고, 텔레비전도 없었다. 냉장고는 너무 작아서 엉덩이나 겨우 들이밀 수 있는 크기였다. 구구는 베개 위로 얼굴을 파묻고 웅크린 채 바들바들 떨었다. 사이렌 소리가 다가왔다가 이내 멀어지기를 반복했다. 복도를 뛰어가는 사람들의 발소리가 들렸다. 창 너머로 사람들의 비명소리가 연달아 들려왔다. 구구는 숨을 골랐다. 누구에게라도 도움을 청하고 싶었다. 떠오르는 사람이라곤 아버지뿐이었다. 하지만 아버지는 멀리 있었다. 갑자기 방안이 어두워졌다. 창문을 힐끗 쳐다보니 언뜻 보이는 하늘이 시커멨다. 검은 연기가 사방으로 퍼져나가는 중이었다. 누군가 현관문을 쿵쿵 두드려댔다. 문고리를 잡아 흔들면서 문이 부서져라 두드려대고 있었다.

　학생, 학생!

　주인아주머니의 목소리였다. 살았다는 생각에 구구는 한달음에 달려가 현관문을 활짝 열었다. 아주머니의 몰골도 말이 아니었다. 헝클어진 머리카락이 두 뺨에 철썩 들러붙어 입을 열 때마다 얼굴에 실금이 그어진 듯 보였다. 다시 겁이 났다. 주인아주머니가 벽에 손을 짚으며 중얼거렸다.

　난 학생이 벌써 나갔는 줄 알고.

　구구의 다리에도 힘이 풀렸다.

　학생, 괜찮아? 요 앞 네거리에서 가스가 터졌대. 나가지 말고, 오늘은 집안에 꼭 있어. 또 터질지도 몰라.

　아주머니는 구구를 집안으로 밀어넣고 쏜살같이 아래층으로 내려갔다. 구구는 현관에 쪼그리고 앉아 살았다는 말을 뇌까렸다. 서서히 울음이 잦아들었다. 방 한가운데 서서 아주머니가 한 말을 곱씹었다. 살았다, 살았다 중얼거리면서. 라디오를 켰다. 다이얼을 이리저리 돌렸다. 뉴스가 잡히지 않았다. 구구는 소맷부리로 유리창을 뒤덮은 먼지를 닦고 창을 닫았다. 창이 한층 깨끗해졌다. 바깥이 훨씬 잘 보였다. 하지만 보이는 거라곤 거리를 시커멓게 뒤덮은 거대한 연기 구름뿐이었다. 시커먼 연기 속으로 소방차 여러 대가 빨려들어가듯 직진

했다. 문득 구구는 아수라장이 된 폭발 현장과 무관한 자신의 처지가 이상하게 여겨졌다. 너무 안온하고 무탈한 자신을 이해하기 어려웠다. 살아서 기쁘다기보다 모든 일이 지나간 뒤에 홀로 남겨졌다는 것에 소외감마저 들었다. 자신이 서 있는 자리가 세상 밖으로 내몰린 별 볼 일 없는 사람들의 세계 같았다. 구구는 황급히 옷을 갈아입고 양말을 신었다. 자신이 주인공인 세계로 한달음에 달려나갈 태세였다.

여느 때처럼 구구는 가방을 챙겨 학원이 있는 쪽으로 걸었다. 우는 사람들의 무리를 지나갔다. 달려가는 사람들을 피해 천천히 걸었다. 제자리에서 발을 구르며 세상이 망했다고 외치는 사람들을 스쳤다. 구구는 시커먼 연기 속을, 울부짖는 사람들의 비명 사이로 유유히 걸어들어갔다. 철제 빔이 신호등 위에 위태롭게 걸려 있었다. 시커먼 물이 도로를 적셨다. 파란 책가방이 나뒹굴었다. 흙바람이 몰아쳤다. 구겨진 버스가 건물 벽에 처박혀 있고, 불길에 휩싸인 승용차가 멀리 보였다. 도로에 난 커다란 구멍 사이로 검은 연기가 끊임없이 솟았다. 유리창이 깨진 건물들과 지붕이 사라진 집들이 가까이 다가왔다. 사이렌 소리가 쉼없이 뒤따라왔다. 구구는 어깨에 메고 있던 가방을 가슴팍에 끌어안고 주위를 두리번거리며 걸었다. 누군가 구구의 뒤를 다급하게 쫓아왔다.
저기요, 저기요.
코와 입을 소맷부리로 가리고 선 사람이 구구의 팔을 잡았다.
여기 살아요? 원래 이 길을 자주 다니시나요?
구구는 남자의 얼굴 뒤로 비죽 튀어나온 카메라를 보았다. 구구가 고개를 끄덕이며 카메라를 똑바로 쳐다보았다.

너무 무서웠어요.

남자가 고개를 크게 끄덕이며 구구의 입 가까이에 마이크를 댔다. 구구는 더듬더듬 말을 이어나갔다.

갑자기 쾅, 하는 소리가 들리더니, 눈앞이 캄캄해지더라고요. 정말 순식간이었어요. 저는 횡단보도 앞에서 신호를 기다리는 중이었거든요.

구구가 말을 멈추고 침을 삼켰다. 남자는 더욱 안쓰럽게 구구를 바라보았다.

카메라는 여전히 구구를 향해 있었다. 구구는 두 눈을 카메라의 정면을 뚫어져라 주시했다. 등뒤에서 희미한 폭발음이 들려왔지만 붙박인 두 눈은 한 치도 흔들리지 않았다.

저보다 앞서가던 사람들은 다 어떻게 되었을까요?

남자가 구구에게서 마이크를 거두며 다친 데는 없는지, 걱정스런 목소리로 물었다. 구구는 대답 대신 가방을 더욱 세게 끌어안았다.

이름이 뭐예요?

카메라를 든 남자가 물었다. 구구는 커다란 렌즈를 빤히 바라보다 대답했다.

정희요, 박정희.

12

여전히 아무 일도 일어나지 않는 2000년 1월 1일이었다. 정오를 넘긴 지가 한참이나 지났지만 용태가 예감하던 어떤 일도 일어나지 않았다. 조짐도 예감도 없는 무기력한 시간만 지속되었다. 맨얼굴에 부딪쳐오는 바람은 차고 건조했다. 시야는 누리끼리했다. 도시의 절반을 차지하고 있는 공장들이 내뿜는 정체 모를 연기들이 강의 습기를 머금고 무겁게 내려앉은 탓이었다. 용태는 옷깃을 세워 턱밑을 가렸다. 윤기 없는 피부가 금세 허옇게 일어났다.

거리는 텅 비어 있었다. 불을 밝히고 있는 상점들이 더러 눈에 띄었지만 그마저도 주인들의 모습은 잘 보이지 않았다. 대부분의 상점들이 셔터를 내린 상태였다. 한낮에 문을 열어 장사를 시작할 만한 가게들이 아니었다. 노래방과 단란주점, 고깃집과 꼬치구이집과 맥줏집들이 길가를 점령했다. 오래전 이 도시에 처음 발을 디뎠을 때, 용태가 예측한 이곳의 미래와 별반 다르지 않았다. 이 도시를 떠나지 않고 남아 어떤 싸움을 지속했더라도 이곳의 미래가 지금과 아주 달라지지 않았겠지. 용태는 무덤덤했다. 어떤 식으로든 변화의 진폭이 훨씬 더 큰 쪽은 자신이었으리라는 것을 용태는 이제 부인하지 않았다.

육교는 허물어지고 없었다. 대신 그 자리에 고가도로가 생겼다. 고가도로 너머 세워진 고층 아파트와 시 경계선을 확장하면서 동네를 에둘러 뻗어나간 사차선 도로 때문인지 동네는 졸지에 외곽으로 내몰린 형국이었다. 대륙에서 멀리 떨어져나온 섬처럼 스산한 쇠락의 기운이 짙게 배어나왔다. 달라진 거라곤 도로 좌우를 촘촘하게 메우고 있는 간판들의 내용뿐이었다. 역 앞에 줄지어 서서 밤을 밝히던 포장마차들은 더이상 찾아볼 수 없었다. 역 앞 광장을 가로막은 바리케이드에 출입금지 팻말만이 도드라졌다. 한낮에는 주로 구구와 함께 포장마차에 들러 나무젓가락에 끼운 어묵을 사먹곤 했는데. 한밤에는 금성이나 기욱과 함께 소주를 마시곤 했었고.

어느 겨울밤이었다. 금성과 용태는 일찌감치 잠든 구구를 홍시 할머니에게 맡기고 기욱의 늦은 퇴근시간에 맞춰 포장마차에서 술잔을 기울이고 있었다. 크리스마스가 얼마 남지 않은 무렵이었다. 용태가 크리스마스에 구구를 데리고 교회에 가도 되는지 금성에게 허락을 구하던 참이었다. 구구의 이름이 화제에 오르자 곤로 앞에 쭈그리고 앉아 고등어를 굽던 주인아줌마가 기름 묻은 손을 대충 행주에 닦아내며 둘에게 다가왔다. 외상 장부를 펼쳐 금성에게 들이밀며 대뜸 계산을 요구했다. 아줌마의 콧잔등이 빨갛게 얼어 있었다. 소맷부리로 흘러내리는 콧물을 닦아내며 아줌마가 장부를 흔들었다.

금성은 아줌마가 잘못 알고 있는 것 같다며 펼쳐진 장부를 밀어냈다. 그럴 줄 알았다는 듯 주인아줌마가 폭소를 터뜨렸다. 때마침 기욱이 두 손에 입김을 불며 포장마차 안으로 들어섰다. 금성이 얼른 자리를 내주었다. 셋은 어깨를 바짝 붙이고 앉아 외상값의 전말을 들었다. 그것은 하루에도 서너 차례, 구구가 근처를 오고가며 먹어치운 것들의 목록이었다. 세 달 동안 먹어치운 주전부리의 값이 얼추 쌀 한 가마니 값과 맞먹었다. 기욱과 용태가 돈의 액수보다 구구의 먹성에 놀라 입을 다물지 못했다. 이제 보니 우리 구구가 기욱을 능가하는 대식가였다며 용태가 혀를 내둘렀다. 기욱이 구구에게 질 수 없다며 닭똥집 한 접시를 추가했다.

아휴, 말도 마. 그 맹랑한 것이 하도 당당하게 우리 아버지가 나중에 와서 계산해주실 거라고 말을 하니 당최 내어주지 않을 방법이 있어야지. 기껏 먹어봐야 얼마나 먹겠나 싶어서 처음에는 속는 셈 치고 달라는 대로 줬지. 내가 애기 아빠 얼굴을 모르지도 않고 해서 그냥 내버려뒀더니, 웬걸, 보통 식성이 아니더란 말이야. 순대도 한 접시, 꼬치도 줬다 하면 대여섯 개. 떡볶이도 한 접시. 앉은자리에서 그 많은 걸 얼마나 맛있게 먹어치우는지 보고 있으면 내 배도 저절로 불러오는 것 같더라니까. 말도 얼마나 똑 부러지게 잘하는지. 나중에 크면 뭐가 돼도 될 애야. 잘 키워.

금성이 싱글벙글하며 주인아줌마의 말을 경청했다. 주머니를 뒤져 밀린 외상값을 흔쾌히 치렀다. 금성의 주머니에 있는 돈으로는 모자라서 용태와 기욱의 지갑에 들어 있던 돈까지 보태어 겨우 충당할 수 있었다. 아줌마의 기분도 덩달아 좋아져 커다란 그릇에 어묵을 수북하게 담아주었다. 기욱이 국물을 떠먹다 말고 아줌마의 요리 솜씨를 치켜세웠다. 맨날 이렇게 맛있는 것만 먹고 살면 좋겠다며 너스레를 떨었다. 이제 와서 말이지만 형의 요리 솜씨는 젬병이라고, 그동안 맛있게 먹어주느라 아주 혼쭐이 났다고 툴툴거렸다. 셋은 안주를 다섯 접시나 해치우고 나서야 젓가락을 손에서 놓았다.

막상 계산을 하려고 보니 아무에게도 돈이 남아 있지 않았다. 할 수 없이 또 외상을 달았다. 용태가 이 술값만은 꼭 자기가 갚을 거라고 호기롭게 외쳤다. 금성과 기욱이 가난한 대학생에게 술을 얻어먹을 수는 없는 노릇이라며 주인아줌마에게 꼭 자기에게 외상값을 받으라며 신신당부했다. 아줌마가 셋의 모습을 흐뭇하게 바라보다 나중에 구구가 자라 어른이 되면 그때 구구에게 이 술값을 받아내겠다며 농을 쳤다. 금성이 껄껄 소리내어 웃었다. 아줌마에게 손을 흔들어주고 셋은 서로의 어깨에 팔을 걸고 좁은 길을 나란히 걸어갔다. 집에 가서 할머니의 홍시를 훔쳐먹자는 기욱의 말에 키득거리며 서로의 얼굴을 마주보고 웃었다. 그날의 외상값은 끝내 갚지 못했다. 적어도 용태의 기억에선 그러했다. 아마도 금성이 갚았을지도 모르고 그다음날 퇴근길에 기욱이 갚았을지도 몰랐다.

그날을 떠올리니 피식 웃음이 새어나왔다. 용태는 얼른 입을 가리고 웃음을 틀어막았다. 포장마차의 카바이드 불빛에 비치던 금성의 그림자가 어룽거렸다. 실제보다 훨씬 커 보이던 그림자가 겨울의 찬 대기 위를 떠다니고 있는 것 같았다. 용태는 늘 기욱의 호기심 어린 시선이 자신의 뒤를 졸졸 따라다니고 있음을 의심치 않았다. 바로 그 때문이었다. 용태가 그토록 오랫동안 누구도 이의를 제기할 수 없는 공공연한 방식으로 속죄와 처벌의 무대가 펼쳐지기만을 기다린 것은. 그 기다림마저 없었더라면 용태는 자신의 뒤를 좇는 시선을 견뎌낼 수 없었을 것이다. 금성의 집에 머물면서 쌓아왔던 우정과 즐거웠던 기억과 주고받았던 진심까지도 의심하면서 기어이 잊으려 애썼을 것이다.

용태는 이차선 도로 옆에 붙은 좁은 인도 위를 걸으며 이제 사라지고 없는 장소들을 상기했다. 육교와 포장마차, 그리고 총포사. 기욱이 죽기 얼마 전이었다. 기욱은 동료 직원들이 단체로 공기총을 사러 갈 약속을 잡고 있더라며, 자기도 거기에 끼어야 하지만 형편이 여의치 않다고 용태에게 푸념을 늘어놓았다. 용태는 듣는 둥 마는 둥 했다. 기욱의 말인즉슨 이따금씩 총을 빌려주면 안 되겠느냐는 부탁에 가까웠다. 용태가 좀처럼 응대하지 않자 기욱은 순점과 세운 결혼 계획과 빚을 질 수밖에 없는 상황을 곁들여 구구절절 아쉬운 소리를 이어갔다. 용태는 딴청만 피웠고 기욱은 이러다 외톨이 신세가 될까 무섭다는 말을 쓸쓸히 내뱉었다. 섭섭한 마음이 컸을 텐데 내색하지 않았다. 속으로 용태를 설득할 시간이 아직 충분하다고 생각했기 때문이었으리라.

13

총포사가 있던 자리에는 낚시 도구를 파는 가게가 들어섰고 바로 옆에는 찐빵과 만두를 파는 가게가 붙어 있었다. 가게 앞에 내걸린 커다란 솥이 길의 절반을 차지했다. 솥뚜껑이 들썩거리며 뿌연 김을 내뿜었다. 달짝지근한 냄새가 거리 곳곳에 퍼졌다. 오래전 이 거리를 장악했던 누린내와 탄내, 최루탄 연기와는 아주 다른 냄새였다. 용태의 입안에 군침이 나돌았다.

빠른 걸음으로 가게 앞을 떠났다. 유리벽에 '복사가능 팩스가능'이라고 써붙인 문구점을 지나 출입문에 '담배 있음'이라고 써놓은 작은 가게를 지나 간판에 칵테일 잔이 그려진 단란주점의 지하계단을 지나 '구충제는 반드시 일 년에 두 번 복용해야 합니다'라는 스티커가 붙은 약국을 지났다. 귀퉁이가 해진 전단지들이 덕지덕지 붙은 버스 정류장을 지났다. 셔터를 내린 조명가게가 보였다. 먼지가 켜켜이 쌓인 셔터의 한가운데 누렇게 바랜 종이가 붙어 있었다. 그동안 고마웠습니다. 용태는 소리내어 종이에 적힌 글자들을 읽었다. 따라 읽는 것만으로도 용기가 났다. 돌이켜보니 사죄의 말보다 고맙다는 말 한마디 못하고 떠나온 게 가장 후회되는 일이 아니었던가.

하숙집이 점점 더 가까워졌다. 용태는 단번에 하숙집으로 향하는 좁은 골목길의 입구를 알아보았다. 골목길 입구에는 부서진 유모차가 서 있고 유모차 안에는 바늘이 부러진 저울이 실려 있었다. 검은 이끼가 낀 시멘트 담장을 따라 골목 안쪽으로 들어갈수록 지린내가 진동했다. 담장에는 페인트와 분필로 그린 낙서들이 난무했다. 소변금지, 걸리면 잘라버린다, 라는 경고를 제외하곤 낙서의 대부분은 영어였다. 담벼락 아래에는 담배꽁초와 아이스크림 포장지가 어지럽게 흩어져 있고 계절과 어울리지 않는 슬리퍼 한 짝이 길 한가운데 덩그러니 놓여 있었다.

집은 금세 나타났다. 푸른 지붕은 여전했다. 담장은 훨씬 높아졌고 대문은 검게 페인트칠되어 음산했다. 검은 대문 한가운데, 책받침만 한 스티커가 붙어 있었다. 노란 바탕의 스티커에는 빨간 글씨로 '공폐가 9호'라고 큼지막하게 쓰여 있었다.

눈발이 흩날리기 시작했다. 바람이 잠잠해졌다. 용태는 대문에 이마를 갖다 댔다. 흐린 하늘에서 큼지막한 눈송이들이 나풀나풀 내려앉았다. 용태는 이마를 떼고 크게 숨을 내쉬었다. 하얀 입김이 피어올랐다. 천천히 고개를 뒤로 젖혔다. 닫힌 대문을 향해 이마를 빠르게 내다꽂았다. 대문이 크게 흔들렸다. 두 손으로 흔들리는 문을 붙잡았다. 용태는 쉬지 않고 검은 대문에 머리를 찧었다. 이마가 점점 크게 부풀어올랐다. 눈발도 굵어져 용태의 등뒤로 소복소복 눈이 쌓여갔다.

담장 위는 다른 곳보다 훨씬 빠르게 눈이 쌓였다. 대문은 계속 요란한 소리를 내며 흔들렸다. 용태의 관자놀이에 붉은 피 한 줄기가 흘러내렸다. 용태는 대문에서 두어 걸음 물러섰다. 쌓인 눈 위로 붉은 핏방울이 툭툭 떨어졌다. 해가 기울고 있었다. 눈발은 점점 거세졌다. 하얀 눈 쌓인 거리가 지는 해의 붉은 빛에 물들어갔다. 고개를 들어 하늘을 바라보았다. 다시금 핏방울이 후드득 떨어졌다. 용태는 고개를 세차게 흔들어 머리 위로 쌓인 눈과 눈썹 위로 맺힌 핏방울을 털어냈다.

용태는 뒤돌아섰다. 아주 느린 걸음으로 한때 모두와 함께 살던 집 앞을 떠났다. 다시 모퉁이 앞에 다다랐을 때, 용태는 잠시 멈춰 서서 두 팔을 하늘을 향해 길게 뻗었다. 발뒤꿈치를 들어올려 크게 기지개를 켰다. 용태가 흘린 핏자국만이 하얀 바탕 위에 남아 주변의 눈을 서서히 적셨다. 잠시 후, 그 앞을 지나가던 어느 남자가 핏자국 앞에 발길을 멈췄다. 그는 들고 있던 페인트 통을 바닥에 내려놓았다. 왼쪽 어깨엔 여러 색깔의 천들이 한데 묶여 높이 쌓여 있었다. 그는 처진 어깨를 두어 번 추켜올렸다. 두 손으로 어깨의 짐을 받친 뒤, 하얀 눈밭 위에 무릎을 꿇고 앉았다. 새빨간 핏자국을 오래 들여다보다가 쌓인 눈을 한 손으로 흐트러뜨리고는 천천히 일어나 가야 할 길을 마저 걸었다.

작가의 말

    사람은 태어나서 얼마간 살다가 죽습니다. 누구나 자신의 태어남을 기념하고, 누군가의 죽음을 애도하며 살아갑니다. 그 말은 우리의 하루하루가 누군가의 생일이자 기일로 이루어졌다는 이야기일 겁니다. 우리의 오늘은 달력에 표시되어 있진 않지만 누군가의 생일이자 기일입니다. 매일매일이 그러합니다.

    예전에 크게 아픈 적이 있었습니다. 장애나 후유증 없이 완쾌하고 나니 이런 생각이 들었습니다. 죽으려면 얼마나 아파야 하는 걸까. 나는 죽도록 아팠는데, 죽을 만큼 아프진 않았구나. 죽는 일이 그토록 고통스럽다면, 태어남도 그렇겠구나. 죽을 고비를 몇 번 겪고 나서 달라진 것은 삶에 대한 무심함이었습니다. 태어나 죽기까지, 생몰을 채우는 시간이 곧 삶이라면, 그것은 고통과 고통 사이에 주어지는 무통의 시간들이라고 생각했습니다. 일종의 유예라고 말입니다.

지난겨울에는 열이 크게 올라 끙끙 앓은 적이 있었습니다. 너무 아파서 침대에서 꼼짝을 못했습니다. 며칠 지나 열이 가라앉은 뒤에야 병원에 갔습니다. 대상포진이었습니다. 의사가 거의 다 나았다고, 많이 아팠을 텐데 왜 병원에 오지 않았냐고 물었습니다. 너무 아파서 올 수가 없었다고 했습니다. 누구나 그런 일을 겪으리라 생각합니다. 아파죽겠고, 좋아죽겠고. 삶은 무통의 감각으로는 채워갈 수 없는 것입니다. 다시 태어난 것처럼 기쁘고, 영영 죽어버릴 것처럼 아프고. 삶은 태어나고 죽는 순간의 반복입니다.

오래전에 나는 죽음의 얼굴과 몸을 본 적이 있습니다. 죽음은 내게 계속 말을 걸었습니다. 한 단어도 알아듣지 못했습니다. 그 목소리는 여러 사람이 동시에 말하는 것처럼 들렸습니다. 그중 한 단어만이라도 알아들었다면, 내 삶은 달라졌을지도 모릅니다. 내 삶뿐만 아니라 많은 사람들의 삶이 지금과는 아주 달랐을 겁니다. 죽음은 내 방에 머물면서, 내 침대맡에 서서 며칠을 지내다 돌아갔습니다. 우리는 어쩌다 서로를 보았을까요. 죽음은 내가 자신을 막아낼 수 있을 거라고 기대했을까요. 아니면 그저 나한테 들키고야 만 것일까요. 그 때문인지, 나는 자주 누군가의 죽음을 가까이에서 지켜보아야 했습니다. 오랫동안 궁금해하며 살았습니다. 한 사람을 죽음으로 끌고 가는 그 고통은 어디에서 오는 것인지. 한 사람의 사인이 심장마비라면, 사는 동안 그를 죽도록 괴롭혔던 게 오로지 심장뿐이었을까? 우리의 사인은 우리의 삶입니다. 세상이 아프면 우리의 삶도 아픕니다.

나는 1979년에 태어났습니다. 그건 나의 첫번째 태어남입니다. 나는 여러 번 죽고 여러 번 다시 태어났습니다. 여러 번 울고 여러 번 웃었습니다. 어제의 나와 오늘의 나는 다르고 내일의 나도 예측 불가입니다. 그래서인지 잘 기억나질 않습니다. 누구나 자신의 온 생애를 기억하기란 어려운 일입니다. 기억력이 좋지 않아서, 쓰는 데 애먹었습니다. 기억력이 좋지 않아서, 사는 데 편했습니다. 나는 자주 나를 둘러싼 세상을 잊고 삽니다.

지워진 기억은 다른 기억들까지 지워버립니다. 쓰지 않으면, 다 지워질 것 같습니다. 저는 씁니다. 쓰다보면 또 무언가가 잊힙니다. 그래서 다시 씁니다. 잊는 게 자연스러운 일인데, 잊지 않으려고 쓰다보니 여러모로 불편합니다. 우리는 다 불편하게 삽니다. 여러 번 살고 죽는 게 삶인데, 마치 한 번 살다가 죽을 것처럼 살아가려니 불편합니다. 여전히 많은 것들이 잊히고 있습니다. 지워졌다는 것, 그것만이 우리에게 남은 가장 선명한 기억입니다.

2017년 2월
황현진

문학동네 장편소설
두 번 사는 사람들
ⓒ 황현진 2017

1판 1쇄 2017년 2월 28일
1판 2쇄 2017년 12월 18일

지은이 황현진
펴낸이 염현숙
책임편집 이성근 | 편집 정은진 김내리 이상술
디자인 고은이 유현아 | 마케팅 정민호 박보람 우상욱
홍보 김희숙 김상만 이천희
제작 강신은 김동욱 임현식 | 제작처 영신사

펴낸곳 (주)문학동네
출판등록 1993년 10월 22일 제406-2003-000045호
주소 10881 경기도 파주시 회동길 210
전자우편 editor@munhak.com | 대표전화 031) 955-8888 | 팩스 031) 955-8855
문의전화 031) 955-3576(마케팅) 031) 955-8864(편집)
문학동네카페 http://cafe.naver.com/mhdn | 트위터 @munhakdongne

ISBN 978-89-546-4428-0 03810

www.munhak.com